警探长5

JINGTANZHANG 5

奉义天涯/著

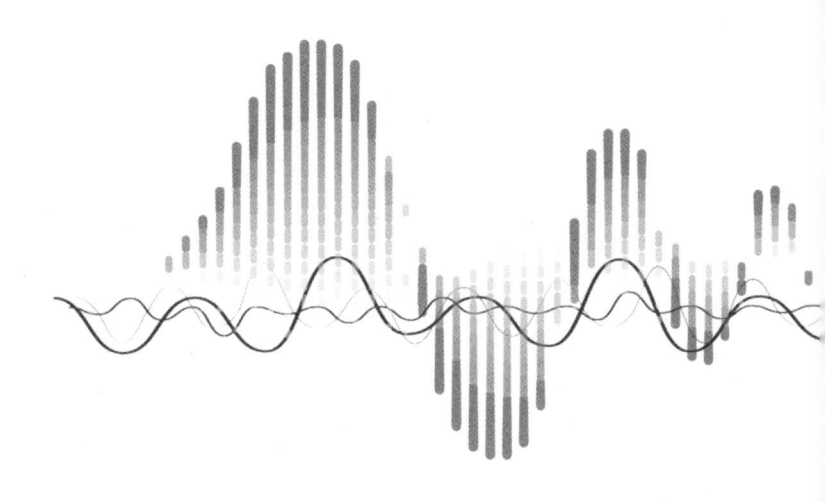

时代出版传媒股份有限公司
安徽文艺出版社

图书在版编目（ＣＩＰ）数据

警探长.5/奉义天涯著. --合肥：安徽文艺出版社,2024.9
ISBN 978-7-5396-7741-5

Ⅰ.①警… Ⅱ.①奉… Ⅲ.①长篇小说－中国－当代
Ⅳ.①I247.5

中国国家版本馆CIP数据核字(2023)第052421号

出版人：姚 巍
策 划：宋晓津 姚 衍　　　统 筹：宋晓津 姚 衍
责任编辑：宋晓津 花景珏　　　装帧设计：徐 睿
....
出版发行：安徽文艺出版社　　　www.awpub.com
地　　址：合肥市翡翠路1118号　邮政编码：230071
营 销 部：(0551)63533889
印　　制：安徽新华印刷股份有限公司　(0551)65859551
....
开本：880×1230　1/32　印张：13.625　字数：380千字
版次：2024年9月第1版
印次：2024年9月第1次印刷
定价：52.00元
....

（如发现印装质量问题，影响阅读，请与出版社联系调换）

版权所有，侵权必究

目　　录

第四百八十四章　求婚（1）/ 001

第四百八十五章　求婚（2）/ 005

第四百八十六章　传承 / 009

第四百八十七章　新的任命 / 013

第四百八十八章　整装待发 / 017

第四百八十九章　有召必回 / 021

第四百九十章　规矩 / 025

第四百九十一章　参与办案 / 029

第四百九十二章　案件 / 033

第四百九十三章　渠道问题 / 037

第四百九十四章　又遇熟人 / 041

第四百九十五章　案件规划 / 045

第四百九十六章　人尽其用 / 049

第四百九十七章　安排工作 / 053

第四百九十八章　前兆 / 057

第四百九十九章　情故 / 061

第五百章　直面家属 / 065

第五百零一章　解决问题 / 069

第五百零二章　深夜提讯 / 073

第五百零三章　阳谋攻心 / 077

第五百零四章　坦白书 / 081

第五百零五章　连夜破案（1）/ 085

第五百零六章　连夜破案（2）/ 089

第五百零七章　连夜破案（3）/ 093

第五百零八章　连夜破案（4）/ 096

第五百零九章　连夜破案（5）/ 099

第五百一十章　连夜破案（6）/ 103

第五百一十一章　这世界，从未变过 / 107

第五百一十二章　派出所架构 / 111

第五百一十三章　重新启程 / 115

第五百一十四章　初当副所长（1）/ 119

第五百一十五章　初当副所长（2）/ 123

第五百一十六章　又碰上了 / 126

第五百一十七章　原来如此 / 130

第五百一十八章　倍儿爽 / 133

第五百一十九章　张伟 / 137

第五百二十章　户籍问题 / 140

第五百二十一章　有朋自远方来 / 144

第五百二十二章　偶然的线索 / 148

第五百二十三章　四组的问题 / 152

第五百二十四章　直播圈 / 156

第五百二十五章　雷响了 / 160

第五百二十六章　人哪 / 164

第五百二十七章　四组新制度 / 168

第五百二十八章　白松 vs 督察 / 172

第五百二十九章　准备抓人 / 176

第五百三十章　围追堵截 / 180

第五百三十一章　全部抓获 / 184

第五百三十二章　执法办案 / 188

第五百三十三章　行云流水 / 192

第五百三十四章　搞定 / 196

第五百三十五章　残酷（1）/ 200

第五百三十六章　残酷（2）/ 204

第五百三十七章　善后 / 208

第五百三十八章　闲聊 / 212

第五百三十九章　三组划车案 / 216

第五百四十章　盐酸西布曲明案进展 / 220

第五百四十一章　又遇精神障碍 / 224

第五百四十二章　又遇熟人 / 228

第五百四十三章　释放 / 232

第五百四十四章　前往基地 / 236

第五百四十五章　白所厉害啊 / 240

第五百四十六章　熟悉感 / 244

第五百四十七章　哦哦哦 / 248

第五百四十八章　案发 / 252

第五百四十九章　第一次支援 / 256

第五百五十章　案件初步情况（1）/ 260

第五百五十一章　案件初步情况（2）/ 264

第五百五十二章　案件情况（1）/ 268

第五百五十三章　案件情况（2）/ 272

第五百五十四章　第二个死者 / 276

第五百五十五章　询问刘束束 / 280

第五百五十六章　又一个失踪 / 284

第五百五十七章　前往港口 / 288

第五百五十八章　夜探港口 / 292

第五百五十九章　幽幽蓝光 / 296

第五百六十章　蹲守 / 300

第五百六十一章　一只苍蝇 / 304

第五百六十二章　分析笔录 / 308

第五百六十三章　大功一件 / 311

第五百六十四章　准备完毕 / 315

第五百六十五章　阴差阳错 / 319

第五百六十六章　重大嫌疑人 / 323

第五百六十七章　第三个死者 / 327

第五百六十八章　现场实验 / 331

第五百六十九章　白松时间（1）/ 335

第五百七十章　白松时间（2）/ 339

第五百七十一章　白松时间（3）/ 343

第五百七十二章　寻找李亚楠 / 347

第五百七十三章　回家抓人 / 351

第五百七十四章　强攻 / 355

第五百七十五章　冲我来 / 359

第五百七十六章　手刃 / 363

第五百七十七章　评价 / 367

第五百七十八章　休息 / 371

第五百七十九章　烟火气 / 375

第五百八十章　办案时间 / 379

第五百八十一章　我看你有点眼熟 / 383

第五百八十二章　分析张左 / 387

第五百八十三章　新线索 / 391

第五百八十四章　三人小组 / 395

第五百八十五章　分歧／399

第五百八十六章　僵局／403

第五百八十七章　顺利完成／407

第五百八十八章　分道扬镳／411

第五百八十九章　唐教授的电话／415

第五百九十章　资料失窃案／419

第五百九十一章　异常／423

第五百九十二章　病／427

第四百八十四章　求婚（1）

赵欣桥？！

白松从未想过，会在这种情况、这个地点、这个时间、这个位置看到赵欣桥。

最近忙案子，白松已经有一个月没见到欣桥了。

怎么会在这里看到欣桥呢？

进来的不止赵欣桥一个人。因为案子彻底完结，该抓的也都抓到了，没有保密的需要了，后续进来的人不少，其中还包括了一些媒体。

一时间，白松站在演讲台上失神了。

是了，欣桥对本案有功，这应该就是秦支队所说的"惊喜"。当初周璇开车被撞，白松带着赵欣桥到了现场之后，欣桥找准时机拍了一段视频，这段视频，还有效地指出了围观人群里的几个人的问题，与后续侦查的情况相吻合。这个事情真的应该嘉奖。

就在主持人都有些着急的时候，白松这才缓过神来，双眼放光，开口道："我非常感谢今天来的每一位同志，无论是美……每一位公安战线的同志，还是每一位支持公安工作的社会人士。"

白松心想好险，看到欣桥就激动的这个毛病怕是好不了了。

"我很高兴今天作为代表能在这里发言。我想，组织把这么重要的任务交给我，不仅仅是对我的一种信任，更是对我的一种激励。"

因为进来了几位群众，还有不少媒体，所以白松知道不能讲案情，所以本来的腹稿也咽下去大半，简短的几分钟表达完感谢后，就向主席台敬了礼，缓缓离开了讲台。

下一步流程，就是给几位社会人士颁发荣誉了，白松下去的时候，正好赵欣桥等人正起身准备上台。

白松他们事先都经过了彩排，所以前面的流程都非常顺利，一点时间也没浪费，从头到尾都很流畅。

但是这样的要求，并不能让每一位社会人士都做到，所以几位上台的人在礼仪人员的引导下还是走得很慢。

这次案件结束，因为有一些比较特殊的情况，所以刚开始的部分，并没有媒体参加，等会议结束后，媒体会拿到一些已经拍摄好的前期照片。

此时进来的媒体自然不愿意放弃这个机会，闪光灯随时备好，摄像头一直也没有停下。

这可是可能即将被评入"2013年全国十大最具影响力案件"中的大案，注定会被写入历史，或者可能作为特案被写入教材。

在这里写的文稿，以后可是有机会被节选到警校的教科书上的！

今天赵欣桥难得地穿了一身正装，带着蓝色纹路的女士正装显得非常得体，将赵欣桥的面容衬托得更加精致。比起很多美女来说，欣桥最大的优势并不是颜值，而是一种她本身的气质。

从警校毕业两年多，欣桥的头发已经飘垂及腰，三千青丝如自带清风一般，随着步伐微微飘扬。镜头有一大半给了赵欣桥。

白松哪知道？他只知道，在这里看到赵欣桥，很开心。能在这里见到她，真好。不，在什么地方见到，都挺好。

人一放松就容易犯错这个事情可不是说着玩的，白松因为放松可是犯过错的，但是此时又忘了前车之鉴。

下主席台的最后一个台阶，白松踏空了。

人体在失控的一瞬间，可能就是零点零几秒，就会迅速分泌大量激素，而白松明显比一般人要更加灵敏。踏空的一瞬间，白松脑海中就闪过了在湘南省的那个雨夜。

在那个水里，他迅速地做出了最能增强下沉阻力的姿势，在这里，他也不例外，他下意识地就想顺势滚动一下，把这股力道卸掉。

就在这一瞬间，白松突然想到在这个场合是不能在地上滚一圈的！

白松左脚踏空，右脚用力一蹬，在礼台前，完成了一个标准的翻跟头，然后稳稳落地。

这一刻，白松汗都冒出来了，这种场合，这么多家媒体，自己翻了个跟头，这还炫个绝活呗。

诚然，在这种紧急的情况下，这动作技术含量比较高，一般人也做不了，但是这场合不对啊……

不过，这总好过摔一跤，或者说，比跟跄要好一些。

此时，现场还响着《欢迎进行曲》，若不是这是自动播放的，估计曲子都得为之一顿。

在这个肃穆的礼堂里，白松的动作显得很不正统、不严肃，在参会的警察和领导看来，可能很是不妥，但是媒体可不这么认为。

这个警官他们是认识的！这是上过几家当地小媒体封面的人物，而且，来的人都知道，就是这个警官，从案子的源头，一步一步把案子破获的！

在系统内部，白松从来也受不起这样的评价，毕竟无论什么荣誉，都是因为组织的培养和团队的支持。可是普通人不会那么认为，大家往往敬佩的，就是那些冲在最前面的英雄。

这动作有点帅啊！

所有的镜头都打到了这里，白松面色保持不变，想迅速离开这里，但是他好巧不巧，发现了一个很严肃的问题。

刚刚挂上去的一等功勋章，掉了！这可是天大的事情！

来之前，白松每一个功勋章，都是兄弟们帮忙一个一个扣上，检查过多次的。今天的这个，是领导帮忙亲手挂上的，领导也匆忙，加上工作量大，这个虽然挂上了，但是还没有扣得特别紧实。还有一种可能，就是这个带五角星的徽章，更加沉重一些，刚刚动作太大，甩出去了！

第四百八十四章 求婚（1） | 003

但是，怎么会掉?！一瞬间，白松汗都冒出来了，连忙抬起头，想四望一番，却发现，刚刚飞出去的那个勋章居然被赵欣桥用手轻轻地抓住，此刻，慢慢递了过来！

第四百八十五章　求婚（2）

这一秒钟的事情，是谁也没有料到的。

赵欣桥本身个子就高挑，加上她一直盯着白松，刚刚白松差点摔一跤把她也吓了一跳，正要关心白松，却发现一个东西正对着她飞了过来，赵欣桥下意识地伸手一把就抓了过来。

这一幕，颇为惊险。

不过，白松不承想的是，主席台上的几位大领导倒是没有为此惊呼，主要是这些人经历了太多事情，这点事情不至于让他们紧张。

毕竟，这里都是自己人。

下面在座的警察里，白松的几个兄弟都面色一变，其他关心白松的人也有些紧张，但是好在有惊无险。

现场紧张的气氛一下子就缓和了起来，这不算什么大不了的事情。

赵欣桥看了看手里的东西，轻轻握了握，然后走上前去，打算重新给白松别上。

"走路小心点，别走神。"赵欣桥轻轻地在白松身边低语道。

"看到你能不走神吗？"白松也不紧张了，主要是现场的音乐声音不小，主席台的台阶本身就靠近音箱，给了他一种莫名的安全感。

如果现场很安静，可能白松接过东西就跑了。但现在明显是一种很欢快的气氛，白松看到赵欣桥，本来的紧张一扫而空。

白松不紧张了，下面的警察们就更不紧张了，尤其是本身就是市局的老领导。曹支队看着赵欣桥和白松亲昵的举动，还亲手给白松戴上奖章，居然带头鼓起了掌。

鼓掌这事情是很容易被传染的,今天的事情,虽说有点小意外,但是未尝不可成为一段佳话。

媒体的闪光灯也频频向这里闪来。

谁说英雄只能流血流汗,只能刚强?

有家有爱,才算最完美的英雄形象。

这么一来,赵欣桥倒是有点紧张了,她还从来没有和白松在这么多人面前有一些比较亲密的举动,本来这个勋章她就不怎么会别,再加上刚刚的脱落导致别针有点弯曲,给赵欣桥增加了不少难度。

但是,没人愿意打扰他们二人,谁不喜欢看美好的事物呢?

掌声慢慢停歇,大家都在等待着二人。

白松本来脸皮就厚,看着赵欣桥脸色有些微红,他轻轻抬起手,把手伸到自己的左胸口,接过欣桥手里的勋章,也不知道脑子怎么想的,那一瞬间,他并没有戴回去,而是把它重新放在了赵欣桥的手里,轻轻地把赵欣桥的手合上。

这一幕,现场哗然。

虽然也有几个人知道白松和赵欣桥是情侣,但是整个礼堂,知道的人可能十中无一。

这可不是别的东西,这是比钻石还珍贵无数倍的东西,可是绝对不能随随便便地给别人的!

本来大家看到的是美女为英雄佩戴功勋章的镜头,但是,这一刻大家才明白,这个漂亮得不像话的姑娘是这个警察的另一半。

这可真的是更劲爆的消息啊!在座的都是过来人,也都明白,能来这里参加颁奖的社会人士,肯定都是经过审查的人物,加上如此漂亮、有气质,美女配英雄,这俩人真是般配!

赵欣桥也愣了,这干什么啊?多不好意思啊,连忙要给白松塞回去。

勋章是分上下两部分的,上面是包裹着金属的锦带,下面是勋章,因为别针出了点问题，白松给赵欣桥的时候，是把别针对折到里面的，但是赵欣桥给白松的时候就没注意这个问题。

因此，白松一下子被别针给伤到了手，血一下子流了出来。

毕竟只是一根针，伤很小，除了白松和赵欣桥，谁也看不到血。赵欣桥吓了一跳，便伸手要去看白松的手，哪知白松脑子突然抽了，丝毫不知道手疼，反过来握住了赵欣桥的主动递过来的手，轻声道："嫁给我，好吗？"

这句话，因为音乐的原因，听到的人很少，但是能读懂这句唇语的人很多！

这场合，白松也实在是不方便单膝跪地，更不可能大喊几声，但是赵欣桥还是觉得有些窒息。

无论赵欣桥有多高的双商，这一刻也大脑空白了。

和白松恋爱，本身就是一件很奇妙的事情。大学四年同学，都没有谈恋爱，毕业后反而在一起，冥冥之中似乎有什么东西在牵着这件事向前。

也许，男女之间，本来是特别好的朋友，如果都单身久了，就真的很容易进入一种特殊的状态——情侣。

这种恋爱，与一见钟情不同，与一方追求另一方多年那种情况也不同，相爱的基础源于双方互相的熟悉和认可，每一步都似乎水到渠成。

异地恋本身就是一件很辛苦的事情，而白松又是警察，但是二人依然可以平静地相处，就像是关系更近了一步的朋友。

简单来说，就是很舒服。

赵欣桥以为，过些年白松事业有所成就，年龄更大一些，比如说二十七八岁，她也博士毕业，有了自己的事业，两人可以自然而然地走入婚姻殿堂，那也是很幸福的事情。

但是，这个臭弟弟居然搞突然袭击。

是的，因为白松提前上学，和白松一届的同学几乎都比他大！虽然二人相差不到一岁，但是这也确实是姐弟恋。

"行行行，你快点下去坐好吧，不然你回去得被局长骂了。"赵欣桥轻轻点了点头,有些"不喜"地跟白松说道。

令赵欣桥猝不及防的是,现场居然再次响起了雷鸣般的掌声。

很多没有看懂唇语,也不懂发生了什么的后排的警察和记者们,纷纷问起了身边的人是怎么个情况,但是更多的人都是一脸蒙。但是,这次鼓掌的带头的人,来自主席台。管他什么呢,总之,鼓掌就对了。

第四百八十六章　传承

不知有多少人想过，"愿天下有情人终成眷属"这句话里的"眷属"二字，究竟是什么意思？本意，自然就是家属。但是，"眷"之一字，代表了关心与怀念、顾念与爱恋。

一场表彰大会，就这么喜气洋洋地度过了。

一次只有两个人听到，却有无数人见证的求婚，也只是轻轻镌刻在两个年轻人的心里。

欣桥荣立三等功，但回到学校之后，她所有的同学都只追问一个问题——什么时候吃喜糖？搞得赵欣桥的脸一直发红，只能以学业繁忙为由，天天躲在宿舍里读书。

结婚的事情，等到猴年马月再说吧。

这句话，也是后来赵欣桥和白松见面时，被白松问起，她给白松的答复。

不过白松可是当真了。

猴年，农历2016年，马月，阳历6月5日至7月7日，甲午月，芒种节气到小暑节气。再下一个猴年马月，是2028年5月24日到6月22日。

白松算了算，距离猴年马月只剩下两年多了。哎呀，欣桥好直接，好像还没有准备好，怎么办？

2013年发生了许多有趣的事情，大大小小。而2014年悄无声息地到来，新的一年，应该会有更多有趣的故事。

果然不出所料，父亲荣获了全国公安系统二级英雄模范荣誉称号。除此之外，人力资源和社会保障部、公安部为表彰白玉龙在公安系统近三十年的勤恳工作，授予白玉龙全国特级优秀人民警察称号。

白松过完年之后，2月份抽空回了趟家，火车站的派出所都贴着父亲的红色宣传画，把他吓了一大跳。

这次回家白松坐了火车。奉一泠的案子，因为涉及的案子太多，刚刚进入审查起诉阶段，白松虽然也提起了附带民事诉讼，但是想依规拿回自己损失的车钱，可能还要几个月。

曾经对白玉龙的处罚早已撤销，虽然没办法立刻官复原职，但是把他之前损失的待遇和津贴都补上了，这么多年，加起来也是一笔不少的数目。

从待遇上，白玉龙已经可以享受副处级待遇了，而且还有全国特级优秀人民警察的国务院政府津贴，这段时间可是没少和老哥儿几个聚一聚。

当年和白玉龙一起的一些兄弟，有的已经退休了，但是听说这件事情之后，都非常激动。这有点类似于沉冤得雪，但是却不尽然。对于白玉龙来说，到了这个年纪，是非功过，自有他人评说。

还有一些老领导希望白玉龙再次回到刑警大队，白玉龙暂时没答应。

五十岁的警察，一般就不是很适合刑警队的工作了。刑警，并不会像派出所那样常态化地繁忙，也不会每次值班都遇到纷繁复杂的警情，但是有时候一来案子就得连着忙上很久，再加上经常有跨省抓捕等工作，五十岁基本上也就是换岗的年龄线了。

如果白松没有当警察，白玉龙可能还想去刑警大队再发光发热几年，但是儿子已经长大了，还是不去了，省得老婆孩子都操心。

在传宗接代这一方面，鲁省人对传承的认同还是很高的。

"走，今天得带你去见个人。"白玉龙看到儿子回来，非常高兴，第一时间就要带着白松出门。

白松回家了肯定得听父母的，虽然老爹看样子不太靠谱，但是看他状态那么好，像是年轻了七八岁，白松还是不想扫父亲的兴致。

白玉龙带了两瓶本地酿的粮食酒，就带着白松出门了。

鲁省没有什么全国出名的白酒，反倒是啤酒和红酒都有全国著名的品牌。

有一种说法是鲁省对酒的消耗量太大，以至于本地的白酒很少出省。当然最关键的原因还是酿造技术、酒曲等等，但每个市、县都有自己的酒厂，这倒是没错的。

白松一路上也没怎么问，好久没坐父亲的车了。做子女的，看到父母健康、有精力，真的是一种莫大的幸福。

车子七弯八拐，到了郊区，白松知道这是要去哪里了——烈士陵园。

白松一下子就知道父亲要见谁了。

白玉龙的师父。

"你这段时间，有去看过你们于师父吗？"白玉龙带着白松走上台阶。

"一直忙，没去过呢。"白松有些惭愧地说道。

"咱们这里有个习俗，叫'送灯'，每年元宵节去给过世的长辈和亲友送个蜡烛之类的。你这次回去，虽然也过了元宵，但还是应该去看看的，捧束花吧。"白玉龙教导起儿子来。

"嗯，我听您的，回天华市后第一件事就是这个。"白松重重地点了点头，跟着父亲走到了一块朴素的墓碑前。

白松是知道这个人的，张殿军，父亲当年的启蒙师父，十几年前路过一个幼儿园，为了保护几个小朋友，被失控的汽车撞飞身亡，时年五十三岁。

虽然说他没有倒在挚爱的刑警岗位上，但是依然把自己的生命献给了最伟大的事业。

今天是2014年2月14日，周五，元宵节，陵园的人依然不多，但零零星星也可以看到几个人。

白玉龙到了张殿军的墓旁，认真地鞠了个躬，白松也跟着鞠了个躬。

现在已经禁止明火了，白玉龙把几支蜡烛放在了碑前，洒上了一点点酒，剩下的都放在那里，没有动。

白松就静静地听着父亲慢慢地对着墓碑讲述着自己的故事。

张殿军是在白玉龙离开刑警队之后牺牲的，当初为了保徒弟，也付出了很多，如果他泉下知道今天的事情，一定也是最欣慰的那个。

白松也很少见到父亲这一面，默默地听父亲讲着张殿军的故事，讲着自己的故事，时间过得很快。

正说着话，几个十七八岁的男女聊着天，缓步向这里走来。

第四百八十七章　新的任命

　　来的两男两女，四个青春靓丽的少年，看到了白玉龙和白松，也有些惊讶。

　　这四人，正是当年被张殿军救下来的四个孩子。

　　十几年过去了，公墓的大树没什么变化，四个小孩子却已经长大。

　　白玉龙简单地看了一下，就猜到了这四个人的身份和来意，也没有说什么，让开了位置，看着四个年轻人放上了几束花，然后排着队，依次磕了三个头，接着静静地离开。

　　看着他们离去的身影，白玉龙轻声道："都这么大了，师父一定很高兴。"

　　"您是第一次见吗？"白松也觉得很凑巧，便问道。

　　"有时候我来这里也能看到几束已经枯萎的花，我就怀疑是这几个孩子送的，没想到还真是。"白玉龙看着四个孩子远去的背影，"师父当年的决定是正确的。"

　　"如果都是正月十五来，您为啥第一次见呢？"白松看着几束花有些失神。

　　"还不是因为你回了家就起床特别晚？往年这个时候你都开学了，我都是大清早就来了。"白玉龙轻轻抚摸了一下墓碑，"走了，下山了。"

　　今天是个很特殊的日子，西方的情人节。

　　按理说，白松也应该和欣桥一起过，但她毕业答辩通过之后的压力小了很多，除了3月要陪导师出国学习一次，再就没什么事了，算是难得的清闲时光，正在家陪父母呢。

回到家，白松休息了几天，除了张伟以外，倒是没怎么见其他朋友。

张伟已经不在之前的平台直播了，而是转入了一个叫"快手"的平台。这个平台以前叫"GIF助手"，去年7月份的时候，改名叫快手，转型成为短视频社区。

这个平台比起张伟之前的那个直播平台差得可不是一星半点，但是张伟还是力排众议来到了这里，在这个颇为小众的平台上，半年时间混出来了一点点名气。当然了，还差得远，根本就不赚钱。

"你这等于换工作了啊，怎么不跟我说一声？"白松了解到这个情况，颇为担忧。

"这么大点事，我找你干吗？"张伟无所谓地道，"反正我主业还是卖二手车，卖名贵烟酒，倒是能轻松养活自己。喏，门口那辆车是我的。"

"宝马？可以啊！"白松进来之前还看到门口有一辆很新的红色宝马敞篷车。

"这车没手续的，"张伟嘿嘿一笑，"不过你们警察也抓不到我，我不开，就摆在这里。这辆Z4现在能吸引人驻足，还是蛮能招揽客人的。"

"没手续？黑车？"白松面色微变，"要是走私车或者来历不明的车，你可不要碰啊。"

"这是大事故报废车，里面东西都废了，就是个摆拍的样子货。不过你可别小看了样子货，现在有人愿意花五万买走放店里摆着呢！"张伟得意地道，"我现在还没那么缺钱。"

"行，你有主业也好，你说的那个什么快手，我确实不懂。"白松见了张伟的面，聊了几句就对张伟很放心了。

这小子，白松饿死了他都饿不死。

"别小看了这个短视频社区，虽然现在还不能直播，但是早晚会有，而且如果它们的算法再优异一点，对优质用户的孵化能力再强一些，然后再完成几轮融资，以后前途无量。智能机出来了四五年，真正针对智能手机的生态圈很快就到位了。"张伟跟白松说道,"你们这吃官饭的,可能没啥额外的赚钱渠道,以后完全可以把钱放到股市,只要是这方面的东西和依托智能手机来运行的新软件公司,大可以放心投资。"

得,白松来一趟还接受了一次关于投资的教育。

不过白松并不是书呆子,听了张伟的话,他也说道:"你说得没错,今年过年的时候,微信推出了一个叫微信红包的功能,这东西简直是可怕,一经推出,交易额差点把鹅厂给整瘫痪。我今年过年,不经意间发出去了一千多块钱红包,让本来就不富裕的家庭……"

"得了得了,你这车、房都有了,工作那么好,对象也有了,要那么多钱干吗?"张伟摆摆手,"我可警告你啊,别跟我哭穷,我比谁都会哭。"

张伟这夸张的表情让白松哭笑不得,接着道:"你提到车,我想起来了,我的车去年出了点事,被人撞烂了,你这边有啥质量过硬的车子,回头帮我留意一下。"

"撞烂了?"张伟一下子瞪大了眼睛,"报废了?"

"嗯。"白松这个事也没跟张伟说过。

张伟立刻过来捏了捏白松的胳膊和腿:"那你岂不是打了一身的钢钉?你怎么开的?"

"没啥事,都过去了。"白松摇了摇头。

张伟沉默了一会儿:"大城市虽然好,但是……你要是哪天想回老家,你跟我说,关系我去给你跑。"

"你还有这本事?"白松笑道,"跨省调动哪有那么容易?"

"昨天还没有。"张伟揉搓了一下手指。

白松怔了两秒,知道张伟认真了,拍了拍张伟的肩膀:"放心吧,我很好。你这做自媒体的,估计以后做大了早晚也得去上京,咱们哥俩,说不定到时候能在那里再相遇。"

"你能去上京吗?"张伟听到这消息很兴奋,"那敢情好啊!要我说,天华市我也去过几次,别说自媒体了,就是整个IT行业都不行。上京,我还真的有想法！"

"尽人事听天命吧。"白松接着和张伟聊了几句，手机响了，是秦支队的电话。

白松从经侦总队回来已经有两个月了，人事关系一直挂在十队当副队长。本来秦支队还打算把白松放在经总（经济犯罪侦查总队）学习一年，现在那边案子基本结束，已经没必要。

这两个月，白松一直在二队和三队帮忙，偶尔还给四队客串个勘查员。

这过完年了，虽然竞聘还早，但是又有一轮新的干部变动。

政治处还没通知白松，但是秦支队提前知道消息了，也就告诉白松了。

下一步，前往三木大街派出所，担任副所长。

第四百八十八章　整装待发

"为什么给我安排下所了啊?"白松知道秦支队是关爱自己才专门跟自己说一下的,但这确实引起了白松的不解。

关于人事安排,白松是完全没有话语权的,但是他也不是刚参加工作的新人了,基本上也能看得出来每一个安排的深意。

他还算不上什么领导,但也算正儿八经地走出了第一步。虽然他大概能品出点东西来,但是既然秦支队愿意打电话主动跟他说,那就不妨厚着脸皮问一问。

"你可别多想,就是锻炼你。你要知道一件事,九河分局里,三木大街派出所是经济和政治文化最好的一个派出所了,而且,他们所的所长刚刚调走,现在是教导员主持工作。"秦支队道,"等你探亲回来,估计任命就该下来了,你抓紧时间准备一下吧。"

挂了电话,张伟挺激动的,连忙凑近了:"可以啊,以后你就是副所长了,牛啊!"

"不都是干活的吗?有啥牛的?而且还只是个副所长。"白松有些心不在焉。

"副所长怎么了?所长不可能天天值班吧?到你值班的那天你就是大领导,你才多大就当副所长了?"张伟道,"我可是太了解你了,你又不是那种溜须拍马、阿谀奉承的人,你这该不会都是拿命拼的吧?这可不行啊,当不当领导无所谓,你可别给我整个追授英模之类的事情。"

"追授个屁啊,"白松道,"你盼我点好行吗?"

"行行行，你自己有数。"张伟懒得跟白松说这些废话，"我这有辆迈腾，2013款的，2012年8月的准新车，你回头给我拿15万过来就行。"

"你留着先卖，过几个月再说。"白松当然知道这东西无论哪个配置都不会这么便宜，也没和张伟讨论价格，主要是他现在还没钱呢。

"那行，有需要再说。"张伟也不磨叽。

本来白松打算在家多待几天，但是这种情况他还是决定早点回去。只是买票时才发现，正月十五、十六可能因为是大学开学的时间，一票难求。

他打电话问了，这两天的票早就没了，网上能预订到的票都是三天之后的了。而他之前就是准备三天后走的，三天后的票倒是已经买了，但是没用啊。

"我这边有几个朋友，正好过完年去东北地区冰雪越野，估计明天早上就出发，路过天华市，可以带你一程。"张伟说道。

"那行，你帮我联系一下吧。"白松道，"我可以给人家分担一下高速过路费或者加箱油。"

"行。"张伟点头答应了，"虽然不如此也行，但是普通朋友明算账是好事。"

从张伟这边离开，回到家跟父母说了这件事，爸妈倒是很高兴，尤其是老妈，听说儿子离开刑警队了，高兴地包起了饺子。

老妈去做饭，白松和父亲聊起了天。

"你给我讲讲那边的领导配置吧。"白玉龙说道。

"所长提拔走了，教导员现在主持工作，现在还有俩副所长，都是四十岁左右，一个负责治安案件，一个负责刑事和户籍。"白松道，"其他的我就不知道了。"

"教导员主持工作多久了？"白玉龙问道。

"差不多四个月了吧？"白松不太肯定地说道。

"要这么说，你们分局有点重视你啊。"白玉龙给儿子倒了杯水，"这是要让你去负责政治工作啊。"

"啊?"白松吓了一跳,"这不开玩笑吗?"

"你别多想,不是你想象的那样。你现在这么年轻,去了那边很多事你也没有话语权,基本上就是给你挂在负责政治工作的领域,让你去搞案子,毕竟是派出所,哪有那么多别的事,警情和案件是第一位的。"白玉龙是过来人,"但是给你的这个地位可是不一般,你要是现在去了那边负责政治工作,在派出所的排序你可就是副职中排序第一的了,而且你们教导员很可能就直接从代理的位置上转成一把手。

"然后分局会继续调一个教导员过来,这样的话,新来的负责这方面工作的人虽然是你领导,但是资历比你浅,出于面子也得跟你做交接和了解。总之算是一个不错的开局。

"但是,你太年轻了,你排序一下子排在两个中年干部前面,不是好事,去那边千万别摆架子,在班子成员里姿态放到最低,嘴巴甜一点没坏处……"

"那,我不是负责案件的职位,我去抢人家副所长的案子,是不是不太好?"白松听父亲说完,也有些担心。

"派出所特别忙,杂事多得很,只要你能协调好,人家说不定还谢谢你呢。"白父小声道,"你现在功劳够多了,功劳千万不要抢。而且你是领导现职了,也别啥事都抢在前,多跟其他几个副职吃吃饭,搞好私人关系没坏处。"

白松听着父亲的教导,都记到了心里。他还真没有这方面的工作经验,虽然之前在派出所待过,但是当领导那完全不一样。

这种事,即便是秦支队也不会和白松多说,父子倒是没一点隔阂,白松也顺便问了十几个问题,老爹都一一解答,有个别问题还讨论了一番,使得白松对接下来的工作开展有了一定的信心。

转过天来,白松带上了行李,父亲开车把他送到了张伟的朋友这里,白松坐着一辆改装过的路巡就踏上了回天华的路。

回去的路上,白松对接下来的工作充满了期待。

第四百八十八章 整装待发 | 019

三木大街派出所，王华东就是那个派出所出来的，任旭也是这个所的，加上因为地区经济水平比较好，各种侵财类案件比较多，白松在三队的那段时间也没少过来，所里的内勤和图侦人员他也是认识的。

也许这是分局早就想安排的了，不然之前抽调专案组成员为什么那么巧就抽调了这个所的人？这也是帮白松先锻炼队伍，毕竟他太年轻了。

第四百八十九章　有召必回

马上就要去新地方，而且要开始负责管理工作，白松多少有点紧张。

不过白松也不是太担心这件事，就是父亲也说了，所里都忙，谁也没闲工夫欺负年轻同志，先干好自己的工作。

这车白松第一次坐，车主是烟威市的一家海产品加工厂的老板，叫钱泰，今年四十岁左右，老婆在上京陪孩子读高中。年节过完之后他的工作也没那么忙，组了个三车七人的车队，一起出去玩。

陆地巡洋舰算是少见的又大又舒服还能越野的车子了，虽然白松不待见日本车，自己也不打算买日本车，但是这车不错就是不错，只是一百万的价格还是让白松咋舌。

一路上两人相谈甚欢，了解了白松的身份后，车主也很高兴，和白松天南海北地侃了起来。

再好的车开久了也会累，行至滨市时，因为一路的交流让钱泰颇为放心，就直接把车子让白松开了。

"这么说，你以后就不回老家了？我看你这个节奏，三十岁左右干个处级，再调回来直接就可以当市局的副局长了，"钱泰道，"嘿，那可就厉害了！"

白松这个芝麻大点的副科级，在老家也算县局副局长水准了呢……

"钱哥您和我聊了半天还不知道我？我就是干活的命。"白松看了看油表，"咱们休息一下，加个油？"

"行。"钱泰拿出对讲机，跟另外两部车交流了一下，开到下个服务区就停一下。

白松本来是想掏钱的，但是最前面的头车用加油卡把所有车的油钱全付了。不过白松的这个举动倒是让钱泰对他多了不少好感，年轻人当了个小领导就到处摆架子的他没少见。

到了钱泰这个水平，交朋友其实更简单一些，除了一些必须应酬的场合、合作伙伴之外，其他的基本上随心所欲。

其实这个车队路过天华市再去上京是要绕路几十公里的，白松也不愿意麻烦大家，于是决定把车子开到最靠近郊区的地铁站，然后自己坐地铁回去就行，不然车队再进市区就会比较麻烦。

开到冀北省范围内不久，白松接到了秦支队的电话。

因为在开车，也没车载耳机，白松只能开免提，把手机放到了自己衣服胸口的口袋里。

"你现在在哪？"秦支队问道。

"我在开车，回天华市的路上，车上还有其他朋友。"白松也不避讳，直接道。

秦支队知道白松说还有其他朋友的意思就是说话不是很方便，接着道："你这就要回来了？"

"嗯，您不是跟我说了有工作变动吗？我也想着早点回去，万一政治处下了任命，我可别迟到了。"白松道。

"本来我给你打电话，就是想跟你说一声，让你早点回来，你请假到下周二，估计下周一你就该去报到了，你的人事关系估计后天一大早就调过去了。"秦支队比较关心白松，"你倒是很积极。"

"这么快吗？"白松有些惊奇。

"一直都这样。"秦支队道，"你也可以提前去看看，那边你的办公室都准备好了。"

"那行，我今天晚上就过去。"白松道，"他们那边的宋教导电话我有，今天是哪位领导值班？"

公安局这种单位,是没有早上或者晚上这样的区别的,24小时有人值班,白松晚上过去一趟也好,不那么引人注目。

"今天他们所有案子,宋教、李所、姜所都在,你要是路途劳累就别去了,不然就你这个性格,肯定自然而然当壮丁了。"秦支队道。

因为说话不太方便,白松也没问具体的情况,简单地聊了几句,还是打算过去。

对刑警队来说,管着14个派出所辖区内的警情,有案子加班比较正常,派出所需要全体领导都在的案子其实是不多的,一个月有一次就不错了,既然遇到了,哪有不去的道理?

因为办案合作过,白松在三木大街派出所还是认识几个人的,调走的所长和另外一个调走的副所长暂且不提,现在的三个领导,白松和教导员宋阳见过几次面,李所和姜所也算是见过,而最熟悉的,应该是办案队的警长邓健和四组的警员任旭。

当然,这所谓的合作,更多的是当初白松在三队的时候,从各个所抢案子的时候认识的……

"你不休息一下?"钱泰有些好奇地问道,"工作又不是什么事都得靠你一个人完成。"

"这不也没事吗?我年轻,多干点。"白松跟钱泰道,"一会儿我把车停在天华南宫地铁站那边,我坐地铁走,这条路我还算熟悉,您从那边走不绕路。"

"你直接开车去派出所不好吗?我们都不着急,现在才下午两点多,到天华市区也就三四点,我们晚上在上京的郊外有饭局,定的晚上七点,去早了也没用。"钱泰是生意人,越和白松相处越觉得这个年轻人可交。

"不麻烦你们了,我已经很不好意思了。"白松知道这几位都是时间比较值钱的主儿,虽然他不知道张伟怎么现在都能结识这个层次的朋友了,但是他还是不愿意麻烦这些人。

"说这个就远了。"钱泰道,"况且,你也知道,自今年3月1日起,天

第四百八十九章 有召必回 | 023

华市就开始实行限号限行了,咱们这都是外地车,很快就不能随便进出了,这不找机会也去一趟吗?而且,我们顺便还可以买点麻花什么的。"

这理由这么牵强,但是白松居然无法拒绝,人家要进市区买麻花,这怎么拒绝?而且,限号限行这个事,白松都不知道!

去年年底,天华市开始了汽车摇号,在此之前,白松还特地去买了辆老旧的夏利挂了个牌子,就一直放在楼下车位上吃灰,基本上已经不能开了,所以他对这个真不怎么关注。这种事,钱泰居然知道,白松不得不佩服。

第四百九十章 规矩

有时候不得不承认，人家能赚到钱是有原因的。聊了几句，白松才知道，在上京和天华市多地出摇号政策之前，钱泰就在这边投资了一些租车公司。不过他倒是没跟白松说一个月能赚多少钱，估计是怕白松听着受不了。

进了市区之后，因为这辆车确实是太大了，跟以前开过的中型SUV还是不一样，白松怕给人家剐坏了，在天华市的服务区换了一下，让钱泰开，一会儿钱泰把他送到派出所，白松就可以直接下车离开。

路上，白松接到了政治处的电话，跟他说周一到三木大街派出所的事情，然后还特地嘱咐了一下，顺便解答了他几个问题。

干部调动和民警调动最大的区别就是，干部在分局内的流动非常容易，基本上说走就能走，而且人事关系变动很快。当天变动，当天就能把网上的信息，包括执法办案系统上的信息全改掉。

派出所的副所长就有一些职责和权力了。治安案件的受理与终止调查、刑事案件的受理、500元以下罚款、警告、调取证据以及一些户籍问题，派出所的所长就可以决定。这里所说的所长，也包括副所长。但是这同样代表着职责。

接完这个电话后不久，白松就接到了三木大街派出所教导员宋阳的电话。

这让白松怪不好意思的，自己没有主动打过去，人家把电话先打了过来。不过仅仅思考了一秒，白松还是立刻接起了电话。

"白队长，我是宋阳，你那边接到政治处的电话了吗？欢迎欢迎啊。"

宋阳是个老好人性格，虽然以前和白松不熟，但是说起话来颇有一种老相识的感觉。

"宋教，我还想等我下午到您那边，再特地拜访呢！您主动把电话打过来，我都不好意思了。"白松打了个哈哈。

"以后都是一个班子的成员，打个电话哪有那么多讲究？"宋阳道，"你确定下午就过来吗？"

"嗯，我估计再有半个小时就过去，我先到咱们所看看。"白松还没过去呢，就已经说"咱们"了。

"那行，我派人把你的屋子收拾一下。"宋教和白松聊了聊，就挂掉了电话，估计那边案子也比较忙。

只是让白松没想到的是，他到派出所的时候，宋教居然带着内勤在门口等他。

在副驾驶座位上，他远远地看到了这一幕，连忙跟钱泰说了一下，车子就停在了派出所门口，白松背着包就下了车。

"白队长，欢迎欢迎。"见白松主动伸手过来，宋教也迅速伸手和白松握了握手，内勤立刻帮白松拿了东西，白松和钱泰打了个招呼，车队就离开了。

白松这身行头倒是很普通，但是三辆豪车送他的架势倒是挺唬人。宋教倒是没什么感觉，面色丝毫不变，内勤和其他几个民警倒是窃窃私语着什么，不过白松没注意到。

而白松敏锐地注意到，宋教从刚刚打电话到现在，都是称呼他"白队长"。

这称呼一点错也没有，毕竟白松还有两天才过来，周一才会有政治处的人带着白松来和派出所的班子成员开个小会，正式宣布任命，在此之前，白松就一直是刑警的人。

也就是说，白松虽然主动示好称"咱们"，但是在人家那边看来，还不算是自己人。明白了自己的定位，白松也没有什么不好的想法，毕竟他已经提拔半年了，现在这般倒不会被人说什么。如果是他刚刚竞聘成功，还有两天才正式挂副科职，就这么大摇大摆地先过来的话，那就容易闹笑话了。

不过即便如此，这般提前来也不是好事。最关键的是，这么一来，他还真的不能主动去问案子的情况了。简单地说，他问了，人家宋教出于面子肯定要说，到时白松参与还是不参与呢？参与，算什么？帮忙还是指导？不参与，你问什么？

而且，参与了之后，如果做出了大的贡献，那别人就会夸他吗？如果没有做出大的贡献，也……

果然，白松主动地说了几句所里很忙、很辛苦之类的事情，宋教也没提案子的事情，只是把白松的话答了个滴水不漏。

白松感觉太累了……

并不是每个领导都这样，如果是刑警的几个领导，那都是案子第一，管你是不是自己的人，过来了就帮忙干活，把人抓住了就是好样的。

而宋阳这样的，其实也很多，这也正常。

如果派出所搞不了这个案子，主动找刑警帮忙，白松过来，那算是一回事。但是刑警的人你主动过来，以私人的身份参与办案，那就是另外一回事了。怎么，我们都不会办案，用你来教我们？

做了一个简单的安顿，宋教那边还得去开案子的会，也就没有继续陪白松，只是说等下周，给白松接个风，简单地交流一下，算是很客气。

在自己的新办公室里坐了会儿，白松有些沉闷，想出去透透气，但是这么灰溜溜地走，也不是个事。

他还是太年轻了，直到坐在这里仔细地想了想宋教的每一句话，才彻底明白了自己错在哪里。而且，这个事还真的不能怪宋阳，白松这个时间来，其实是给人家添麻烦的。宋阳不可能直接在这个时间，把白松带到办案队去，所以来了只能是添乱。主要是，如果宋阳把白松带到办案队，这事就不对了。政治处还没有正式任命，你一个教导员主动任命了，像话吗？

一句话，就是自己不该来。

白松有些庆幸，自己没有主动问案子的事情，不然就更骑虎难下了。

现在能做的，就是在这里等，干等着，等宋教那边忙完，过来找他。然后把这次提前过来的事情，变成私人拜访，然后等着宋教那边给台阶下，顺势离开。如果白松就这么直接走了，反而是落了下乘。

这种事还是不用问别人的，他在办公室烧了一壶水，泡了茶，静静地等待着。

第四百九十一章 参与办案

江湖，是人情世故。

这句话如果后面再加一句，那就是：有人的地方，就有江湖。

除了一些富二代和运气好一夜暴富的人，那些能守住家业或者白手起家的人都不是一般人。

就拿钱泰为例，说话、办事、言语，都是绝对的高手，白松经历了今天的这些事，亲身体会了，感触颇深。

很多人不被骗一次，无论看了多少防诈骗的书，都记不住。

在屋子里白松用了五分钟时间收拾好东西，剩下的时间，都在静静地思考。

一个小时后，宋教回来了。

"白队，不好意思，我们实在是太忙了，一直没抽出空过来看你。"宋阳进门便说道。

派出所就这么大，白松走没走，他当然是知道的。而白松在屋子里一个小时没出来，还是让他观感好了一些，如果白松跑出去问案子的情况，他就该头疼了。

"来得早一点，过来看看您，给您添麻烦了，您喝茶。"白松倒上一杯茶，"我要是知道您这边忙，我就不过来了。"

"都自己人，别那么客气。"宋阳接过白松递过来的杯子，对白松最后的这句瞎话颇为满意，"白队长一会儿回去，有车吗？"

虽然白松能在这里等这么久，但是宋阳还是怕这个年轻的副职直接问案子的事情，委婉地就要给白松台阶下了。

白松心里舒了一口气，可算是听到这句话了："有车有车，我这正准备走呢，但是不跟您打个招呼也不合适，您忙，我就也没打扰您。"

"没事，我安排个人送……"

宋阳话音未落，就有人敲起了门，敲了两声，直接就把门推开了。白松看了一眼，是任旭。

"宋教，医院抢救的女孩，死了。"任旭直接道。

宋阳刚刚跟办案人员说过了，如果人死了，第一时间通知他，所以任旭直接就过来说也没什么问题。遇到急事，是不需要考虑尊卑长序的。

任旭这才发现白松，和他打了个招呼。

宋教看了眼白松，白松立刻道："宋教，你们这边忙，我还有点事，就先走了。"

"行，任旭，你先去忙，"宋阳自然知道任旭借调走之后在白松手下任过职，接着转身道，"我得先去忙咱们这个案子了。"

宋教出了屋子，招手把任旭带走了。

白松跟着宋教，也一起离开了屋子，接着就离开了派出所。

宋教最后提到的"咱们"，明显也是跟白松说的。这说明一个问题，这个案子死人了，刑警就得介入了。而以宋阳对刑警的了解，刑警现在也很忙，加上白松马上就要调过来上班，百分之百会把白松调过来。但越是如此，白松越得快点走，一会儿跟大家一起来，才算名正言顺。

果不其然，白松刚刚离开派出所不到五分钟，就接到了秦支队的电话，问他有没有空。

十五分钟后，白松在路边被警车接上，接着又来了派出所。

这次来的是白松和二队的王警长等人，因此出来接他们的，就是派出所管刑事案件的副所长李云峰。

一会儿秦支队和马局长还得亲自过来，在领导来之前，白松必须把案件全部搞清楚,以便于和领导汇报。白松和派出所的李所热情地打起了招呼,然后被带领着进了派出所。

话不多说,先谈案子。

终于到了白松最习惯的环节,白松紧绷着的神经这才微微放松,认真地听着李所讲案件情况。

这并不是一起凶杀案,表面上看是一起意外死亡案,但实际上是中毒案。

每逢佳节胖三斤,哦,不对,是三公斤。而碰上过年,可能就是十斤了。今年的年节之后,元宵节就是情人节,过年期间胡吃海喝的小姑娘,面对即将再次见面的男朋友,就有些头疼。

死者小岳,今年21岁。

这些年,由于生活水平的提高,肥胖成了一个越来越严重的问题。火锅、烧烤、奶茶、麻辣烫、麻辣香锅,这类辣、甜等味道比较重的食物,火遍了大江南北,也大大增加了国人的体脂率。

小岳本来就是微胖的身材,过年期间没有管住嘴,也丝毫没有锻炼,正月初十的时候,就比过年前胖了足足十斤。

这怎么办?冰冻三尺,非一日之寒。肚腩三层,非一日之馋。想五天内健康地瘦下去本身不可能,但是她朋友圈有人能帮她做到。

这就不得不提起,今年刚刚兴起的微商了。

这应该是最早的一批微商,还不能称为真正的微商,但是已经开始使用朋友圈带货,使用红包功能作为结算方式了。都是朋友,大家的信任度也就比较高。

小岳就有一个卖减肥药的朋友。

减肥药听着有些吓人,于是,这些减肥药就摇身一变,成了减肥咖啡、减肥茶、减肥饼干等。在朋友的保证中,小岳看了看几个减肥成功的案例,于是心动了,买了一大盒减肥饼干。

"躺着也能瘦""月瘦15斤""0副作用""不反弹"……

这等好事怎么才知道？

小岳还是觉得慢了，一顿一块饼干可以两天瘦一斤，一顿两块不就可以一天瘦一斤了？

她没敢吃太多，觉得一顿两块没问题，于是就开启了"减肥"的过程。

昨天晚上，她就有些身体发虚，今天早起又吃了两块，二十分钟后就开始心慌，心率飙升，出虚汗，手抖。

这些症状之前每次吃完都有，这被小岳视为"为减肥必须付出的代价"，但是今天早上，她就一下子晕了过去，家人把她送往医院抢救，但是最终还是没有救过来。

而这个减肥药的成分，就是盐酸西布曲明。

微商已经被控制，这不是问题，问题是这个微商牵扯到很多人，而且后面的生产厂家还没有找到。

第四百九十二章 案件

盐酸西布曲明，这是一种曾经非常火的减肥药，从诞生之初就在世界各国卖得不错。2008年左右，某个大品牌公司，主动停产这款药物。2010年，盐酸西布曲明在国内被禁止生产和使用，后被列入违禁药品名单。

一般来说，这个药一个人每天的摄入量不能超过10毫克。无良商家偷换概念，降低浓度，换成一天三次，每次三到五毫克，把它加入减肥食品里。几毫克放入饼干里面，一块饼干里有上千毫克的糖，一点也吃不出其他味道。

这种药物，在某些国家已经导致了数十人死亡。

减肥药物，基本上分三种：一种是通过影响神经系统，降低食欲来减肥，第二种是降低胃肠系统对高热量食物的吸收能力，第三种基本上就是安慰药。

有时候医生给过度肥胖的病人开一些奥利司他，就属于第二种，让肠胃不再吸收油，所以，吃这个药如果再吃肥肉，就会从自己的出口往外流油。

如果在某些购物网站上搜索奥利司他，那么将会有一大堆的减肥产品出现，吃了这个以后，就得准备成人尿不湿了……

而如果现在搜索盐酸西布曲明，那么搜出来的只会是盐酸西布曲明的试纸。

但这并不意味着这东西就不存在了，它只是以其他的形式，存在于一些非法销售的途径中。

比如说微商。

事实证明，微商所售卖的一些东西，是不可能比真正的大公司生产的合格产品效果更好的，原因很简单，资本是逐利的。如果一个产品真的那么好，那么大公司早就拼命生产了。

但这个世界上永远不缺懒惰的傻瓜和勤勉的骗子。

人类的进化，并不是设计好的，而是凑合就行。跟很多动物一样，人的身体比较擅长于存储热量（脂肪），以便更好地度过恶劣环境，所以减肥是违反人本能的，确实是比较有难度。

但是这一切都改变不了一些人的爱美且不大灵光的脑袋。

很多被宣传得很好的药物里，还是有这种物质，主要是成本太低。很多人可能难以想象，自己几百块钱买来的"高档减肥药"，生产成本只是几毛钱。

李所把案子大致讲了一遍，就和白松直接商量起了下一步的工作。

派出所的人正在对售货的微商取笔录。

虽然这个微商她自己可能并不知道她所售卖的东西是有毒、有害的，甚至可能她连盐酸西布曲明是什么都不知道，但是这丝毫不影响对她的行为定性。

这微商已经吓坏了。

派出所的民警中午时分就撒出去一半的人，主要是通过这个微商的通信记录来追回已经卖出去的药物。

这会儿宋教已经跑去了医院，正在处理小岳的事宜。

人已经死了，这是没办法的事情，现在要做的就是把这个犯罪窝点给端掉。

不过这个东西并不是毒品，所以就连白松都知道它的化学合成方程式。

"现在的情况就是这样，问题是，这个被咱们抓到的微商叫贾竹，她拿货的渠道，也是她的一个朋友，现在也已经掌握了，这个人手下还有几十个渠道现在必须封上。"李所道，"这是个麻烦事，而最关键的就是，生产方没找到。这个贾竹的上家,是一个叫耿南的男子,说每次他都是去一个公园门口等着,送货的每天下午会从那里路过,看到他就会和他交易。"

"那咱们派人去那个地点堵着不就可以了?"白松问道。

"是这样,咱们的人已经过去了,但是那个公园门口车子挺多的,耿南不过去,不会有车子停下来的。"李所道,"这个耿南和贾竹完全是两回事。耿南说话我们普遍认为可信度一般,所以也不敢把他带到现场进行伪装,我甚至怀疑他会使眼色,到时候送货的就知道咱们已经把他抓了。"

"嗯,我们这边也觉得你们所里的方案不错。"白松道,"现在堵口回收有毒有害的药物的情况,具体怎么样?有没有第二个人中毒?"

"目前还没有发现,咱们所针对的主要是贾竹的顾客,倒也不多,也就十多个人,已经查了一小半。问题有两个:一个是耿南下面的其他人以及对应的人到底在哪里,另一个就是我们不能确定像耿南这样的人有多少。"李所长道,"不知道刑警这边有没有更好的办法?"

其实一般是没什么好办法的,这个案子就得这样铺开查。

"为什么感觉耿南的说话可信度不高?"白松问道。

"我们的老民警水准还是可以的,这个人在说瞎话,老民警还是可以轻松地看出来的。"李所为单位的同志正名。

"他没必要啊。"白松思索片刻,"这个案子他如果不想被认定为主犯,为什么不招供呢?"

"可能是为了隐藏自己,这样方便说自己对这个药物里的成分不知情,如果真的这般认定了,那么量刑都可以少一些。"李所嗤笑一声,"不过他在想屁呢,这是不可能的事情。"

"嗯,那咱们要早点开展工作了。"白松道,"咱们所里有没有开始查对氯苄的销售情况?"

"绿便?"李所皱了皱眉,"这是什么?"

"一种生产原料,网络上都能查得到。"白松道,"查一下一些化工厂的销售记录,主要针对一些小厂的销售记录。"

第四百九十二章 案件 | 035

"行,这个事就麻烦你们。"李所思索了片刻,便答应了白松的说法。

白松作为刑警支队的领导,很快把支队过来的所有人都安排到了不同的地方。

这案子其实是很需要人手的,因此今天派出所也出动了大量的警力出去查。而如果不死人的话,那么这个案子派出所也能慢慢搞成功。

但是小岳一死,事件就升级了。

小岳的家属来了,男朋友没来,这倒不是小岳的男朋友不够意思,而是所里压根就没有通知。因为在法律上,男女朋友等于零,并不存在任何的法律关系。

第四百九十三章　渠道问题

白松又继续了解了一些情况，领导们都来了，他做了一个简单的汇报。当听说支队的警察都出去查原料的时候，秦支队很高兴，他听白松这么一说，就觉得这个路子是对的，虽然对这类化学品管制不是非常严格，但大体上还是有迹可循的。

这样跟进案件其实是比较别扭的，白松现在光杆儿一个，别人都派出去了，他在所里也没什么正儿八经的能帮上忙的人，最多就一个任旭，但是如果这个时候把任旭单独带出去，对任旭不见得是一件好事。尤其是任旭这个傻孩子，人情世故还远不如白松呢。

这案子倒没有想象的那么复杂，白松一个人也不方便办案，思来想去，他决定先去看看这个被抓的耿南，看看具体是什么情况。

至于其他的，看看审讯结果吧。

耿南的审讯还在进行中，派出所的审讯室也没那么先进，白松进去溜达了一圈，听了一会儿，也不大方便打扰人家，就出来了。

一出办案区，正好遇到了李所，李所刚刚从外面回来，走得有点快，白松看到他这个样子，以为案件有什么进展，便过去问了一句。

"哦哦哦，没事没事，我就是平时走路比较急，习惯了。"李所是部队的转业军人，一直都是雷厉风行的性格，"白队，我刚刚出去才听说，后天调过来的副所长是你？"

"嗯，我也是半个小时前接的政治处的通知。"白松以前和李所打过交道，但是不熟，今天接触发现他人比较直，很好相处，"李所，以后咱们就是一个班子的成员了,您是老前辈,可得多照顾我。"

"互相的,互相的,"李所道,"我怎么看刑警那边来的人有点少啊?"

"这案子之前一直是所里在搞,这不是有中毒死亡的吗?"白松道,"不过也不是凶杀案,而且涉案的人也抓到了,我感觉马局长和秦支队来,也是怕家属闹吧。"

"也是,"李所顿了顿,"就是所里也比较忙。"

白松听出了李所的话外之音,这案子看起来所里有点忙不过来了。

不过说起来也是,这个事牵扯的人有点多,虽然这个减肥药不是真正的剧毒物质,并不会有多么危险和急迫的状态,但所里派了十几个人也确实是有点忙不过来。

想来可能是因为宋教迟迟没有被任命为一把手,想出点成绩。

白松简单地想了想,也就明白了,随即道:"三木所民警六十多,辅警三十多,怎么就派了十几个人?"

"昨天晚上元宵夜,所里出了一半的人去文化宫那边负责节日安保了,今天都休息了,我们几个领导都回来加班了。但是你也在所里待过,能让咱们的民警休息一下,就尽可能地安排休息,毕竟休息的时间太少了。"李所长叹了口气,"这案子,查起来才知道不简单啊。"

白松点了点头。

一个不知道到底在哪里的生产商,一个说话含糊其词的批发商,一个把药卖给了十几个人的零售商,一个因吃了减肥药丢了性命的小姑娘,哪个都是麻烦事。

"现在最难的点在哪里?是审讯这个耿南吗?这个如果有压力的话,我们可以帮忙。"白松和李所直接说道。

李所看了看白松:"中途换将不是不行,但是里面的同志还是可信的。"

说完,他接着指了指办案区。

白松明白了,这个事不能掺和了,这属于摘桃子行径,如果人家不主动提,就不太合适。

其实审讯这种事，也不是说白松上就一定出成绩。这个耿南要是不说，专家来也不一定有用。好在这个案子外围证据足够多，这耿南说不说也不是那么重要。

好在李所倒是个很简单的人，接着跟白松说道："现在的问题有两个：一个是抓其他零售商，这个慢慢来，欲速则不达，毕竟这个药目前也没听说别的地方有报警的；另一个更关键的是堵源头，我们也不知道耿南这样的人物一共有几个。"

"这两个问题咱们刚刚聊过，李所，咱们可都是自己人了，你跟我说，还有什么需要我们帮忙的，我去想办法。"白松道。

"现在有一个问题就是，目前没有掌握他们之前的贩卖渠道。"李所道，"你也知道，虽然微信上个月月底推出了微信红包功能，到今天才半个多月的时间，这些人怎么可能动作这么快？"

白松听到李所的话，微微沉思。

九河分局十四个派出所，刑警队一共也没多少人，所以大部分的普通刑事案件都是所里在搞，李云峰到底是负责刑事案件的副所长，这个敏锐性确实是足够的。

而白松没发现这个问题，主要是因为他太年轻了。

今年1月27日微信推出红包功能，这个移动支付方式迅速点燃了整个微信圈，好像谁过年不发个红包、不抢个红包，就落伍了似的。

白松对这个新兴事物接受很快，所以没啥感觉，但是即便是合法的微商，也不过是在萌芽阶段，这些人怎么能铺开得这么快？

"您的意思我明白了，就是这个产业链可能在之前就有了，但是咱们现在不掌握这个产业链对吗？"白松道。

"嗯，这个卖药的贾竹知道的信息不多。她就说半个月前想赚钱，从耿南那里获得的一些文案和宣传资料，就开始发朋友圈。目前来看，这个女的也挺傻，还真的以为自己卖的是好东西，事实上，耿南卖给她的价格可是一点都不低，而且她自己还吃过。"李所道，"这个时间，够贾竹把销售面铺

第四百九十三章 渠道问题 | 039

开，但是肯定不够耿南来铺。"

"那他们怎么认识的？"白松问道。

"这个他俩倒是口供对上了，他俩是在玩游戏的时候认识的。我们查了查那款网游，他们确实是好友。"李所道，"咱们所里掌握的线索也就这么多了。"

"行，"白松点了点头，"我去想办法。"

第四百九十四章　又遇熟人

白松现在的处境其实是有点尴尬的，主要是他现在所挂职的十队，根本就没人，理论上讲，他支使不动任何人。刚过来的时候把人派出去那是一回事，现在想要人有点难。

把这些情况都向秦支队反映了之后，秦支队让白松先去熟悉一下案卷，接着就没安排什么工作了。

这案子哪有什么案卷呢？

目前的也就是零星的几份笔录和几份监控录像。

录像并不多，白松大体看了看，这录像就是那个公园门口的录像，按照耿南所说的交易地点和时间，这个地点正好是录像的死角。几个摄像头都照不到这个位置。

快进看了看，白松心情有点浮躁，一点线索也没发现，他现在已经不是刚来派出所一盘录像看一天的时候了。

今天一天经历的这些事，他提前进入了角色，身份和以前似乎真的不太一样了。

但是，白松还是得踏踏实实，既然秦支队给他时间让他看线索，那就……白松深呼吸几次，静静地看起了录像。

因为耿南不怎么配合，所以这些录像价值其实是不大的，毕竟耿南完全可以随便说些瞎话来干扰侦查。但这边的案卷确实是太薄了，不看这个也确实是没什么别的可以看的。

这会儿就有些怀念王亮了，同样是看视频录像，王亮比他专业许多不说,最关键的是他能够对一些不太清晰的、有闪动的片段做一些提炼。

要说,这可是正儿八经的技术人员了,虽然没个正形,但是技术确实是蛮扎实的。

不过,也正因为和王亮的接触时间比较久,白松也掌握了一些基础的技巧,能大大提高看视频的速度。

四倍速,四个画面一起看,这已经是白松的极限了。

这一处公园,有一个摄像头下人流量比较大,时常能看到有小摊小贩在这里摆摊,四倍速下,每个人都像运动健将一般。剩下的三个角度人流量就比较小了。

白松按照耿南所提到的时间段,看了半个多小时视频,视频里已经过了两个小时左右,一无所获。

这让他颇有些动摇,脑子里开始想起了这几份笔录的内容。

几份笔录里,贾竹的笔录最有价值。贾竹跟小岳不仅仅是朋友,更算是闺密。贾竹接触这个东西以后,自己吃过,确实是有效果才开始卖的,而且给小岳的价格,基本上就是进货价,倒是没打算赚小岳的钱。

从贾竹的血液中,也检测出了盐酸西布曲明。

贾竹也承认,她从耿南那里,听说过这个药有一定的不良反应,她亲自吃了以后发现确实是有反应,但是不明显。

其他几个笔录里,有一份是小岳的父亲的,小岳父亲的笔录取得明显有些断断续续,看样子其父现在情绪非常不稳定。

从其父亲的笔录里可以看出来,小岳和贾竹的关系不错,两个人从小就认识,而且还上了同一所大学。近日里,二人还曾经多次联系过。对于小岳吃减肥药的事情,小岳的父亲并不了解。但是小岳最近每天都有些神经衰弱她父亲是知道的,只是嘱咐了闺女几次不要熬夜,别的也没有多说。

另外几个吃药的也都表示,卖药给她们的贾竹说过这个饼干一顿一片,一天三次,但是这些人普遍担心"是药三分毒",还有的觉得这个药贵,基本上都没有吃这么多,所以虽然减肥效果一般,却也没因此出什么事情。

其中有一个吃了不太舒服，和贾竹有聊天记录，后来贾竹也告诉她这是正常反应，少吃一点就没什么大问题。后续确实没什么大问题。

"白队，"所里的内勤王国晨推门进来，"马局长让我跟您说一下，去会议室开会了。"

"行，我马上到。"白松把电脑点了暂停，揉了揉眼睛，把刚刚看的笔录也都收拾好了，放在了原处。

起身准备离开，白松看着视频里的一个小贩，面露疑色。

这视频清晰度尚可，白松把那个镜头放大，怎么也想不起来在哪里见过这个人。

他记忆力还算是很不错的了。事实上，他也总去逛一些夜市，难道这种熟悉感来自某次晚上吃东西？

这倒是有可能，但白松还是把这个照片拍了下来，并发到了他成立的六人群里，问问哥几个有没有印象。

本来白松没抱什么希望，但是不一会儿，王亮就打来了电话。

"你这照片是做什么用的？"王亮问道。

"我这边的一个案子，在一个现场拍到的。"白松道，"过会儿如果需要增援，你们几个估计也得被叫过来。"

"三木大街派出所的案子？"王亮似乎略有耳闻，"这个人你可能记不清是谁，我记得清，这是那年咱们刚来那会儿，遇到的那个'二哥'的手下，他们后来和咱们打了一架，这个小子就是当初动手打我的那个，我无论如何都能记得住他。"

白松听王亮这么一说，也逐渐回忆了起来。

当初，白松、王亮、王华东、孙杰四人因为"啤酒妹"王若依和严晓宇的事情，和"二哥"等人闹了矛盾，引发了一次群殴，虽然最终没有输，但是四人多少也挂了点彩。

"这个人沦落到摆摊儿了？"王亮看到照片的情况，"可以啊，还掌握了一门正儿八经的生存技能。"

白松知道，这几个打架的，因为赔了钱，得到了他们的谅解，除了"二哥"判了一个短期的拘役，其他人都直接判了缓刑放了出来。

但是白松可不相信这种人会摆地摊。

白松和王亮简单聊了几句，便挂了电话，接着跟王国晨一起去了会议室。

本来白松还想再唠会儿的，但是王国晨一直等着，白松挺不好意思的。

在这个视频里，居然看到了熟人，这是白松始料未及的。自从去了刑警队，白松已经很少和这些人打交道了。

想来，这回下了所，打交道的次数少不了。

第四百九十五章　案件规划

楼上会议室，白松到了之后，来了六七个人，都是刑警和所里的现职领导，也都跟他认识，白松打了圈招呼，就找了个位置坐下了。

这不到一个小时，已经凑齐了这么多人，看样子分局对这个案子重视起来了。

不一会儿，马局长、秦支队带着分局法制部门的王副主任一起进了会议室，迅速地落了座。

话不多说，很快地就讲到了案子的难点。

这个案子，难点在哪里？

根据《刑法》第144条规定，在生产、销售的食品中掺入有毒、有害的非食品原料，或者销售明知掺有有毒、有害的非食品原料的食品的，处五年以下有期徒刑或者拘役，并处罚金。如果是对人体健康造成了严重危害等，处5—10年有期徒刑并处罚金。而致人死亡等，则参照《刑法》第141条。

《刑法》第141条，是生产销售假药罪。针对致人死亡这种情况，处十年以上有期徒刑、无期徒刑或者死刑，并处罚金或没收财产。

单独拿出这一项来说，比故意伤害致人死亡的判刑还要高，因为故意伤害致人死亡罪是判处十年以上有期徒刑、无期徒刑或者死刑，并没有财产刑。

但是，问题就出现了。

生产者不必多说，贾竹和耿南两个销售者是否对本行为具备明知？

如果不具备明知，可能就无法构成这个罪名。

讨论起这个话题，有人提出了不同的观点。

都是老警察了，这情况是不可能就这么随随便便地把贾竹放了，只是这种案子确实是做得比较少。

法制部门的王主任指出，虽然这饼干内的物质贾竹可能不知道是什么，但是她作为卖减肥药的，理应知道这个减肥药的具体情况，对自己售卖的产品有了解。

法制部门的领导说完话了，就算是定了性了，不过王主任看白松一直没说话，便问道："白队你来得早，案子我们都不太了解，针对刚刚的情况，你有什么意见？"

白松愣了一下，心想：王主任为啥问我的意见？要问也应该是在我发言之前问吧？

"我觉得王主任说得有道理，这个贾竹确实是应该对这个案子'推定明知'。"白松含糊其词。

法制支队是个刑侦支队平级的存在，排序还排在刑侦支队前面，王副主任等同于刑侦支队的副支队长，怎么也算是白松的领导了。

当然了，这种领导只是名义上的，实际上，白松完全不受其管辖。

"白队，我之前让你去把派出所的案卷仔细看看，没有新发现吗？"秦支队问道。

这倒是让白松有点摸不清楚到底是咋回事了，就连这边坐着的所里的宋教导员也有些皱眉，没搞明白这葫芦里卖的是什么药。

白松看了眼马局长的表情，立刻明白了。

这是给他一个高台让他站啊。

法制部门不归马局长管，今天这个场合因为是新案子，又必须得法制部门出人，而王副主任据说和马局长……

这是马局长在找机会捧白松啊！

白松今天还未任命，第一次来所里，所里的领导和内勤都在，还有两个警长在，马局长和秦支队这也是给白松一个机会。

难不成领导都知道自己直接来所里那一趟的事情？

一瞬间白松就想明白了，颇为感动，接着点了点头："领导，我没什么新发现，就是王主任提到的那个，因为我恰好看到了几份笔录，看得还比较细致，也就随便分析分析。"

说到这里，白松道："我从贾竹的笔录里看到，她售卖这个减肥饼干之后，她的客户有的已经出现了不良反应，而且她自己也有些不舒服，所以我们可以推定她对饼干有毒是知情的。

"我们并不需要她知道这个毒是什么东西、有多大的危害，作为食品的销售者，明知食品里被添加了对人体有害的物质，还进行售卖，并放任小岳死亡这个结果的发生，推定应知。

"生产销售假药罪，是危险犯，虽然目前只造成了一个人的死亡，但贾竹的行为足以使不特定或者多数人的生命、健康和重大财产安全陷入危险。

"即便最后经过尸检、毒理学鉴定，小岳具有原发性疾病，是特殊体质，对盐酸西布曲明有严重的过敏等反应才导致了死亡，依然不影响本案案件性质，而能否因为这个减刑，是法院的事情，不是我们需要考虑的问题。

"对于危险犯和实害犯，在法学上……"

白松越说越起劲，就差开个法学课堂了。话说到一半，硬生生地刹了车，喝了口水："嗯，稍微补充了一点点……"

"咳……"王主任给大家散了香烟。

王主任似乎对白松比较熟悉，知道白松不抽烟，直接避开白松："白队长说得很有道理，一会儿刑警再出两个人，重新再给这个贾竹取个笔录。"说完，他着重要求几个点必须在笔录上体现出来。

除此之外，耿南的笔录也基本上取完了，看样子很是不配合。这个领导们倒是没安排对他再进行一次审讯，估计也知道暂时没什么用处，只是跟所里说到点呈报刑事拘留，分局那边立刻就给批。

毕竟资源是有限的，而这样的案子，自然而然也会占用更多的资源。法制领导、刑警一把手、分局分管刑侦的副局长都在，刑事拘留的批准也就是几分钟的事情。

白松也终于有了自己的人手，三队、四队派人来支援，王华东、王亮也和白松分配到了一起，任旭也被宋教分到了白松这里。

宋教看明白了，所以，既然现在都已经联合办案了，就没必要说别的，一切以案件为重，这个案子只要是漂漂亮亮地完成了，无论是谁的主力，都一样。

而这个案子如果出了问题，再造成药物扩散和事故，宋阳多多少少是有责任的。

孙杰毕竟是法医，被分到了医院，和小岳打交道去了。

白松这个小组，又成为四人组，而且很幸运的是，领导对白松颇为放心，允许他自由调配小组成员。

第四百九十六章　人尽其用

再次看到"二哥"的时候，白松颇有些感触。

"二哥"瘦了。

是真的瘦了，很明显，瘦了四五十斤，以致找到他的时候，白松都有些认不出了。

"白所，"二哥拿出一包中华，给白松递了一根，见白松不抽，又给大家散了散，没人拿他的烟，让他颇有些尴尬，"白所，您不会还生我气吧？那个时候年轻不懂事，别在意啊。"

白松听到这个，嘴巴抽了抽，这四十多岁的人了，两年前还叫年轻不懂事？

"生啥气啊？你也别介意，我们都不抽烟。"白松揉了揉太阳穴，这跟想象的不一样啊，这个"二哥"变好了这是？

"我还是喜欢你桀骜不驯的样子，"王亮忍不住吐槽，"你这样我们不太适应啊。"

"警官，你这哪里的话……""二哥"嘿嘿一笑，"都说三天看不见，就换眼睛看人，我这进去待了半年，出来以后瘦了三十多斤，高血压、高血糖都没了，而且遇到这个事情，手底下的那些人也都靠不住。在里面的时间，这作息一规律，瘦下来这么多，外加不喝酒了，我这身体可比以前好太多了，我媳妇都说我这样好。"

"能变好总是好的。"白松拿出一张照片来，"你看看这个人，现在还跟你吗？"

"这不是大花吗?""二哥"颇有些惊讶,"我进去了以后,再出来就没看到他,前几天喝酒还听说他最近做生意了,怎么看你们的照片的样子,这是在大街上摆摊儿了?"

"你能找到他吗?"白松问道。

"这倒是不难,他还在九河区……白所要是着急,晚上我就能把他带过来。"

"晚上?这不已经是晚上了?"王亮疑惑道。

"呃,一个小时……"

白松倒也不是很急,王华东被他安排去给贾竹取笔录了,白松想知道贾竹更具体的情况。

任旭则被白松派到了调查耿南的队伍里,天色已暗,所里依然热火朝天。

从耿南那里拿货的人已经查到了几个,这几个人的销售清单也都找到了。

往下查其实就属于基础工作了,对案子的推动也只是起丰富案件的作用。

白松把任旭派过去,也是因为任旭和他们更熟悉,而且白松刚来也想低调,真的要带着三个人就出去抓耿南的上家的话,如果逮不到也容易被人说。这倒并不是他怕被人说闲话,而是关于这方面的线索确实是不多,人多也没什么价值。

大约过了半个小时,"二哥"就带着另外一个男的进了派出所,路上还有点微喘:"白所,您看这是您要找的那位大花吗?"

"就是他,"白松颇有些惊奇,"你这速度够可以的啊!"

"找人这一块,方方面面……""二哥"拍了拍胸脯,"以后九河区范围内,您要想找谁就言语,没问题。"

白松点了点头,示意"二哥"可以先走了。

大花看到白松和王亮,他早就忘了自己当初打的是谁了,连忙拿着手里的袋子就要递过来，被白松一个眼神过去，大花没敢送。

"白所，您找我？什么事？"大花笑得比"二哥"还谄媚，听这称呼，应该是来之前就被"二哥"嘱咐了一番。

其实警察没啥可怕的，对于普通人来说看到警察应该是有安全感的。但是这些社会边缘的人，看到警察客气，跟老百姓玩横的，也不是啥新鲜事。当然了，喝了酒骂警察、吹牛皮、吆五喝六、六亲不认也是这类人。

白松问了问大花，还真的问出来了点什么。

这大花也不是什么省油的灯，虽然摆摊儿，但是也不好好摆，偶尔还在附近当个捐客。

"中间商"这个词在他身上可不是褒义词，因为公园附近也有卖房的和旅游公司的广告牌，大花就经常抢着当个中介之类的，赚点中介费。

"你们提到的那个人的我在公园门口见过，"大花毕竟是个很油的社会人，察言观色还是很专业的，"有照片吗？"

白松把耿南的照片给他看了看，大花肯定地点了点头："我见过，以前他在公园门口摆摊儿卖小宠物之类的东西，比如说小乌龟、小仓鼠之类的，除此之外，还卖宠物饲料和一些药。

"不过，这公园附近老年人居多，没多少人买这些东西，但是他的几种猫粮卖得还行，后来他走了之后，我还偷偷记下来那几种猫粮的品牌，去买了一些在那里卖，结果一包也没卖出去。"

"他什么时候走的？"白松问道。

"走了差不多一个月了吧，年前走的，过完年就没回来过。"大花肯定地道，"白所，您问这个干吗？是不是这个小子有问题？反正说实话，我觉得他有问题。"

"具体有什么问题？"白松问道，"还有，他卖得好好的，为什么走了？"

"呃……"大花道，"我当初看他卖得不错，我怀疑他在猫粮里偷偷放了毒品，卖猫粮估计就是幌子，于是我找了个公用电话报警，后来当地派出所去了，把他带走了，不到两个小时他又回来了，估计是没毒品。但是，从那之后，他就不来了。"

白松有些无语，这看别人赚钱就举报确实不是好人能做出来的事情，不过他还是很高兴，这线索很重要！

大花这类人，是不会在这种事情上骗警察的。他们这些人其实也简单，就是在他们的简单而有效的生存智慧下，轻松地赚点钱。

第四百九十七章　安排工作

给大花做了一个简单的笔录，包括一份辨认，白松就让他先走了。

刑事案件，做伪证是要接受处罚的，所以大花在这份笔录上签了字，白松就更放心了。这个可跟匿名举报有毒品是两回事。

除此之外，大花还说，这些天都没有在这附近见过耿南。

给大花取完笔录之后，白松开车带着王亮先去了一趟公园所在地的派出所，调取了当初的出警记录。

来的时候，白松和王亮基本上是信心满满。在白松看来，这个耿南，很可能就是生产者！

如果这样来分析这个问题，有些事就可以解释得通。比如说为什么耿南会支支吾吾，为什么很多事他说得模棱两可，为什么他的猫粮会卖得好。

难道是他在顺便卖减肥药？还是说他以猫粮为幌子，离开这里之后，再找地方偷偷出手减肥药？

这都是有可能的，而且，近期不在那里摆摊儿，应该是都转到网上销售了，不需要去摆摊儿了。

但是来了这边的派出所，情况又变得有些不同。

今天值班的民警正好是那天的出警民警，他跟白松提到的，跟大花所说的有出入。

当时接到报警之后，民警迅速到达现场，并且把耿南的所有的东西都拿到了派出所，然后全部做了毒品筛查，一无所获。

基本上可以判定是有人报假警之后，派出所也有些无奈。因为报警人说得很清楚:"看到耿南每天都大量地卖同一款猫粮,怀疑有问题。"

这个报警很容易让派出所当成是毒品问题来对待,但是没发现也不能说人家报警人有问题。

派出所也很忙,就没去追究匿名报警的人,直接就把耿南放了。

民警告诉白松,这个耿南卖的猫粮是一种品牌,因为他在这里卖得比较久,所以老主顾也比较多,而后来耿南不在这里卖了,这个地方还出过别的警情。

耿南从这里走了之后,大花在这里卖猫粮被人报了警。大花卖的是假货。因为案值太低,倒是没有被处理,但是猫粮全被警察没收了。

白松仔细地想了想,好像大花确实也没在笔录里做伪证,但是这么说来,这个事的性质就彻底不一样了。

人家耿南是正儿八经的生意人?

细细一想,白松发现,这确实也就这么回事,这个大花也就这么个混混习性,指望他正儿八经地做生意,那基本上没可能。

根据派出所民警的了解,这个大花,在这边也是三天打鱼两天晒网的主儿,他说的这几天没见过耿南,价值不算高。

但是,这依然改变不了耿南可能是生产者的情况,只是让白松多了一些理解。

白松把已经获得的情报在新建的案件群里分享了,有不少人认为耿南有可能是生产者。

从这边忙完,再回到三木大街派出所,已经是晚上十一点了。

任旭和华东也都忙完了。

所里的人带着贾竹、耿南还有耿南的另外几个下线去医院做体检了,一会儿就会送到看守所执行刑事拘留。案子基本上已经处理得差不多了,至少耿南这条线基本上也就挖成这样,接下来的工作慢慢来就好。

在派出所和刑警队的努力下,找到了一百多位购买减肥饼干的受害者,万幸都没有出现什么大问题。

大家也都有些累了，需要休息，刑警队留了两个人，派出所留了两个人，今天连夜继续查，剩下的人都休息，明天继续工作。

晚上留着的四个人，明天就可以休息了。

白松叫了点吃的，把孙杰也叫了过来，和哥儿几个一起随便吃点夜宵，顺便聊了聊案情。

这么一聊，今天的工作就出来了一些具体情况。

第一就是孙杰那边，对小岳的尸检，根据盐酸西布曲明气相色谱法，死者小岳体内的盐酸西布曲明含量确实是达到了致死量。也就是说，这个浓度造成的死亡，并不是因为小岳的体质对盐酸西布曲明格外敏感，而是因为服用的量确实是多了点。

第二就是贾竹的笔录，王华东参与讯问之后，贾竹的笔录跟上一次，基本上没啥区别。

第三就是任旭那里，另外几个通过微商渠道销售减肥饼干的人，最早开始从耿南这里批发的那一个，也就是二十几天前的事情。

也就是说，这个犯罪团伙是过年前后才正式成立的。而之所以能传播得如此迅速，主要还是因为网络。

这几个人早就和耿南认识，有的是以前就曾经一起玩过游戏的网友，也有的是本来就认识的朋友，但是没有一个是从摊位上认识的。

案件变得有趣了起来。

"白松，明天是不是要再提讯一次这个耿南？"王华东问道，"所有的问题都集中在他身上。"

"提讯是肯定的，但是估计还是轮不到我们去。这个事不急，明天，咱们去一趟小岳她们大学，见一趟小岳的男朋友。"白松道。

"见他男朋友？"大家都有些惊讶。

"嗯，我们一直还没有找过他。"

"找他干吗？"孙杰有些疑惑，"他跟案件能有什么关系？"

"也不算远，他们大学就在上京市，明天我去申请出差，然后我带着任旭去就行，你们在这边。"白松没有直接回答孙杰的问题。

"我们跟你一起去。"王亮道。

"这能有啥危险？"白松无语了，"就去当面给她男朋友取个笔录，没别的意思，你们没必要来。"

"行，那我们几个干吗？"

"接着查化工厂。咱们之前的几个案子，查化工厂比较多，你们也算是轻车熟路，肯定比他们要快要准，无论谁是生产者，查到源头，总归是最有效的。"白松道。

"嗯，你是头儿，听你的。"王亮无所谓地点了点头。

"任旭，你快点吃，"白松看着任旭还没停下来吃东西，看了看表，已经十二点多了，"早点吃完早点休息，明天还得出差。"

第四百九十八章　前兆

第二天，案子继续被铺开。

无论是饼干的生产厂家来源，还是化工厂的来源，抑或是所谓的多人和耿南相识的那款游戏，都有人去查。

白松带着任旭，开车到了小岳生前所在的大学。

"你今天的任务只有一个——全程录音录像，我带了两个执法记录仪。"白松嘱咐道，"这个案子，目前具体是什么情况，咱们谁也不好说。"

"没问题。"任旭认真地点了点头。

小岳的死，在学校里引起了广泛关注，实际上也引起了媒体的关注，很多人都不相信这个漂亮的小姑娘会因为一种这么不起眼的饼干而香消玉殒。

不仅仅是本学校，隔壁的医学院也传开了。而本校的法学院还对这个事件做了诸多分析，总之，对学生来说，这种事已经很劲爆了。

二人到学校后不久，先找到了小岳的男朋友唐天宇，并简单地亮明了身份。

不得不承认的是，这个唐天宇确实是挺帅气的，但此时被白松等人看到的时候，显得非常失魂落魄。白松看了一眼，就能感觉到唐天宇隐藏着一种很深的绝望的情绪。

唐天宇此时正在宿舍里待着。今天是开学第一天，其他宿舍都挺热闹，这宿舍只有两人。另外一个人叫王平，穿着很朴素，看样子家庭条件应该一般。

白松坐在唐天宇身侧，简单地问起了小岳的情况。

提到小岳，唐天宇的情绪低沉了很多，本来还有一点点光的眼睛这会儿变得更加黯淡："警官，她……真的死了吗？"

"从医学上，她在昨天就已经确认为死亡。"白松道。没彻底明白这个案子的具体情况之前，白松尽量把话说得官方一些。

"医学上？"唐天宇像是抓住了最后一根稻草，"你的意思是说，在别的方面她还有活下来的可能？"

"医学上死亡的意思，就是彻底死亡。"白松面无表情，看着唐天宇眼里的光再次熄灭，"这个谁也改变不了，节哀吧。"

"我……"唐天宇紧紧地握住了拳头，"其实……我根本不在乎……不在乎她到底胖不胖……为什么、为什么她会这么傻？这么在乎？"

"你方便跟我讲讲你们的事情吗？"白松问道。

"我们？"唐天宇眼睛里布满了红血丝，"哪里还有'我们'，不是只剩下我了吗？"

"小岳的死，是谁都不愿意看到的，但是案子的真相，目前还没有彻底水落石出，你不要太消沉，希望你能配合我们，让这个案子尽早真相大白。"白松道，"这也是小岳愿意看到的。"

"你的意思是，有人杀了她？"唐天宇提起一点力气问道。

"不排除这种可能。"白松看唐天宇意志过于消沉，也不想直接说不知道，怕他直接崩溃。

唐天宇咬了咬嘴唇，小声喃喃："哪有那么多的事……都怪我，我过完年，跟她视频时，调笑说她胖得像一只小猪猪……呵呵呵呵……是我……是我害死了她……"

"唐天宇，振作一点，这个事，警方会查明真相的。"白松看唐天宇这个状态，肯定不是装出来的，再问怕他受刺激，就直接先离开了。

离开了宿舍楼，关掉了执法记录仪，白松叹了口气："这个男的还真让我刮目相看，这是妥妥的真爱啊。"

"是啊，咱们是突然来的，谁也不知道我们来了，不可能有人能从昨天演到今天。"任旭也被唐天宇这个样子有些触动,"白所,咱们去哪里?"

"现在还不能叫白所,别乱叫。"白松嘱咐了一句,接着道,"回天华市吧,这边也就这样了。"

唐天宇看样子是哭了一晚上,真的几近崩溃,整个宿舍的其他人全都走了,今天都出去住了。

看得出来,昨天晚上大家应该都去安慰唐天宇,但是每个人都因此搞得心情很差,所以才都走了。而王平,并不是唐天宇的舍友,是他的同乡。

发生了这件事之后,王平一直陪着唐天宇。

也就只能做这些了,这边没什么有用的线索,白松决定回返。

这种情况,唐天宇是不负任何法律责任的,即便是民事责任。这与白松之前想象的不太一样,本来白松还以为这个唐天宇是个花花公子,或者说对小岳的控制和影响很深,使得小岳担心开学之后的事情,才超量服用减肥药。

这种事还是得出警一趟,不去现场看看永远没有什么感触。本来白松打算顺便做个笔录,但是唐天宇的精神状态实在是不适合细细地做笔录,这种事白松也不用请示,过几天,等那边的案子再有了新的结果再来一趟就是。

这也是白松为什么要录像的原因,视频资料本身也是可以和笔录通用的。

"白队,你为啥觉得这个案子有可能是凶杀案?"开着车,任旭有些不解地问道。

刚刚在宿舍,任旭有些不方便问,上了警车,就他们二人,任旭忍不住了。

"我确实是不确定,但是这个学校是不错的综合类学校,小岳不会那么傻,而且也不像是被唐天宇控制得死死的那种。你说,为什么小岳会吃那么多的饼干?"白松非常疑惑,"这情况,我还是很存疑的。"

"也不好说。"任旭道,"白队,你可能不那么了解女人。小岳我看了,挺漂亮的,越是漂亮的姑娘啊,越在意这个,可能就是缘自唐天宇说她的那句'小猪猪'呢?"

"你懂女人?"白松一脸惊讶,"你个母胎单身的,说话这么有自信?"

"这能怪我?"任旭握紧了方向盘,口气却略作轻松,"还不是因为我们系一个漂亮姑娘都没有。"

"你是学历史的,文科都找不到对象,你怕不是要被学理工的骂死吧。"白松也不留情,"还有,你在侦探社,我可是知道,侦探社的美女可是不少。"

"呃……"任旭被白松说得说不出话了,这白队长怎么什么都知道?

第四百九十九章　情故

　　白松继续和任旭调侃了几句,这才知道,侦探社赫赫有名的丁建国小姐姐,在学校期间,一次恋爱都没谈过。

　　别看丁建国又漂亮又御姐范儿,而且美女的是非、绯闻一向都很多,但居然一次恋爱都没谈过。这让白松颇感惊异,不由得为王华东感到些许担忧。不好办啊这个事情。

　　上京市的路有点堵,路上二人接着聊起了这个案子,开了一个半小时,才终于开到了六环外,上了高速。

　　再过一个多小时,就能回天华市了。

　　这时候,白松的手机突然响了起来,是秦支队的。

　　"你在哪里呢?"秦支队第一时间问道。

　　"在京华高速上啊,再有一个小时就回去了。"白松听秦支队的声音不太对劲,忙问道,"发生什么事了秦支队?"

　　"你刚刚是去学校见了那个小岳的男朋友,叫什么天宇的吗?"秦支队问道。

　　"嗯,一个半小时之前,我和他聊了几句,"白松道,"基本上能排除他教唆小岳自杀或者谋杀小岳的事。"

　　"你和他聊什么了?"秦支队声音有些严肃。

　　"简单地询问了一下,他状态不好,我劝了他一句就走了。"白松接着一五一十地给秦支队讲了一下情况,"怎么了秦支队?他发生什么事情了?"

　　"嗯……半小时前,这个男孩,在他们学校宿舍楼7楼,直接跳楼,掉到水泥地上,现在已经确定医学死亡了。"秦支队道,"上京市公安局大海分局听说咱们分局的警察找了他一趟,并且你找完他之后一个小时,他就自杀了。当地分局给咱们分局发了一个协助函,希望刚刚去现场的警察去大海分局协助工作。"

"跳楼自杀了?"白松双眼瞳孔急剧收缩,这个唐天宇居然这么刚烈?哦不,是这么痴情?

"嗯,医生已经判断死亡了,初步认定是跳楼自杀的,遗言都留好了。"秦支队道,"你先开车往那边赶,这件事不是那么简单的,我和局办范主任这就乘坐城际高铁过去,然后转地铁,估计等我们到了,你也差不多该到了。

"切记一点,在我们到之前,你不要私自和当地警方接触,也不要回答他们的任何问题,快要到之前,就给我打电话,明白了吗?"

"明白。"白松深呼一口气,"我这就过去。"

放下电话,白松修改了手机导航:"前面路口下高速,掉头回去。"

任旭点点头,道:"白队,刚刚那个小子自杀了?"

"嗯,死了。"白松和任旭自然没什么隐瞒的,"我不该怀疑这个男的,看样子还真的是个挺痴情的主儿,不过他的状态确实是不对,我刚刚还担心这个,不过看到他有朋友陪着,就没多想,谁承想真的会自杀。"

"这有点麻烦,当地警察会不会担心是我们干的?"任旭哪经历过这种事,言语里都表达了强烈的担心。

"我们是警察,怕什么?"白松晃了晃手里的两台执法记录仪,"知道为什么让你两台执法记录仪都开着了吧?在外面取证,尤其是这种很未知的情况,一定要做好录音录像,不仅仅是用作证据,更主要的是能保护咱们自己。

"警察啊,有些时候,其实也是弱势群体咯……"

"嗯!"任旭把这句话深深地记在了心里,执法记录仪是用来保护警察的,这话真的是一点错都没有。

白松轻轻叹了一口气,把手机导航放在手机支架上,闭目思考起来。

这唐天宇,名字取得不错,人更是看着器宇不凡,为什么会自杀了呢?

本来他脑子里还挺乱,突发了这件事,白松反而显得格外淡定。他坐着车,用了近两个小时的时间才到了这所大学,秦支队和范主任已经在等白松了。

上京市这个交通,高铁加地铁可能是最快的出行方式了。

秦支队和范主任上了车,第一时间就找白松要执法记录仪看录像,他俩也不急,交换着把两个执法记录仪的内容全看了一遍,才示意任旭接着把车开到大海分局院内。

"一会儿你全程不要说话,一句话也别说。"秦支队再次向任旭嘱咐了一句,白松还是比较放心的。

任旭知道这都是大领导,很认真地答应了。

到了大海分局之后,立刻有人出来接待了四人,应该也是这边的领导,和秦支队应该平级,互相握手之后,几人一起去了一间会议室。

"我们这里的会议室,有全程的录音录像,你们不介意吧?"大海分局这边的领导说道。

"不介意。"秦支队对这个做法颇有好感,能提前告知,总归是比不说要好很多。

在这里,白松和任旭一言不发,即便面对当地警察对他的询问,也始终没有说一个字。

双方先完成了一次信息互换,白松等人把执法记录仪上的视频拷贝给了大海分局,然后从对方那里也获得了关于这个案子的相关信息。

白松二人走了之后不久,王平劝了劝唐天宇,然后就自己出去买点吃的喝的,打算回来接着陪唐天宇。但是,王平走出去后不到15分钟,唐天宇就跳楼自杀了。

从现场的情况来看,唐天宇肯定是自杀。

他的宿舍楼对面是女生宿舍楼,他站在窗口准备往下跳的时候,有几个

第四百九十九章　情故　| 063

女生正好看到了。她们亲眼看见唐天宇自己从楼上跳了下来,当时就尖叫了起来。因此不少人也看到了唐天宇跳楼的一幕。

经过简单的法医报告,唐天宇不存在吃药、中毒、被控制等情况,死因是重度撞击导致胸内大出血、大脑内出血、多处粉碎性骨折,经抢救无效死亡。

唐天宇的父母带着律师,也从老家坐飞机赶了过来,马上就到这里。

目前的情况就是这样,现场的完整勘验记录和尸检还需要更长的时间,但是初步判断死因,已经足够了。

第五百章　直面家属

事件的推进，让白松彻底明白了为什么秦支队不让他说话。

唐天宇的父母来了之后，不由分说就开始闹，而且闹得很厉害。

二老在当地也不是普通人，从小到大对儿子要求都很高，期望值也很大，虽然儿子或多或少有点不听话，但是最终能考上上京的大学，也是让父母脸上有光的事情。

不相信、不承认、不接受、不认可。

唐天宇的父母，尤其是其母，哭得撕心裂肺，任谁也没法劝说。

要是平时，在分局会议室里这么闹，都算扰乱机关秩序了，但现在，也算是人之常情。

具体的尸检报告和现场勘查记录已经能够证实唐天宇的死亡原因是自杀，大海分局和医院也出具了相应的报告书。

其母因为悲伤过度，直接就晕了过去，被120拉走，其父应该在当地是个富商，在这里同样是喊闹，称警方包庇凶手。

不知不觉中，好几家媒体也找了过来，这件事开始发酵起来。

媒体倒还好说，现在的媒体也不傻，这件事情据说是涉及了上京警方和天华警方，没有哪家媒体敢直接向这两家机关同时开战、信口胡说，所以大家更多的是想等待一个警方通告，谁拿到第一手信息，都是非常重要的。

唐父的悲伤谁都能理解，但是律师的无端指责就让所有人面色都不太好看了。

律师提出了好几个问题，第一个是为什么警察六分钟才到达现场？不是三分钟出警吗？

第二是为什么没有把和唐天宇有过节的所有学生和在上京市的其他和死者有过接触人全部叫来接受调查？

第三是为什么这么快就能认定是自杀？警察可以保证穷尽现场的线索吗？

第四是听说唐天宇自杀之前一个多小时，有外来的人员进学校和唐天宇接触过，到底是什么情况？

第五……

这个律师属于唐父当地的律师，在当地应该也是小有名气，因为跟上京不沾边，所以一点也不考虑用不用给当地警方面子，话说的是相当难听，而且每句话也没什么大毛病，不闹不攻讦，大海分局的警方对此也很无奈。

前面都好说，但是第四个问题，警方也不得不把白松的事情解释了一番，毕竟公民有合理怀疑的权利。但是考虑到这个录像是天华市公安局当地案件的证据材料，唐父和律师签署了保密协议，并且自愿接受了检查，确定没有通信设备和存储设备，才给二人看了一下。

现在不给二人看的话，如果这边起诉到了法院，法院也依然会向唐天宇的家属公开的。

"他怎么可以这么说？"唐父看了一小半，指向了白松，"那个女孩死都死了，为啥还要先说什么医学死亡，让我儿子再多一点期望？是不是故……"

律师拦住了唐父，示意唐父继续往下看，仔细地看完了两部执法记录仪的视频之后，律师道："我要提出几个问题，希望得到警方的解答。

"第一，我当事人提出的，为什么这位不知道是哪里的警官，会这样告知我当事人的儿子，先告知一个大学生一个专业词语——医学死亡，提升了唐天宇的一丝信心，接着再告知确实是死亡，摧毁了唐天宇的所有期望？

"第二，唐天宇已经是那个情况了，为什么还要逼问他关于案件的事情？

"第三,为什么警察会准备两个角度的执法记录仪?是不是提前就知道了什么?"

大海分局的警官看了看秦支队和范主任。

之前也约好了,关于家属询问大海分局的一些事情,由当地负责,刚刚大海分局对律师提出的问题也做出了具体的解释。

比如说关于出警时间,这个警车上有全程的GPS跟踪,因为上京市区堵车,即便是全程都走了应急车道,六分钟也是个极限时间。

再比如说其他问题,当地警方也都拿出了具体的材料和证据。

"我是九河分局的局办主任,我除了这段视频之外,还想给你们看一下唐父和唐天宇的微信聊天记录,这也是我们从唐天宇手机里获取的信息。"范主任在投影仪上展示了从唐天宇手机里获取的与其父亲的微信聊天记录。

聊天记录里,唐父没有现在这么失魂落魄,他强烈斥责儿子没出息,从发的语音里可以听到,基本上就是吼叫、辱骂的语句,跟儿子说大丈夫何患无妻,这女的死了跟唐天宇一点关系都没有。总之,唐父知道小岳死了之后儿子哭哭啼啼的事情,非常气愤。

在很多家长眼里,这就属于无病呻吟。

而此时此刻,儿子死了,再看这个,就不一样了。

唐父看到这个,浑身都颤抖起来,痛苦已经让他没有力气去和警察争论。

律师却不管这些,直接道:"警官,即便如此,也不能判断唐天宇就一定是自杀,不是吗?"

"那你的意思是,你不承认也不愿意相信唐天宇的死亡原因是自杀,更不认为唐天宇的死与小岳的死亡有关系,是吗?"范主任道。

"我保留我申诉的权利。"律师道。

"可以,那我要问一下,你心里对唐天宇的死亡原因究竟是如何认定的呢?如果你认可唐天宇的死亡原因是自杀,那你对大海分局以及所有认定自杀的线索,都应该是表示认可;如果你不认可他的死亡原因是自杀,那么你对我们警方的质疑就是无源之水。从你刚刚提到的三个质疑上，我能看出来，你提的这三个问题，是建立在认可唐天宇是自杀这一条件之上的，对吗？"

律师被范主任绕得有点晕，谨慎的他没有直接回答范主任的问题，而是把球踢了回去："我不是警方，我只是对唐天宇的死亡表示怀疑。如果是其他死亡原因，那么我就质疑上京警方的所作所为有问题；如果真的是自杀，那么，我就质疑天华警官的行为不合适。毕竟，这个并不需要我来彻查，我誓死捍卫我的当事人质疑的权利。"

第五百零一章　解决问题

当一个人什么都质疑的时候，讲道理人家也有质疑的权利，范主任不愿和律师车轱辘话，直接道："你作为律师，是否知道这里是什么地方？"

律师面色一僵，依然语气清晰："我们只是想得到正义。"

"首先，你提到的死亡原因，目前大海分局已经加班加点，在最快的时间里出具了报告，这一点，作为兄弟部门，我都有些佩服，这个速度真的是很极限。应当说，对于这个结果的公开，大海分局已经尽了全力。"范主任绝口不提对自杀结果认同与否，毕竟，这个不是他该表态的东西，缓了两秒钟，他接着道，"其次，大海分局出具的这个报告，是具有行政效力的东西，你作为律师，要做的是接受或者向上京市局提请复议，再或者就是提起行政诉讼，而不是在这里绕圈怀疑。你要知道，这个报告，本身就具备了法律效力。"

律师听到这里，看了眼唐父。唐父的表情依然无比沮丧和痛苦，并没有看向律师，律师心里一松。

对他来说，不被人追回律师费就一切OK，这事情真的去复议能有什么用？就这孩子父母的所作所为，律师早就看出来孩子是自杀了，尤其是看到刚刚这段聊天记录，他都想揉唐父几拳……

律师不说话，范主任接着道："如果你们不质疑自杀的问题，那么关于我们警官的取证，我可以很负责任地说，我们的警官在取证中的每一句话都经得起推敲，而且我们的警官看出了唐天宇的不适后，及时地停止了询问，并给予关心。同样，关于我方的行为，你依然有向我们上级复议或者提起行政诉讼的权利。"

范主任没有和律师去辩论什么,把话撑到了律师的嗓子眼,律师略显尴尬。

律师还没说话,范主任接着道:"关于你提到的我方使用了两台执法记录仪进行录像是有不良居心一事,我希望你能够给出一个合理的解释,否则,以上行为可能涉嫌诬告、诽谤人民警察,这里面的法律责任你应该明白。"

律师的脸一下子煞白,平时都是他挑别人字眼,但是现在遇到了一个更专业的。

他刚要说话,范主任接着道:"你要知道一件事,虽然你们没有录像设备,但是为了保护我们每个人的利益,这间会议室里,全程录音录像。"

律师直接转过头,给白松鞠了一躬:"这位警官,关于我刚刚提到的执法记录仪的问题,是我对执法程序理解不到位,我并不是想表达对您工作原因的怀疑,而单纯的是因为不了解。"

他脑门子都大了,在当地他也算是个小有名气的律师,说话一直都是撑着人家头皮上说法条,现在人在这边,不低头还真的可能出问题!

即便他刚刚的情况不会被安上谤之类的罪名,但是这是公安局,人家真的来个传唤之类的,他就别想在老家圈子里混了。

律师看了眼唐父,唐父这会儿终于缓过来一点精神头,跟律师道:"我想申请复议。"

"可以,"这回是大海分局的领导发了话,"你也有律师,让他拟一份复议申请,直接交给我们的上级部门就可以了。对了,关于聊天记录的事情,为了避免引发其他的社会不安定因素,我们暂且就不对您爱人出示您与您儿子的聊天记录了。"

后面这句话让唐父身形一滞,闭上了眼睛,眼泪夺眶而出,他坐在座位上,轻轻低下了头,死死地握紧了拳头。过了十几秒钟,他的眼睛未睁开,先向着律师伸出了手,被律师扶住之后,缓缓起身道:"咱们走吧,去医院。"

律师倒是很高兴，唐父这个时候还愿意让他扶，显然并不是在纠结他的本事的问题，对他还是认可的。这么说来，他不仅不会丢人，还能不被退费。

一场风波，最终烟消云散，结束这场会面之后，四人准备打道回府。

已经是晚上九点了，白松用随身携带的法律文书直接从大海分局这里拷贝了今天关于唐天宇自杀案的一些资料和多人的笔录复印件，然后带着两名领导，开车回家。

"怎么样，白松？还不谢谢范主任。"秦支队上了车，表情立刻变得轻松了许多。

刚刚在院里和外面，大家一直都保持着肃穆的表情，不然被别有用心的人拍照炒作一番，也是不好。

"谢谢范主任，我要是在您的位置，肯定就和那个律师去争论我的行为合法性以及一些具体的细节，但是那样反而落了下乘。咱们有时候是弱势群体，但是说到底还是公职人员，还是要清楚自己的定位。"白松认真地道，"今天真的学到了不少。"

"我早就听秦支队说你悟性强，果然不错。"范主任也不是白松的直管领导，说话自然也是拣好听的说，"那个律师跟你道歉的时候，我看你面不改色，一脸正气，这是对的，你要是那个时候真的说话，理他了，确实是不好。"

"范主任你可别夸他了"，秦支队看不下去了，"他啊，说真的，他还是年轻，上来就跟人家提医学死亡，这确实是有点太职业化了，不懂人的心理。虽然说，唐天宇的死跟白松无关，但是总归发生了这个事就容易被人指责，还是应该多注意点。"

"嗯！"白松对秦支队的批评也是很感激，"秦支队，您说，这个唐天宇的自杀，究竟是怎么回事？"

"认定自杀是肯定没问题的，上京市这边的警察比咱们只强不差，虽然我没有去现场，但是我看了看法医报告和现场的照片，这么认定没什么问题，这现场连疑点都没有。"秦无双本身就是非常专业的法医，他的话也算是给这个事盖棺定论了，"死因还是因为小岳的死，他父亲的批评也算是催化剂之一。而直接原因就是陪他的人不在屋里了。"

第五百零二章　深夜提讯

从资料上看，这事发生之后，他的同乡王平一直陪着他、安慰他。后来屋子里吃的喝的都没有了，王平走了一段时间，他自己一个人，可能是压抑的情绪实在是发泄不出去，选择了结束自己的生命。

根据《2013全国卫生统计年鉴》的统计，2012年全国城市自杀率为0.0048%，农村自杀率为0.0086%，2012年自杀人数在8万—9万人之间。当然，这个数字正在连年下降，2010年的数据是这个数字的1.3倍，十年前是这个数字的2倍。

但是，问题还是比较严重，因为这些年年轻人自杀率居高不下，具体原因是多方面的。

白松之前也办过两个自杀案，比如说孙某自杀骗保和石某自杀案……

路上，大家也没事，便对案子展开了讨论。秦支队说道："这案子，还是有些蹊跷。"

"嗯，"白松问道，"秦支队，我们走了一天，源头有什么线索了吗？"

"还是没什么好线索，耿南还是不配合，这东西不好查，可能不是本地货，毕竟这饼干做得挺粗糙，几万块钱拉一条生产线就能生产。"秦支队道，"这事还是得从耿南那里突破，不过随着摸排的进度加快，这也是早晚的事情。"

"秦支队，有件事我一直想不明白。"白松有话直说，"您说，这个小岳死了之后，耿南有点慌乱、害怕，唐天宇痛苦自杀，为什么卖给她减肥饼干的好闺密忽然这么淡定呢？"

"对啊,"任旭也说道,"不是说这情况有可能判死刑吗?"

"没你们想的那么严重,"秦支队解释道,"虽然造成了人员死亡,但是这个贾竹有点傻乎乎的,现有证据基本可以说明她对危害性了解不深。而且凑巧的是,她卖给小岳的这部分减肥饼干不具有营利性。除此之外,她积极坦白,外加主动检举她的上级耿南,算立功,再加上是初犯偶犯,主观恶意性小,最终不会判多重的。"

白松知道秦支队说的是对的,不过贾竹能判多少年跟他没有半毛钱关系,他还是觉得这案子按照售卖有毒有害食品来考虑,贾竹多少应该有些心神不宁。

"白队,"范主任看坐在副驾驶的白松眉头紧锁,也不由得说了一句,"有这个怀疑就往下查,但是也有可能你们说的那个贾竹是触发了一种自我保护的心理机制。有时候人突然面对自己接受不了的事情时,会变得很自私,很想保护自己。"

"还有这种情况吗?"白松一脸不解,这也算是心理学里的应激反应吗?

"也不好说,人性很复杂。"范主任笑眯眯地道,"但是这种自我保护,一般时间不会太久,时间长了如果还这样,那就有问题了。"

范主任从参加工作开始就在科室工作,办案经验不敢说,但是在对人性的把握方面白松拍马也追不上。

"范主任,今天的事情确实让我学到了很多,谢谢您今天过来帮忙。"白松真心道。

范主任虽然是局办主任,但这件事其实并不算是纯粹的本职工作,能过来帮忙那绝对是给秦支队和白松面子,白松当面道谢是应该的。

范主任坐在后排,脸上的笑容白松也看不到,但他依然是浅笑着全盘接受了白松的感谢:"咱们有一说一,在外,怎么我们都是一个集体;在内,有什么说什么。今天这个事情,白队长没什么大问题,不用太在意。"

"我多学习。"白松道。

聊了会儿这个案子,白松打算一会儿回到单位以后,去看守所再提讯一次贾竹。

晚上提讯一般看守所都不大乐意，但是有秦支队在这就不是什么难事。

晚上十一点半，九河区看守所。

"警官，您……找我有什么事？"贾竹刚刚睡下，就被管教带到了提讯室。

"唐天宇跳楼自杀了。"白松道，"今天下午。"

小岳、贾竹、唐天宇、王平，还有另外一个耿南的下线陈晓丽，都是同一所大学的学生。

贾竹本来就有些莫名的慌张，她状态很不好，但是听到这个，她便盯着白松，惊讶起来："他自杀了？"

说完，贾竹表情变得很怪异，仿佛是听到了什么特别不可思议的事情："死了？"

"嗯。"白松一直观察着贾竹的表情。

"这……小……"贾竹欲言又止，最终吐出一个词，"活该。"

"你在说谁活该？"白松问道。

"说……"贾竹停了几秒钟，道，"说我自己吧。"

"贾竹，你可知道是你销售的东西害死了小岳？因为这个，你的人生基本上全毁了。"白松直接道，想刺激一下贾竹。

"害死小岳的不是我，是已经畏罪自杀的那个人。至于减肥饼干，我不给小岳带，她也会找别人买，我同学里又不止我一个人卖。"贾竹道，"而且，我只是给小岳代买，根本就没有盈利。"

"是什么让你现在这么理智，丝毫不介意好闺密的死亡呢？"白松把话说得很直接，贾竹太冷静了，冷静得让人难以理解。

贾竹怎么也想不到白松会这么问，白松明显感觉到了她情绪波动很大，看得出来，她并非真的如表面那么淡定，但是，她又很矛盾。

白松接触过很多聪明人，无论是王千意还是邓文锡，抑或奉一泠，论智商或者情商，他们都处于一个非常高的层次。

如果说有人比白松聪明，这个他是非常愿意相信的，毕竟他也知道自己还很年轻。但是如果说一个刚刚毕业没多久的学生能在社会经验和说话水平上超过白松，那除非是天才了。

白松能感觉到，贾竹目前的情况是，她似乎认为自己做的是一件正确的事情！

第五百零三章　阳谋攻心

正确的事？

这听起来似乎匪夷所思，把自己的朋友害死，居然会觉得是正确的事情。任谁听了都觉得，这人要么是杀人狂，要么是疯子。

但贾竹显然都不是。

"你刚刚提到，唐天宇死了，是死得其所吗？"白松问道。

"我没这么说。"贾竹似乎又不想聊这个话题，看得出来，她也是个怕麻烦的人。

来之前，白松把这些人的资料都很仔细地看了一遍，比如说这个贾竹，是学法律的大三学生，而且正在准备今年9月份的司法考试。

学法能够使人更理智，白松确实也能从贾竹身上看出一丝法律人的气质，不过是很稚嫩的气质。

"你似乎觉得，你做的事是正确的？"白松问道。

"不，我做的事不正确。"贾竹低下了头。

"当然不正确，你根本就不是纵容小岳吃那些有毒的减肥饼干，你是参与了谋杀小岳的计划，"白松语气很平淡，"你早就预见了她会死，不是吗？"

"你无……"贾竹瞪大了眼睛，要和白松说什么。

只见白松摇了摇头："你知道你犯的最大的错误是什么吗？"

贾竹硬是把本来要说的话憋了回去，她也想听听这个警察如何自圆其说。

白松倒是不在意贾竹怎么想，直接道："你把这些饼干卖给了不少人，但是你特地嘱咐了每一个人,都把饼干的额定量减少了一半左右。其实,这些生产饼干的不法分子,他们自然是不希望有人吃了饼干出问题,所以规定的那个量距离致死量相差甚远。你如果为了制造更好的减肥效果,卖得更好,那么没必要对每个客户都嘱咐一遍少吃。

"事实上,你刻意嘱咐少吃,就会让一些人怀疑这个东西是不是有毒,我们不仅仅查了在你这买过饼干的一些人,还查了一些你没有卖过饼干的朋友。这些人也是担心副作用才没有买。

"这么做生意,卖得少,效果还不好,岂不是自己给自己挖坑?

"而小岳作为你最好的闺密,你居然没有对她进行过一次提醒,从你们的聊天记录里,你总是不经意间表露这个药品的好处。我问问你,贾竹,即便我不认为你的行为是谋杀,单纯从售卖有毒、有害食品这一罪名来考虑,你的主观恶性会很小吗?

"你觉得你很懂法律吗?"

贾竹似乎还要反驳,白松拿出了一个包。

他十一点钟就回到了天华市,特地去取了这个包。

只见白松从自己的包里取出了一大一小两个黑色的证书和一张打印好的成绩单。

两个证书都是国家法律职业资格证书,大的是证书,小的是负责备案的,成绩单则是司法考试的成绩单。

白松把这些展示给贾竹看:"听说你也在准备司法考试,而且也是你们学校的法律系高才生。你们这些法律初学者,最容易觉得别人都不懂法,那么,你现在看看,如果说起对法律的理解,我是不是在和你胡扯?"

高达456分的司法考试分数,是什么概念?

因为司法考试一次通过后就不能二考刷分,这个成绩,可以轻松地在一些985、211法学院校里拿到第一名。

这东西对别人没用,白松从来没有在审讯中给任何一个人看过这个东西。但是贾竹看到了之后,眼睛都眯了起来,再看白松,就有了一丝畏惧。

这是白松第一次在贾竹的脸上看到畏惧，无论是这次讯问还是之前别人的讯问。

初生牛犊不怕虎，但是会怕大牛犊。

"你根本就不是你想的那么懂法律。你想的是，你这个事情，刑拘最多37天，然后取保候审，最终判处一个缓刑三年、罚金两万这样的结果，"白松轻轻地收回了自己展示的东西，"而实际上，你面临的可能是十年以上有期徒刑、无期徒刑或者……死刑。"

其实后面这句话，不止白松一个人和贾竹说过。但是只有白松这个时候说，贾竹才没有感觉到这是威胁。她真真切切地发现，这个叫白松的年轻刑警并不是在和她开玩笑。

时间似乎静止了一般，提讯的屋子里似乎静得落针可闻。

"刑警大哥，"贾竹第一次这么叫白松，"一切靠证据说话吧。"

这句话，定格在了2月16日23时59分，墙上的电子钟似乎有些不甘，但还是一下子变成00：00。

白松笑了，真巧。

"你知道吗？现在对我来说是很不一样的时间。虽然八个多小时之后，我才会有正式的宣告，但是从我的任命书上来说，就从这一分钟开始，我就不再是刑警了。"白松似乎在跟自己身旁的任旭说话，"你知道这意味着什么吗？"

贾竹完全跟不上白松的思维，白松之前的每个人都是在对她进行各种各样的审讯，每句话基本上都是有迹可循，但是这个警察，问题过于跳脱了。

"八个多小时之后，我将有自己的队伍、自己的人，我可以放心大胆地安排人去工作，"白松搓了搓手，"而且，贾竹，你可以好好想想，你可能也是被利用的棋子，你自己却不知道。

"十二点了，我这就走，不影响你休息，但是，我随时等你的坦白和检举。

"你也要明白一件事，坦白公安机关尚未掌握的罪行与坦白公安机关掌

第五百零三章　阳谋攻心　│　079

握的罪行是不一样的，检举公安机关尚未掌握的信息和检举公安机关掌握的信息，那就更不一样了。"

"你可以赌，如果你认为，你在这个满是笼子的小屋里，可以赌赢我的话。"

白松还是万年不变的浅浅微笑，他按了铃，示意管教可以把贾竹带回居住的地方了。

贾竹想说话，嘴巴张开了三四次，还是没有说出口，白松一句话也没多说，见到管教进来了之后，感谢了一番，笔录也没取，就直接带着任旭离开了。

"白所，"任旭很有精神，"咱们现在就开始查案子吧！"

"不急，"白松看了看刑警支队的楼，"先去养精蓄锐，这个贾竹，她睡不着的。"

第五百零四章　坦白书

刑侦支队的院里，白松还是很熟的，他掐指一算，算出了今天三队的值班人员，接着就跑到了一间今天没人住的房子，推门而入。

这个屋子里有四个铺位和柜子，刑警的习惯是把所有的被褥都锁到柜子里，然后屋子平时不锁门，如果别人想住，也是可以住的，床上只有垫子。

倒不是说没办法一人一铺，主要是刑警这边的专案组多，经常出现很多借调的专案组老师傅没办法午休的情况，这样大家拿一个自己的被褥就可以随便躺了。而且，在每天值班的人数不多的情况下，大家都可以睡下铺。

暖气还是很暖和，二人找了两个下铺，把外套脱下来叠成了枕头，盖着一件长袖，也没怎么聊天，就这么准备休息。

"白所，你说贾竹真的会半夜起来把咱们叫过去，然后如实把这个事情说清楚吗？"任旭再次忍不住问道。

"不知道，先休息吧。"白松道，"其实我比较怕提讯这种人，有时候聪明人才比较好说话。我之前搞过的一个盗窃黄金的案子，小偷就是个化学爱好者，完全沉浸在自己的世界里，无论怎么讯问，他都不说。

"而聪明人会权衡利弊，至少他们知道一个事情瞒不住了，就会主动坦白。

"所以贾竹究竟会不会说、会说什么，我可不敢说。现在踏踏实实休息，明天一大早，我得至少安排六个人，把贾竹和小岳近一个月来去过的所有餐厅、奶茶店的录像调取出来。

"除此之外，对贾竹家里的下水道进行盐酸西布曲明的检测，看看有没有问题。"

"好！"任旭听到白松的话，颇有些激动。

不怕查不到线索，就怕线索穷尽却没什么收获。

任旭算是能吃能睡的主儿，听完白松的话，呼呼地睡了过去。白松本来还有点话想说，任旭的呼噜都响了起来，也只好作罢。

这觉睡不踏实，白松心里面一堆事，睡得很浅，凌晨3点钟，就接到了看守所的电话。

手机一响，白松就一骨碌坐了起来，秒接电话。

"白队，你半夜提讯的那个女的，刚刚写了一封坦白悔过书，刚刚让女管教送了过来。"

看守所是二十四小时值班，而且晚上睡觉是不熄灯的，也同样是二十四小时无死角的监控，所以贾竹写坦白悔过书的时候，管教就陪在她身边，直到写完。之所以要陪着，主要是担心犯罪嫌疑人吞食笔帽、笔头之类的东西或者自残。这种通过自残以求住院的事，在看守所这种地方可是没少发生。

白松睡觉时没有把内衣脱掉，挂掉电话后，打开灯，穿上外裤和外套，接着穿上了鞋，就直接跑去了看守所。

任旭还在睡觉，大半夜的，白松就没打扰他。

天气还是很冷，可白松没什么感觉，三步并作两步跑了出去，按了大门上的铃，然后进了看守所里，拿到了这份坦白悔过书。

在这边也不方便看，和管教道了谢，白松直接回了宿舍。

现在太晚了，不方便重新提讯贾竹，白松就是想看看贾竹写了些什么。

回到屋子里，白松才发现门没关，不仅房门没关，靠近房间门的大门也整个敞开着。大正月的，屋子里的那点温度，怎么经得起这般摧残？屋里这会儿已经冷得有点像冰箱冷藏室，能哈出气来。

任旭躺在床上，紧紧地裹着自己的衣服，床垫子已经被他扯歪了一点，似乎是想把床垫子拽出来给自己盖上，整个人蜷缩成一只大虾，在那里冻得打哆嗦。

白松顶着寒风把大门关上，接着关上了房间门，心道，任旭这样的幸好没当兵，不然得把班长愁死。

任旭没有经历过警校教育，加上本身神经也比较大条，白松也只能无奈地笑笑。他本想把外套脱下来给任旭盖上，但是屋子里现在还挺冷的，想了想还是披在自己身上吧。

刚刚在看守所，白松大致看了看，现在才有时间仔细读。

"坦白悔过书。

"我叫贾竹，身份证号码1201051992……2014年2月15日因涉嫌销售有毒、有害食品罪，被天华市公安局九河分局刑事拘留。在被羁押期间，我深刻地认识到了自己的错误，现在坦白如下：……"

这篇坦白悔过书写了两页半，一千多字，白松一个字一个字地看完了，前面主要是一些官话、套话，后面写的主要是她和小岳的一些事情。

在贾竹看来，小岳和唐天宇的恋爱非常有问题，唐天宇明显处于主导方，但是小岳对唐天宇就是死心塌地的。

本来，小岳和贾竹关系非常好，但是自从小岳和唐天宇谈恋爱之后，闺密之间倒不是说淡了，而是小岳和贾竹交流的所有话题几乎都是唐天宇。

刚开始还好，但是到了后来，小岳其实就过得很不好了，天天患得患失，和贾竹的交流里，天天都是负能量，都要把贾竹烦死了。

最关键的是，贾竹怎么劝都劝不住。

小岳想减肥、想整容，这些都不是问题，问题是，天天和贾竹叨叨，问来问去。

究其原因，最主要的就是，唐天宇经常"忙"，以致陪小岳的时间很少，让小岳有了特别多的时间去找贾竹。

小岳已经失去自我了，其实在贾竹看来，唐天宇无论渣不渣，都是喜欢小岳的，如果小岳不把自己摆在那个位置，其实可以好好谈。

但是她就这般，贾竹天天恨铁不成钢，怎么骂也没用。

在坦白悔过书里，贾竹坦白了自己对小岳超过安全剂量吃减肥饼干的事

第五百零四章　坦白书　| 083

情的纵容和推波助澜，而且表示自己其实并不想让小岳死，只是想让小岳痛苦一番，让小岳知道为了这个男的不值得。

基本上这封坦白悔过书也就是这个情况。

本来还好，但是看完这个坦白悔过书之后，白松一下子多了三个疑问。

第五百零五章　连夜破案（1）

看这个样子，白松都怀疑贾竹是同性恋。

刚开始白松还以为是贾竹喜欢唐天宇，但是现在看来，反倒是可能喜欢小岳。

当然，这个也不能轻而易举地界定。贾竹对小岳，是真的爱之深、恨之切，还是就是磨不开面子得陪小岳，而因此对小岳非常反感，真的不好说。

现在的三个问题，第一，小岳到底吃了多少盐酸西布曲明，才导致死亡？从尸检结果看，其实不多，可能就是两块饼干，也可能是好几块。

虽然说小岳并不是特别惧怕这个药物的特殊体质，但人和人真的很不一样。

比如说，白粉，人口服的致死量在0.25克左右，但是冰毒，不同的人口服的致死量可能相差百倍，第一次试就直接死了的情况也不是没有发生过。

但到底贾竹是不是刻意让小岳多吃，这个现在并不确定。

如果是，可能涉嫌故意杀人罪。这一点，白松刚刚也和任旭讨论过，并且提出了几个侦查方向。如果从某些地方找到了贾竹过量使用盐酸西布曲明的证据，案件的性质就会变。

第二，到底有没有人在后面推波助澜？

白松之前和贾竹提到她可能是棋子的时候，贾竹的表情曾经有过变化，这让白松颇为怀疑。

为什么贾竹没有提呢？是真的听着略微诧异此刻都忘了，还是真的没有什么想说的？又或者，坦白悔过书上在刻意回避什么？

这一点，白松打算再查一查陈晓丽，也就是本案中另外一个和贾竹同校的销售减肥饼干的人，这个人同样跟她的购买者提到过要少吃、减半吃，这可能是出于学生的谨慎，也可能是出于其他问题。

第三，唐天宇为什么会自杀呢？

按照贾竹对唐天宇的了解，这个唐天宇对小岳是有感情的，但小岳死了他可能也没那么在乎。怎么就死了呢？

因为这个，白松不得不把目光盯在了王平身上。

据白松今天所了解的，得知小岳死了之后，唐天宇一直很痛苦和惊恐，但是因为他人缘差，同学们都怕惹麻烦，全走掉了。

王平和唐天宇是老乡没错，但是他俩的身份差距可是不小，唐天宇和自己的舍友都处不好关系，没道理会和王平关系那么好。

对了！白松突然想起了一个细节问题——大海分局是如何那么快知道白松和任旭去了学校的？普通的大学，直接就可以随便进出，就连男生宿舍楼也没什么难进的。就连他们开的车，也都不是什么警车，更没有开到学校里面，他俩也没有穿警服。那么，大海分局是如何能在唐天宇跳楼后，在到达现场的仅仅十几分钟时间里，就知道了是天华市九河分局的人找了唐天宇？

白松还特地跟范主任等人聊过大海分局和九河分局的联络的事情。

上京市区道路非常拥堵，这个白松是见识过的，因此，上京市大海分局联系九河分局的时候，其实大海分局的刑警队和法医等都还没到，前期的现场勘查和判断都是由派出所的民警完成的。

也就是说，派出所民警在到达现场的十几分钟内，不仅封锁了现场，进行了简单的勘查和保护，盖住了尸体，驱散了人群，汇报了工作，还抽出时间联系了王平并且得知有别的警察半小时前来过？

这种高坠现场，当务之急是现场处置，以白松的经验，大海分局获取他们去的这个线索，确实过快了！一般这种线索，都得是刑警或者分局的领导到了现场后，具体分工后才会查到的。

虽说是凌晨三点多，白松还是直接给之前接触过的大海分局的陈警官打了电话,特地询问了这个事情。

对方今天晚上值班,白松是知道的。

接通电话后,对方得知了白松的意思,直截了当地告诉白松现场有很多起报警电话,王平也报了警。而且,王平主动说明了自己的情况,且向大海分局表示,在此之前,有天华市九河分局的民警到了现场。

对,直接提到的九河分局。

也就是说,王平对小岳那边的案子也是知道的,而且精确到分局。

一般来说,对自己朋友的女朋友,能知道是哪个市的很正常,但是还知道是哪个区,那就很不正常!尤其是大城市,市内的区与区没啥区别,出了本市一般都只会称自己是哪个市的,而不会告诉别人自己是哪个市的。

王平知道的好像有点多!

大海分局的警官也很负责,让白松等一会儿,接着就找人去调取电话录音了。

白松等了一会儿,直接听到了王平的报警电话的内容。

王平,比想象中的要淡定!

那么可能性只有一个,就是王平真的有问题。

"白队长,你们那边发现了案子有问题吗?"大海分局的陈警官问道。

"我有这个怀疑,王平可能涉嫌教唆自杀。"白松道。

"有证据吗?"陈警官语气有些凝重,"白队长,我是负责对外联络的,教唆自杀,我还真的没听过,这个算恶劣的刑事案件啊?"

"是这样的,陈警官,唐天宇是能够完全辨认自己行为的成年人,且自杀行为在没有侵害或威胁到国家、集体和他人的法益的情形下,王平即便构成教唆自杀,也不构成犯罪。自杀的人剥夺的是自己的生命,不侵害任何其他法益,而且被教唆者对自己的行为具有完全的认识能力,因此教唆行为不构成犯罪。"白松道,"但是,如果是王平教唆和劝导了唐天宇自杀,那么,王平就很有可能涉嫌别的案件。"

"我这就跟我们这边的领导汇报。"陈警官道,"白队长,您那边还有什么要说的吗？"

"咱们及时联系。"白松道，"我希望贵单位及时查一查王平和唐天宇、贾竹、小岳、陈晓丽之间的关系，尤其是在上大学之前和唐天宇的关系。"

第五百零六章　连夜破案（2）

"起床，起床了！"白松碰了碰任旭，他准备去查几个线索，然后预约一个早上七点钟对陈晓丽的提讯。

要不是因为必须保障犯罪嫌疑人的休息，白松现在就想去提讯。看守所正常提讯的时间是八点半，但是秦支队之前特地和看守所的一把手打了电话，这个案子还是可以开绿灯的。

叫不醒？

白松摇了摇任旭，不由得摸了摸他的额头，确定没发烧，但是这样都叫不醒任旭，白松有些无语。

"一会儿撸串去不去？"白松凑近了说道。

"去去去。"任旭迷迷瞪瞪的，眼睛还没睁开，整个人先弹了起来。

好家伙，这起床比白松刚刚还快。

"饿……呃……白所……什么事？"任旭睁开眼才想起今天的事情，迅速从困顿的状态里挣脱出来。

看到任旭几秒钟就进入状态，白松还是很佩服的，毕竟任旭昨天晚上比他还累，回来的时候也是任旭开的车。

无论是在上京堵车还是晚上跑高速都不是轻松的工作，后来跟白松去提讯之类的，任旭也一直没有放松。

"白所，"任旭嘿嘿一笑，用手擦了擦嘴边的口水，"有啥事？您说。"

"还困吗？"看着任旭这个样子，白松其实是高兴不起来的。

前天发生这个案子的时候，派出所是最忙的，任旭作为所里最年轻的警察之一,从早上忙到后半夜。昨天他一大早跟着白松去上京,几经辗转,开了五六个小时的车,又跟着白松忙到后半夜,现在是凌晨四点,睡了三个多小时,谁不累呢?

"不困。"任旭摇摇头,他来派出所这么久,跟得最久的领导反而是白松。因为之前一直在外借调,他跟着白松的时间比在所里还久。

这个年轻的领导虽然和自己差不多岁数,但这是在明知后有追兵还在后面挡弩箭的人,所以抛去官职大小,任旭一定最听白松的话。

"行,跟我再忙几个小时,争取八点半之前忙完,我回头和教导员说一声,你今天、明天休息两天,补一补周末的加班。"白松道。

"没问题!"任旭答道,但看样子对休班的事情并不是很上心。

"今天晚上我请客,带你们一起去吃自助餐。"白松接着道。

"白队长牛!"任旭一下子精神了。

"先回所里一趟,换上制服,跟我走。"白松大手一挥。

白松的制服也都放所里了,他今天就要去所里上班,晚上回家拿证书的时候,顺便把制服也都带上了。

在刑警队工作,平日里是不穿制服的,因为刑警不需要穿制服出警。总要出去隐秘地查线索和抓人,穿制服非常不方便,但是去了派出所之后,每天上班都必须穿。

寒风依旧凛冽,刑侦支队大院里的一辆车子悄无声息地离开了。

学生之间的关系,比社会上简单,但是仍然非常复杂。

简单是因为年龄和社会经验问题,每个人都不会有过重的心机;复杂是因为太多的同龄人长期生活在一起,而且也都没组建自己的家庭,哪怕是班里最闷头闷脑的人,心里也有自己的小世界。

凌晨五点钟,白松敲开了陈晓丽家的门。

二老都起床了,虽然天没亮,但是岁数大一点的人一般起床比较早,而且闺女被警察带走,他们总是有些惴惴不安。

昨天,他们咨询了律师,律师告诉他们,他们的女儿卖了一些有毒、有害的食品,但是没有造成任何影响,出事的是别人卖的,外加主观恶意性很小,又配合坦白,基本上没什么大事,估计刑拘之后就会取保候审,不会被逮捕。

刑辩律师觉得这是轻罪,但是陈晓丽父母可不这么想啊!别说取保候审、判缓刑之类的,他们闺女就算是治安拘留三天,也能把二老吓坏了!而且最关键的是,学业可能被耽误!大学生有犯罪记录的,被学校开除的情况简直不要太多!

二老已经找了律师,律师告诉他们,如果积极配合警方,主动愿意赔偿损失、精神损失费等,律师可能会跟检察院申请酌定不起诉,那么就可能不会影响孩子学业。

可怜天下父母心。白松二人敲门进去之后,很快地,陈晓丽父母就端上了热茶。

陈晓丽的房间已经被警察搜查了一遍,就连玩游戏的电脑都被扣押了,但白松还是一下子就发现了一个非常显眼的东西。

猫粮。

陈晓丽家里养了两只猫,两只都是中华田园猫,一只是狸花猫,另一只是黄狸,也就是橘猫。

这猫粮别人看着没感觉,白松一眼就认出来这是耿南卖的那种猫粮。

这种细节,其实是很简单又很难被发现的。被派过来搜查的警察,几乎不可能注意得到这种细节。

当然了,这也可能是陈晓丽从别的地方买的,但是陈晓丽家庭条件一般,养的猫也不是名贵品种,却用这种比较贵的猫粮,而且恰好又是耿南卖的那种,这就有些问题了。

白松和陈晓丽的父母多聊了几句天,总归是没有离开"警察一定会依法办事、公正公开"之类保证的话,接着聊起了陈晓丽的生平。

简单地说,陈晓丽从小到大学习都很好,也没怎么让父母操心,一直到去年,都是邻居、亲戚嘴里的"别人家的孩子",而且,一直也没谈恋爱,直到考上了这所大学的法学系。

这所大学所有学科中,法学是分数线最高的一个专业,能考上的都是很优秀的学生。贾竹和陈晓丽都是法学系的学生。

微商这个职业,在2014年刚刚兴起的时候,其实恰恰是由这些有想法、有见识的大学生推动的,后来就越来越变味,这也是后话了。

家里的猫粮,以前是二老买的,但是陈晓丽上了大学之后,就一直是陈晓丽买的。

这可不是一笔小费用,就看那两只猫的体型,十公斤的猫粮,这俩猫一个月就能吃一袋,一袋可要一百多块呢。

第五百零七章　连夜破案（3）

在陈晓丽家里白松还是有了不少发现的。

陈晓丽现在每次回家，都不怎么和父母说话，只在屋里学习，说是准备考研，所以父母也都对孩子很放心。但是，白松明显能看出来，其父母讲"不怎么和父母说话"的时候，还是颇有些不开心的。

白松和陈晓丽的父母聊了足足一个小时，他们都是老实巴交的人，基本情况也都没有隐瞒，让白松对陈晓丽多了不少了解。

当然，父母对孩子的了解，有可能不够深，尤其是上了大学后的孩子们到底是什么人，可能他们同学都比他们父母清楚，但父母往往最懂孩子的根本。

在二老的陪送下，二人驱车离开。

"白所，您说，就这样的父母，孩子应该没什么大问题吧？"任旭看着后视镜里二老的身影，有些唏嘘。

这可是大正月，二老穿着睡衣，站在单元门的门口送他们，都站了十几秒了，直到二人拐弯的时候，还能看到二老在门口站着。

"难说啊，毕竟陈晓丽怎么看也不像是省油的灯。"白松说得模棱两可，最主要的原因是他脑子里一直在思考问题，所以说话也不怎么过脑子。

"人哪，有时候就怕聪明。"白松叹了口气。

"这话什么意思？"任旭有些迷糊。

白松刚刚要说，电话突然响了，是上京市大海分局那边打过来的。

"白队，没休息吧？"陈警官问道。

"没呢，陈警官，您那边有什么新发现了吗？跟我说一下，"白松客气地问道，"麻烦您了。"

"正准备打电话和你说，我们这边连夜查了王平的底细，你可能都不知道，这个王平，他的高考成绩，虽然够不上最好的那两所大学，但是考个全国前十的学校很容易。他们大学虽然也是名校，但是以王平的高考成绩来上这所学校，还是很可惜的。"陈警官道，"唯一可以解释的就是这所学校的奖学金比较多，但是同类型大学里，这所学校也不是最多的。"

"所以，您的意思是，王平考这所大学，是有目的的？"白松明白了陈警官的意思。

"我们对这个也很怀疑，因为昨天下午我们查唐天宇的户籍的时候，和他们老家的警方也联系过。他们之前也查过，两小时前我们又找他们帮忙仔细地查了一下，才发现，这个唐天宇在中学时期，有好几次打架斗殴的经历，因为是未成年人，所以档案都封存了，不去档案室，直接看系统是看不到的。"陈警官道，"他们翻到档案才发现，王平在中学时期就曾经被唐天宇欺负过。"

"校园暴力？"白松似乎想通了什么。

"嗯，是他初中时的事情。你应该也知道，这种事只要闹到警察这里，一般都不是第一次发生，但是具体的档案我还没看到。因为是封存档案，今天我们分局就派人出差去取件。"陈警官道，"取回来以后，我通过内部邮箱传一份照片给你们。"

"嗯，谢谢陈警官了。"白松有些不解，"照这么说，这个唐天宇怎么考上这所大学的？"

"唐天宇初中总是打架，闹得挺凶，他父亲也知道了这个事，然后他父亲就给他把户口弄到了上京，并且到了上京这边读书，所以才考上了这所大学。"陈警官道，"不然以他的水平，想考这所大学肯定是没戏的。"

"这么说来，王平和他高中还不在一起，后来特地找人打听了唐天宇高考报考的哪所大学，然后这是寻仇来了？"白松问道。

他倒是知道，上京这边高考，是分数下来之前就先报志愿的，所以肯定比王平报志愿要早，不可能是唐天宇反过来跟王平报一所大学。

"我们也怀疑是这个情况，所以，我们分局已经连夜对王平进行了传唤。不过现在还没有什么好的其他线索，即便最终定为教唆自杀，估计也最多传唤二十四小时。"陈警官道，"你们那边有什么线索要及时和我们通气，我们这边天亮了以后，会再仔细地查的。"

"嗯！这已经帮了很大的忙了！"白松感激道，"陈警官您早点休息，我知道您一会儿就下班了，您方便的话，把您这边接您的班的同志电话给我留一下，到时候我直接联系他，就不打扰您了。"

"那行。"陈警官感觉白松还挺会来事，于是道，"白队长你也把接班同志电话给我留一下吧，咱们互相联系。"

"不用，不用，明天我接着上班。"

"辛苦了兄弟。"陈警官比白松大不少，但是听到白松这么说，还是肃然起敬，谁不知道加班的苦呢？

校园暴力可真是一个没办法杜绝的东西。

家庭、学校、社会，各方面对此都有责任。学生心智不成熟，考虑事情不全面，他们的犯罪与成年人的犯罪不同。有的时候，成年人犯罪，比如说去偷东西什么的，考虑的是前因后果，考虑的是划算不划算，是为了利益。而有的校园暴力，没有理由，"我就是想欺负你"，甚至是为了好玩。

唐天宇这种人，要什么有什么，为什么要欺负王平？这不是坏能是什么呢？

而王平，这算是复仇吗？

之前白松有些不解，王平怎么可能让贾竹把小岳害死？而唐天宇又到底因何自杀呢？

今天在陈晓丽这边忙完，可能一切的谜就解开了。

第五百零八章　连夜破案（4）

早上七点二十分，九河区看守所。

天蒙蒙亮，白松开着灯，提讯室里依然不是很明亮。

"吃早点了吗？"白松问道，"我特地跟你们管教说了，让她安排你早点吃饭。"

"吃了。"陈晓丽警惕地看着这两个年轻的警察，"有什么事？"

"是这样的，找你呢，主要是告诉你一件事，唐天宇畏罪自杀了。"白松把昨天和贾竹说的话，原封不动地告诉了陈晓丽。

与贾竹不同的是，陈晓丽听了这个，表现非常激动，一下子失了神，瞳孔瞬间扩散，像是失去了生命体征："天宇自杀了？怎么可能？"

白松神色淡定，指了指摄像头："我是不会骗供和诱供的。"

从陈晓丽的称呼里，他已经读出了很多信息。昨天把这个信息告诉贾竹的时候，她不是这个样子，说明真正在意唐天宇的，并不是贾竹，而是陈晓丽。

"怎么可能？怎么可能？"陈晓丽喃喃了好几句，声音越来越小，但瞳孔里已经散掉的那部分光芒正在逐渐回返。

白松明白，这是从剧烈的震惊中缓过神来，马上就准备说谎的节奏！

人在剧烈的震惊和惊恐中，意识是不受控制的，也就是说，这种情况没办法说谎。如果说了谎，那么惊恐就是装的。

"所以，你为了得到这个渣男，就想办法把小岳害死了？"白松大声道，"即便如此，你得到了什么？！"

"我得到了什么……得到……呵呵呵呵呵……这不,小岳也没得……"陈晓丽说到这里,一下子捂住了自己的嘴,额头上瞬间出现了汗珠。

这话怎么能说出来?!

白松面无表情地看着陈晓丽,似乎刚刚这句话他早就知道了,并没有什么惊讶的。

陈晓丽脸上的惊恐开始逐渐消散,但是她颤抖得越来越重了,因为她看到白松的表情如此淡定,好似一个恶魔。

"我不是恶魔,你才是。"白松仿佛知晓了陈晓丽的想法,"你也是学法律的,法律被你这么理解和使用,真的是好笑。你知道现在这个情况,在什么前提下,能保住你的命吗?枪毙,可是很疼很疼的。"

说完,白松做了一个开枪的动作。

"我……"陈晓丽欲言又止,这短短几分钟,居然把她这么多天的心理防线攻破了。

"你随意,我能找你来,也是王平那边和上京警方交代了不少,而且现在正在被审讯。你也知道,王平从小被唐天宇校园暴力,这种人的心理都是扭曲的,你居然被他利用,空学法律,不懂人性。"白松摆摆手,"你们这起案子,是咱们天华市侦办的案子,我之所以来找你说几句,就是不希望你被蒙在鼓里,你要是愿意坦白并把他的犯罪行为复述一下,应该对你的量刑有好处,要是觉得没必要就算了。"

说完,白松非常郑重地说道:"若不是你爸爸陈华和你母亲李秀芬把你从小学二年级开始得三好学生一直到你现在准备考研的事都对我说了,若不是他们求情,我都不会来找你。今天他们为了送我,在寒风里站了足足一分钟,我来这里,和你说这些,言尽于此,你自己决定。"

丁零零——

看守所吃早点的铃声响起,在陈晓丽的耳朵里,似乎比昨天早上要漫长得多。

"是……王平先找的我……"陈晓丽咬咬牙,"我坦白检举。"

盟友，呵……犯罪分子之间的盟友，在白松看来，无非就是一个笑话。

陈晓丽喜欢唐天宇。

陈晓丽和唐天宇，在陈晓丽自己看来，也算是情侣。但是唐天宇始终吊着她，即便两个人发生了关系，依然是"哥哥""妹妹"这般称呼。

唐天宇这个人很坏，主要体现在两点：一是他本身就不是好人，脚踏几条船这种事再正常不过；二是还有一个人在后面推波助澜。

王平这些年逐渐发现，想通过对抗，直接把唐天宇整死几乎不现实，智商很高的王平并不愿意和唐天宇换命，于是他考虑的是，"欲使人灭亡，必先使其疯狂"。

王平和唐天宇考上了同一所大学之后，这几年一直以一种非常卑微的狗腿子的姿态去抱唐天宇的大腿。

要是在初中，王平这种跟班，唐天宇有十几个，但是自从到了上京市，他就不得不收敛了很多。

上京可不是他老家，出了事没人给他兜着是其次，主要是比他牛的人太多了。

上了大学，大家都是成年人了，谁愿意给谁当小弟呢？

当然，如果唐天宇愿意扔钱，也不是不行，不过他虽然零花钱不少，但是都追女孩用了，让他一个月几千块找小弟，他也不愿意出这个钱。

这个时候，王平的出现，让唐天宇颇为满意。

虽然王平曾经受过唐天宇很多欺压，但是唐天宇认为王平以后找工作可能还要倚仗他，王平巴结他是聪明人的选择。他偶尔给王平几百块钱，王平就对他马首是瞻，这让他非常满意。

第五百零九章　连夜破案（5）

王平太聪明了。

王平从小被欺负，家庭条件又差，这情况能考到仅次于最好的两所学校的分数，这智商可想而知。

如果没有被人欺负，如果王平在初中也能好好读书，考上那两所大学又有何难呢？

在王平和唐天宇的大学生活中，唐天宇逐渐发现，王平这小子有脑子啊！

人一旦依赖别人，就容易不爱动脑。

今年是大三，在王平的保驾护航下，唐天宇保持着各科零挂科，王平是个作弊的天才！因此，唐天宇把王平看得越来越重要。逐渐地，这个在外人眼里的小弟，其实已经能影响和决定唐天宇很多事情。

小岳在过年期间胖了十斤是不正常的。

她其实都知道，唐天宇在外面和好几个女孩不清不楚，但是她依然爱唐天宇，爱得不行不行的，当然，这里面少不了王平的出谋划策。

这种情况下，小岳过年会胖十斤，白松一开始就觉得有问题。除非是很恩爱的情侣，经常一起出去吃东西，不怎么在意身材才可能出现这样的事情。但是，小岳怎么能不注重身材呢？如果能，也不会吃那么多减肥药了。

减肥药一般都是那种一直胖、减不下去的人才会吃。

因为短期内胖了几斤的人，很少有人会碰这个东西，大家都不傻。

但是，这架不住有人陷害。

在唐天宇和小岳在寒假分开之前的一段时间里，王平就怂恿了唐天宇，以后和小岳有亲密行为时，就别戴一些东西了，多别扭。有的药物非常好用，还更方便。

雌激素类药物，常见于各种避孕药物。

这种药物长期服用，会造成体重增加。当然，并不是每一种都会有这种副作用，但是，小岳吃的那种就有。

激素类药物的增肥效果，不仅明显，而且影响深远，在小岳回到家之后，体重就开始控制不住了。而事实上，小岳在放假之前，就已经胖了好几斤了。

小岳后期的尸检结果，白松是看过的，并没有怀孕，这个是最基础的检验了。但是，王平可以告诉唐天宇说小岳怀孕了。

事实上，唐天宇自杀的时候，真的以为小岳的肚子里怀了他的孩子。

王平用了一年时间，处心积虑地让唐天宇、小岳处在了这么一个尴尬的位置。

而贾竹，恰恰又是个"聪明人"，她不愿意看到小岳这样，在她看来，小岳这样已经彻底失去了自我，生不如死，需要解脱。

贾竹对小岳的失望，不是一天两天了。

在贾竹看来，王平是个不错的小伙子，很聪明，但是她也只是欣赏，谈不上喜欢，却经常和王平聊天。

陈晓丽和贾竹，和王平关系都不错，而且她们也都逐渐发现，身边的那些朋友都没有王平有思想，平时也喜欢和王平聊天。

当然，贾竹是因为看小岳越来越难过，想从唐天宇的小弟那里找找突破口，看看能不能想办法把唐天宇和小岳弄分手；陈晓丽则想通过王平使自己和唐天宇的关系更好。算是各有所求。

这个关系很复杂，也很简单。复杂的点在于，贾竹是个对自己朋友很好的人，陈晓丽则更加自私，只为了自己；而简单的地方在于，她们俩都希望唐天宇和小岳分手。

这就给了王平很大的操作空间。

王平有把握，只要让小岳因为唐天宇死掉，而且告诉唐天宇小岳因为他而怀孕的事情，就能把唐天宇吓坏了。

是的，唐天宇虽然从初中就爱带头欺负人，但是他并不是什么有主见的人，来了大城市也就老老实实的。他在初中的凶狠大部分原因是有很多小弟，外加父亲在当地厉害。

死人了！而且还怀了自己的孩子？这已经足以让唐天宇惊魂不定了，再加上王平对唐父的了解，让唐天宇跟唐父那么一说，再被唐父那么一骂，然后再加上王平的耳语，这个问题就解决了。

而这一切，仅仅是让陈晓丽去卖违禁减肥药，外加给贾竹一些暗示即可。

直到这一刻，贾竹还以为自己是做了一件正确的事情——帮小岳解脱了。

雪崩来临时，没有一片雪花是无辜的。现在的事情，离不开王平两年来的布局。

听着陈晓丽的陈述，白松逐渐明白了是怎么回事。

小岳之所以吃减肥药死亡，跟之前服用了太多增肥的激素药是有关的，她的身体机能已经下降了很多。而激素药已经有一段时间不吃了，尸检不出来也是很正常的事情。

这个案子里有漏环。

如何确保贾竹能扛住讯问？这并不难，告诉贾竹，只要扛住了讯问，就是售卖有毒、有害食品罪，扛不住就可能构成谋杀。

但是即便贾竹扛不住，贾竹也最多是供出陈晓丽，因为她意识不到这个事情是王平在后面指挥。

而在王平看来，陈晓丽是不会供出他的。

密谋杀人是重罪，陈晓丽是完全没必要供出王平的，因为那只会使得她的罪名更重。

　　学法律的人是知道的，谋杀比起因激情杀人主观恶性更大。

　　白松听着陈晓丽的叙述，把案件彻底搞明白了，看了看外面的天色，天亮了。

第五百一十章　连夜破案（6）

犯罪团伙之间，几乎不存在真正意义上的团结。

在囚徒悖论里，唯一能破解的，就是足够强横的外力控制，比如说，两个黑社会的小弟被抓，都怕供出来对方会在刑满释放之后被黑社会报复。

但是，现实中，至少白松是从来没见过这种所谓的黑社会的，真要是这么猖狂，早就被打掉了。

每个人都有自己的聪明才智，即便是用在错误的道路上，王平觉得，就算陈晓丽知道唐天宇死了，也不会供出来他，他俩之间一荣俱荣。

如果白松不提后面的话，陈晓丽度过最开始震惊的几秒钟，还真的会先考虑自保。而这种自保，就有可能把王平保护住。

但是，陈晓丽也是自私的，当她进入那个状态时，永远只会考虑自己。而当她说漏了那一句却发现白松很平静时，她只会下意识地认为王平已经全供出来了。

王平以为的万无一失，在人性面前，不值一提。

白松还曾想过，如果唐天宇不死，这个案子会不会成为错案？

如果唐天宇不死，估计很少有人会查到王平那里。而如果只是针对小岳的事情，王平属于无目的性杀人，确实是难查。

当然，现在完全不用考虑这些问题了。

早上八点钟，白松站在了提讯室的一侧，把情况简单地告诉了秦支队和大海分局陈警官，并告诉陈警官，上午会把讯问笔录复印件传过去。

除此之外，他还特地给宋教发了信息，也说了请假的事情，并且跟宋教说了一下让任旭休息两天的事情。宋教听闻白松案件有进展，也很支持，至于给任旭放假的事情，自然不是什么大事，宋教回复的信息里就没提这个事，意思是白松决定即可。

秦支队在去分局开会的路上，就收到了白松的短信："案子已取得突破性进展，犯罪嫌疑人陈晓丽已经交代犯罪事实，是王平伙同其共同策划了这一起故意杀人案件，贾竹也算是主犯之一。顺便跟您请个假，上午所里的会我得晚去会儿。"

虽然未出正月，但是过了元宵节基本上就算是年节已过，今天又是周一，上午九点就有分局党组扩大会议，秦支队正坐在副驾驶位上吃烧饼，看着白松的消息，直接噎住了。

昨天晚上他回来也很晚，不要以为支队长这角色出去一天回来就可以休息，一堆事等着他办，今天的会议还有材料要汇报，他昨天晚上也是两点多才睡觉。

白松二人十二点多就提讯完去睡觉了，他是知道的。早起之后，也没人跟他说白松去提讯了，他还以为白松二人在睡大觉呢，怎么一转眼，案子就破了？

"着啥急？喝口水。"正在开车的李队指了指车中间扶手箱处的水杯，"啥事这么急？"

李队比秦支队岁数要大一些，平时说话也很随意，今天也去分局有事，就和秦支队同车了。

费了好大的力气，秦支队才将将把这口烧饼吞下去，好好抚了抚胸口靠下的位置，接着拿出手机，读完信息道："这都什么玩意儿？"

说完，秦支队看了看时间，问道："李队，我是不是睡了两天？今天其实是2月18号？"

"案子破了？"李队开车愣了一下神，"而且后面还有两层关系？"

"嗯，看这个信息的意思，贾竹仅仅是个傻瓜，陈晓丽影响了贾竹，然后靠此影响了小岳。而陈晓丽的后面，才是王平，王平应该是本案真正的幕后主使。"秦支队下意识地咬了口烧饼，"我昨天去上京的时候，倒是在分局看到了这个王平，当时就觉得他不太对劲，但是没感觉出来哪里不对劲。"

"你倒是信任这个小子。"李队耸了耸肩，"这事够扯的，这要不是白松发来的，我还以为闹着玩呢。"

"李队，你和白松相处的时间应该是最久的吧？"秦支队问道。

"我当初把他从分局带到所里，"李队长顿了顿，"一转眼两年多了。"

秦支队点了点头："一会儿去分局，这案子还得汇报，我给他打个电话，让他来一趟，直接跟领导汇报一下。"

死了人的案子，尤其是尚未侦破的，永远不是小事，每周的会议肯定要谈。

"他今天不是去三木大街任命吗？我昨天还看到分局政工网上有公示。"李队道，"你不得跟政治处说一声？"

"这个时间点了，人家政治处的估计早就到了，任命这么重要的事，所里肯定早上要开全体会的，这小子居然搞案子去了，这折腾一夜，估计肯定没啥好形象。"秦支队笑骂了几句，"一会儿我给政委打个电话吧。"

"嗯。"李队点了点头，他知道秦支队所说的政委肯定不是支队的政委。

白松这边一直忙到九点二十才完工，任旭打字也算是快，只是陈晓丽阅读笔录的速度够慢的，生怕看错一个字。

这个时候已经不怕陈晓丽翻供了。

刑事案件其实是重物证轻笔录的，这一份笔录最大的意义，是通过陈晓丽的供述，去接着查其他的物证，从而形成一个证据链。

这些年，刑法的"慎用死刑"的态度越来越明显，这个案子里，这情况，陈晓丽是不可能枪毙的，至于怎么判，就不是白松能决定的了。

很多"几进宫"的人，即便犯罪，也轻易不敢犯量刑太重的罪，因为他们知道后果有多严重。越是这类年轻的嫌疑人，有时候越不考虑后果。

忙完，签完字，走出看守所的院子，白松显得很轻松。

看了看时间……已经快九点半了，白松估计所里还有人等他，立刻就准备走。

这时，秦支队短信来了："你一会儿带着材料，直接来一趟分局，315会议室。"

回了个"收到"，白松转头和任旭说道："你先跟我去趟分局，然后你把车开回所里，给笔录到拍照片，传给上京那边，忙完之后，今天就休息，我跟宋教说过了。"

第五百一十一章　这世界，从未变过

秦支队估计也联系了看守所的人，白松取完笔录后看守所的人就告诉了秦支队。

看样子秦支队也在开会，说话也不方便，白松启动了车子，直奔分局。

"白所，我算是服了，这个案子干得也太漂亮了！"任旭坐在副驾驶上，有些手舞足蹈，挥了挥拳头，"我都感觉自己贼帅！"

刚刚提讯的时候，任旭全程绷着脸，可把他憋坏了。

白松特地嘱咐过他，作为侦查人员，无论是犯罪嫌疑人说什么，都不要有明显的表情。

这不是为了别的，主要是为了让犯罪嫌疑人看不透警察是怎么想的。任旭需要做的仅仅是这个，真正的主力还在白松那里。

"还行吧！"白松一只手扶着方向盘，另一只手抚摸着下巴，接着又摸到了肚子，"有点饿啊。"

"饿……"任旭突然就难过了，"是啊，饿了！"

白松不提这个还好，这一提，直接就让任旭的兴奋劲锐减，说好的烤串呢？

"我一会儿去开会，你自己开车走，先去买点吃的。"白松道。

"那你吃什么？我给你带。"任旭道。

"不用，我习惯了。"

"那一会儿再说，"任旭决定一会儿白松去开会，他先去吃，吃完带着东西在门口等白松，也就不和白松争这个，"这案子算是结了吧？那个王平今天咱们得押解回来吗？"

"嗯，不着急了，估计来之前，上京那边就能根据咱们的笔录复印件把王平审出来，到时候再说吧。"白松道，"距离结案还早着呢，关键的问题是这个药物的来源还没有搞清楚。"

"这个就慢慢查呗，反正销路都被我们断了。"任旭对这个倒不纠结。

对于任旭来说，生产药品的罪过再大，也不如踏踏实实破个杀人案有用。

"嗯，这个不急。"白松道，"不过这个案子，也给了我不少启发。你看，王平对唐天宇来说，算是个小人物，但是有这么大的能量，轻而易举地把唐天宇害死，而且，唐天宇死的时候，还不会恨王平。王平为了杀掉唐天宇，谋划这么久，确实是有点可怕。"

"小人物被逼急了也厉害着呢，"任旭道，"历史上这种事也不少。"

"讲一个听听？"白松开车有点困，昨天就睡了两个多小时，找话题聊聊。

"最有名的就是嘉靖皇帝时期的壬寅宫变了吧，嘉靖晚年也想长生，信一些方士说的，大量招募十几岁的小姑娘进宫，采集一些东西炼丹。然后还逼迫这些宫女吃桑叶、喝露水，打骂都是常事。"任旭道，"于是宫女们一起发动宫变，把嘉靖勒晕了，要不是一个宫女着急了，把绳子系了死扣，怎么拽也不能系得更紧，嘉靖早就死了。虽然嘉靖没死，但是这是封建王朝时期，谋杀皇帝的人里地位最低的了，小人物差点改变历史。"

"宫女杀皇帝？"白松点了点头，"所以人无论走到哪一步，都不要随意欺压别人，兔子急了还咬人，古人诚不欺我。"

"你知道我刚刚为啥发短信，而不是给领导打电话吗？"白松道。

"怕录像录到吗？"任旭。

"不是因为这个。你可能没注意到，陈晓丽说完之后，她其实也后悔了，后面说的话，虽然是实话，但是她一直言不由衷，我看出来了，她一直想找机会找咱们一个过错。"白松道，"比如说，如果我打电话，她肯定会

108 | 警探长5

想办法和你趁机说句悄悄话,就是录像里都听不清是什么的那种。她那目光,贼着呢。"

"这有什么问题?"任旭一脸不解。

"别把人想得太好了,这种杀人犯不值得任何同情,她要是有这么个和你说悄悄话的画面,法院判决的时候,一翻供,说咱们诱供什么的,你说得清楚吗?"白松道。

任旭瞪大了眼睛,人会这么坏吗?这一刻,任旭肚子也不饿了。

他虽然不是警校出身,但是白松说的这个情况,他还是很明白的。如果真的出现这个情况,有理说不清。

警察有时还真的是弱势群体啊!

"谢谢白所,"任旭道,"以后我得多注意。"

从来没有人跟任旭说过这些事,想当警察也是想破案,但是跟白松相处下来,他才明白警察到底是怎么样的。

到了分局,白松下了车,直奔315会议室。

去的时候,白松还在纳闷,这不是大会议室吗?就是分局每天早上开视频会议的地方。

难道领导让他直接在视频大会上给全分局做汇报?那不开玩笑吗?这案子虽然有了重要线索和证据,但是根本就不是能完结的案子,现在的线索还没有查实,只能内部汇报。

白松硬着头皮,敲门进了315会议室。

他开会还是少,这个会场每天八点半到九点视频会议,九点之后就重新布置会场了。进来了才知道今天是一个扩大会议,说的都是分局的大事。局党组扩大会议,一般也就扩大到各派出所一把手、各支队一把手这个层次,白松是没资格列席的,今天情况特殊,给他加了一把椅子。

白松进屋子前,特地拢了拢发型,算是收拾了一下。

"白所到了,来,讲讲'2·15'销售有毒、有害食品案的最新进展。"

说这话的是一把手殷局长。

显然，在此之前，秦支队把这个事情已经汇报过了。

这种会议，议题都是提前定好的，一直按部就班地进行，但是这案子实在是太受重视，作为领导，第一时间掌握案子的进展是很有必要的。

议题，全部先暂停后延。

白松也不是小孩子了，以前还会紧张，现在则淡定异常，拿着笔录，直接站了起来，吐字清晰地道："2月16日凌晨十二时许，我与犯罪嫌疑人贾竹交谈得知……

"2月17日凌晨三时许……

"凌晨四时许……

"早上七时许……

"笔录内容如下：……"

第五百一十二章　派出所架构

　　一顿午饭的时间，三木大街派出所新任的副所长白松光速破案的消息不胫而走。

　　对白松来说，这个案子根本谈不上艰难，他只是发现任何细微线索都竭尽全力而已，仅仅是本职工作罢了，但一个晚上就把这样的案件给破了，负责这个案子的所有人都有些震惊。

　　这就好像你是包工头，带着工人去工地盖房子，第一天带着工人去了以后，转天起床发现房子盖好了，就差装修了一样。而且最关键的是，工人连图纸都没看！

　　事实上，对于今天在这里开会的领导们来说，案子只是工作的一部分，白松今天在这里的汇报反倒是最关键的。

　　之前他一直是小刑警，升副科之后，借调到经侦总队大半年，虽然说破了个大案让分局的领导们都有所耳闻，但是真正熟悉他的人还是很少的。分局一千多名警察，现职领导也有一百人以上，听过白松名字的有不少，但接触过他的恐怕连五分之一都没有。

　　而这次的任职副所长，也不由得让很多人怀疑他的能力。

　　能破案确实是个本事，但是这不意味着就适合当领导，有的技术人员当领导还不如钻研技术。

　　但是今天这次汇报，让在场的都对白松有了新的认识。

　　别的不说，这份主动通宵办案的态度，就没的说，外加说话逻辑分明、不卑不亢，最主要的是很能分得清关键问题和普通问题，十几分钟就把案子的来龙去脉、已掌握线索给说清楚了，这不是一般年轻人能做到的。

要知道去年竞聘的时候，白松还一脸稚气，今年就明显成熟了很多。

做完报告，殷局长点了点头，对这个案子也有了一定的了解。在场的没一个庸人，都听得出来白松讲的案子大概率就是真相，剩下的不过是"装修"，房子基本上算是盖好了。

局长也没给白松布置什么任务，白松直接就离开了会议室。反倒是离开之后，秦支队发了短信，让他先好好休息，下午还有事呢。

按理说，从现在开始，秦支队就不算是白松的领导了，这更像是朋友之间的关心了。

接着，白松还是给宋教发了短信，询问具体情况。

宋教也在这里开会，毕竟所里宣布任职这种事，主要是政治处的人去，所里民警和其他的副所长在就可以了。

不一会儿，宋教直接给他回了信息，让他休息，下午再说。

这点小事白松其实是不用和宋阳说的，但是毕竟人家是自己的领导，多尊重一些总归是没错。

到了分局门口，任旭还没走，给白松带了一个加了俩鸡蛋的煎饼果子。

白松也是饿得厉害，三十秒就吃了一半，这才感谢了一番。这趟去三木大街派出所，任旭这也算是他关系最亲的班底了。

任旭直接回家了，白松回到单位踏踏实实补了个觉，一直睡到中午一点钟。

要说这个案子的事情，现在还八字没一撇呢，只是最难啃的一部分啃了下来，剩下的白松打算都交给任旭来办。

任旭从来没有亲自搞过正儿八经的案子，这个案子虽然难，但总归已经属于蛋糕了，谁参与进来都可能获得嘉奖。

即便主侦方是刑警，但是办案这种事，谁有本事谁上。就比如说白松忙了一晚上把案子搞定了，无论是谁都得跷个大拇指。

最主要的原因是，任旭需要……嗯……锻炼一下。

对，只是锻炼，不是因为自己懒……白松轻而易举地说服了自己。

下午两点整，白松洗漱完，好好地收拾了自己，坐在了所里的会议室讲台那一排。

纵使白松已经任职副科快一年了，但还是第一次坐在这个位置往下看，颇有一种老师看学生的感觉。

这就是身负责任的感觉吗？

白松抬着头，看着下面的几十名警察，表情严肃。

政治处的人简单地读完了白松的任命书，按理说来一个科员就行了，毕竟白松也不是什么大领导，但是不知道什么原因，政治处的一个科室副主任亲自来了，宣读完还和白松握了握手才走。

白松听说了，上午可不是这个情况。

这说明一个问题，上午去分局的那一次，白松在政治处大领导的眼里，似乎重要了几分。

政治处为啥宣读个副所长还得来个领导？这里面的门道大着呢。

且不说警校本身就不是能掌握所有警务技能的地方，人情世故哪是大学期间能学会的呢？而当警察也不是搞科研，一辈子几乎都是和人打交道，而且更多的还是和社会的阴暗面和一些处心积虑的人打交道，老警察也不简单。

宣布得很快，这里开完会，班子还要再开一次会。

宋教、李所、姜所都在，内勤王国晨也在，再加上白松，这就是三木大街派出所的核心了。内勤虽然没什么职务，但是依然算是所里最重要的人之一。

这让很多人都难以理解，为什么除了领导外，内勤居然比办案民警更重要？

倒不是更重要，确实是职务分工不同。三木大街派出所有三个内勤和四名文职辅警，王国晨算是地位最高的一个。

第五百一十二章　派出所架构

王国晨负责所里的账目和与其他单位的对接，算是"大内总管"，剩下的两个内勤是文书内勤和户籍内勤，至于四名辅警，则是配给文书内勤和户籍内勤帮忙的，毕竟他们的工作有时候一个人忙不完。

除此之外，分了四个班组，每个班组由一名领导带班，差不多由十名民警和五六名辅警组成，设一名警长、一名副警长，除此之外，所里还有一支专门的办案队。

跟白松之前待过的九河桥派出所结构基本一致，只是人员多了几个。

第五百一十三章　重新启程

　　从这里，也能看出地域差异来。白松出差去过的派出所，有的就一名警察、十几名辅警。除了所长是警察，其他全是辅警。
　　这几年一人所少了一些，但是三人的派出所还是非常多的。
　　而直辖市不一样，确实是警察比辅警多，编制也多不少。
　　这倒真不是好事，因为人家三个人的派出所可能一个星期都没人报警，但是三木大街派出所一天的接警量基本上都是三位数。
　　刚刚在白松任命的大会上，就已经有四个人离开会议室出警去了，这工作强度可见一斑。
　　领导班子会就五人列席，商量讨论了分组问题。本来都说让白松去四组，但是还是没正式说，这个小会之后就决定了下来，内勤还制作了会议记录。
　　内勤这个工作，有的人很喜欢，因为不太需要和形形色色的外人与案件打交道，也不危险，但真的不是每个人都能做好。如果让白松来做内勤，基本上他能憋疯。
　　他宁可去盛夏满是蚊子的公园里蹲堵几天犯罪嫌疑人，也不愿意和这些东西打交道。

　　周六那天，是四组值班，今天周一，白松下次值班是后天，2月19号。
　　所以，暂时来说，他已经没啥工作了，宣布了之后，宋教又把四组的警长王静和副警长米飞飞叫上来聊了几句，主要也是为了工作的进一步开展。

四组的人员结构不算好，警长已经50岁了，是社区民警，根本不管案件，米飞飞虽然年轻，但也不是什么办案能手，副警长完全是没人当才给了他。

　　白松聊了几句，外加之前和任旭了解了一番也算是知道了大概。

　　四组现在都想让任旭担任副警长甚至警长了。

　　这种情况也不算少见，在派出所，工作不满一年担任警长的大有人在。

　　派出所太忙了，而且年轻人少。这几年还好一些，类似于白松这类大学生都下了所，但是头些年，两大院校毕业的都去了市局，地方警校的也都去了分局。以至于现在派出所25岁左右的民警还有一些，28~40岁的警察少之又少。而后者才算是派出所最有战斗力的组成部分。再加上警长这个职位不仅不加工资，责任还大，没人抢也算是正常。

　　王静岁数大，自然就是很客气，米飞飞也不是个追求进步的人，看到白松也是表面客气，没有太殷勤。

　　白松对这两位也不算了解，只是大体问了问组里的架构，没有多问，其他的等过几天组里一起吃个饭，也就都熟悉了。

　　他现在，手头还是有案子的。

　　投毒杀人案他已经决定留给任旭去锻炼了，但是盐酸西布曲明的源头还是没有找到，这也是这个案子必须要侦办的东西，不然早晚还是祸害。

　　但是这几天也没什么可忙的，还是得等投毒案有了大体的结果，然后把耿南确定为突破口。

　　既然陈晓丽已经招供，王平肯定也不会不说，如果贾竹也想通了，如实供述，多多少少还是能找到耿南那边的线索的。

　　究其原因，这几个人都挺聪明，聪明人有时候总想知道更多，关于耿南的一些事，他们不会不去查一查。

　　除了开会研究案子之外，白松一点也不喜欢开会，所以他也没有和王静、米飞飞多聊。今天安顿好了之后，这几天他就打算住在所里了，算是尽快熟悉一下工作。

回到办公室之后，分局通信科的人也来了，帮他调试内网的线路。他用的是之前另一个已经调走了的副所长的办公桌。

三木大街派出所虽然是九河分局人数比较多、辖区比较繁华的派出所，但是地方倒不如九河桥派出所大，这个办公室是他和李云峰李所共用的办公室，有两张床、两个柜子，还有两张办公桌。

李所是一组的带班领导，昨天值班，今天来开会也是因为白松，这会儿都收拾东西回家去了。

白松也没啥事，就打开电脑，登录了执法办案的系统，看起了案子。

他的权限可以看到全所所有的案子，不过他只看四组的案子，用了几个小时，把近一年的案子都看了一遍。

派出所的案子，以三种案件为主，现场调解、治安案件和刑事案件。

现场调解是最简单的，民警出警都不用带回所里，现场双方签字按手印就算是调解了，一般都是侮辱他人、殴打他人、故意伤害之类案件。

很多人一听，"故意伤害"这个词，以为是刑事案件，但是理论上，你拿一块小石子砸朋友恶作剧，如果没有构成什么较大的伤害，也算是故意伤害，是可以现场调解的。

这方面的案子最多，但是基本上略过即可，白松也不是没在派出所待过，看着目录页就知道大体是些什么事。

治安案件则是以盗窃、诈骗和打架为主。

凡是达不到一定案值、无法立案的盗窃与诈骗案，都是治安案件，这种类型的案子，破案率并不算高。打架的倒是全结案了，有的拘留了，有的调解了。

刑事案件则五花八门，《刑法》上列有四百多个罪名，这一年里，仅仅四组办的案件就涉及了二三十个不同罪名，加起来案子可是不少。

有的已经抓了人，进入了审查起诉阶段，也有的线索不足，就在那里悬着。

没有侦破条件的，那没什么办法，白松也不可能凭空变出证据来，但是有那么四五个案子，白松看了看材料感觉还是有可以查的地方，尤其是其中两起盗窃案，作案手法有些熟悉，基本上手到擒来。

　　要是以前，白松可能早就急着去查案了，但现在不是时候。明天四组也都上班，而且是正常班，到时候开会再说，他打算自己先把这些案子都整明白。

　　白松还顺便看了看其他组的案子，看得比较马虎，倒是看不出什么问题。

　　通过看案卷，管中窥豹，白松也大致知道，四组现在还是有问题的，人员结构不行，战斗力在所里应该是倒数第一，都不用看历年考评，看这个白松就能大体明白是啥情况。

第五百一十四章　初当副所长（1）

派出所的工作，到现在这一刻才算是正式开始了。

看了会儿值班办案系统，白松这才发现已经过了吃饭的时间，但还是打算去食堂看看有没有剩菜剩饭。

这个时间点人不多，路过接警大厅旁的走廊，白松听到前台有吵闹声，看了一眼，是几个穿着破衣服的中年人在那里和民警吵闹。这种事派出所太多了，白松肚子还饿着，就直接去了食堂。

"白所。"

"白所。"

几个人从食堂出来，纷纷给白松打了招呼。

白松也不认识大家，不过今天开会还是见过的，还是打了招呼，颇有些不习惯。

不过看了看时间，这个点吃完饭，也算是挺晚的了，估计也是出警刚刚回来。

进了食堂，食堂大师傅看到白松，居然也认出了他："您是新来的白所长吧，还没吃饭吧？吃点啥？"

食堂的都认识他了？白松很确定，这个大师傅没有去开会，估计是听民警提到新来了一个年轻的高个子所长。

至于为什么大师傅能一眼认出来他，估计是……民警们都告诉大师傅，新来的副所长很帅！白松很笃定。

"还有吃的吗？"白松看着大师傅都准备收拾东西了，还有两个大姐也在帮忙,有些不好意思,"随便给我盛点米饭就行。"

"哎,白所,别急,我给你炒几个鸡蛋,米饭是热的,你直接盛就行。"大师傅说着,就拿起大勺,准备开火。

待遇这么好的吗?

今天晚上值班的人就这么多,大师傅每天做多少饭菜基本上都是定量的,所以饭菜也没什么富余。而以前白松在派出所的时候,每次回来晚了,都是大家给他留点饭菜,然后用微波炉热一下。大师傅单独再给炒一个菜,这待遇想都别想。

"别别别,不用,我出去吃吧,正好我想着有人找我呢。"白松也不好意思耽误人家下班,转头就走。

大师傅从后面叫了几句,也没追出来。

出了屋子,白松才突然想到一个问题,今天好像是约了人吃饭?

对啊,任旭!说好请人家吃饭的!

忘了!

看了看表,这都快七点了,言而无信可不是好事啊。

白松这才拿出手机,发现手机里七八个未接来电,有老爸的一个,剩下几个都是几个哥们的,还有任旭。

为什么一个都没听到?

先给老爸回了个电话,白松打开扬声器,发现手机下面的大扬声器坏掉了,一点声音也没有,怪不得听不到电话。

上次在湘江附近,白松被追杀那次,手机都进水了,后来修好了,但是还是偶尔有小毛病,没想到现在扬声器直接坏掉了。好在,上边的小扬声器还没什么问题,电话还是能打的。

这几天白松忙,一直也没跟父母打电话,老爹打电话过来,也是问问他工作的情况,简单地聊了两分钟就挂了。

而其他的几个哥们,大家找不到他,直接就自己攒了一个局,吃饭去了。

白松直接拨通了任旭的电话，发现他正和王华东等人吃得欢着呢，都在吃自助餐，吃了一个多小时了。

白松看了看时间，自助餐一共也就俩小时，现在去意义不大，等下回再聚就是。白松准备自己随便去吃点，溜达着就先去了前台。

前台的几个人还没走，还在和前台的民警说着话，警察有点不高兴，但还是不断地解释着什么。

看到白松路过，前台的警察和正在解释的民警都和白松打了招呼，白松也一一打了招呼。

三个穿得很破的民工装扮的人，看到白松，一下子跑了过来："领导，您得帮我们做主啊。"

"成何体统！这是你们闹的地方吗？"负责的王警官面色不善，走过来拦住了三人，"有问题，慢慢解决。"

"怎么了？"白松问道。

"白所，咱们过来说。"王警官拉着白松就进了隔壁的调解室，然后把门关上。

"这几个人，老板没钱给他们发工资，然后来咱们这里报案了。"王警官简单地和白松说了一下，这三个人在辖区一个建筑工地干了半年多，刚开始公司还按时发放工资，后来一拖就是四个月，年底就没给钱，现在过了正月十五还没有给，他们就去开发商那里闹，开发商也不给钱，于是就跑到了派出所寻求帮助。

"这么说，这不是拒不支付劳动报酬罪吗？直接抓人不就行了？"因为就他们两个人，白松说话也比较直接，虽然这个王警官他不认识，但是总归是自己人。

"问题是，您说的这个罪名是有钱不给的那种情况，但是他们现在隶属于一家劳务公司，这三个人不是工地的人，而是劳务公司里给各个工地补缺的人。建筑方已经把费用给了劳务公司，但是劳务公司破产倒闭了。"王警官道，"我让他们几个去法院提起诉讼，这样说不定可以分点钱。"

"嗯,公司破产清算的时候,公司员工的工资是优先受偿的。"白松表示明白,"那你的意思是,这几个人不去法院,跟咱们所里杠上了?"

"可不是吗?要我说,您甭管这个事,我出去再劝一劝他们,用您的话说,优先受偿,再不去就晚了。"王警官道。

"没事,我也没啥事。"白松道,"虽然2011年《刑法修正案(八)》里就正式加入了这个罪名,但直到去年1月份才出台了具体的司法解释。司法解释里提到过,如果这个公司是通过虚构债务、虚假破产、虚假倒闭来隐瞒债务,可能也构成拒不支付劳动报酬罪,咱们还是认真一点为好。"

"那听您的。"王警官听白松这么说,有点不以为然,但是也不能表现出来。

"最关键的是,这几个要是感觉活不下去了,一会儿出去再找个高楼跳一个下去,到时候,如果再查出来有问题,那就不是闹着玩的了。"白松不得不这样"吓唬"一下。

"您说得有道理!"王警官一下子重视了起来,"我们还得再查查。"

"嗯,去吧。"

第五百一十五章　初当副所长（2）

白松倒也不是真的想吓唬这个警察，派出所忙他自然也知道，但是这种问题是敏感问题，多关注一些总没错的。而且农民工作为城市的建设者，是绝对的弱势群体，能帮一把总是要帮一把的。

但是，如果真的是公司无奈破产，这情况还真的是只能起诉，而且一定要在企业破产清算程序结束之前，不然的话，再想拿到钱就难了。

企业破产并不是企业就没有一分钱了，大部分的原因是资不抵债，至少固定资产等还是可以拿来拍卖的。

警察先前期调查一下这个案子，答应这几个人对案子进行调查，然后看看企业的破产有没有问题，确定没问题之后，再把这几个人叫过来。

如果可以的话，到时候白松给他们几个普及一下诉状怎么写都没问题。他能做的，也只有这些了。

这也是没办法的事情，和文化程度相对较低、掌握知识比较少的人打交道，就是要理解人性，而不是靠讲道理，因为很多道理他们很难理解。他们或许勤奋，或许擅长自己的工作，但是同样脆弱、无助。一旦跟他们讲太多平时他们接触不到的信息，他们就会理解片面，或者只理解一句半句就开始自由发挥，导致好意发挥不到好的作用。

所以白松并不打算出去给他们讲一堆大道理。

当然，白松不打算亲自去说，还有一个问题，就是真的饿坏了！

离开派出所，他先找了个拉面馆，要了一大碗拉面，大方地加了整整5块钱的肉，然后结了账。

加上一点榨菜，然后撒上辣子，呵，美美的啊……

担心会有电话接不到，他把手机调成了振动，明天中午的时候，可以去附近的手机店修理一下，专卖店就算了，贵得要死。

想着这些事，一碗面很快地吃完，还有些意犹未尽。

白松难得地咂吧着嘴，结果旁边的一桌，母亲正在以白松为反面教材，教育孩子不要吃饭时玩手机、吧唧嘴。

看着这位母亲嫌弃的眼神，他只能落荒而逃。

"还有，吃完饭一定要擦嘴，不要学刚刚那个人……"

白松耳朵有点灵，听到这个，差点一跟头摔在那里。

"走路好好走，别三心二意，刚刚和你说了走路不要玩手机……不然，你看刚刚那个……"

白松莫名其妙地接受了一波教育。

"白所，那几个人刚走。"王警官看到白松，又打了个招呼。

"嗯。"白松也不知道说什么，毕竟这不是他们警组的案子，本来就不该多管。

"要说您能当领导，这想的就是比我们远。我刚刚和宋教反映了一下这个案子，宋教说幸亏听了您的，不然的话，真出了啥事，我这衣服都难保啊。"王警官道，"不过这么一来，去查查他们公司的事情，也不算难。"

"嗯，实事求是就好了。"说完，白松就回了屋。

派出所很多人其实遇到事的时候能完成本职工作即可。像白松这样的其实也不多，更多的就是被生活磨平了棱角，主要就是派出所接触的杂七杂八的事太多了。

白松曾经见过很多一腔热血到派出所工作，没过半年就受不了的人。能把所有的事情都解决掉，就算是很牛的派出所民警了。

白松也就是家庭压力小，要是以后有了需要赡养的年迈二老或者四老，再有一个或两个孩子，到时候也不会有这么多精力。

回到宿舍，白松换了身衣服，先去健身房运动了一会儿。

乔师父教的那些东西,这会儿正好可以练练。

从经侦总队那里离开,这么长的时间里,他一直不曾放下这些训练。公安工作刚起步,怎么会因为抓了个奉一泠就懈怠呢?

三木大街派出所的地理位置重要,分局拨款也算可以,但是架不住地方太小,健身房也就20平方米,三个不大的器械和几组杠铃,不过已经足够了。

脱下衣服,白松露出了线条优美的肌肉,他只穿着一件没有袖子的汗衫,协调的背阔肌和双臂显得力量感十足。

长时间的训练,白松并没有那么粗大的肌纤维,可能胳膊、肱二头肌等地方远不如一些资深健身爱好者的粗大,但是如果动起手来,一对一还是没压力的。

做了几分钟准备活动,白松才开始了训练,刚刚没吃饱,现在正好适合锻炼。

练了几分钟,白松就出汗了,倒不是活动室里暖气热,主要是这训练量确实是有点大,做完了一组,他准备休息30秒,这才发现,宋教在门口呢。

今天是宋教值班,听到隔壁杠铃的声音,正好过来看看,看到白松也没打扰。

"年轻就是好啊。"宋教看着白松的身形,这话说得非常真心。

要知道,这些年,干部年轻化已经成为趋势,上级领导开会也提到过很多次。看看白松,宋教也明白了上级领导的意思,就这种小伙子,精力、脑力肯定比他旺盛太多,确实是未来的趋势。

宋教说完,也知道健身的时候,人不太方便一直说话,也不多聊,就直接走了,留下了白松在这里凌乱。

啥意思啊?

年轻怎么了……

别走啊,解释一下啊……

第五百一十六章　又碰上了

第二天上午，开完全体会，白松组织四组单独开了个会。

刚刚来，白松也不打算直接就谈案子之类的情况，毕竟他还年轻，这些同志也都是老师傅，只是聊了聊组里的架构，顺便聊了聊大家的家庭情况。

他把自己的位置放得比较平，没有端着架子，也没有放低姿态，和大家显得比较亲近，毕竟这都是未来一段时间并肩作战的战友。

由于给任旭放了假，这些人里面，白松一个熟悉的也没有，开了个小会，对大家也多少有了一些了解。

开完会之后，白松找警长王静和副警长米飞飞单独聊了聊，问了问王静的身体情况，又问了问米飞飞的家庭情况。

谈完之后，他有点失落。

组里的情况，比他想象的还要差一点。年轻民警就俩——米飞飞和任旭，剩下的全部都是50岁以上。唯一的优点就是7个辅警都算年轻，而且看着都像能干活的。

这根本不够，要知道，三木大街派出所的警情基本上是九和桥的两倍，这让白松皱起了眉，他来之前，大家都是怎么出警办案的？

找宋教聊了聊，白松才知道，这组里的几个老民警还是比较认真负责的，很多警情都是一个老民警带着一个辅警就去了，但是，这种情况坚持不了多久了。

不仅仅是老民警的年龄越来越大，最主要的原因是，这些年，警情越来越多。

十万人的辖区，一天100多个警情，而且其中包括很多案件，白松当民警的时候，不用为这个事情操心，现在可不成。

"去年年底分到所里三个转业军人，前段时间在巡特警那边也培训了三个月，下周也该回来了，我给你那边分一个最年轻的。"宋教自然也知道白松那个组的情况，沉思了一会儿道。

"谢谢宋教。"白松大喜过望，派出所有多难他是知道的，能分到一个人已经很不容易了，本来他没抱什么期望，所以这也算是意外之喜了。一个已经很不错了，两个是绝对不可能的。

还没正式开始工作，白松就开始理解派出所为啥每次借调人的时候，都会捂着骨干力量，主要是太忙，骨干少一个，其他人就会更忙。

"对了，白所，我还没问你，你之前在派出所的时候，搞过户籍工作吗？"宋教问道。

"没有，我在派出所天天出警搞案子，"白松好像意识到了什么，"不过我爸是户籍警，我在所里的时候也帮老师傅整理过户卡。"

"嗯，昨天我回去还考虑了一下，所里现在户籍工作还是我在负责，还没有具体负责的领导，我得先征求一下你的意见，你要是觉得能胜任，下午再开个班子会，就决定了。"

"我没问题。"白松知道宋教说的客气话，但是人家领导客气，总不能当真。

所里现在治安案件由姜所负责，刑事案件由李所负责，白松总不能去跟人家抢工作吧？

这个负责，也不是说负责了就要管所有事情，各个组的案子，该忙还是要忙，只是一些比较大的涉黄、涉赌案件才会归姜所负责，同样的，李所也只是负责比较重大的刑事案件。

"行，回头班子的其他成员要是不反对，就这么定了。"宋教说得很轻松。

白松点了点头，李所和姜所是不可能不同意的，但是走个程序总是没错的。

"宋教，就是户籍的事情，我还是不太熟，所里谁是户籍内勤？"白松可是听说户籍内勤有变动。

"现在新任的户籍内勤是韩禄。"宋教把电话号码给了白松，"户籍所长其实工作倒是不多，主要就是一些户口变动的包括改名字的，你得负责审批，倒是不需要你太忙了，有啥事让韩禄做就行，如果有不懂的，可以问我。"

这情况，白松看明白了，应该是宋教很快就要任职一把手了，所以抓紧时间让白松先干一下这个工作，看这个意思，用不了多久，负责政工工作的新教导员也要到了。

"你也别有太大压力，主要我也是为你考虑，我看得出来，你虽然年龄不大，但总归是前途无量。以我对分局和对刑警的了解，一有什么大案子，如果要借调干部，有很大的可能性还是会让你去，不是我不给你安排办理案件的岗位。"宋阳道。

"啊，不会吧？所里的事情还不够我忙的吗？"白松赶忙表态。

"这事也不是我们决定的，要服从组织安排。"宋阳道。

白松一听，借调？听起来好像还真是那么回事，以他的情况，估计也闲不住。

中午，趁着没啥事，他步行去了之前买手机的手机城。这个手机城就在三木大街派出所辖区内，倒是很近。

从买了手机到现在，白松都没来过这里，两年时间，变化真大，到处都是4G的宣传，手机要是没有4G功能，都不好意思拿出来卖。

而白松的这款手机，跟之前手机的充电器都不是一个接口了。

手机城很大，不是所有的地方都是大专卖店，修手机的小地方也不少。白松随便转了转，货比三家，最终以120元的价格商谈好，给手机换个扬声器。

三木大街派出所之所以忙，主要原因就是这类店铺多，人多，事情杂乱，各种纠纷和矛盾频发，就单单这个手机商场，每天都得有三五个警情。

　　修理的人正修着手机，白松听到外面又有人闹腾，本来他是不想去看的，但是毕竟这个地方现在已经算是他的辖区，就跟修手机的人说了一声，走了出去。

　　老远的，白松就见到了两个熟人，"二哥"和"三哥"。

　　"三哥"这个称呼是白松给起的，就是上次买手机遇到开手动挡奥迪的那个。

　　白松眉头一皱，这两人怎么跑一起去了？而且，这个"三哥"让他很尴尬，每次都显得特别低智，让人脑瓜子疼。

　　白松站在旁边，准备看看到底是什么事。

第五百一十七章　原来如此

围观的人比较多，白松也没有上前，稍微低了低头，微微靠在后面的墙边，这样就不太容易被发现。

听了不到一分钟，白松就听明白是什么事了。

这个"二哥"，在这里有个小手机铺，卖几个品牌的手机，因为有点渠道，所以价格比专卖店卖得低一些，比如说苹果手机，他就有美国版的，比国内的便宜小一千块。

有个人在这里买了几台手机，现在回来要退货。手机都拆开用了好几天，想退货，在"二哥"看来这怎么可能？

但是，让双方都没想到的是，买家不是什么好人，卖家也不是省油的灯。

这个地方是商场，监控很多，双方也都不动手，两伙人就开始面对面互相辱骂、互相吹牛，好不热闹。

上次说"三哥"和"二哥"这两人行事风格像，果然如此，这两人确实是认识。

白松这才发现，这个"三哥"也真是个人才。前几次遇到，白松疑惑这个低智商、无脑、想要炫耀的人是怎么能赚到钱、吃到饭的，但是现在白松才发现，他这个能力，居然是用来碰瓷的？！

"三哥"特别脑残地进场，一边捧"二哥"，一边炫耀自己，无非就是说对方买不起手机，硬着头皮买，现在过来想退就是想疯了，顺便炫耀了自己的手表、貂皮大衣等等，跟碰到白松的那次一样夸张。买手机的实在是忍不了了，两个人上去就把他揍了一顿。

"三哥"非常配合地摔倒在地，接着就拿出手机，拨打了110，这几个人这一看，就准备走，但是"二哥"哪能让他们就这么走了？把他们几个给拦住了。

别人可能不懂，但是白松实在是太明白怎么回事了。敢情人家"三哥"的炫耀，是为了拉仇恨？

上次白松和王亮在这里压根就没理会这个哥们，任凭他一个人在那里尬演，这是误会他的意思了？

虽然只是碰瓷，但是居然真的能惹到人打他，也算是成功了。

打人肯定是不对的。

白松感觉自己对这个世界的理解还是有些不到位，本来他以为这个人是个智障，结果人家这是"工作"。环顾了一下，上次跟在"三哥"身旁的那个女的，居然也在人群里。

唉，自己还是太年轻……

围观的人更多了，大家在这里看了半天，是等什么？不就是等打架的吗？不动手有啥意思啊？

单方面地殴打了一番，就没了下文，还是让大家有些失望，但还是没人走，都在这里等着。

因为距离派出所并不远，不到五分钟，派出所的警察就来了，是三组的人，白松看着面熟，但是也不知道叫啥名字。

民警到了现场之后，把两拨人叫到了"二哥"的店铺里，把门关上，围观的也就散了七七八八。

白松明白，虽然"三哥"是碰瓷，尬演在先，但是动手打人肯定是不对的。这几个人如果不想被治安处罚，就得和"三哥"调解，简单地说，就是赔钱。

有些围观的人也看懂了，在旁边聊着天说什么"打架就是打钱"，更多的就是看了一眼热闹，见没热闹可以看就走了。

折腾了一会儿,回到修手机的地方,等了一会儿,手机也修好了,白松把钱结了,再出来时,这里就恢复了之前的样子,仿佛什么事也没发生。

来这里退货的这几个,也都是明白人,自己热血上涌,把人给打了,就只能赔钱,没别的办法。双方很快地约谈好了价格,2000块钱,现场签字调解。

等白松走到这个店门口的时候,门已经敞开了,几个人正在签字。

都是成年人,动手的也有分寸,没有一个把"三哥"打伤,只是让他们没想到的是,看着这么招摇的"三哥",居然丝毫没有动手,任凭他们打。

上次,白松和王亮把"三哥"制伏那次,"三哥"都准备动手了,估计也是半天没成功激起白松的火气,想先动手,然后打一架,结果被轻而易举地擒拿。

幸亏上次白松处置得当,不然也麻烦。

不过,这个"三哥"这么搞下去,就有点寻衅滋事的嫌疑了,今天这个还是比较难认定的,毕竟"三哥"和"二哥"本身就认识,事情也不是没有诱因。但是,还是得敲打一番,不然早晚还是隐患。

第五百一十八章　倍儿爽

白松进了这家手机店里，除了刚刚动手打人的几个，剩下的人都认识他，一个个纷纷过来打了招呼。

"三哥"听到别人都叫白松"白所"，面色一变，立刻换了个表情，跟白松打了招呼。

"白所，您来这边有什么事啊？"出警的民警很好奇，新来的领导他们都不算熟悉，但还是能认出来的。

"手机坏了，过来修一下，"白松道，"已经修好了。"

"哦哦，您一会儿回所里吗？正好我们这个警出完，这就准备回去了。"

"你们先忙，我这边再看看。"白松暂时拒绝了。

俩警察不知道白松有啥事，就催促闹事的几人早点把字签完，早点离开，以后别在这里闹。

很快地，屋里就剩下了"二哥""三哥"和白松三人，"三哥"的表情明显有些心虚。上次他就知道白松是警察，倒也没什么，但是现在白松突然成了辖区的领导……

"白所，抽烟吗？""三哥"显得比"二哥"还殷勤，从挎包里拿出一盒中华。

"不会。"白松也不愿意废话，直接跟他说道，"我刚刚看了你们调解的案子，你被人打了。你这种情况多吗？实事求是地说就行，没必要和我打马虎眼。"

"白所，您误会了，我平时不在这附近待啊……""三哥"叫苦不迭，他这种人，最怕得罪的就是白松这类人，"以后您放心，在您这边，保证不会有类似的事情发生。就算真的有人欺负我，我也绝对不动手打架。"

"你自己说的，那我一会儿回去查查底子。"白松说得一点也不客气。

"怎么会呢？""三哥"有些不好意思，挠了挠头，"以前都是误会，误会……"

白松看着"三哥"讪笑的样子，不愿意和他废话，转头跟"二哥"说道："上次我把你带到所里，问你的那个事，最近你那边有啥新线索吗？"

"没有没有，一点也没有。""二哥"伸出大小拇指，摆了摆手。

"那行，你们忙，好好做生意，别搞那些有的没的。"白松不愿意多说话，转身就走。

刚刚"二哥"的那个手势，白松也看明白了什么意思，伸出大、拇指和小拇指，就是打电话的意思，言外之意就是"有外人在，不方便聊，一会儿打电话说"。

也就是说，这个事情，需要避讳"三哥"，而且还不能让"三哥"知道是什么事。

离开这边，白松走到了所里，一直没有接到电话，不过他倒是不着急。

"二哥"肯定会给他打电话的。

所里的值班大厅又变得喧闹起来，临近下午两点，一堆办户籍、居住证的人已经在椅子上坐好了，等待排队，有几个可能是比较着急的，已经站在了户籍窗口。

派出所是24小时工作的，但是负责户籍的窗口是朝九晚五，这个倒不怪派出所，主要是人家上级的系统就是这个时间开放，派出所想加班加点也不行。

结婚离婚迁移户口、家属死亡注销户口还有办理居住证这类事情，是最多的，也用不着白松签字，前面的文职辅警都能直接给办了。

除了这些办业务的，还有几拨纠纷、打架的也在大厅里，两三个辅警正在负责维持秩序。

这还仅仅是中午，就已经这么多事了吗？

白松明显感觉出这里和九和桥的区别。怪不得刚刚出警的警察工作效率那么高，调解那么迅速，这都是被逼出来的。

正想着，刚刚出警的两个人也从调解室出来，带出来两个人，接着跟一伙人说道："你们这都是家庭纠纷如果一定要让公安机关处理，就每个人都签一份字。"

白松一听就明白怎么回事了。家庭纠纷，闹起来了，双方都在气头上，让警察拘留对方。

这种案子，有时候忙了好几天，笔录、录像、邻居旁证、鉴定等全做完了，结果家属说，我们要调解，不让公安机关处理了。

这情况，警察会非常被动，忙活了很久白忙活了的概率很大。

因为，家庭纠纷，确实是优先调解的。

让签这个字，第一就是让双方冷静一下，别拿派出所开涮，要调解趁现在；第二就是防止反悔，如果拘留手续都能做出来了，反悔也没用。

毕竟虽然现在不能强制要求打处数（打击、处理违法犯罪行为的数量），但分局每年依然有排名，既然是已经批准了拘留的，再放弃，那就真的亏大了。

显然，警察这么一说，双方立刻迟疑了，毕竟，都知道这个字签了就不是闹着玩的了。

这边刚刚缓住了，另外几方又着急了，因为在他们看来，警察一直没理他们。

见这个情况，白松也不方便就这么直接进院，上前帮忙给汽车剐蹭的两个人调解去了。倒不是车和车蹭了，那个归交警管，这个是用钥匙把车划了，算是故意损毁财物。

车子倒不是什么昂贵的车子，经济损失也就是五百块钱。

这两人本身就有矛盾，闹到这里无非是赌气，白松把他俩叫到一旁，就开始开导起来。

"你谁啊?"其中一人直接问道。白松没穿制服,他们应该不清楚这是咋回事。

"这是我们白所长。"几个警察听到这个,立刻说道。

"这么年轻?"俩闹别扭的男子一脸惊讶。这个帅小伙,看着也就 18 岁吧,副所长?

"咳咳……"白松板着脸,"你们这个事情打算怎么解决?"

因为白松确实是个高,也年轻,居然是领导,整个接警大厅里的人都安静了下来,看着白松,颇有些好奇。

白松见这么多人都在看他,面色不变,颇有一些沉稳的气质,几个正准备办户口的小姐姐都频频看向他。

低调、低……

还没想完,白松手机突然响了。

因为之前的扬声器坏了,白松把音量调到了最大,现在换了新的扬声器,也忘了调小。

最关键的是,刚刚给他换扬声器的人,在未安装好之前,调试过几次,给他手机里设定了几个铃声做测试,此时突然就响了起来。

"就是这个 feel,倍儿爽!倍儿爽!"

第五百一十九章　张伟

大张伟的歌？

白松的表情要多精彩有多精彩，这首歌是上个月月底刚刚火起来的，是今年的神曲之一，但在这个场合这么响起来，人设崩了啊！

不着痕迹地把手伸进口袋里，把手机开启了静音，白松装作不是自己手机响。

不管了，反正手机不拿出来，谁又知道是他的呢？虽然大家都在看他，但是白松就是面无表情，以他的脸皮之厚，装作不知道又不是什么难事。这种时候，就算是局长的电话，也不能接！

而此时此刻，旁边的几个警察本身没感觉啥，铃声嘛，稍微个性一点倒也不是什么新鲜事，只是，这个"掩耳盗铃"的本事……

要说白松调解的这个事情，并不是啥大事，加上白松想着电话的事情，几句话就解决了。一方面也是双方本来也没啥大事，而且也都给所长面子；另一方面白松这方面能力还算是不错，给足了双方面子，也就谈妥了。

叫了个辅警过来办手续，他自己先进了院子。

进了楼里面的屋子，白松才打开手机，把刚刚开启的静音模式关掉。

然后，看到了未接来电——张伟。

和刚刚那个电话铃声是一个人？这铃声还带自动匹配来电人姓名的？

看着这名字，白松有些无奈，但还是回拨了过去。

"咋了？有气无力的。"张伟接到电话，听白松的声音有些低，问道。

"没事，刚刚的电话铃声让我脑瓜子疼。你啥事？"白松问道。

"铃声？没听懂……嗯，今年不是通高铁了吗？这东西你们大城市多见，但是在咱们这边可是新东西，好多人都想尝试一下……我也一次没坐过啊，正好，我有个朋友托我去天华港看一台车，我就买了高铁票，晚上就到天华了，你懂我意思。"张伟道。

"懂懂懂，晚上我顺便把我几个哥们都叫上，去年在南黔省那次你们都见过呢，他们要知道你来，不知道高兴成什么样子。"提到这个，白松心情才好了起来。

上次，张伟和白松一起开车去了南黔省，作为卧底，张伟进了邓文锡的老巢，并且获得了众多一手资料，为后来的行动提供了很多非常珍贵的情报。

后来，张伟还曾经拿过一个二等功。这个二等功，在张伟的直播事业中，可是帮了很大很大的忙，他前期的粉丝都是听说他立了二等功才关注他的。

"哈哈，行，我带两瓶好酒过去。"张伟的老本行就是烟酒店和二手车，只是最近重心放在了直播和二手车上。

"怎么这么抠？虽然我现在基本上不喝酒，但是两瓶也不够啊。"白松笑骂道。

"我问了，高铁只让带两瓶。"张伟无所谓地说道，"没事，我带两瓶一斤半升的。"

"你当人家高铁傻吗？"白松一脸"黑线"，"你怎么不说带两瓶十斤装的？"

"哦，那也没事，我看高铁上说50度以上允许带两瓶，50度以下允许带一箱，我带一箱42度的就行了……"张伟道，"我看你也够闲的啊，有工夫和我调侃这些。"

"哎呀，两点了。"白松一看表，两点有例会，"我先去点个名。"

派出所一天三次点名，早上一次，下午两点一次，五点半或者六点钟下班还有一次。

一般当天值班的都可以不用来，其他的还是要来的。白松到门口的时候，点名已经开始了，他本来想从后门进，想到现在已经是领导了，没办法从后门进，只能悄咪咪地从前门走了进去。

刚刚进屋子……

"就是这个 feel，倍儿爽！倍儿爽！"

在全体民警的注目下，白松淡定地拿出手机，接起了电话。

是"二哥"的电话。这怎么也算是工作电话了，白松直接问了起来。

会议室里，宋教不在，领导就李所在，看到白松有工作，冲他点了点头。

接着电话，白松出了屋子，抚了抚额头，这下全所都知道他的风格了。

"啥事？"白松问道。

"白所，刚刚不方便说话，您现在方便吗？"

"方便。"白松不能再吃这个亏了，接着电话，按 home 键先离开了通话界面，把铃声先改掉。

"白所，刚刚有外人在，我没跟您说，是这样的，上次您不是也问我那个事了吗？我也不瞒您说，你找大花聊的事情，我也回头问了大花，哈，我这不是想着，有啥事能帮上您吗？""二哥"也不嫌尴尬，哈哈地笑了起来，"这不，我还是有点线索，本来想早点跟您说，但是也怕您忙不是。嗯，就是我发现，被您抓的那个人，好像和'大扯'有联系。"

"'大扯'是谁？"白松问道。

"就是今天跟我在一起的那个。大扯这个人没啥底线，我和他挺熟，以前他出去还提我的名号，现在我不胡搞了，他一点也没变。""二哥"道。

"你再具体跟我讲讲。"白松问道。

第五百二十章　户籍问题

和"二哥"仔细聊了聊，白松知道了大体的情况。

"三哥"这称呼是白松给起的，并不是他真的叫"三哥"，还是"大扯"这个称呼更适合他。

大扯，姓张，具体叫啥名，"二哥"也不知道，因为平时从来不称呼名字。

他前一段时间，经常在那个公园附近转悠，大花也见过他，只是白松也没问到这个事，所以大花也没想起来。主要是公园碰到一个认识的人，并不是什么新鲜事。

和大花聊完之后，"二哥"还特地去问了问几个人，要说他三教九流确实认识不少，还真的问出了点什么。

大扯最近好像在搞什么国外贸易。

这话让"二哥"一听，就知道是胡扯，但是，他也知道，大扯的扯，都是一个吹成十个，却少有无中生有的那种。后来他问了问，大扯好像在搞什么肥皂出口的项目。

这些混社会的，什么钱都赚，合法的当然更要赚，有渠道就成。

在国内司空见惯的肥皂，其实在有些国家，根本没有生产能力。

真的如此，有的国家工业体系特别不发达，日化用品被美国的公司控制得死死的，一块香皂卖两三美金都很正常，而大扯恰恰有点渠道。

实际上，这些本地的混混，有不少都是家里有点产业的，而大扯家里的亲戚，就有生产日用化学工业品的，然后他好像还真的做成了一两单买卖，赚了点钱。

"二哥"也只知道这么多，挂了电话，白松也不得不联想了很多东西。

日用化学品，就是指平日常用的科技化学制品，包括护肤品、护发品、化妆品等等。这些东西看着都非常简单，但是作为化学品，总归是需要大量的化学原材料的，而且涉及的面非常非常广泛。

这个就可能和盐酸西布曲明对上了。

白松默默地记下了这个事，准备去好好查查这个大扯家里亲戚的日化品工厂有没有问题。

下午，白松找到韩禄又聊了聊天，迅速进入了状态。

户籍所长，也算是正儿八经地有了点权力，但同样也意味着责任，如果乱签字出了问题，现在可是终身追责制。

看了一些案卷，翻阅了上百本户卡，白松有了一些了解。

天华市，是户口迁入大省，前些年有政策，不少人为了以后孩子高考容易一些，在这边置房办户口，还有一些顺着各种各样的政策往这边转，总归是存在不少问题。

韩禄告诉白松，这个所就曾经出现过这么一件事：

一个女子和丈夫结婚两年，丈夫有家暴倾向，反倒是男方要离婚。但是，当时的政策是，结婚满三年可以迁移户口，女子现在离婚就不能把户口转过来。

问题就是，女子有孩子，也想要离婚后把孩子带走，但是，孩子户口如果跟了她，就变成了外地户口。而如果跟了男方，她又怕以后要不回来。

她为了孩子，不得不坚持这段婚姻，后来男方反而先起诉离婚了，在法庭上，一审，女方拒绝离婚。

我国的离婚制度，除了自愿协议离婚之外，起诉离婚，一般都是要起诉两次。法院的"一事不再理"原则，并不针对离婚问题。

起诉两次，在民间简称为"过两堂"。而且，两次起诉之间，间隔时间要超过180天。

这个制度，主要是为了限制法院的权力，作为法院的法官，按照道理来说，是没有权力拆散一段婚姻的，但是因为总得有机构负责离婚案件，法院就担此大任。

为了限制和慎用法院的权力，所以一审，大部分情况都要判决不同意离婚。如果半年后，依然再次起诉离婚，法院会认为你们夫妻的感情确实是没救了，才会判决离婚。但是，也有例外，比如说存在家暴行为等严重婚姻问题，法院可能一次判决直接离婚。

因此，到了法庭上，女方居然不承认自己被家暴。

不过问题出现了，一审后，女方算了算时间，不够。再过半年，依然还差一段时间才能满三年。

于是，女方来了派出所不知道多少趟，就为了这个户口的事情。她也是为了孩子。

但是，派出所哪有那么大的权力？

这个问题非常尖锐，尤其是这个妇女确实是非常可怜。最终，当时的户籍所长带着韩禄等人去做那个男的工作，做了差不多一个月的工作，男的才答应了延迟离婚。

白松听到这个事，都想把这个男的捶死。不为自己着想，也不为自己孩子着想？

"老韩，政策性的东西，我肯定是没有你了解，很多事，你们做决定，然后咱们一起商量即可。"白松道，"你刚刚提到的那个事情，如果当时我负责，我也没什么好办法，确实也不可能为了她开绿灯，再说咱们也没那么大的权力。

"但是，我就有一件事能跟你保证。我以前在派出所的时候，我见过很多人，户籍办不成，就投诉咱们的户籍民警。其实咱们是秉公执法，但是很多人为了自己的利益，他们不理解咱们，这个，我们做好本职工作即可。

"我想说，不用怕投诉，只要是咱们没有做错的事情，所有的投诉，我来给你们扛着，不用担心上级把处罚放到民警头上。"

"白所。"韩禄有些惊讶地看着白松，现在，已经越来越少有领导敢这么说话了，能给下属扛雷的领导属实不多了。

"咱们都是一家兄弟，没那么客气。"白松摇了摇头，"我没跟你说过，我爸就是户籍警呢。"

"那一定也很辛苦。"韩禄肃然起敬。

"嗯，他很厉害，二级英模。"白松笑得很灿烂，老爹还是让他非常骄傲的。

第五百二十一章　有朋自远方来

户籍口的二级英模？

韩禄可是吓了一跳，户籍警能当二级英模，他听都没听说过，怕不是牺牲了？

"令尊……"

他刚要拍拍白松肩膀说声节哀，白松立刻解释道："您别误会，我爸一点事没有，身体硬朗着呢。"

"呃……"40多岁的韩禄，一句话直接卡在了嗓子眼，"令尊……牛啊。"

其实这也怨不得老韩，他想了半天也没想明白，这到底是怎么做到的？总归是牛就完了。不过，经过一下午的相处，韩禄倒是很认可白松这个新领导了，并不会因为他年轻而轻视他。

之前也说过，在基层，很多年纪大的警察一点都不怕领导。他们基层工作经验丰富，而且因为年龄，上升空间已经很有限了。所以很多老民警看开了，对待领导反而更加平常心了。

所以，能这么快获得户籍内勤的信任，这倒是让白松舒了一口气，他可以把更多的精力放在组里和案子上了。

关于大扯亲戚家工厂的事情，白松还跟宋教说了一声。结果宋教告诉他，以后关于这个案子的事情，不用向他汇报，直接跟李所商量就行，有了大的进展跟他说一声就行。

这算是对他彻底放心，白松挂了电话，就跟李所说了一声，引起了李所的兴趣。

谁都喜欢搞大案子，作为有精气神的干警，谁都想去办杀人案，抓到杀人犯不但非常有成就感，领导还无比重视。

而这个案子，前半截已经破案了，上京那边的王平也被接了过来，也招供了，现在基本上已经算是进入尾声。分局领导开会又表扬了一番白松，顺带着任旭都被表扬了。

而且，李所还听说，任旭都提前进入2014年第一季度九河警星名单了。

当然了，李云峰倒不是羡慕，他跟任旭这个小屁孩羡慕什么劲，但谁都想出成绩，这是真的。而这个案子的背后，可以查的东西还是很多的，尤其是，如果所办案队能在刑警前面把事情查出来，这可是值得炫耀的事情。

下午白松就已经和大家约好了，晚上一起聚个会。

其实，警察工作也都很忙，现在不在一个单位，很难全部聚在一起，因为无法保证大家都不值班。之前在一个专案组还好，现在想凑齐，就需要有人请假、换班。

但白松下午说的事，晚上大家全来了，王华东和王亮都找同事换了班，重视程度可想而知。而且，柳书元和任旭也来了。

虽然他们二人都没有参与过南黔省的案子，但是听白松这么一说，柳书元也推掉了晚上的事情，跑了过来，想见见张伟。

对于白松而言，现在如果想找饭局，那太简单了。且不说"二哥"这种人，就比如说之前卖奥迪车给他的老陈等人，都不知道约了白松多少次，都被白松推辞了。逐渐地也没什么外人找白松了。而这几天到了派出所，白松又收到了几个邀请，但是他只答应了周末班子成员聚会和组内成员的聚会，其他的也都推掉了。

饭局有啥可去的？读读书、分析分析案子不香吗？

但今天可就不一样了，七个人凑到一起，白松还有点小期待。

白松也没车，本来准备麻烦王华东去接张伟，但是张伟说不用，有人接，这倒是让白松有些奇怪。因为白松要准备请客，所以约的地方在三木大街派出所附近,他第一个到。

王亮和王华东一起来的,三人在门口聊了会儿天,就见一辆黑色汽车停在了门口,张伟从后座出来,提着一整箱酒。

白松一脸"黑线",说是他请客,估计这顿饭还没有张伟的酒一半的价格。怎么张伟最近这么豪气?

"送你的是你朋友吗?叫过来一起吃饭啊,干吗让人家走了?"白松好奇地问道,"我咋不知道你在这边都有朋友了?"

"什么朋友啊?我知道你们上班都忙,所以自己打车过来的。"张伟道,"现在打车也方便。"

"打车?"白松有些不解,这明明不是出租车啊。

"滴滴打车啊,"张伟一脸鄙视,"去年10月就出现了。"

"呃,不大清楚。"白松啧啧称奇,"我没怎么打过车。"

"白大所长掌握新生事物的能力不行啊。"张伟道,"现在时代进步得这么快,你得与时俱进,这些新生事物的诞生,照样会伴随一些新兴的犯罪手段的出现,不研究怎么行?"

"出租车能有啥犯罪?"白松问道。

"你这脑子有点生锈,我看得今晚多喝点才能缓过来。"张伟大笑道。

"皮痒了是吧?"白松的拳头握得咔咔作响。

"哥,我错了。"张伟果断认怂。

"哈哈哈……"王亮和王华东这才过来把张伟手里的东西接了过来,再见张伟他们俩也挺激动。

很快,所有人都到齐了。

有朋自远方来,在座的都是年轻人,也没那么多规矩,喝酒一起干杯就是,两杯下肚,几个人居然聊起了案子。

"你们几个工作狂,别在这加班啊,回头我听了不该听的,再把我给抓了。"张伟大喇喇地打断了几个人的劲头,"聊妹子不香吗?"

听到这话,大家的目光统一转向任旭……

"咳咳,"白松看任旭太可怜了,道,"张伟你也就是嘴上说说,别以为我不知道你和徐纺都准备结婚了。"

"准备结婚了?"大家一下子八卦起来,七嘴八舌地问了起来。尤其是孙杰也准备结婚了,话题立刻就转变了。

白松也就顺势给大家讲了讲张伟看小说喜欢上作者,然后追到手的过程,让大家都有些惊叹。

"看不出来,兄弟你还是个这么痴情的人,"王亮敬了张伟一杯,"反正我是挺佩服你的。"

"那是那是……"张伟一口喝了半杯,他酒量一般,嘴也有点瓢了,"弱水三千,我只……取一瓢!"

第五百二十二章　偶然的线索

　　大家喝得不算太多，但是非常非常开心，张伟的"雷人"话语，大家听了也都乐一乐就完了，这几天的忙碌所造成的疲惫已经一扫而空。当然，这个喝得不算太多，并不包括白松，他已经很久很久没有喝这么多了。

　　饭后，几个人也没啥娱乐项目，唱歌、打台球之类的，也都有人不想去，觉得没意思。合计了一番，一群年轻人做了决定，去网吧！

　　白松都一年多没去网吧了，大家似乎都很久没去过，尤其是柳书元，压根儿就没去过网吧！

　　本来白松还不是很想去网吧，但是听说柳书元居然一次都没去过，这哪行啊？必须带他去一次。

　　喝了点酒，大家也都在兴头上，这么多人，能一起玩的游戏也就只有《穿越火线》了。

　　这游戏这几年还算是比较火的，是枪战类游戏，一般的地图是可以支持8V8的，十六个人同台竞技。

　　虽然柳书元没去过网吧，但是这游戏还是玩过的，大家纷纷登录上游戏，随便组建了一个房间就开局了。

　　七个喝得半醉的人，玩3D枪战游戏，枪都快打到天上了。

　　王亮朝着白松疯狂扫射，却发现白松不掉血，转手就要把白松踢出去。

　　对，王亮是VIP会员。

　　不过白松疯狂送人头，对方全员反对，本方也有四个人反对，最终还是没有踢出去。

不仅仅这两人在这里各种神操作，剩下的五人也都差不多，一个简单的运输船团队竞技模式，都快打成高地守卫战了。

唯一的一个随机队友简直要哭了：这七个队友，居然都是脑子有病？

"你们干啥呢？"耳机里传来了一个姑娘的声音。

好听啊！任旭一下子酒醒了一半，刚刚准备说话，这一局打输了。

"玩呗，继续继续。"王亮喊得还是很激动，他打空了几十个弹夹啊！

"亮哥，你是电脑高手啊，你帮我看看，刚刚说话的妹子ID是啥，帮我加个好友啊。"任旭厚着脸皮央求道。

"什么？你说要跟你加好友？行，给你发申请了……"

任旭郁闷了，喝酒误事啊！

又玩了几局，每局都是如此，坑一个队友，欢乐八个对手，白松晃了晃脑袋，去了趟厕所。

好久没喝酒了，感觉酒还真的是个能让人认知能力下降的东西。有的人喜欢这种醉生梦死的感觉，白松就不太喜欢，一喝酒所有的思维都变得非常迟钝。

看着厕所里的墙，白松好像想起了什么，好像又没想起什么。他强行让自己有点意识，然后拿出手机，给自己的微信发了一句语音，然后后面的事情就记不太清了。

好像是任旭把他带回了所里？

迷迷糊糊地睡着，凌晨四点多，白松一下子醒了过来。

想起来了！

他从厕所里出来，就有点玩不动了。今天这顿酒，白松喝得最多，因为所有人都和他关系近，他被敬得也最多。六瓶酒，他自己就喝了一瓶多。

然后，任旭给大家都打了车，也带着白松回了所里。

白松还记起来，任旭没有走前台值班大厅，直接从派出所的后门把他带进了屋子里。然后他自己迷迷糊糊地跑去了厕所，吐了个天昏地暗。

要不是吐了出去，估计半夜他也醒不了。

冲了个澡，漱漱口，又喝了一大杯温水，白松才感觉身体机能在缓慢地恢复。他重新定了闹钟，又沉沉睡去。

早上在食堂吃饭的时候，白松酒劲已经过去了，玩了会儿手机才发现，自己昨天晚上给自己发了一条语音。

他点开语音，听了一下，语言非常不清楚，但是白松还是听明白自己说了什么。

"查一查网吧的广告。"自己跟自己说这个干吗？他想了想，模模糊糊地想了起来。

前年，他在网吧的厕所里追到了一个B级通缉犯，卖仿真枪的。当时，那个网吧的厕所里被贴满了各种小广告，好像就有卖减肥药的！

虽然白松也知道这种小广告很多，而且都不见得是一伙人，但是既然都在九河区，就可能有共通之处。这让白松有点振奋，这顿酒没白喝啊。

吃完早点，不到八点钟，白松这才给昨天聚会的哥儿几个一一打了电话，确认都没啥事，才彻底放心。

敢情就他自己喝多了……

张伟今天要去天华港看车，如果顺利的话，这几天就要帮朋友买走一辆猛禽皮卡，这几天购买的过程也是直播的，还邀请白松看。

白松觉得张伟想多了，认识他这么多年了，白松一点也没觉得张伟哪里好看，所以他懒得看。

今天是白松第一天值班，早上开早会之前，他先跟李所谈了谈这个事情，关于两年前在九河桥的一个网吧找到的线索。李所有些惊讶："你到底是从哪里得到的线索？我看过你办的几个案子，总是感觉你线索没断过。"

"呃……这个就是突然想到的，我之前运气好，抓过一个通缉犯，对这个印象比较深。"

"嗯，行。这样，你们组今天晚上不值夜班、明天不休息的辅警，给我留两个，明天我找两个人带着他俩去查查这个事。"李所道。

"麻烦李所了。"

"这哪能谈得上麻烦？这是公事。咱们没么么客气，有什么私事你也可以尽管提，都是自己人。"李所笑道。

"我初来乍到，都不太懂。李所您客气，有啥事您需要我帮忙，力所能及的，您就言语一声。"客气话白松说得也还行。

"哈哈哈，行。"李所摆了摆手，没继续说。

开完早会，白松看着组里的情况，跑到前台值班室看起了警情。

从早上八点半到九点钟这半个小时里，连着有七八个110警情，组里的成员出去了一大半，再有报警的，就得社区民警出警了。

警情一个接着一个，白松也帮忙解决了两个带回所里的纠纷，很快就到了中午。

第五百二十三章　四组的问题

午饭的时候，白松看了看手机，张伟上午去那边的事情已经拍成了快手小段子，主要是拍了一些天华港的照片。看着一排排的陆巡、猛禽乃至大G等豪车，白松还是蛮震撼的。

其实张伟说的这个事挺对的，就是关于新生事物。

在 4G 普及两年后，4G 的应用开始了突飞猛进的发展。任谁也没想到，2010 年时，花钱买多少流量的日子，很快就变成了 GB，与 4G 相关的生态链已经逐渐开始显现，而这些，也逐渐成为新的犯罪形式的土壤。

这次的微商就是一个很严肃的问题。

时至今日，对朋友圈卖东西的监管也不够，这个就不是白松一个人可以解决的了。

"白所。"中午食堂不止四组一个组，人还是蛮多的，跟白松打招呼的也不少。

"怎么样？白所，咱们所忙吧？"内勤王国晨看到白松，过来问道。

"忙，确实是忙。"白松快速地吃着饭，"不过还好，我们组的民警，战斗力一流。"

"那是，都听说白所能力强，强将手下无弱兵，这再正常不过了。"王国晨捧了一句。

"还行还行。"白松吃着饭，也没反对。他可以说自己能力不行，但是绝对不能在外人面前承认自己的人能力不行。

里子和面子，永远是相对的。

既然让他来当四组的领导，那四组就是绝对的自己人。

十分钟不到，白松就吃完了饭，收拾完碗筷，接着去了前台。

"你去休息一个小时，我接会儿110。"白松感觉组里的人员安排得不够合理，四组值班这天，盯110警情的只有两个人，一个负责早上八点半到晚上十点，另一个负责晚上十点到第二天早上八点半。

人手不够，警情又多，前台110接警台这里，每天都要打很多电话。这可跟业务员打电话不一样，一般人做不了。除了警察外，这里还配了辅警，也是一天两个，不然一部电话根本接不过来。

"你也去休息一个小时，别玩手机，睡会儿。"白松和辅警说道。

"白所……"

"去吧。"白松轻轻地扬了扬手。

二人刚刚走不久，110接警台电话就响了。

白松看了一眼，是个楼上漏水的警情。

警情永远是未知的，白松出过很多次关于漏水的警，还曾经差点被精神病人砍，这种事也不能直接就说派出所不管，他还是第一时间接了电话。

今天这个倒也简单，楼下的好说话，白松几句话讲通了道理，愿意自主取证然后去法院起诉。

白松登记信息并反馈了警情，心里一松，不由得又对法院的朋友表示理解。

很多基层法院的法官，一年要处理一千起以上的案子。有的办案能手会更多。法院一年200多个工作日，一天宣判十个案子都不新鲜，上班的时间有时候根本不够，下班了还得看案卷，非常非常辛苦。但是没办法，职责所在，跟派出所一样，是你的事，就得你来做。

还没想什么呢，110平台突然推送了两起警情。

一起是挪车，一起是饭菜里吃出虫子了。

白松迅速地用平台查了查车牌号对应的电话号码，然后给停错了位置的人打电话说了一声,就联系了另外一个警情的报警人。

挪车其实应该打114,但是他也懒得给114转了,顺手解决了就是。

饭菜里吃出虫子的警情,白松联系了一下,发现确实是需要出警的,双方已经吵得不可开交了。看了看大家的安排,白松把这个警情派给了米飞飞。

给米飞飞打了电话,米飞飞就带着辅警出来了。

刚到大厅不久,就见任旭带着一名辅警进了屋子。

"一备回来了?"米飞飞看到任旭,跟白松道,"那让一备去吧。"

"他还没吃午饭呢,你先去吧。"白松道。

"行吧,走。"米飞飞有点不乐意,但还是带着辅警出去了。

"你俩先去吃饭,吃完休息一会儿。"白松跟任旭说道,"刚刚那个打架的事情解决了吗?"

"解决了,白所,没事,一会儿有事您就叫我,今天我一备。"任旭道。

"快吃饭去吧。"

白松看着出去和回来的两拨人的身影,有些皱眉头。

四组实行一备制度,实际上,所里四个警组全是如此。也就是说,组里的几个治安民警,轮换着当"第一备勤人",轮到自己的那个班,今天所有的案子就都是你的,责任也都是你的。

而四组只有三个治安民警,第四个位置,就是社区民警担任的。当然,人家社区民警也有自己的工作,所以,四个社区民警便轮换着当这个位置的一备。

也就是说,社区民警每两个月才会轮到一次,还算能接受。

这种制度有很大的好处:第一是责任明确,今天有任何事都可以找一备;第二是公平,如果组里有四个治安民警,每个人都是16天担任一次一备;第三就是每个人轮一次是16天,可以留一些时间办自己一备的案子;第四就是能让不值一备的人不用那么累。

但是,坏处也很明显:在一备制度下,虽然大家都出警,但是只要一备闲着就不能安排别人，这一整天二十四小时下来，基本上脱层皮。

猝死的基本上都是这种情况。

毕竟，有的时候，今天你负责一备，但是有十几拨打架的，有七八拨调解不了，基本上要忙疯。

想解决这个事情，还有一种方式，叫警长负责制。就是不安排一备，大家按顺序出警，警长安排着上，有案子也看情况分配。

这种情况就是大家都不会特别累，但是警长会很累，而且也需要警长有这种能力。目前四组可不行，王静岁数大，米飞飞没兴趣，任旭又太年轻。

当然，这都不是问题，问题是，实行警长负责制，警长的责任可就大了。现在任何案子都是终身追责制，谁也不想为别人的错误埋单。

白松在前台的时间是中午，警情算是少的，这三个警情之后，又有俩报警的，很快地完成了接岗。

第五百二十四章　直播圈

问题已经逐渐显现，但白松并不想这样，如果一直这么下去，四组肯定也不会有什么凝聚力，大家都疲于忙自己的案子，战斗力肯定不行。

解决问题的关键还是找王静聊天，王静毕竟是老警长，也算是四组的常青树了。

"白所，您的意思是，您打算自己当警长？所里能同意吗？"王静听了白松的话，有些无语。

"我怎么能当警长？"白松瞪大了眼睛。

"是啊，你可是领导。不是你，我就更不成了，要不是哥儿几个还需要我撑着，我都打算管管社区就得了。"王静摇了摇头，"至于小米，他那个情况你也不是不知道。"

"有所耳闻，据说是去年竞聘没聘上。他也不大，再过三年又有啥关系？"白松有些无语，他去年竞聘的时候，因为是一个个上台，所以还真的没见过米飞飞。

"他是参加竞聘了，但是他就是去试试的。他最大的问题还是家里的问题，他父母身体都不好，都快十年了，所里几任领导都帮过不少忙，但是太牵扯他的精力了，久而久之，工作上也就这样了。"王静道，"你可别让他当警长，他肯定不会当的，尤其是你说的这个负责制，不可能。"

"他父母具体是怎么个情况？"白松好像听任旭说过一次，但是任旭也不太了解。

"他爸妈老来得子，今年都70岁左右了，父亲有点代谢病，母亲可能也有一些老年病,我听说他姐姐也挺困难。"王静如实道。

"嗯,现实困难还是很大的。"白松点了点头,"所里每年报困难民警的名额都能给他吗?"

"能,但是那才几个钱?而且他主要也不是钱的事,就是比较牵扯精力,咱们这点工资,哪有钱雇保姆啊?"王静说道。

"行,我知道了。"白松把这个事情暗暗记在了心里,"王警长,我来找你说这个事,其实也是征求你的意见。你觉得,咱们组,如果有一个能担大任的警长,对同志们的工作会不会是一个好的激励?"

"那肯定会,问题是没人啊。"王静皱了皱眉头,组里就这么几个人,他太熟悉了。

"没事,我只是想问问。"白松听完说道。

"白所,我明白了。"王静怎么会不懂白松的意思?"您不用担心我,我可不想当这个警长。从前年开始,我都去找之前的所长和宋教说过好几次了,我说这个警长应该让年轻人来当。说真的,您要是有合适的人选,或者能要来人,我立刻把警长让出来。而且,我还得感谢您,我现在越来越操不动这个心了。"

"哈哈,王警长,您看着那么年轻,哪有您说的那么回事?"白松说的是实话,在派出所50岁的警察里,王静确实是看起来最年轻的了。

当然,他也可能是全分局岁数最大的警长了。

"看着年轻,身份证不年轻啊!"王静笑了笑,"人哪,必须得承认年龄。白所,您有话就直说,前两天咱们也说过,来了四组就是一家人。"

"好,王警长,我想说,我打算让任旭当警长,米飞飞依然当副警长,然后实行警长负责制,把压力往年轻人身上转移。"白松说出了心中所想。

"任旭?也不是不行,问题就是他刚回来没多久,之前一直在外面借调。前几天我和他出警,他现在连家庭纠纷都处理不好,我本来还打算再锻炼他两年。"王静道,"白所,你人脉关系广,就不能从别的组找个人过来吗?"

第五百二十四章 直播圈 | 157

"别的组？哪个组会愿意给咱一个精兵强将？而且我也听说了，这几天，咱们所里培训的三个军转干部也到了，给咱们组分配的那个，也就三十五六岁。"

"军转干部也没有工作经验，总不可能让新来的当警长。您也知道，既然来新人了，想要老人就不可能。而且我看任旭还是可以的，毕竟能盯一备也没啥大问题。最主要的，我打算带带任旭，这段时间，只要值班，我就把精力全放在组里的案件和出警上。"

"那我没意见。"王静本来还有些担心，但是既然白松这么说，他肯定也一万个同意。下个班就轮到他一备，他这个岁数，又当警长，又要盯一备，真的是想想就头疼。而且，领导把话说到这份上了，他怎么也不会拒绝。

今天就先这样，白松协调着大家出警，也不只是以任旭为主。这让其他几个人有些微词，以为白松和任旭关系好，就偏向任旭。但他也不打算解释，打算后天，周五的时候，组里开会研究一下这个事。在此之前，还得跟宋教等人说一声。

晚上十一点多，白松忙得差不多了，准备休息会儿。值班当天，能休息是一定要休息的，因为你不知道后半夜到底还有多少雷会响。

这时他才看到张伟给他发的微信，就回了个电话。

"我们吃饭呢，你怎么这么晚给我打电话？"张伟问道。

"这个点还吃饭？又不是夏天。"白松吐槽道，"我以为你有啥事。"

"你等会儿。"张伟走出了吃饭的屋子，找了个没人的地方，"我们这些直播的，这个点能下班，都算是早的了。"

"你们？"

"嗯，七八个人吧，都是车圈的。天华市因为有港口，车子方面的主播还是比较多的。"

"行，打电话跟我说什么事？"

"哦哦哦，其实没啥事，逗闷子呢。今天听说有个主播突然不播了，这人之前还答应粉丝第二天有直播，但是就突然不播了，QQ群里也没通知，我就想和你聊聊。"张伟道。

"不挣钱呗，这不很正常？"白松道。

"嗯，也不是什么大主播，估计家里有啥事吧。我先去吃饭了，你早点休息啊。"张伟直接挂了电话。

第五百二十五章 雷响了

挂了电话，确定张伟也没啥事，白松接着看了看案卷，然后去图像侦查的屋子看起了监控。

以白松对张伟的了解，他可能要在这儿住几天，不然他也不会去凑这种饭局。不过这也正常，虽然他天天吹牛，这个也懂那个也明白，但是据白松了解，在天华港口附近买一辆不被坑的车，张伟还没有那本事。

话说回来，张伟能这么快找到专业圈子，也是本事。

看录像一直看到晚上一点多，出警的任旭回来了。白松问了问今天的警情情况，就让他在备勤室先休息一下，然后白松也上楼睡觉了。

看这情况，晚上应该不会有啥事发生，白松颇有信心地睡了过去。

他一觉睡到天亮，醒来已是早上七点多。

今天是周四，起床后，白松简单地收拾了一下就下了楼。

还没到前台，白松就听到了嘈杂声，他眉头一皱，快走了几步，就看到前台有两拨人还在那里吵架，前台的值班民警正在劝解。

"什么事？"他问道。

"白所，"接警电话这里就一名辅警在，看到白松就说道，"今天凌晨好几个报警的。四点多钟有一个家里打起来的，两大家子人，好像是打住院了四五个。"

"这么大的事，怎么不叫我？"白松面色不太好。

"任哥说他能解决啊，谁也没叫，前台的师傅现在在帮忙呢。"辅警摸了摸头。

白松没继续说话，直接去了备勤室，进去了以后就发现任旭正在给一个人取笔录，屋子里有一股咖啡的味道。任旭顶着重重的黑眼圈，旁边泡了一大壶茶，还冒着热气。

"怎么个情况？"白松也不顾当事人还在，直接问道。

"白所，昨天晚上有个打架的，这是报警人，他刚刚从医院回来，我给他取个笔录。"任旭强行挤出了一个笑容。

"什么起因？"白松问道。

"这两家人是邻居，因为他们两家的狗好上了，结果人打了起来，前一段时间因为这个事还报过警。"任旭道。

"狗好上了打什么架？"白松一脸疑惑。

"上次也是我一备的时候，16天……唔，17天之前，正月初三，就这个哥儿们他们家和邻居家的事情。"任旭指了指他正在取笔录的这位，"这次是他报的警，上次是他邻居报的警。他家的狗，过年前的时候，从门缝里跑到了邻居家，和邻居家的狗两情相悦，然后两只狗感情升温，邻居家的狗就怀孕了。正月初三那天，邻居发现狗怀孕了，而且看到了他们家的狗，就过来和他们理论，理论不成，报警说他家的狗被邻居家的狗给强奸了。"

"然后呢？"白松一脸"黑线"，这都什么事！

"然后我出警，说这个事不归警察管。"任旭挠挠头，"就为这个事，我还被投诉了呢。"

"再然后呢？"白松感觉要听到一个了不得的故事。

"这些天，他邻居实在是忍不了，不希望自己家的狗生下来小狗。主要是因为这两家的狗不是一个品种，这个人家里的狗是松狮，他邻居家是萨摩。邻居就觉得生出来的狗肯定极丑，非常难受，最近这两家已经闹过好几次矛盾了。昨天，他邻居找了一家知名的宠物医院，要给自己家的狗做流产手术。我听说这个手术其实很简单，但是只要是手术，就一定有风险。他邻居签了手术责任确认书之后，医生主刀流产手术，结果还是发生了事故，萨摩昨天死掉了。他邻居昨天在医院闹了一番，那个医院不在咱们辖区，当时应该是当地派出所给解决了。结果，这家人回来之后，就和这哥儿们他们家起了矛盾，隔墙引起了骂架，一直骂到了后半夜，最终还是动手打了起来。"

猜到晚上可能要有"雷"，没想到这么"雷人"……这就是传说中的你永远不知道下个警情是什么样的。

"你先回避一下。"白松指了指报警人，让他先去大厅待三分钟，等他出去了之后才问道，"几个人受伤了？"

"六个，不管伤情轻重，都去医院了。刚刚这个人没受伤，是送他爸去医院刚回来。"任旭补充了一句，"他爸伤得可能会稍微重一点。"

"每个人的伤都拍照片了吗？"白松问道。

"拍照片？"任旭愣了一下，"没有啊，不过我全程开了执法记录仪，伤我也给录下来了。"

"都录到了？"白松问道。

"呃。"任旭声音有些小，"他爸被踹了裤裆，我没拍，直接让120拉走了……"

"120拉走的没事。以后记住，尤其是自己去医院的，必须用执法记录仪把照片拍下来。万一有人把自己的伤口弄大了怎么办？"白松嘱咐道，"有的人懂一些伤情鉴定的知识，自己动手把自己的伤弄得更重，到时候也是麻烦事。"

"还有这样的？"任旭的眼睛一亮。

"记住一点，警察也要保护好自己，"白松道，"千万不要因为一些小的错误把自己的前途给影响了。"

"嗯，我记住了！"任旭重重地点了点头。

"为什么两家打架伤了这么多人？我看去医院的和在这里的加起来十几个了。"白松接着问道。

"我这里取了两份笔录，这是两家别墅，这两家是两大家子人，联排别墅。"任旭指了指笔录。

"你先去休息吧,剩下的笔录我取就行了。"他已经彻底问明白了。

"啊?不用不用,白所,我取一半了,这事您不明白怎么回事。"任旭有些着急地说道。

"我本来是不明白,你这不说明白了吗?你这有两份笔录模板,这么简单的笔录我还不会了?"白松摆摆手,"以后有这种事一定跟我说,今天你的任务是休息,明天有案子要搞,可能还得熬夜,快去吧。"

第五百二十六章　人哪

任旭虽然有些不情愿，但还是万分感激地去休息了。

忙了整整一天，还要继续忙到后半夜，然后后半夜又来了个不知道要搞到第二天几点的警情，这个难受劲白松深有体会。最关键的是，责任在身，通常情况下，没有人能帮你。

这种笔录白松有日子没取了，他习惯面对的都是一些高智商的嫌犯，这报警人的笔录就非常轻松随意了，20分钟不到就取完了。

报警人都有些胆战。其实人都为了自己，有时候报警人也一样，会把一件事情说得对自己有利一些。虽然并不一定胡编乱造，但是自己的事避重就轻、对方的事添油加醋，也是人之常情。

不过，报警人面对白松，就感觉像大冬天什么都没穿似的，吓得有点厉害，从头到尾都说的大实话。

从这份笔录来看，之前他爷爷的那份笔录，明显就有避重就轻的情节了。

早上八点半，白松收拾了材料，找到了昨天晚上没值夜班的几个民警。

并不是所有人值完夜班第二天都休息。派出所的值班，是整个组都在所里，但是真的到晚上，出警、盯前台的人也就是一半，剩下的就可以睡觉，除非有大事才会起来。

这部分人，第二天是不休息的。

白松把大家叫到了一起，问了问大家今天的本职工作。

有的是社区民警，今天有好几个人约好了过来要审核材料；有的是治安民警，前一段时间的案子还有不少需要查。

白松统计了一下大家的工作，对一些工作做了更具体的细分和安排，然后腾出来两名社区民警、一名辅警，帮着搞今天的工作。

打架的笔录最好是当天弄，白松带着三个人，今天就去医院取笔录。

任旭还是挺聪明的，怕两拨人再打起来，把两拨人的伤单开到了不同的医院。白松让两名社区民警去了狗死掉的那一家人所在的医院，他带着辅警小赵去了另一家。

这边一共是四人受伤，有两名老人出现了皮外伤，还有一个人出现了头部开放性伤口，看大小应该是轻微伤无疑了。虽然白松没有什么法医鉴定资格，但是《人体损伤程度鉴定标准》他是能背下来的，照葫芦画瓢，问题不大。关键是报警人的老爸，因为邻居家儿子的夺命一脚，造成了单侧的器质性功能损伤，需要切除。

白松从医生那里听到这个，就觉得某个地方凉飕飕的，仔细地问了问，一个能保住，另一个保不住，如果不切掉，可能会影响整体的功能。

本来报警人的父亲是绝对不能接受这个方案的，但是听医生说不这么做两个都会出问题，最后还是签了字。

听了这个，白松夹紧双腿，他知道，这个情况属于轻伤一级。如果两个都出问题了，就算是重伤。

辅警小赵听到白松解释这个伤情等级的时候，也有些腿软，说道："奇怪的知识……呃，永远都用不到的知识……又增加了。"

而白松考虑的问题是，轻伤一级，就会转为刑事案件，这个事就不再是邻里纠纷引起的打架斗殴，而是一起打架斗殴案件中发生了故意伤害案，刑事案件。因为没有造成重伤或者死亡，这事也不用跟刑警那边报备，组里就能轻松解决。很简单的案子，事实清楚，人证很多，笔录也都对得上，拘留就行了。

因为刑事案件是不能调解的。治安案件也暂时不考虑调解的事情了，打架的都拘留，踢人的刑事拘留。

当然不是今天就执行拘留。相关人员都是本地人，有固定住所，等大家伤情都稳定下来，都做了伤情司法鉴定，才能最终执行拘留。

这就属于日常工作了，等鉴定结果下来之后，哪天赶上不值班的时候，大家忙活一天，也就忙完了。

是的，今天拘留不了，医药费都自负，回家老老实实等着被处罚。

逃跑？不存在的，治安案件这种情况，不值当为了这个事抛家舍业的；刑事案件呢，跑了就全国追逃，一辈子就完了。

本来两个好好的邻居，也都家庭富裕，真不知道是不是有钱烧的，狗怀个孕，最终的结局是一方受了堪比重伤的轻伤，一方家里儿子锒铛入狱。

这家的狗成了单身狗，另一家的狗成了孤魂野鬼……

这都什么跟什么！

今天是周四，下午大家都忙完，明天组里人全部上齐。白松在群里说了一声明天主要搞案件，也就没说别的。

下班之前，白松在群里发了几大段文字，讲了一下他准备在四组推行的新制度。

这个其实可以明天再专门开会说，但是明天有工作，为这个事再开一小时的会，时间他耽误不起，直接就在四组群里说了。

主要就是之前和王静聊的警长负责制，让任旭担任警长，白松来担责任。除此之外，他还细分了一下工作安排，并且把即将到组里的军转干部也安排上了。

从今天开始，所有岁数大的民警，包括王静在内，值班当天，下午六点之后就不再负责出警，全部由治安民警和辅警来负责。但是，凌晨四点半之后的警情，则由老民警负责。

很多上了岁数的人，四五点钟就已经起床了，只要晚上能保证休息，早起一点都没有压力。如果是前半夜的事情没有忙完，忙到四点半，就由老民警负责接班，治安民警直接去睡觉。

对于盯前台的，白松也细分了一下工作时间，每天的中午和晚上换班期间，他负责来帮忙加塞盯着，给两拨民警一个休息的时间。

除此之外，还有一些细分。

说完这些，白松很客气地说，大家可以畅所欲言，提出自己的意见。

同时，白松也直截了当地说，这个安排还没有和宋教等人协商，他只是打算先征求自己组内民警的意见，只要组里人都认可，剩下的事他来办。

第五百二十七章　四组新制度

并没有出白松的所料，群里一个说话的都没有。

这个事其实并不损害任何人的利益，如果说有的话，让几个老民警四点半之后要出警其实是挺让老民警有点不乐意的，但是没人反驳。

大家都在等着老警长王静先说一句话，只要王静开了口，大家多少都能提点意见。不用多，也不用直接，就都说句考虑考虑，也能让这提议搁置一会儿。但是，王静迟迟不说话。有人私聊王静，信息却石沉大海，王静一直也没回复。

这种时候，领导提了建议，是可以再提一些自己的想法或者重新建议的，但是，如果你这会儿不提，再过一个钟头突然提，就有点不合适了。谁都不愿意做这个出头鸟，尤其是大家对白松太不了解了。

很多人都搞不明白白松想干吗。

据说，这个新所长来的那天，是被多辆豪车送过来的。据说，这个新所长工作能力很强，是带着一等功来的。据说，这个新所长是很多领导眼前的红人。而且，不用据说，大家也都听过白松的手机铃声，好像和传言不太符？传言说成熟稳重，但是不像啊！这到底是个什么样的人？所以，到底是什么情况？哪些传说是真的？

没有人清楚。也就没人先说话了。

白松知道，任何改革都会经历阵痛的，现在立刻改，大家会觉得这是"新官上任三把火"，怎么也得支持，而且很多人跟他不熟悉，也不知道说话到底合适还是不合适。

都在纠结，这一搁置，就等于默认了。

白松"艾特"了所有人，对每个人也都做了安排，大家也都是比较诧异的，主要是他们还没有对白松有所了解，而白松对他们每个人都有一定的了解。

当然了，如果今天不提这个事，白松也可以选择先带着大家继续忙，然后慢慢地建立威信。但是白松也明白，这么忙下去，即便是他自己能建立威信，四组也没什么团队战斗力，纯粹是浪费时间。

一个小时也没人提意见，白松看了看表，就直接在群里说，大家没意见就暂时认可这个方案了，他会跟所里班子研究一下这个事情。

这事就基本上这么定了。

其实，这里面最难的问题，都不是这些问题，大家能同意，最关键的一句话在"有责任白松扛着"。

现在追责问责机制越来越完善，很多责任大家都避之不及，白松居然敢说有啥事他都负责，这话既然说在了群里，就落了字，可不是闲聊时张口的大白话。如果真的有啥事发生，白松却躲到后面了，那只需要一次，他的前期努力就全部付诸流水。

四组的人都不理解，白松这么有前途的一个副所长，多去办案队搞几个大案子让领导看看成绩不是很好吗？干吗在这里这么搞？这么年轻，不怕犯错了被人扩大化吗？

同样的一个错误，犯在白松身上，很容易被人说成是年轻人还需要锻炼。如果那样，耽误几年就很正常不过。但，如果这也怕，那他还当什么领导？辞职算了。

接着，白松做了进一步的细分。

外人根本不知道一备民警到底有多累，如果说，早上八点半上班，忙到凌晨三四点就没事了，那简直是福气！

最累的永远不是要忙到四点半，而是不知道到几点。年轻人忙到半夜两三点钟根本就没问题，只要忙完有人接班，下班就能踏踏实实睡大觉，都没问题。而四点半接班的这些人，八点半之后没忙完的，一律由昨晚没有忙过的人负责。同时，白松还说明，四点半到七点钟只要出警，第二天一律休息一上午。

如此细分，所有人都觉得不错，更没人反对白松了。

只是如此下来，白松会很累，大事小情都得跟他汇报。但如果进入常态化，任旭能成长起来，也就没事了。

而任旭今天一直就没怎么看群里的消息，看到后直接吓了一跳，让他当警长？开什么玩笑？不过他胆子更小，他连给白松发信息的勇气都没有，只打算第二天早点去上班，然后好好工作就是了。

第二天，任旭看到白松，想说点什么，就见白松给了他一个眼神，他也就没有说话。共事这么久，他能读得懂。那明明就是信任和期望。

不能辜负白所长的信任！就算是不找女朋友，也要快速增强自己的能力，把这个工作做好！一个眼神，任旭被打满了鸡血，单身再战三年没问题！

今天上班，白松直接把组员聚到了一起，把几本案件和材料给了任旭，让大家一起看看这几个案子。

这都是白松刚来第一天和前天晚上看的盗窃等刑事案件，之前因为没有侦办条件，就一直挂在那里。

从执法办案系统以及更多的监控录像上，白松发现了两伙犯罪嫌疑人。

这倒也不是因为他多么厉害，主要是案子比较多，加上他之前在三队专门搞这种案子，很多惯犯的情况他都了解，对一些手法也非常熟悉。如果每一起都是他去的现场，都是他负责的来龙去脉，也就不仅仅能破两起案件了。

这种案子，现在的案卷非常薄，不过白松还给大家搬了三四本已经侦破的老案卷看，这让大家都有些不解。是这里面的人犯的案？抱着怀疑的态度，大家一起开始看卷。

趁着大家看卷，白松去找宋教等人开了个会，讲了一下组里换警长的事情。

　　各个组的值班变动是不用跟所里说的，但是换警长还算是大事，得跟大家商量一下。不过出乎白松意料的是，宋教非常乐意。

　　白松不知道的是，昨天中午时分，王静就主动找了宋教，提出了自己警长不想干了，50岁了，干不动了。

　　虽然宋教知道这两件事情相关，但他依然很痛快地答应了。

　　这会儿，内勤王国晨敲了敲门，看到宋教直接道："宋教，分局督察来人了。"

第五百二十八章　白松 vs 督察

"督察室？哪位？"宋教一皱眉，这不打招呼直接来，肯定来者不善。

"陈主任还有龙克庆，剩下的两人我不认识。"王国晨道。

"行，我去看看。"宋教比王国晨想得更明白一些，这情况，很简单，市局督察室来人了。不然没理分局督察室由陈主任来一趟还不说一声。

"我也去。"白松好像想到了什么，跟上了宋阳，宋阳也没说啥，就直接走了出去。

双方见面，短暂的两句客套话，对方就说明了来意。

派出所本来就不大，屋里说话外面都听得到，这种事谁不关注？不到五分钟，所里的所有人都知道市局督察来人了。

执法过错是要追责的，实打实地影响绩效工资。谁也不希望被市里面的督察盯上。他们可是出了名的冷酷无情，就算被他们发现了出警没戴帽子，最起码都是分局通报批评。

市局督察总队的两位，是直接带着摄像机来的，从头到尾地录像，就没停过，所以想说什么徇私的事情就纯属于自己作，经过简单的介绍，对方说明了来意。

三木大街派出所有一名新警最近连续六次被投诉——任旭。

半个月前，任旭出警，就是昨天因为狗打架的这两户，任旭说狗与狗之间不存在强奸，被投诉了，分局督察队查了查发现没问题，这事就过去了。

然而，这次投诉之后，就产生了那么严重的群体斗殴事件。

昨天和前天，又有五人次投诉任旭。其中，这两家都各投诉了两次。报警人这家投诉警察不作为，对方家里的儿子致人"重伤垂危"却不被抓起来；死了狗的这家也投诉警察没有把对方抓起来，说对方是杀死他们家狗的间接凶手。

这种被两拨人同时投诉的情况确实是比较少。

除此之外，还有一个投诉，是一个月之前的一起入室盗窃案的被害人。这个案子是有监控的，从监控里也能看到犯罪嫌疑人出去的背影，但是人一直没抓到，举报民警不作为。

"把你们这个民警叫过来一趟，你们应该也不知道具体情况，"督察用着公事公办的语气说道，"把这几件事情说清楚。"

宋教紧锁的眉头一直没舒展开，他现在可是由宋教转宋所的关键时期，半点不能出岔子。而所里民警有过错这样的事情，当领导的永远是有领导责任的。

白松刚来不到一周，这种事不可能让白松承担领导责任，即便前天白松也在，但是这个事的起因是在半个月之前。

"不用找民警，找我就行，所有的事我清楚。"白松直接对着摄像头道，"我是这名民警的带班领导白松。"

宋教都惊了。白松不说话的话，这件事跟白松就一点关系都没有，揽过去有啥好处啊？但这个情况，说什么宋教也得支持白松，直接道："这是我们白所长，你们听他讲也可以。"

对宋教来说，不管白松因为啥站了出来，让白松来解释，一定比让任旭说好。任旭哪见过这种阵势啊？说错几句话，即便不是他的问题也是他的问题。

"那你说说。"督察倒是无所谓，直接跟白松说道。

"好，您等一下。"白松拿出手机，给米飞飞打了电话，让米飞飞把被举报的案子的材料全部拿过来。

米飞飞很快地就把所有材料全部拿了过来，看了看这情况，有些担心地看了看白松，白松摇了摇头，示意米飞飞先出去。

米飞飞看这情况当然也知道是啥事，他可不是任旭那种新人。既然要拿这些，肯定是因为这些案子出问题了，而四组的事情，谁敢说和自己彻底无关呢？

"这是关于这两家打架的案件，我给你们讲一下具体情况……"

这件事对白松来说，其实倒也不难，白松具体地把两次事情的起因、经过、结果都说了一遍，顺便提到了两次的出警时间、出警轨迹、执法记录仪全程录像以及相关法律法规。尤其是这里面的法律法规，白松是几乎复述了《刑法》《刑事诉讼法》《公安机关办理刑事案件程序规定》以及每一条司法解释，把督察都说愣了，搞得督察不知道从何问起。

这也是上次去上京，办理王平那个案子时，唐天宇家属投诉，让白松多了一些经验。

白松说完这个问题之后，两位督察互相交换了一下眼神，发现他们想问的白松全说了。

这就好比审讯犯罪嫌疑人的时候，警察问了一句"说吧，你犯了什么罪"，然后犯罪分子主动交代了自己的家庭情况、前科，以及犯罪的动机、起因、经过、结果，并且自己把自己问题的量刑和判决都说了……

当然，白松说完这些，配合着这些材料，俩督察就发现了，这个案件里警察确实没问题。能产生这种矛盾的邻居两家会做这种无意义的举报也并不新鲜。

"这个盗窃案，"督察的语气明显缓和了一些，"白所长对这个案子也知情吗？"

刚刚交流中，白松也提到了自己刚刚来的事情。

其实对于督察来说，尤其是市里的督察，主要是针对分局督察解决后，再次被投诉的问题，他们主要是要查一下分局督察查的东西有没有问题。所以后面这个事其实就没那么重要了。

"知道的。"白松拿出一本卷宗，"如果您今天不来，我们可能已经准备着手抓捕这个犯罪嫌疑人了，现在我们的组员正在研判这个案件和另外一起入室盗窃案，顺利的话，一会儿在您这里忙完，我们就准备出发了。您也知道，这些惯犯这个时间应该都在睡觉。"

准备抓人了？

白松这句话一说完，就连宋教都吓了一跳，这话可不能随便说啊……

"哦，那白所这是有信心抓到嫌疑人了？"督察追问道。

"必尽力而为。"白松才不上当。态度表明是一回事，随便保证他可不会说。

宋教的脸上重新绽放了笑容。

第五百二十九章　准备抓人

市局督察拿到了他们认可的答复后直接走了,丝毫不拖泥带水。

要说任旭这两次到底有没有问题,白松虽然没去现场,但是他也知道多多少少是有点问题的。毕竟,任旭哪有什么处理大事的经验?话说不到位、事整不明白什么的,太正常不过。只是,任旭肯定没什么大问题,这个白松还是信任的。

临走之前,市局督察组要求所里出一份书面情况说明,这个事就算是盖棺定论了。

把几位都送出了派出所,宋教满脸笑容,转头跟白松说:"白所,四组的新警还需要多锻炼,这可得靠你。有什么需要帮忙的,就跟所里说,有什么困难都可以商量。"

"谢谢宋教,我们组没什么问题。"白松道。

"好,辛苦了。"

解决完这边的事情,白松回到了四组的办公室,所有人都看他,尤其是任旭,都有点不好意思。

派出所就是这样,藏不住事情,刚刚的事大家都知道了。

"看我干啥?看卷啊!怎么样?这几个案子有联系吗?"白松问道。

"啊?"任旭还有些紧张呢。

"啊什么啊?事解决了,但是报告得你来写。"

"谢谢白所,谢谢白所……"任旭如小鸡啄米一般。

白松叹了一口气,这孩子啊,想成长起来,还得好好磨炼磨炼。

"行了，这事过去了，案子的事，怎么样了各位？"白松望向大家。

一个组的凝聚力，其实就是在这种情况下产生的，自己人，永远是自己人。白松能为任旭扛事，而且有能力扛住事情，就自然能帮别人扛，这是最让人放心的。

米飞飞平时一直都不太爱主动工作，看白松望向他，他还是没说什么，白松直接问起了任旭。

大家对这几个案子统一看了看，其实也都清楚了这两组案子的侦破方向。

"行，那今天，咱们兵分两路，直接去抓人。"白松道。

"抓人？"王静都愣住了，"人在哪？"

"在住处啊，这个点能在哪？"白松看了看手表，"这些人的作息时间都是晚上在外面转悠，睡觉睡到十一二点起床，然后出来吃饭，接着再回家待着，一直到晚上十一二点再出来。

"这两组人，有一组人我抓过，这是刚刚判完刑出来；另一组，应该是三个人，我没抓过，但是他们的前科的资料三队那里也有，他们的惯用手段是翻墙，这几个人我看他们的轨迹和习惯，应该是住在中门派出所的双林路甲三号平房一带。

"第一组那批人，我前天看了一些录像，在咱们辖区内住，应该在爱民里小区住，从他们的轨迹上看，应该是南边的三栋楼之一。任旭，你带队，王静、米飞飞、孙德京、王涛，你们五个人带上三名辅警，去彻底排查一遍，重点查一下附近中介公司近三个月内出租出去的房子。哪种出租记录可能有问题，我想不用我来说。

"当然，即便入租房记录都没问题，一户一户排查，人手也足够了。

"剩下的人，跟我走，去双林路甲三号。

"今天咱们不值班，别占用太多所里的车子。都穿便服，别开警车，你们几个在辖区内的，辛苦一下，用一下自己的车，我这边开着所里的依维柯警车过去。情况清楚吗？"

第五百二十九章 准备抓人

话都说到这里了，再不清楚就别混了。白松把精兵强将都给了任旭那一组，他知道，虽然任旭是警长，但是他肯定会多请教王静。

　　而且，白松故意不把任旭分到自己这一组，也就是为了说明，任旭是警长，可以独立带队伍，而不是他羽翼下的小孩子了。

　　安排好了这些，大家也都把自己要抓的嫌疑人的照片牢牢地记在了自己的脑海中，这就准备换衣服出发了。

　　四组包括社区民警、辅警在内，几乎全员出动。

　　所里有一辆依维柯警车，这车是大车，需要B驾照才能驾驶，白松没有这个驾照，但是组里的老民警不少都有A驾照，社区民警翟建伟就有。他开着车，带着包括白松在内的一共五名警察、四个辅警，就出发了。

　　刚刚准备出门，白松就碰到了李所和办案队的队长邓健，李所很好奇，便过来打招呼，问白松这么大阵势是要去干吗。

　　白松自然也就大体说了说，是去抓三个小偷。

　　"抓人？用办案队帮忙吗？"李所问道。

　　"您那边能腾出来人的话，我求之不得。"白松哈哈一笑，知道李所这都是客气话，白松提供的关于化工原料地址的线索让李所这几天忙得不可开交。

　　"你要是需要，我倒是能给你找两个人。"李所微微沉思。

　　"不用不用，"白松颇为感动，连忙摆摆手，"我们去找人，还不知道能不能找到，就是去踩踩点。"

　　"好，白所，有需要就说话。"李所点了点头。

　　地方倒是不算太远，把车停到了距离双林路甲三号平房几百米的一个路边，众人就下了车。

　　这平房和九河桥派出所的东三院很像，有几百户，住的人也不算多。

　　这种地方，根本就没有中介，住在这里的本地人已经不多了，大部分都是租户，而且四通八达，几十个出口，很适合这类人隐藏自己。

"你们都别进去,在这附近隔几十米站一个,慢慢溜达。小峰,咱俩进去一趟。"

这几名辅警里面,白松觉得这个叫王小峰的,是最灵的一个。

看到王小峰,白松就想到了九河桥派出所的楚三米。三米的眼睛一直都颇为灵动,现在已经考上了本科院校,明年就毕业了,想来,一定会成为一名合格的人民警察!

"哎,小峰,你会玩游戏吗?"白松带着小峰,聊道。

"游戏?"小峰本身挺紧张的,毕竟抓人这种事,对他来说真的还是第一次,"白所,怎么聊起这个了?"

"别叫这个称呼,"白松道,"溜达着,聊聊天呗,咱俩就聊游戏吧。"

"那没问题!"小峰一下子来了兴致,"我是艾欧尼亚王者!"

第五百三十章　围追堵截

白松都愣了好几秒。这要是让王亮知道，还不得过来跪下来喊爸爸？小小派出所，藏龙卧虎啊！

任何领域，能走到很靠前的位置，都是非常厉害的。白松和小峰聊这个才知道，玩游戏玩到一定的水准，也不是那么简单的事情。

《英雄联盟》艾欧尼亚的王者段位，可不是现在《王者荣耀》的王者段位。如果一定要类比，那么大约等于现在赛季中后期的王者段位80星和巅峰赛全国100名的水准，随便拿出来一个，都是能当主播的。

但是，小峰自己都承认，他23岁在王者段位，已经不算什么了，基本上手速、意识、大局观、英雄池都到了瓶颈，吃不了这碗饭了。如果他是16岁，那么就还有发展空间。

三人行必有我师，白松和小峰聊了会儿天，居然也学到了很多，不仅仅是游戏本身，有些东西也是博弈，只是小峰自己可能都不太清楚。

不到二十分钟，白松带着小峰出来了，大家也都凑了过来。

"跟我走。"白松不拖泥带水，就把大家带进了平房区，找了个平时堆放垃圾的空院子。

现在是上午十点钟左右，基本上没人过来倒垃圾，白松直接道："这个平房区的大体地形我们提前也看过，我现在觉得，东北方向那二十多间房有很大的嫌疑。这几个人的性格我分析过，胆子很小，他们不会住在这种四面都是路的房子里，被包围了就很麻烦，估计他们睡觉都睡不踏实。"

"可是，东北角那边是围墙，死胡同啊，后面是别的小区。"有人地图记得比较熟，说道。

"我说了，这几个人就是擅长翻墙，他们躲在那边，其实是最适合他们的。"白松道，"长话短说，能抓到最好，抓不到别闹出太大动静。老孙，你和老翟带俩辅警，去墙对面的那个小区堵着，如果他们三个人跑，我可能会给你们放一到两个人过去，注意堵着。快去吧。"

"好。"四人领命就走了。

白松带着剩下的四个人，逐渐地逼近了那片区域。

得到了对方四个人已经到位的消息，白松等人继续开始分析每一户的情况。

有的一看就是有烟火气息，每天会起锅做饭那种，这种一看就不是；有的门上都落了好几层灰，一看就没人住……

"这三户概率最大，"白松指了指三户，然后又指着旁边一户道，"比如说，这一户，门上这么厚的灰，肯定是没人住，最起码最近没人。"

说着，白松就去了这三户的第一家，轻轻敲门。

过了得有半分钟，一个大爷过来开了门，见到白松就问道："什么事？"

白松看了看小院里收拾得不错的土地，就知道这户肯定不是了，但是他又不想暴露警察身份，就说道："伯伯您好，我们是上门来做问卷调查的，不知道方便不方便进去看看啊？"

一般这种情况，谁都会骂句"有病"然后关门，结果大爷直接点了点头："行啊，进来喝水。"

白松本来都准备走了，结果差点被闪了腰。

只能跟着大爷进了院，四望了一番，整个院子都是菜园，更确定没问题，但是不知道该说什么，憋了半天，问道："伯伯，我们做个社会调查，请问您幸福吗？"

大爷扑哧一下笑了："小伙子你还挺哏儿……"

纵使白松脸皮很厚，此时也挂不住了，脸上颇有些尴尬。

"这地方我不常来，"大爷道，"租这个地方就是有个院子种点菜，虽然这季节种不了,但是可以来转转,锻炼身体。退休了以后隔两三天才来一趟,行了行了,我不耽误你们工作了。"

白松越看大爷越眼熟,出了院子才想到,这不是刑侦总队的总队长吗?听说去年刚刚退休!

白松并不和他相识,但是在视频会议里见过!果然,一眼就看穿了白松是警察啊……

其实倒也正常,退休的人,很多都喜欢种点东西,市区里哪有地方?但是能在这里一个月几百块钱租个院子种菜,也真的是条件不错的人才会选择。只是,这大冬天的估计很多天才来一次,肯定发现不了小偷。

退出屋子,白松冲着十米外的同事们摇了摇头,敲了敲第二家的门。

这户没人,应该是外来务工人员在这里住,白松推开一点门,这种门挂着锁也能推开一部分,可以看到里面的一些很常见的生活起居用品,只是一眼就能确定这里没问题。

白松示意两个人靠近过来,指了指第三户,对小峰说道:"以我的经验,这一户,概率很大……"

"白所牛×。"小峰道,"您说啥我都信。"

"别,我也只有七……呃,五成把握。"白松四望了一番,准备去敲这家的门,同时示意远处的两个人注意警戒,如果这一户要逃跑,不能放过了。

刚刚准备敲门,白松余光看到,远处的两个人里的老李,似乎发现了什么,急忙退了一步,一下子看到了一户人家的院墙那里,有一人探头往外看!恰恰就是白松说的门上都是灰,不像有人住的那一户。

白松此时顾不得自己的预言被打脸,迅速跑了过去。

搞了半天这三人回住处根本不走门,都是翻墙的!

时刻不忘练技能啊!

见白松往那边跑,所有人都围了过去,只见有三人立刻翻墙翻了出来。

这三个人,看着都不太高,最高的也不到一米七,但是翻墙极快,两米多高的砖土墙,如履平地,几乎像是蹦了一下,就翻了过来。

白松动作已经够快了,等白松跑过去的时候,三人都已经翻过来开始跑了。

有一人的方向正好是老李二人堵着的方向,那边还有一个年轻的辅警,白松并不担心。毕竟这类小偷都不以身体素质见长,只是擅长翻跃。

而这两个,迅速地朝着另一个小区的方向跑了过去,上墙速度极快!

白松虽然练过,但是这墙可不是土院墙,有三米多高,外面还刷了浆,他可是翻不过去,但是他丝毫不曾减速!

第五百三十一章　全部抓获

白松的速度最快,已经快过了正在翻墙的二人,距离正在拉近。

这时,白松已经听到了第三人被抓住的声音,心中略定,但还是要追过去,不能让二人这么轻松地翻墙。

他想的是,这二人速度确实是快,如果都放过去,万一有一个或者两个看到了对面的人,不往下跳,直接在墙上跑,最后能不能追上真的不好说。而且以这两人的速度和灵敏度,真的跳下去,对面四个人也不见得保证全能抓住。所以,他一定要尽全力抓住一个,让另一个人吓破胆,直接跳下去。

距离越来越近,白松发现,这个墙看似比较平坦,但还是略有坑洼,而且有几处明显被人做了手脚,方便攀爬。

只是这种手脚,对白松没什么用,他人高马大的,而且鞋子也不适合攀爬,根本上不去。

不过此时,可不是考虑这些的时候,他这会儿的速度飞快,眼见着就要撞墙。

人跑起来不仅仅可以跳得更远,而且也能跳得更高,因为动能可以转化为重力势能,白松侧了侧身,一脚斜着踏在了墙上,全力一跃。

这墙也就三米多一点,其实以白松的弹跳是可以碰到墙的顶部的,但是抓不住。此时这么一跃,有个刚刚要翻到顶的人,一下子被白松抓住了脚踝。

攀爬的时候,最大的问题不是力气,关键就在于着力点好不好使劲,而这个人很瘦小,这个脚踝给白松抓着,简直就好像是抓住了救命的粗绳头,那叫一个紧。

另外一个人直接吓坏了，一下子就跳到了对面。

被白松抓住的这个，下意识地缩腿，这一缩才发现，缩回去的不是腿，而是他整个人。

白松这一拽，借着他接近 90 公斤的体重，上面的人就像风筝一般被扯了下来。

作为大高个，很多地方白松没有啥优势，但是只要被白松拽住了，就别想再跑了。

这个身高 1 米 6，体重不到 100 斤的小偷，愣是从三米高的墙上，坠落了下来。

主要是白松迅速下坠，不太好控制方向，手里拽着 100 斤也难维持平衡，下来之后，就脱手了。这小偷就直接横着拍在了地上，距离白松两米左右。

白松站稳之后，生怕这小子摔死了，准备上前探看，只见那个趴在地上的小子撑了一下地，然后就要跑。

他还不忘往回看一眼，发现白松正愣在那里，心中一喜，他对自己的速度还是很自信的，再往前十几米，顺着墙他还能爬上去。结果刚刚起身要跑，一下子撞在了小峰的身上。

喊了一句，白松确定了对面四个人也抓住了那个跳墙的，就放心了。没过一会儿，大家就聚齐了。

把三个小偷铐好，留下了六个人在小偷的住处门口看着他们，他自己带着两个人去了屋内，打开录像设备，开始现场搜查。

通常情况下，搜查都是需要搜查证的，但是根据《公安机关办理刑事案件程序规定》第 219 条，对于现场发现的可能隐匿、毁弃、转移犯罪证据的情况，不需要搜查证。

这就不用担心会兴师动众了，反正人也抓完了，如果这地方还能轰出来

第五百三十一章 全部抓获 | 185

几个探墙跑的小偷才好呢。

小偷是分"门派"的,这一点白松也算是清楚。

有的是大贼,从门进,撬锁或者技术开锁的,这类人心理素质高,身体也比较强壮,一般的家庭,主人看到了也不敢上前如何,小偷发现家里有人也能顺利逃走。这种最危险,有的可能会转化为入室抢劫。

还有的是小贼,从窗户进,爬三楼比普通人走楼梯难不了多少,这些人普遍身材如这三人一般瘦小,一般都是偷偷摸摸,发现家里有人睡觉也不敢进去,专门找没人的那种。这种贼,有的时候,从三楼跳下去打个滚就能跑,一点也不是吹的。

除此之外,还有的就是扒窃之类的,考验"第三只手"的技术。这些年随着移动支付的普及,大家不带现金,手机密码保护得好,被盗机刷机越来越困难,扒窃类已经快消失了。

这三类大多是惯犯,从监狱里放出来,依然很容易犯罪。

当然了,除此之外,还有偷电动车电瓶之类的,那根本都不入流,没什么技术含量,只要不要脸就行。

所以,这类小贼的家,随便一搜,都是一些便宜的首饰等物品,除此之外,还有少量现金和几张银行卡、七八个破手机。

他们是入户盗窃的,好手机大家一般都是随身携带的,偷来的都是别人不用的备用机。

白松也曾不止一次地跟社区的群众说过,在物业管理不算严格的小区里,换一把 B 级以上的锁以及加装防盗网,是真的有用。即便是租房住的人,换把两三百元 B 级锁也是非常值得的!

这般大阵势,还是有一些人围观,发现警察抓了几个贼眉鼠眼的,几位侦探流大妈纷纷出来表态,表示自己早就看着几个人贼眉鼠眼的不像好人,正准备报警……

之所以兴师动众,是因为搜查一般是需要见证人的,白松就从说得最欢、最牛的大妈里找了一个人，当了搜查的见证人。

大妈本来不想凑这个热闹，但是刚刚自己还说要报警，此时被白松一忽悠，还是愿意当了见证人。

搜查很快就结束了，东西也都拿出来放在了证物袋里，当场只做了搜查笔录，一行人就准备打道回府。

不知什么时候，种菜老大爷也凑了过来，看了看情况，就什么都明白了，跟白松说道："谢谢你呀小伙子。"

"这不是应该的吗？"白松知道了这位的身份，可是一点也不敢端架子，"您谢我干吗？我又没帮到您什么。"

"你把他们都抓了，那我就放心了。"大爷微笑着说道，"我怕他们半夜来偷我的菜。"

第五百三十二章　执法办案

也许因为派出所从来不会开刑侦总队的会，所以，在场的包括很多老民警倒是无一人认识这位。

不过这都不重要，白松不是喜欢趋炎附势之人，遇到退休老领导也只是尊重，别的一句话没说就走了。

在车上，白松才抽出时间，准备给王静打电话，可号码刚刚要拨出去，他一下子停了手指，又准备给任旭打过去，想想还是没有打。

万一任旭他们现在正在抓捕的关键时候，这小子没设静音就麻烦了，而如果设了静音，那么也打不通，就更没必要打了。

说起来，所里下周二开全体会的时候会公布四组换了警长的事情，但就目前的四组来说，既然白松说任旭是警长，任旭就是警长，这个不需要任命书、聘书之类的东西。

白松在刑警担任探长的时候，也是领导直接安排的。

大家开着车回去的路上，似乎比平时愉快多了。这才是警察应该做的事情嘛！一天天的光是处理家庭纠纷多没劲。

回到所里，大家这才发现，任旭那组居然已经把人抓回来了！够有效率的啊！

看来，任旭他们想的和白松一样，怕关键时候给白松等人打电话有影响，所以就没说。

白松这边又远又难抓，任旭那边先回来也算是正常，但还是出乎大家的意料。

这么一来，五个犯罪嫌疑人全部抓到了！

李所听说这个事情，跑了过来。

"五个小偷？"李所听了这个消息，整个人都不好了，到底谁是办案队队长？

按理说，各个组侦办自己的案子抓人，这都是太正常不过的事情了，但是一点消息都没有，突然变出来五个人，李所还是第一次遇到。这个白松，确实有两下子。

一时间，四组的每一个人脸上都有喜色。

"嗯，应该都是小偷，具体还得审一审才能确定。"白松道。

"审？且不说他们几个那一大堆的涉案财物，就这脸上，就差写着'小偷'两个字了。"李所道，"好好查查，这些人肯定不止一个案子，给别的组和别的所的案子也多破几个，争取给他们每个人都送进去待十几年。"

"借您吉言了。"白松哈哈笑道。

"白所，不过说起来，你这次出手，还真是不凡，佩服。"李所心情也不错。

"这都比较巧，这些没利用三队的一些资源和技术部门的手段，也都是一些我比较了解的惯犯，"白松道，"剩下的还有很多，还得靠李所多帮忙。"

"你之前在三队的时候，咱们也不是没合作过，看这个样子，所里这段时间有望打处数（打击处理事件数）飞涨啊。"李所道，"你不用担心办案队忙，我们组的战斗力是没问题的，咱们多合作。"

李云峰似乎看到了派出所打处数飞涨的情景！

白松之前在九河桥派出所的时候，本身他也没怎么参与办案，而且所里的打处数排名每年都倒数，所以他没啥感觉。但是三木大街可不一样，每次打处数排名都是前三，偶尔前二，按这个趋势，第一季度排名可能就得换一换了。对负责案件的李所来说，打处成绩是绝对第一位。

"李所您话都说到这儿了，我就却之不恭了……"白松客气道。

"我们组昨天值班,治安民警都休息了,一会儿我从办案队给你派两个比较熟悉手续的辅警过来帮帮你。"李所道,"这五个人,想全送进去,估计得忙到后半夜了。"

"嗯,取笔录就得十个人。"白松点了点头,"那我先去忙了,早点弄完。"

"好,有需要就说。"李所说完也就走了。

白松像变魔术一般,拿出了五张光盘。这是他提前准备好的,关于一些讯问的笔录的模板和要点。

刑事拘留,其实比治安拘留要更容易一些。治安拘留是最终决断,是处罚措施,送进拘留所了,处罚就已经接近结束了。刑事拘留则是强制措施,只是判决前的一个手段,只要达到标准就可以。

白松看过四组之前的案子,这套程序,除了米飞飞比较熟悉,其他人全部不行。老民警和社区民警就不必说了,王静也50岁了,这方面也不擅长。至于任旭,也就受理案件、立案这套手续还行,拘留还是不行。而最关键的审讯和取笔录,能入白松眼的就更不多了。这也是白松制作了一份笔录提纲的原因。

全组的人都被白松调动了起来。全组的人先分批次去吃饭,并且给嫌疑人带点馒头和水过来。

十个人负责取笔录,剩下的人,白松安排了三个老师傅先午休,然后两小时后过来替换三人。两个从办案队借调过来的辅警非常有用,开始为两起案件办理相应的手续。这东西确实是熟能生巧,在白松的审核下,不到两个小时就全部完成了。

三名午休了的社区民警下了楼,主动地替换了三人,提讯的人先暂时没换,换的都是跑手续的人。

刑事拘留是要调取前科的,这些人前科太多,有的因为违法犯罪信息库更新得不够快,需要去曾经的案发地派出所调取。除此之外,相关的证据需要归档上传,需要有人办理扣押、收缴等手续。

等一切都忙完，就到了下午三点多。

在此之前，白松看了每一份笔录，基本上也没啥问题，这几个贼被在家里堵住了现行，还是都坦白了。

"行了，全部上传，准备呈报刑事拘留，"白松说道，"留人在讯问室看着这五个人，任旭来负责这些事，剩下的人都先休息，一会儿准备带人去医院体检。"

"啊？这么快的吗？"米飞飞都有些傻眼，"估计得退查几次吧？"

法制部门那能一般吗？

不退回来三五次，那都不叫法制了。

"先申请吧，退回来再说。"白松道。

"行，"米飞飞声音有些神秘，"看来白所在法制那边关系不错啊。"

"行啥啊？以前在三队的时候没少和他们闹……对了，我差点忘了！一会儿找一趟李所，手续别用我的密钥批……"白松也曾经是个很刚的人呢！

第五百三十三章　行云流水

在三队的时候，白松没少和法制打交道，以前在派出所也一样。其实倒也不像白松说的那般有矛盾，主要有两个原因。

一个是法制支队的队长高子宇，和白松的师父孙唐是师兄弟。在公事上，尤其是这种法律程序上的事情，白松最好回避一下，毕竟他可不想在这种事上出现任何问题。另一个是白松通过司法考试之后，法制圈内的一把手，也就是支队长曾经找过白松一趟，但是白松不想去，人家支队长倒是没说啥，可是有一些法制的人觉得白松有点不自量力了。

枪打出头鸟，白松就怕被区别对待，审批的时候耽误时间。

李所正坐在办公室里研究盐酸西布曲明源头的案件，为下一步的计划发愁呢，这时听到了执法办案系统的铃声。

他也不知道白松为啥要用他的执法办案系统审批，只当是因为他专门负责刑事案件，白松客气一番呢。当然也可能是因为白松不太熟悉审批的流程。

到底还是年轻啊！这得有多少错，才能让法制这么快就退查了？李所腹诽着。

在以前没有电脑的时候，要拘留人，是得抱着卷，开车去分局，让法制部门审核一番，没问题了，再签字送往局长那里，然后局长签完字，看守所才收人。

现在有了办案系统方便多了，但是步骤也更烦琐了，可不是说你呈请上去了，领导就会批准，大概率要返工好几次。

如果程序上有瑕疵，到了检察院那一层之后，还是要退查修改的。但是也正因为如此，2010年之后，新的冤假错案已经越来越少了。

而所里从民警到警长，再到所长一级，也是需要审批三次的，只是水平差距不算很大，到了法制部门，多少能挑出几条或者几十条修改意见的。

"让我看看退查了多少……"李所自言自语，接着点开了信息提示，然后揉了揉眼睛，说，"批了？！"

一向很稳重的李云峰，仔细地看了看，第一起刑事案件，也就是抓了两个犯罪嫌疑人那一组，两名嫌疑人全部直接批准刑事拘留了，只需要再制作、打印三联拘留证和拘留通知书就可以了。

直接批？不退查了？

这个局外人可能觉得很容易，其实这就好像一口气写了五千个字，结果一笔未改一样，难度非常大。

要不然，法制部门存在的意义是什么？

愣了足足十秒，李所反应过来应该去查看一下，他点开案件文书，一个个地看了看。

案件来源、抓获经过、人身检查笔录、检查笔录、检查清单、扣押笔录、扣押清单、搜查……

四五十道文书都非常整齐有序，而且笔录的条理性很强，就是两份笔录有点像。

这两人肯定是分开询问的，李所一琢磨，就明白了怎么回事，肯定是有讯问模板。

讯问模板这种东西，如果是针对一个杀人案，那肯定用不到，一般都是团伙犯罪，抓了几十个小喽啰，有法制部门直接参与办案的大案中才会出现。而讯问模板，一般都是法制部门制作的，又麻烦又辛苦。

李所突然想到了什么，这应该是白松在三队办案时留下的文件。

白松毕竟在三队抓了那么多小偷，各种类型的笔录也取了很多，想来这方面的材料还是很多。李所沉思了一下，看来可以找机会找白松复制一份，

第五百三十三章　行云流水

给办案队的留一下。说起来，盗窃案和诈骗案基本上能占办案队一半的案子。

正走着神呢，丁零零，又响了。

李所打开新的提示，发现另外三个嫌疑人也直接批准刑事拘留了，连一句留言都没有。

李所开始怀疑自己以前对法制部门的印象不够准确。抓人这种事，李所肯定不会真的觉得服了谁怕了谁，但是在执法办案方面，不服老真的不行啊。

李所可是知道，四组本来是个什么水平，就一个经验丰富点的米飞飞还吊儿郎当的，而他派过去帮忙的两名辅警，安排工作还行，但是想不出错那根本不可能。

此时，再回过头看看第一起案子，刚刚那个拘留两人的，拘留证都做好了。楼下，所有人都神色振奋，几乎没有一个人连续忙了超过三个小时，大家也都找时间休息了一会儿，现在一点也不累。这才四点钟，按照这个速度，送到医院体检，然后送进看守所，六点前就能忙完。

这也太牛了吧！所有人都觉得有点不真实。

"任旭，你负责带上体检的钱。米飞飞，你带齐现场检测报告书和拘留证。出发。"白松顺便安排了一下大家，统一开着依维柯警车去看守所，两个人看守一个，全部背铐。

一般对待比较老实的，铐子在前面也行，但是这些小偷都太灵活，谨慎一点无妨。人从背部铐上，行动力会非常弱。

应该会无比顺利，白松也很开心。

拘留人最复杂的步骤里，一定有最后一步：收人。

一般像这几个小偷这样身体没病没灾，还很健康的，一个人花两三百块钱体检一下，就送进去了。白松曾经听二队说过，上次有一个黑老大，一身病，转所的时候，光体检就花了三天。

前文也提到过，基层法院最多只能判决十五年的有期徒刑有些需要判无期徒刑、死刑的,由中院审理。所以,当案子送到中院的时候,嫌疑人也会被从区看守所送到市看守所,俗称转所。

据说这个黑老大转所后就已经垂危了,一直在市所的医院里输液,估计可能都坚持不到上庭了。他天天胡吃海塞,40多岁就脑梗两次,心脏病什么的全齐了,也是自己作。

想着一大堆乱七八糟的,白松听到车后面有点闹腾。

第五百三十四章　搞定

四组也确实没个能让白松彻底放心的，要不然，也不至于当了副所长还得陪着去医院体检，毕竟只是几个小偷。

没想到，刚出发就闹出了幺蛾子。

可能是任旭有点激动和紧张，在押解其中一个人的时候，用力有点大，导致那个人手腕很疼。这个人是任旭亲手抓的，也就是前面说的那种从门进去的大贼，身高一米七五左右，体重有80多公斤，很是健壮，一两个普通人根本按不住他。当时抓他的时候，任旭就费了很大的力气，现在任旭还是有点担心他有问题，一直没松力气。

其实，这个人被铐上之后，让他跑也不会跑，根本不可能跑得掉。这小偷也看清楚形势了，这时候想脱逃，判刑的时候会被法院酌情多判半年，所以还是比较老实的。

而且，李所之前说的，希望这些人判个十几年，那也只是理想化了，入室盗窃虽然判得重，但是估计判个四五年顶天了，也不至于真的跑。

很多人觉得法律太轻了！

也对，也不对。

如果入室盗窃真的能判十五年，那这两人可能根本就不入室盗窃了，直接入室抢劫了；如果入室抢劫能判死刑，那这两人可能就不入室抢劫，直接入室杀人抢劫了。

所以，有明显的差距，才会使得这些人看到家里有人的时候不选择抢劫而是逃跑。

这也是有些人觉得人贩子必须死刑，但是不可能全部实行的原因。因为如果全部死刑，很多时候，警察营救的时候，人贩子为了逃跑顺利，不会带孩子自首，而是会把孩子全部杀掉再跑，这样更容易跑掉。自首和主动交出孩子就会轻判，才会让更多的孩子得救。

只能说，情节严重的，该死刑死刑；主动自首悔过，有从轻的可能。现行律法，其实考虑的比很多百姓想的要全面得多。

"我看看。"白松凑近了，按住了那个小偷，小偷一下子惊住了，刚刚愤怒的目光一下子变得柔和起来。

这只手的力道怎么如此大?!他可以很强烈地感觉到，面前这个领导绝对不是空架子，就算没戴手铐，一旦动起手来，他和他哥儿们俩人根本打不过!

白松看了看，这个人的手腕比较粗，加上任旭锁得比较紧，小偷的手腕都勒红了。

"给他松一松铐子。"白松用几根手指捏了捏小偷的肩膀，跟任旭说道。

小偷一言不发，嘴角都有些抽动，这是练铁砂掌的吧……

"还挺听话。"开车的老翟看着白松处理完坐到前排，笑道。

"嗯，我都是以理服人。"白松点了点头。

有了这个小插曲，去了医院，这个小子又开始闹了。

不尿尿。

体检有尿检，必须得尿尿。

"刚刚在派出所的时候，检测他尿了吗?"白松问道。

犯罪嫌疑人进办案区之前无论是谁，都要做毒品尿检的。当然了，这五个都正常。

"尿了，这小子就是找碴儿。"任旭很生气，上次尿尿都是四五个小时之前，这会儿说没有，这不骗人吗?

"行，给他喝水，看他能憋多久，先带着去做别的。"白松说道，又心想，在刑警这么久，这算啥?

转了一圈,半个小时差不多过去了,所有人的体检基本都做完了,这小子还是不尿。这明显就是故意折腾人,耽误大家几个小时的时间。

"刚刚做 B 超的时候,他膀胱里有尿吗?"白松问道。

"有,医生说有 300 到 400 毫升,都满了。"任旭咬牙切齿地说道,要不是他穿着制服,都想嘘嘘几声,整整这个小偷。

"行啊,"白松对小偷说道,"有点本事。我以前遇到过一个,比你还厉害,在派出所就不配合尿检,一口气憋了二十个小时,企图憋过传唤时间,结果去了医院,整整 600 多毫升,尿不出来了。你猜怎么着?那大尿管啊,唉……"

小偷听得下身一紧:"警官,我不是不配合,我是真的尿不出来。"

"好,没事。"白松微微一笑,找到了护士,"我们这边体检,加个尿管。"

"行,先去缴费。"

白松点了点头,直接拿着单子去了挂号那里,花了 15 块钱,买了一根尿管,连护理导尿都没付钱,只单纯地买了一根尿管。

真便宜。尿袋要 60 块钱,不过白松没买,用不着。

拿着这个,白松又到了小偷面前。

小偷看了一眼,整个人都不好了。这东西一尺多长啊!

"警官,我觉得我有尿了!"小偷看了一秒钟就放弃了抵抗。

"哦?行。"这也在白松意料之中,不然也不会只买这个,然后把这个未拆封的递给任旭,"这个别算在报销里了,算我买的,你放组里面,以后遇到不听话的,可以给他们看看。"

白松还是保持着微笑,看得小偷心里发寒。

看着任旭带着小偷去厕所,其他人都哈哈笑了起来,米飞飞都有些服气,这个比自己小几岁的副所长,确实是厉害。要不人家能当领导呢?想到这里,米飞飞的心结似乎淡化了一分。

剩下的事情,就显得很简单了。

把人送到看守所之后，全部收押，拿好提票，再回到派出所，六点整。

虽然推迟了半小时下班，但是没有一个人有怨言，这对于派出所来说，能算加班？这都有点早退的感觉了！

"晚上没什么事的话，大家也都别着急走，我定了个地方，咱们去坐坐。"白松说道，"大家辛苦了。"

"这哪里辛苦？跟着白所办案就是痛快。"大家纷纷附和。

因为抓到人的时候，很多人就估计要忙到后半夜，早就跟家人说过了，只是谁也没有想到这么顺畅。早点忙完，再去美美地吃个饭，没有一个人不给白松面子，包括辅警在内，全员参与。

"好，换便服，能喝酒的就别开车。"白松很高兴，"任旭，你先负责把家属通知书做完，这几个都是外地的，明天你来加个班，把拘留通知书邮寄出去。米飞飞，明天你也来加一下班，看守所里的五个人需要二十四小时内提讯一次，这个快，你俩去一趟，有问题吗？"

"没问题！"任旭立刻跑开，去做家属通知书了。

"我也没问题。"米飞飞点了点头。

第五百三十五章　残酷（1）

晚上这顿饭，使得整个四组的凝聚力达到了一个新的高度。

工作，是大伙因为职责和安排而必须在一起，但是私交依然无比重要。如果每个人都为帮别人多加了五分钟班就斤斤计较，那白松得头疼死。

也都没喝多，白松让几个年轻的辅警尽量多照顾老师傅，他也就放心了。

他虽然是带班所长，但是也从来没有觉得辅警有什么不一样，之所以有时候多安排一点，也只是因为年轻。总不能什么事都让50多岁的警察去做，尤其很多这个年龄的警察因为熬夜，身体素质并不是很好。所以，有事多安排给任旭就没错了。

周六，四组几乎全员休息，米飞飞和任旭早早地过来，开始加班。

这工作其实一点也不麻烦，别看提讯五个人，但是一小时就能搞定，基本上就是问问嫌疑人有没有冤枉啊、有什么需要坦白的、有没有想举报他人的、有没有想聘请律师的要求。

办案程序而已。

十点钟，米飞飞背上自己的双肩包，忙完这些准备回家。任旭也都弄完了，一会儿去邮局邮寄拘留通知书。

办案程序是一点马虎都不能有的，拘留后，二十四小时之内就要通知家属，如果家属都在外地，就必须二十四小时内邮寄，而且通知或者邮寄的凭证还需要重新回传到执法办案平台上，这个都交由任旭来做了。

在大门口，米飞飞看到了一个熟悉的身影：“白所，您今天也来了？”

"没事,我正要走。"白松笑道。

"需要我带您一程吗?"米飞飞客气地说道。

"好啊。"白松的笑容更加灿烂了一些,"走吧。"

"呃,白所,您去哪里?"米飞飞连忙走到车前,把车钥匙插进去,打开了车锁。

白松打开车门,用了不少力气才关上:"好家伙,你这个车够有年代感的。"

"呃,"米飞飞有点不好意思地说道,"白所您估计都没坐过我这种破车,有点漏风。"

"比我那个好啊,我那个还漏雨呢。"白松从兜里拿出来一把钥匙,指了指旁边一辆满是灰尘、就玻璃还算干净的车。

这是他买来占着车牌号的那辆车,没怎么开过,今天给开了过来。还真别说,开起来还是没问题的。

米飞飞看着白松手里的夏利车钥匙,表情略有疑惑。派出所谁的车是谁的,在派出所待了快十年的米飞飞肯定是知道的。院里停的都是所里民警的车,今天来的时候还觉得奇怪,这夏利都有十五年了吧?能价值2000块钱不?他之前还好奇谁买了这个,没想到居然是白松的车。

不过,白松这么一说,米飞飞更惊讶了,倒不仅仅是因为白松居然开这么破的车,最关键的是,你的车就在旁边,你跑过来坐我的?

似乎看出来了米飞飞要说啥,白松一点也不尴尬,笑了笑:"我的车没油了。"

"呃,好吧,您去哪?"米飞飞不知道白松打算干啥,心道,我信你个鬼!没油了还不快点从加油站打油,还有空和我闲聊?

加油站一般是不给加散装汽油的,但是如果真的有需要,可以去派出所开个证明,加油站就给装10升汽油。

"你去哪?"白松饶有兴趣地问道。

"呃,我回家。"米飞飞道。

第五百三十五章 残酷(1)

"那我跟你回家。"白松肯定地说道。

这要不是自己的领导,米飞飞早就一脚把他踹下去了!

车开出去一公里,米飞飞实在忍不住了:"白所,您要干吗?您别不说话,我心虚……"

"没做亏心事,心虚啥?开车。"白松回复道。

"到底啥事?您说。"米飞飞一手开车,一手摸了摸自己的脸,莫非……

"不是说了去你家吗?"白松有些不解,"我说得很清楚啊。"

"啊?真去我家?"米飞飞差点一脚油门撞路边,不过好在这车油门踩到底也不咋动,倒不至于真的撞上。

"嗯。"白松摸了摸口袋。

"行吧。"米飞飞也只能点了点头,"我家可不怎么样,您来了可别笑话我。"

"没事,我在天华市只身一人,周末没地方去,去讨杯水喝,别介意就成。"白松这是下了决心要去米飞飞家里看看了,算是强行拜访了。

"那,非常欢迎。"米飞飞虽然这么说,但还是觉得不妥,把车靠边,拿出手机准备给老妈打个电话,让她把家里收拾一下。

翻开手机,米飞飞看到了几个未接来电,有老妈的,有几个座机号,还有几个不熟悉的手机号码。

不知为何,米飞飞突然有些心神不宁。

就在这时,白松的手机响了,接起电话,是派出所值班室。

"白所,你们组那个米飞飞在哪呢?电话怎么不接?"值班室那边说道,"刚刚接到他们家那边派出所的电话,他爸出事了!"

"哦,他估计之前提讯设静音了。怎么回事?"白松保持平静地问道。

"我听说是服毒自杀,在医院抢救,具体情况不清楚。"前台值班民警道,"在九河区三中心医院。"

"好,我知道了。"白松挂掉了电话。

"发生什么了?"米飞飞的声音比平时激动了很多,"是不是我们家出事了?"

"你过来,我开车。"白松没有回答他,下了车,让米飞飞坐在副驾驶上。

米飞飞个子高,但是很瘦,白松下车后他直接从车内挪到了副驾驶,看着刚刚上车的白松,说:"什么事?白所您跟我说就行。"

"刚刚接到电话,你父亲出了点问题,现在在九河区三中心医院。"

米飞飞都30岁的人了,白松也不至于瞒着他。

本来白松以为米飞飞会继续激动乃至失态,没想到,他一下子没了声音,似乎要把全身藏在小小的副驾驶座椅里面,斜过头看着窗外。

白松看得出来,米飞飞咬紧了牙关。

第五百三十六章　残酷（2）

汽车飞速行驶，路上，白松大体猜到了什么，这肯定是自己服毒了。

从刚来的时候和王静的交流里，他就听说米飞飞家里有问题，但是大家也都不太清楚，本来白松打算去问问领导，但是想了想还是决定直接去看看。谁承想，遇到这个事情？不过看米飞飞的样子，他父亲服毒自杀估计也不是一次两次了。

到了医院，白松对这里还算是轻车熟路，他迅速把车停好，就跑向了抢救室。米飞飞虽然在车上显得很低沉，但是这个时候也跑得飞快，跟上了白松的脚步。

白松在抢救室外面转了一圈，也没发现什么，眉头微皱，就走进了抢救室，环顾了一番，看到了自己认识的一个抢救科大夫，连忙上前问了问情况。

"刚刚送来的那个中毒的？"医生看了看白松，接着看了看白松身后一脸焦急的米飞飞，还是说道，"你们去后面看看吧。"

后面？白松心里咯噔一声，后面不就是太平间吗？人死了?!

也许他没办法分析出医生这句话提到的"后面"具体是指什么，但白松已经从医生的表情中读懂了意思。

人没了。

米飞飞看到白松脸色铁青的样子，一下子感觉有些头晕，扶了扶旁边的桌子，另一只手按住了胸口。

急诊室里人很多很杂，而米飞飞的世界却非常安静，看着白松出去的身影，他还是咬了咬牙，跟了出去，眼眶里的泪水已经开始打转。

如果说最难的是深夜的急诊室，那最痛苦的一定是医院的太平间。

必须是确认了死亡、开具了死亡证明的人，才能被送到这里。这儿异常冷清，过道里连暖气都没有，显得无比冰冷。

米飞飞看到母亲和几个亲戚的身影的时候，快步走了上去，手握得死死的，瘦削的他，胳膊正在轻轻地颤抖。

米飞飞的家庭，刚开始是很幸福的，但是这个世界有时候真的太残酷，根本就不管应不应该。

米飞飞13岁那年，父亲就罹患了尿毒症。

尿毒症，只有两条路可以走：肾移植、血液/腹膜透析。没有第三条路可以选。

而肾移植，也没有想象的那么好，不仅仅有数十万元的费用，而且由于配对和排异的问题，很可能五年都坚持不下去，所以大部分患者都选择透析。

米飞飞的父亲，从出现了这个事之后，就一直做腹膜透析。腹膜透析的"清理"血液垃圾的能力弱，但是可以在家做。米飞飞的父亲一口气就做了差不多十年。但是腹膜透析问题也比较多，米飞飞刚刚上班第一年，父亲就发生了一次严重的腹透管感染，差点要了命。为了延续生命，就只能做血液透析。这个也是米飞飞强烈要求的，毕竟他也开始工作赚钱。

血液透析，一周三次，基本上隔一天做一次，一次四个小时，而且做完非常虚弱，米飞飞父亲的生活因此受到了严重的影响，不得不办理了病退。

米飞飞是天华市警校毕业的，三年专科毕业就可以找一份稳定的工作，但是父亲做血透的压力还是很大，一个月要四五千，而且那个时候医保是不给报销的。

要说，只是四五千，父亲有两千多退休金，母亲也有工作，他也上了班，怎么也撑得住，而且医保也逐渐开放，总归是向着好的方向发展。

但是，尿毒症哪有那么好对付？

第五百三十六章 残酷（2）

血液透析依然有很多问题：用的内瘘也会堵，处理一次好几千，几个月一次；偶尔还会有因为主动脉壁被撕裂而产生假性动脉瘤，切一次又要花不少钱。

如果只有这些都还好说。

透析，也只是姑息疗法，并不代表可以对抗尿毒症，各种心脏病、低血压综合征等真的要人命，米飞飞的父亲体内的激素就没正常过。

随着器官的逐渐衰竭，米飞飞的父亲看着一天天长大的儿子为了自己连对象都不找，看着相濡以沫的妻子到处奔波，米飞飞的父亲就想自杀了。

而噩梦这才刚刚开始。

从第一次吃安眠药自杀失败之后，米飞飞的母亲为了不让丈夫想不开，工作也辞掉了，天天陪着丈夫。

虽然这个时候有了医保，但是重担全压在了米飞飞的肩上。

都说"久病床前无孝子"，但米飞飞是个爷们，好样的，他也不愿意拖累别人，也不找对象，就自己减少花销，偶尔还出去找点事情做，有时候还去工地帮忙。

米飞飞之所以周末不太爱来加班，跟领导关系处不好，也是有原因的。

按说警察根本就不允许有第二职业，但是从来没有人去追究米飞飞，他的家庭情况，领导其实也都大体知道。

米父手术，所里组织了两次募捐，每年的补助也都给米飞飞，但那些都只是杯水车薪。

终究，还是到了这一步。

米飞飞的母亲，因为长时间的心理压力，也患上了心理疾病，每天不得不吃一些药物来维持。他父亲就偷偷地积攒了一些精神类药物，一周攒一片、两片，时间久了，攒了不少，然后一次性吃了下去。

这次，没有救过来，在救护车上，基本上就已经确定死亡了，加上他非常衰弱的体质，神仙来了也回天无力。

一些亲戚都在安慰米飞飞的母亲，但是白松可以看出来，他母亲也心存死志,感觉人生灰暗了不少。

看到这一幕,白松什么也帮不到,但是心里非常难受。

这就是人生?

米飞飞还是多少有些麻木的,家里人多年绝症后死亡和意外突发的死亡,到底还是两回事,米父的身体,就算没有这样的事情,也坚持不了多久了,也算是解脱。但解释来解释去,米飞飞还是悲不自胜,眼泪止不住地流淌。

白松拍了拍米飞飞的肩膀,走出了这里,先给宋教打了个电话。

第一是给米飞飞请个假,明天值班让米飞飞休息一下,在家好好陪陪母亲;第二就是所里有民警家属去世,宋阳是必须要知道的。

他毕竟是教导员,生活问题还是要管的。

这世间的残酷,并不会因为你善良就削减三分,天道无情。而白松和宋教他们能做的,还是为了证明,人有情。

第五百三十七章　善后

所里领导来了，四组的王静、任旭以及好几个听到信儿的警察都来了，辅警也来了几个。这个事没人宣传，但派出所就那么大。

白松还在这里看到了孙杰等人，毕竟自杀案件也需要勘查现场确定死因，这场合也不太适合闲聊，大家简单地说了几句话就各忙各的了。

孙杰最近倒是也不算忙，白松问了一下刑警队的情况，三队、四队都还比较轻松，算是难得轻松了一阵子。

"你现在得振作起来，不是因为别的，你妈那个情况不对劲。"白松看米飞飞这个样子，不得不下一剂猛药。

"我妈？"米飞飞似乎被打了一针强心剂，"我去陪陪她。"

"我陪你一起去。"白松跟了上去。

好多人都已经安慰了半天，这会儿米母身边还陪着几个妇女，看样子像是米飞飞的姨或者婶婶。大家也都围在米母身边，不过看起来都不算太悲伤。

"妈，这是我们带班领导。"米飞飞好歹介绍了一番，可能是心情太差，连名字都忘了介绍。

"您好……"米母打算站起来，被白松伸手制止了。

"您好，我是米飞飞的带班所长白松，遇到这个事，谁都不想，尤其是米飞飞最近也在准备结婚的事情，真的是让人太难过。我也帮不上什么，这是一点挽金，您务必收下。"白松从口袋里拿出了一个早已准备好的信封。

这个是白松打算去米飞飞家拜访的时候备下的，因为白松听说历任领导都给米飞飞送过一些慰问金，他就准备了5000块钱，但是没想到，慰问金成了挽金。

"这个可使不得。"米母怎么也不愿意收下这么厚重的信封，一般来说，挽金给400元就不算少了。

"您收下吧，这代表所里的一点心意。"白松说道。

其实米母也知道这不是所里的心意，毕竟刚刚宋教已经过来送了一些钱了，但是她现在脑子里根本都不是钱的事情，甚至丈夫去世的事情也被暂时挪在了一旁，满脑子都是一句话："米飞飞在准备结婚的事情？"

白松随口一提，她可不是随口一听。丧夫的悲痛和对儿子的关爱，让她关注点丝毫没办法放在钱上，白松顺势把信封放到了她的包里。

米母也快要60岁了，身边的姐姐妹妹，也都50以上，有的都已经快70岁了，生老病死虽然痛苦，但除了看开一点，也没什么别的办法。人到了一定的年龄，没有什么想不开的。

而且，米母是难过，但是她的这些姐姐妹妹可不见得多难过。在她们看来，米父拖累了全家，死了才算是终于解脱，倒是米飞飞要结婚了，这可是七大姑八大姨最关心的事。也就是这个场合不合适，不然，立刻就要有八卦之火熊熊燃起。

米飞飞眼睛瞪得前所未有地大，这个白所长的瞎话已经不是张口就来，而是与人融为一体了啊！他要结婚了？什么时候所里还发媳妇了？

拉着白松出了这里，米飞飞这才松开了手："白所，您这话什么意思啊？"

白松也不在意，问道："你看到你妈眼里的光了吗？"

米飞飞一下子愣住了，白松说得一点也没错，白母本来就有抑郁症，遇到这个事情，谁也不知道会有什么更坏的事情发生。

而且，这些年来，米飞飞已经很少从母亲的表情里看到光芒了。但是刚刚，确实是有那么一瞬间……

仅仅是刚才那一瞬，白松就知道，米飞飞母亲的心境已经彻底变了，现在估计脑子里除了痛苦，还看到了希望。想着未来的儿媳妇，想着可能要抱孙子，人生就有了盼头。

人啊，就是得有盼头。

就不说别的，白松之前的朋友郑彦武，家里人都没了，那么有钱的人也沦落为流浪汉，而后来有了新的朋友和新的爱好，才重新振作起来。

"白所，谢谢您的好意，但是……"米飞飞又低沉起来，"我父亲……"

"你比我还年长一些，也自然明白，能让你母亲振作起来，是当前最重要的事情。如果你有封建思想，父亲去世守孝三年，我就得批评一下你了，你母亲的状态可不是能安稳三年的样子。"白松道，"至于找对象，你长得挺帅，也是个公务员，岁数也不错，想找还不简单？你没看到你妈妈刚刚什么状态吗？咱们都是当警察的，你也别骗自己，你母亲什么状态你自然是知道的。事急从权，希望你别介意。"

"谢谢了白所。"米飞飞也不是不明事理的人，"等我父亲的丧事之后，我会考虑的。"

"行。我也帮不上别的，你安心在家，明天不用来所里上班了，下周二再来吧，如果有什么特殊的风俗还需要请假，直接跟我说就行。"白松关怀道，"你现在什么工作之类的，都不用考虑。"

"谢谢。"饶是米飞飞心情极度难过，也还是又感谢了一番。

从这边离开，白松对明天的值班有点上心。

米飞飞明天不在，新来的军转干部也是下周一再来，明天又是改革后的第一天，各种情况凑到了一起，还真的够忙活的。

但是，谁都知道米飞飞家里发生这样的事情，明天，组里的所有人肯定都尽心尽力，这是毋庸置疑的。

从这边出来，已经是下午了，白松还没有吃饭，但是也没啥胃口，就自己先回了单位。

按照这边的习俗，今天是不发丧的，在这里的也都是亲戚，而作为朋友，来了一次也就可以不用来了，毕竟这儿的风俗白事也不是什么需要太热闹的事情。

傍晚，白松又接到了张伟的电话。

张伟的车子已经帮别人买完了，手续都差不多了，但是由于要办理托运，下周一才能走。本来现在张伟人已经可以走了，但是张伟怕事情有变故，就决定多待几天。

也正因为如此，白松晚上就约了张伟，单独吃个便饭。恰逢米飞飞家中变故，白松没叫那么多人，就他俩随便吃点。

第五百三十八章　闲聊

"感觉你也不咋忙啊，不是说，当了领导一天到晚的都是应酬吗？"张伟和白松吃饭也没喝酒，他开车来的，一辆丰田的小轿车，也不知道从哪里弄来的。

"我算什么领导？你还不知道我，哪里是能凑什么热闹的人？"白松说道。

"行了，不跟你贫，对了，上次拉你来的那个钱泰，人家可是对你评价很高，说你以后如果去上京发展，有什么需要的，可以找他。"张伟头也不抬，夹了一筷子菜，"你们天华这个老爆三口味确实是不错。"

"钱泰？他不是咱们那儿的人吗？"白松疑惑道。

"他家属都在上京，他的海产品很多都是供应上京的，尤其是海参，他那里的野生海参的供应链非常厉害，偶尔还能提供几根白玉参，这个人不能小看。"

"白玉参是啥？我咋没听过？"

"就是白海参，一根好几万，很少见。"张伟夹了一块牛筋，"反正我听吃过的人说没啥区别，这东西就是海参里的白化现象，我听人说是基因问题，营养价值和海参没啥区别。但是架不住少，架不住很多有钱人也没吃过，人不都这样吗？要我说，还没这个牛筋好吃，营养价值也不一定更高。"

"这么说我就明白了，有点像佛手螺，都说特别好吃，但我听说还没有扇贝好吃。"

"不用听说，我吃过"，张伟笑道，"物以稀为贵而已，真不如大扇贝好吃。"

"嗯，那这么说，这个钱泰靠这个渠道，能认识不少上京的'上流社会'的人啊。"白松明白了张伟的意思。

"是这样，以后再说吧，他人挺好，就是跟他相处别耍心眼，这人确实是聪明。"张伟笑道，"可惜了，他的那几个手下不懂，我见过的几个都天天在他面前摆小聪明，估计这辈子也做不成朋友。"

"行啊，你人际关系确实是可以。"白松看到张伟成长成这样，自然是极为开心的，"话说，你在直播圈怎么样了？"

"还行吧，现在直播平台还是不行，4G 的功能还是没有孵化出来，我最近也赚了点钱，不打算买车买房了，打算跟着钱泰，一起参与一家叫字节跳动的公司的投资。你有兴趣吗？"张伟问道。

"没有。"白松摇了摇头，"没有钱。"

"那算了，他们公司去年就有几千万美金的 B 轮投资，今年估计看好的人不少，没有大腿想投都没戏。"张伟道，"就算是外面的小拆，没有七位数也没人带你玩。"

"你都赚这么多钱了？"白松有些惊异。

"哦，那倒没有，但是差不太多，贷点款呗。"张伟丝毫不在意，"我会怕？"

"行行行你厉害，投资这种大事，我可没啥头脑……"白松突然想到了什么，"说出来你也别笑话我，我记得我前年还投资了 1000 多块钱的特特币，这玩意你听过吗？反正两年了，也没啥信儿，权当是扔了。"

"什么玩意？特特币？"张伟差点把吃进去的米饭喷出来，"你 1000 多块钱买了多少个？"

"100 个啊，这玩意有啥用？"白松不解地问道。

"我×！"张伟立刻站了起来，仔细地看了看白松，"你这小脑袋瓜，还有这个投资能力呢！你知不知道，这东西去年 12 月份，一枚价格就超过了

1100美元，价格比黄金贵，还上了新闻？

我给你算算……嗯，你现在这点特特币，快值人民币100万了……"

白松沉默了一阵："我那个哥们，买了1万个币……"

张伟沉默了几秒："这东西我现在不敢买，太邪乎了，谁知道哪天突然崩得一分钱不剩，我还是老老实实地投资我懂的东西，不过你这个也不着急卖，以后可能会有大惊喜。"

"行……"白松感觉心脏都在狂跳，快要蹦出来了。

他曾经见过很多钱，亲手过账的数字总额在十位数以上，但是那都不是自己的，这个虽然也不在自己的账户上趴着，但还是异常激动的。

稳住稳住……

"对了，上次和你说的那个，我们直播圈的事，你想不想听听？"张伟随口说道。

"行，你说，我听。"本来白松对这些东西丝毫不感兴趣，但是今晚得知自己天降横财，心情大好，还是听一听。

"嗯，就是我们现在直播，你也知道，有的是我这样的散人主播，就是我自己直播，自己编排自己运营，很难成为大的主播，但是自由自在，没什么限制。还有一种被称作公会主播，就是一些这些年才出现的传媒公司，养了一些主播，这些公司负责运营和宣传，然后主播和公司按比例分成。"张伟大体给介绍了一下，"最近，我们直播圈就有个不大不小的事，有个公会下面的两个主播，也没提前说，突然就不播了。"

"上次你不是说一个人吗？"白松听着直皱眉，"这可不是一个概念的事情。"

"现在就是传言，你也知道传言这种东西，只要经过三个人就开始扯了。不过，我后来查了查，这公会下面的直播不是停了俩，而是全停了，可能是公会解散了吧？"张伟道，"但是一点声明也没有。不过，有人说，他们的主播有的最后提到过不播了，公会解散。但是，我刚刚说到的俩主播一句话没说就不播了。这都是传言，你回头可以关注一下，因为这个传媒公司是你们天华市的。"

"行,公司名字叫啥?"白松拿出手机打开了备忘录。

"叫什么……嗯,信格致知传媒公司。啥破名字!"张伟放下筷子,"吃饱了,不喝酒也挺好,吃得香。"

"名字我记下来了。"白松道,"明天我值完班就去查查,不过你说到他们公司都停了,这个其实就很正常了,毕竟公司都停了,主播提前停播也不是什么蹊跷的事情,涉及利益分配,偶尔闹点矛盾太正常不过。"

"嗯,反正我也都不认识,你看着办就是。"

第五百三十九章　三组划车案

周六一大早，就出了一个挺麻烦的事情。

昨天晚上，辖区万和里小区发生了一起划车案件，43辆汽车被划。

该小区这一片区域有上百辆车，所有停在路边而不是停在停车位的汽车，全部被划了。

三木大街派出所辖区虽然比较现代、比较富裕，但是这类老小区也是有的。

简单地说，就是拆不起。

人各有各的想法，按理说你本身50平方米的老破小，拆迁后给你来一套80平方米的电梯房怎么也该满意了吧？但是，有人不这么想，很多人会把一辈子可能只会遇到一次的拆迁视为绝顶机遇，一套房不换五套似乎就对不起列祖列宗。而这种事，又必须所有人同意，但是这近乎不可能，自私和贪婪的人永远都有很多。

也正因为如此，平房勉强拆得起，楼房不可能，只能加固。而老小区存在一个非常严重的问题就是车位不够多。

20世纪八九十年代的人再高瞻远瞩也不会相信三十年后家家都有车，所以这种老小区的马路上肯定会停一排车，有的甚至是两排，反正中间最多有两米的量，大型SUV开起来都不太容易。

三年前，这边就发生了一起火灾，里面的一栋楼因为消防车进不去，导致一户人家两人死亡，其他几户十几人受伤的惨剧。

整治了一阵，还是改不掉，车还这么停。

没车位，怎么办？挖地道吗？这也是所有老旧小区的问题。有的小区把原本的小花园和健身场所全推平换成停车位都不够。

这种事你说谁错了？也许都错了。

划车的人，是这个死了两个人的家庭里的幸存者之一，这家人就剩下俩人了——70多岁的奶奶和这个35岁的孙子。男子的父母过于早婚早育，导致男子本身就有点性格缺陷。这名男子事后就逐渐有了精神障碍，现在已经是登记在册的精神病患者，但是因为没有社会危害性，一直也没有强制隔离入精神病院。

精神疾病患者已经越来越多，不可能一有问题就抓住放精神病院，尤其是这个男子还有奶奶做监护人。

人已经被昨晚值班人员抓获了，但是要取40多份笔录，还要进行现场勘查、拍照登记等。

案件性质很简单，故意损毁财物，案值轻松破了10万元。

三组的民警苦不堪言，办案队也都全员去帮忙，但还是有点忙不过来，派出所大厅有十几户在折腾，要求严惩"凶手"，有的喊着"把他房子卖了赔钱""把人送进精神病院"这类话。

这个事就麻烦在这里了，这小区里没几辆新车，车子也都没啥划痕险，而且报了案保险公司也不见得赔，代位求偿权能不能行使就很难说。

有几户早就把车开跑了，不愿意报案。这几户有保险，知道划车的是小区的精神病人也赔不了钱。

总之，在一起涉及多人的案子里，总能看到各种各样的办法，每个人都有自己的路子。

三组都要忙死了，这事可不容易，单是物价鉴定就够后期忙一阵子的。

唯一不需要考虑的反而是损失价格本身。公安部门是打击犯罪的，这个问题警察只需要把人抓住处罚即可，至于能不能赔上钱，这跟警察没有直接关系，每个人等法院起诉的时候提起一个刑事附带民事诉讼就可以。

今天是周六，除了四组在，没人在，办案队能回来帮忙，还是因为今天

第五百三十九章 三组划车案 | 217

办案队有别的案子要忙，临时过来先帮帮忙。

四组米飞飞家里有变故，本来战斗力就弱，三组的代班领导姜健压根就没找白松。

不碰当天值班的人，这基本上是派出所的共识，因为当班能碰到什么事谁也不知道。

但是即便如此，白松还是派了两名社区民警和一名辅警暂时去帮忙一上午，让姜健大为感动，直说要请白松吃饭。

没办法，上午警情也不少，白松自己也出警了。

这倒没什么，正好也算是熟悉辖区环境了。

中午时分，最忙的时候已经过去，四组的人回来，白松也终于有了点时间，见到了划车的犯罪嫌疑人。

可怜之人必有可恨之处，这句话放在他身上也没错，但是谁也生不起气来。

如果几年前不是大家把消防通道堵死，也许消防部门的水管就能提前几分钟拉过去，也许云梯车就能开进去，也许他家人就不会死。

这几年可能他的精神状态越来越差，终于还是爆发了。

只是，白松不知为何从他身上看到了一丝熟悉的影子。

博闻强记算是他的一个优点，每次有类似的感觉的时候，多少会有一些事情发生，但是实在想不起来，白松只能把这件事牢牢记住，以后碰到某个事情，可能就一下想起来了。

这次事件之后，这个患者可能就会被送入医院。白松昨天刚从医院出来，这些年和医院打交道也没遇到多少好事情，他又着重回忆了跟医院相关的事情，还是没有收获，这个事也就暂时搁置了。

安排了今天上午最忙的几个人先休息一下，白松找到了李所。

划车案最忙的部分已经过去了，三组还留了四个人在这里加班，办案队也退了出来。

本来办案队今天是要加班去抓人的，被三组的事情耽误了一上午，办案队的事情就得抓点紧了。

李所看到白松过来,也很高兴,连忙给他加了一把椅子,让白松坐在自己身侧。

几天相处下来,李所对白松的能力是很肯定的,积极性就更不用多提,而办案队的其他成员,对白松大多还处于听说的状态。

白松也不说话,仔细地听了听,主要是针对盐酸西布曲明的案子。除此之外,办案队也有几个小偷要抓,可能是白松前几天一次抓五个小偷让办案队感觉到压力了。

而盐酸西布曲明的案子,也终于有了一点点进展。

第五百四十章　盐酸西布曲明案进展

白松提供的两个线索，都取得了不少的成果。

第一个是关于"三哥"，也就是"大扯"的，从他那里查下去，确实是有一些非法转卖违禁化学药品的事情。化学药品的管制，并不都像易制毒化学品那么严格，非法转卖一些普通的限制类化学品，更多地会面临行政处罚。

这个人的身份已经查实，"三哥"原名张彻，就是个游手好闲的小混混，捞偏门的，什么钱都赚，曾经因为寻衅滋事被治安拘留过两次，还有一次诈骗前科，被拘留了十五天。

对张彻的查询还是比较细致的，不过，白松有些惊异的是，这个人居然有一套还不错的房子，看样子居然是个会过日子的混混！这倒是有点少见。

但考虑到他有时候也干点正经买卖，做什么事都是为了搞钱，有一套房子也不是什么特别难解释的事情。毕竟前些年房价并不算太贵。

从他这里，查到了几家化工厂的化工原料的管理问题。按理说，相当一部分的化工产品都是受到严格管理的，但是内部人还是有自己的路子。目前已经查到了一批氢氧化钾和乙腈的非法转运问题。

顺着这条线，李队长已经查到了一个疑似窝点，不过最近这个窝点始终没有人进出，可能已经废弃了，所以暂时也没有打草惊蛇。

第二个是关于网吧等地方减肥药广告的查询，也查到了几个电话和归属，现在已经确定了具体的人，也就是今天要抓的一部分人。现在还没有证据查实这些人与那个地点有确切关系，但是，其中一个人，与耿南的供述对上了。

在王平、陈晓丽这些人的案件已经逐渐完结之后，耿南也绷不住了，很多事跟他也没啥关系，该说还是得说，耿南如实供述了他买货的上家。

这案子牵扯的人还是蛮多的，盐酸西布曲明这个东西，说简单也挺简单，但是没有个专门的生产线，靠实验室制法是肯定不行的。

比如说我们实验室制造氧气是二氧化锰催化双氧水或者直接加热高锰酸钾等，但如果工业上这么制造能裤衩子都赔没了。

工业制氧是直接低温液化空气，然后缓慢增温来分离氧气。

而话说回来，这个盐酸西布曲明一旦上了生产线，那这个产量，就不是几个耿南这类人能消化得了的，上游犯罪可能涉及更多的东西。

李队和刑警那边也通了气，最终还是决定，抓。

包括张彻（"三哥"）以及这些各种各样的小拆子，全部抓，与此同时，控制住那个窝点。

今天开了会，基本上做不成了，这个案子肯定要忙上一整天，这都下午了，有些人也不好抓，不如早点休息，然后明天早上早点来，到时候再动手。

不过，也不是所有人都休息，李所留了三个人，准备下午将盯上的小偷给拿下。

跟着李所开完了会，白松也跟上了那个案子的进度，精力还是放到了今天的值班上。

傍晚时分，白松找到了任旭。

"当局长感觉如何？"白松问道。

"警长！"任旭吓了一跳，这怎么就局长了？！

"你还知道自己是警长？"白松看着任旭疲惫的样子，"你当了警长，就比大伙聪明了？啥事你都得去多问问，多了解一下，你不怕把自己累死？操那么多心干吗？"

"我……"任旭有点委屈，他尽职尽责还有什么不对的吗？

"你的任务就是跟我学,看我干什么,以后你就干什么,遇到大事身先士卒是必需的,但是事无巨细也不行,精力不够,而且也要对自己的同志多一些信任啊。"白松颇有一种带徒弟的感觉。

"嗯。"任旭似懂非懂。

任旭就是实诚,今天他这一天,比上次盯一备还累。哪怕是老民警处理个家庭纠纷,回来了他都得问问解决了没有,跑前跑后的。

"行了,你先休息会儿,再有警安排休息过的人出警,你还得盯前半夜,到四点半呢。"白松道,"上次跟你说,让你去盯着点盐酸西布曲明的案子,我看你最近精力都放组里了,那个案子也没去。"

"啊……"任旭自然也知道这个事。上次他和白松通宵办案,把王平和陈晓丽的事情查清楚后,白松让他休息了两天,后来就一直忙组里的事情,那边还真的是没时间去。

"没事,我不是怪你,你忙我又不是没看到。"白松问道,"今天我去和他们开了个会,明天估计就要动手,我明天也关注一下那个案子。"

"白所,您的意思是,明天我也去吗?"任旭有点不确定地问道。

"看情况,你要是今天出警一直忙到四点多,你就休息,如果后半夜没啥事,倒是可以去看看,长长见识。明天估计是和刑警一起行动,可能会有大的收获。"

"好,我听您的。"任旭学得慢,但是明白了一个道理,就是知道自己是谁的下属,啥事都听白松的就行。

"没事,别这么客气,我不会把你当工具人,你得早点撑起来。"白松道,"以后你就是四组的顶梁柱了,我都没你重要。我要是借调出去俩月,我的工作自然由其他的所领导负责;你要是出去了,四组就少一半,知道吗?"

"嗯!"任旭重重地点了点头。

"淡定点,闲聊就是。"白松还是很把任旭当自家人培养的,湘江侧稻田里发生的事情,这都是过命的交情,"对了,我今天知道那个'三哥'的真名了,叫张彻,还挺有文化,跟汉武帝刘彻有点像啊。"

"啊?跟皇帝重名的不是很多吗?"任旭有些不解,"我见那么多叫什么恒什么启,这很正常吧?"

"呃……"白松小声问道,"哪些皇帝叫什么恒什么启?"

任旭声音也降低了一些:"白所,就是您刚刚提到的汉武帝的爷爷和爹。"

"哦哦哦,对对对,是有这么回事,文帝、景帝……"白松不知道他俩叫啥名,但是好歹知道文景之治,不过,多少还是有点尴尬,但是好在他脸皮厚没有表现出来。

第五百四十一章　又遇精神障碍

熟悉的手机铃声响了起来，白松心情不错，自从上次的铃声事件之后，白松听到正常的铃声就会很开心。

"白所，前台抓了个人，是个小偷。"任旭给白松打了个电话。

抓到人这种事，肯定要跟当班的领导汇报呢。

白松正在办公室看卷，看着李队那边案卷里的几张照片正皱眉呢，接了电话，立刻就下了楼。

前台的大厅里，一个身材瘦小、皮肤黝黑的女孩被铐子铐在了长椅上，蜷缩在那里瑟瑟发抖。

"怎么回事？"白松问道。

"白所，""艾欧尼亚王者"王小峰说道，"这个人偷东西，被人抓了个现行，扭送过来了，失主正在里屋取笔录呢。"

"有监控录像吗？"白松问道。

"有，她偷走了手机，带出去之后，被失主发现了，人赃俱获，监控也都很清楚。"王小峰道。

处理过不少盗窃案，也抓过不少小偷，但是这个有点不太一样。这个女孩虽然是瘦小，但是一点也不像小偷的样子，主要是眼神不对。她的眼神有点……呆滞。

上午的划车案的那个嫌疑人，就是这个样子。虽然眼睛也在四处乱看，眼神里也透露着好奇和惊恐，但是那种呆滞的眼神，白松还是一眼就能看出来。这种情况，要么就是精神有问题，要么就是有一定的低智情况存在。

这样的人盗窃，往往都有着很特殊的原因，白松很怀疑，这个女孩偷了手机都不知道去哪里卖，除非有坏人组织。

只是光听说坏人组织这类人去乞讨，没听过组织去盗窃的啊。这也太容易被抓了。

上前询问了几句，女孩一句话也不说。王小峰说道："这个姑娘自从被扭送过来，就一直没说话。"

"家属和监护人联系了吗？"白松问道。

"呃……白所，这女孩身份还没确认呢。"王小峰道。

"去我办公室，拿一下户籍室钥匙，查一下案发地附近小区的精神障碍患者的底档，看看有没有她。"白松吩咐道。

"明白。"王小峰领命去了，白松就先去了询问室。

被偷手机的是一个壮汉，带着酒气，应该是刚刚在喝酒，白松问了一下，这个人喝着酒，也没发现自己的东西被偷了，直到女的把手机带出了屋子，他同行的人才看到，然后他跑出去就把人抓住了。

这案子很简单，手机要先做一下接受证据，也就是先放在公安局几天，去做完物价鉴定再返还。既然是扒窃，那肯定是刑事案件无疑了，但是如果不知道女孩的情况，还确实有点麻烦。

现实生活中，就存在很多被抓的人不提供自己的信息的，这情况也能拘留，而且拘留之后想再查明一个人的信息对警察也不算很难。

这女孩的情况，如果查不实，就必须刑事拘留了。因为她一没钱二没担保人，不可能取保候审，直接放走又有可能跑掉，不采取刑事拘留，人跑了谁都有责任。

取完笔录，丢手机的人先走了，任旭有点头疼："白所，就那个女的那样子，刑拘七天也没用啊，这点案值，检察院也逮捕不了，回头如果一直找不到她的家属什么的，咱们难不成要改成指定居所监视居住？"

白松有些诧异地看了眼任旭，看来最近没少下功夫啊。

刑事案件的几种强制措施，除了刑事拘留，公安机关能使用的只有取保

第五百四十一章　又遇精神障碍 | 225

候审和监视居住。取保候审就是有保证人或者保证金,监视居住就是居家监视和指定居所监视。

这个女孩如果没住处,公安局指定居所监视居住,哪怕仅仅两周,四组都能疯掉。这活儿可是太熬人了。

"没事,真找不到她家属,就先刑拘,然后申请一个精神病鉴定,精神病鉴定的期限是不计入拘留的时限的。"白松琢磨了一会儿,"如果她确实是有精神问题,再加上情节轻微,不具有较强的社会危害性,检察院那边可能也就批评教育一番,酌定不起诉了。"

"哦哦,有您这句话我就放心了。"任旭也会考虑最坏的结果,听到白松这样说,就有了定心丸。

这时,王小峰进来了:"白所,查到了,我已经联系她爸了。"

"她爸怎么说?"白松有些担心地问道,"原话一字不落地告诉我。"

白松就担心这个女孩的父亲是个老浑蛋,毕竟他遇到这类问题都是把人往坏的方向想,有的就是一句"死你们那里我都不管",那谁也没办法,只能刑拘这个女子了。

这个刑拘,就很麻烦了,需要女警察。

"她爸说半小时后过来,让咱们受累等一等。"

"他说了'受累'?"白松问道。

"嗯。"王小峰肯定地说道。

"受累"二字,算是当地的口头语了,大概就等于"麻烦""拜托"。

这让白松松了一口气。

"这女孩情况讲一下?"白松问道。

"31岁,叫赵芬芬,她爸叫赵启。"

"呃……"白松想到了刚刚和任旭聊的那个话题,这就遇到一个和皇帝名一样的,姓还是曾经的皇姓呢。

其间,任旭和王小峰又去出警了,白松就在这边等着女孩父亲过来。

四组是没有女民警或者辅警的,如果这个女孩今天要执行刑事拘留,那还得找所里调两个女同志过来，但是女孩父亲能过来的话，这情节还是可以办理取保候审的，也就不用找所里要人了。

手机也不算贵，就算鉴定出来也没多少钱，女子情况也特殊，不做鉴定白松都能察觉出她有精神问题，这是根本装不出来的。

过了一阵子，女孩的父亲过来了，白松多看了一眼，发现是蹬着三轮车过来的，车上还有一些废品，一看就是收废品或者捡破烂的。

进来的这个男子，身高不足一米六，体重也就是八九十斤的样子，胡子拉碴，驼背，看样子有六十多岁了，看到白松和自己的孩子，就向着白松跑了过来，手里拿着一个小包袱。

第五百四十二章　又遇熟人

这时，白松似乎已经看明白了什么情况，趁着赵启还没有靠近，就过去扶住了他，这是打算给白松下跪啊。

派出所真的是能遇到形形色色的人，有对警察不屑一顾的，也有这种非常怕"官"的小老百姓，白松见多了。

赵启想跪一下，结果死活跪不下去，以他的身高和体重，即便整个人压下去，也是无济于事，最终都悬空了还是没有跪下去。

"伯伯，有事好好说，咱们这里不兴这样，这不是古代。"白松无奈地解释道。

白松把赵启放下，这才感觉到了赵启身上的一股酸臭味，而自己胳膊处的警服上，都沾了一些手指形状的黑泥印。这也就是冬执勤服是黑的，要是春秋的蓝色长衬，这衣服俩袖子就没法看了。

赵启没注意到这个，而是颤巍巍地转了头，看了一眼自己的女儿，女儿那个眼神看得他无比心痛，接着，他拿出手里的包，又看了看左右，偷偷递给了白松。

这里面肯定是钱，这个不用怀疑，白松也不客气，接过了包，当着大爷的面打开，粗略看了一眼，里面应该有三千多块钱，其中有二十多张百元钞票，剩下几百张零钱。

够了，如果取保候审，白松觉得一千块钱就够了。

"我教子无方，政府您高抬贵手啊……"赵启声音还是有些发颤。

"你要是想把你女儿带走，就好好坐着和我谈谈。"白松打断了赵启后面的话。

赵启看着白松的眼睛，不少话还是未说出口，咽了口唾沫，缓了几秒，又看了看白松和前台值班的民警，艰难地说了句："好。"

似乎对他来说，能和警察正面对话都是很令人胆怯的事情。

"你有固定住所吗？做什么工作的？"白松问道。

"政府，政府给了我们廉租房。"赵启从怀里掏出一个塑料皮包裹的袋子，里面有一个廉租房的租赁协议，"我就是捡破烂收破烂的。"

这包裹的用心程度可比刚刚的那些钱要好多了，折好了之后套了两层塑料袋外加一个塑料文件袋。

白松看了看，确实是有固定住所，而且廉租房的位置位于九河桥派出所一带，怪不得骑车过来要四十分钟。三木大街这边虽然也有穷地方，但是廉租房不会在这种繁华的区域的，都是在九河桥那种地方。而这个女子跑过来偷，可能也是因为这里繁华，她可能潜意识里，偷东西就要来这种地方。

白松松了一口气，问道："你女儿有精神问题，在治疗吗？"

"我们俩都有低保，还有廉租房，不过她有一部分药医保报不了，有的还要从港岛那边买。"赵启看样子也是读过书的，"政府，我女儿……"

"你先在这里待着，我一会儿给你答复。"

女子被铐着，这边还有前台民警陪着，白松直接去旁边屋子给分局法制的值班领导打了电话。

经过协商，达成了统一的观点，取保候审，放人。

既然有监护人，也能拿出一点钱，这个女子基本上满足取保候审的一切条件。情节轻微、社会危害性小、有严重精神疾病等。

法制那边同意了，就是所里办手续的事情了，这个事白松交给了出警回来的任旭。

任旭这方面手续不算熟悉，但是可以照葫芦画瓢，也就是看以前执行同样措施的案子是怎么办的，反正最起码也得一个多小时。

赵启在那里惴惴不安，任旭倒是一个脾气比较好的人，开解了赵启半

第五百四十二章　又遇熟人 | 229

天,也约好了精神病鉴定和明天去银行交钱的事情。

不是哪个警察都能做到任旭这样的,毕竟赵启身上确实是味道比较大,这也幸亏是在大厅,要是在密闭的小屋子,还真的有点难受。

取保候审的钱是存入银行的,明天要带着赵启一起去交钱。这笔钱最后会还给赵启的。

精神病鉴定也得做,不是说有证就可以不做了。

如果女子被鉴定为彻底没有行为能力的精神病,那么将不承担法律责任。不过白松感觉这个女子还是有一定的行为能力的,但这个他说了不算,鉴定说了算。

这时候,前台接到了一个报警电话,报警人说:"旁边的房子里有男人惨叫,声音很大。"

前台的值班民警和报警人联系了一下,也只是问清楚了地点,具体邻居家发生了什么,他也不知道,也不敢过去看。这个倒是可以理解,而且,遇到这种情况,最好就是报警。

"警长,这个警安排谁去?"

任旭正在前台和赵启交流,听到这个,说道:"老翟刚刚回来,所里能出警的也就他了,让他去吧,我这边还没处理完。"

"我去吧,随便给我配个人就行。"白松知道老翟也够累的,他现在也没什么急事。

"不用啊,白所,咱组里还有人呢。"任旭急忙道。

"下个班米飞飞应该能回来,还有别的民警,到时候再说吧,现在我出几个警不碍事。"白松说完,问了问地址就要出发。

"要不这边让这个赵启先等会儿,我去。"任旭感觉这个警有点邪乎,他还是第一次遇到这种警情。

"没事。"白松道,"真的杀人案也不会有那么大的惨叫声,估计就是家庭暴力,喊得厉害。"

"男的惨叫?"没有对象的任旭有些不解。

前台的老民警看了看任旭："希望你永远不要懂这个。"

这类警情，可能白松也出不了几次，等四组人齐了，小事也就不用他去了。

只是白松有点疑惑，报警的地方是别墅区，这得多大声音才能被邻居听到！

任旭跑了过来，把腰上的配枪解了下来，递给了白松："白所，还是小心为妙。"

派出所每天值班一般会有两把配枪，任旭这里挎着一把，另一把一般给巡逻车。

白松还是接了过来，挎在了腰带上，带着一名辅警就出发了。

又是别墅区。上次因为狗打起来的那两户，司法鉴定还没做呢，就是这个小区的。

地方也不难找，白松敲开了门，与开门的男子大眼瞪小眼。

"陈建伟?！"

"白队长?！"

第五百四十三章　释放

白松听说陈建伟搬家了，换了个别墅，之前听说是个比较偏僻的地方，敢情是在三木大街？

好吧，九河区在整个天华市的市内六区里，确实是比较偏僻了。

有钱人说话都低调……

"白队，您来干吗？"陈建伟穿着睡衣，脸上、胳膊上青一块紫一块的。

敲门之前，白松在门边听了一会儿，里面还有女子说话的声音，像是正常家庭的情况，他才敲的门，可是真的没想到是陈建伟家。

这真的让他一脸"黑线"："有人报警，说你家有男子惨叫，是不是你？"

"呃……"陈建伟反应倒是快，"白所，您调过来当副所长了？"

"别岔开话题，"白松问道，"你这敏感警情，我一会儿还得跟分局报备呢。"

"是我……刚刚……哈哈，跟媳妇……嗯，有点小小的冲突。"陈建伟正说着，他妻子已经出现在了他后面，在他视野的盲区。但是，他似乎有一个额外的天赋，居然感知到了这股杀气，立刻道："我媳妇，嗯……以理服人，我高声附和！"

"行，那没啥事，我就走了。"白松大体明白了什么。上次陈建伟在所里的时候，要准备打陈敏的时候，就被媳妇按在地上好一顿捶，悍妻猛如虎啊。

"别啊，白所！来了还不进来喝杯茶？"陈建伟向白松使了使眼色，似乎在说，救命。

白松也没办法，直接就进了屋子。进屋之后，先给所里发了信息，说明了情况。

到底是做工程起家的，陈建伟的新房子装修还是很考究的，他妻子看到白松，非常客气，毕竟这可是女儿当初的救命恩人，立刻去泡茶了，贤妻良母的做派让白松颇感不适。

"其实你嫂子不和我闹矛盾的时候特别好。"陈建伟凑过来说道。

"那为啥？"白松有些不解。

"我作。"

白松愣了一下："你倒是说实话。"

大体聊了聊，白松才知道，今天的事情，是因为小区里两家人因为狗打架，全小区都知道了，毕竟这个别墅区也没多少户。

这件事之后，陈敏就想养条狗，然后得到了老妈的支持，结果，陈建伟不让。

后面的具体细节就不赘述了，反正陈建伟自己作死，结果成了这个情况。

"老陈，"白松沉思了一会儿，"在为国家减少人口这一方面，你也算是经验丰富了。"

"白警官！"陈敏跟着母亲下了楼，看到白松，有点激动，然后规规矩矩地坐在了白松的对面。

有很长一段时间没见陈敏了，之前长相一般的她，随着年龄增长、衣着和打扮的提升，给人的观感好了不止一点。

这让白松眼前一亮，可以给任旭介绍啊！

陈敏看到白松的眼睛亮了一下，略有些害羞，自己眼睛也有些亮，只是微微低了头，白松没发现。

她还是有点怕白松的，那次跳楼之后，她成长了很多，这些年参与老爸的生意，可以说成长很多，有些事已经做得比她爸还好一些了。

"什么味儿？"陈建伟嗅了嗅，"有点臭。"

白松有些不好意思地收了收袖子，正是他刚刚从赵启身上沾染的那点味道。这味道……简单地说，就是甘油三酯、胆固醇、肌醇被氧化后形成的混合有机酸。

"我身上刚刚沾了点东西，"白松也没办法掸下去，"我一会儿就走。"

陈敏略有些洁癖，似乎也闻到了，这让她有些不高兴。

继续闲聊了三两句，白松便起身要离开，茶也没喝。

陈建伟一定要出来送一下白松，出来之后，就立刻点了根烟。

他知道白松不抽烟。

"啥时候调过来的？也不说一声。"没了妻女在侧，陈建伟就是一个成功人士，有妻女在侧的时候，他就是个落魄的中年人。

令人羡慕的家庭啊。

"刚来一周多，案子多得忙不过来。"白松道，"我也不知道你家住在这里，一直以为很远。"

"邀请你几次了……"陈建伟随口说完，接着道，"最近有哪些案子？要是附近的，说不定我能帮上什么忙。"

"附近的？附近就你们小区那俩因为狗打起来的，你能解决？"

"呃，这个不行。"陈建伟立刻摇头，人的事好说，狗的事谁也不行。

"没事，我最近查的几个案子，以后说不定真的能问到你，到时候可得给我行个方便。"白松说道。

"没问题，材料啊，建筑啊，还有一些装修材料什么的，有事尽管张口。"陈建伟拍拍胸脯。

白松和他告了个别，就开车离开了。

"白所，这个人对你够客气的啊，我刚刚从后视镜看，咱们车都开出去这么远了，他还在门口站着。"白松旁边的辅警说道。

"他那是不敢回家。"白松摇了摇头。

回到所里，任旭那边的工作也已经进入了尾声。

赵启确实是有点文化的，确切地说，他曾经是个知青。

他的驼背，是因为意外受了伤，而他的妻子，在 20 世纪 90 年代末就因病逝世了，他一直也没工作，这些年，就一直拉扯着闺女。

这次事件最根本的原因就是，他有一次看电视，想买一个新的手机，他自己的手机只能打电话。他女儿平时吃完药其实还算是正常，但是有点认死理，想给赵启弄个手机，最终选择了这个方式。

这个情况，主观恶性确实是很轻微了。如果不是盗窃案不能调解，白松都想帮他们把这个事调解了……

赵启很怕警察，怕公务员，但是和任旭还有白松交流了一阵子，发现现在的警察素质还是很高，也不会欺负他，逐渐地话也稍微多了一些。

他已经在九河桥和附近几个派出所的辖区内收了几十年破烂了，不但收，也捡垃圾桶里的，对这附近还是很熟悉的。

办完了手续，白松给他女儿解开了手铐，就让他们先回去了。

第五百四十四章　前往基地

四组新的值班制度初见成效，虽然昨天人少，但是经过更为合理的安排，任旭和白松晚上都睡了一觉。

第二天早上七点多，白松早早地起床，去食堂吃饭，刑警和办案队的都准备去抓人，白松看到李所精神头不是很好，便过去问怎么回事。

"昨天抓那俩小偷，忙到凌晨四点才把人送进去。"李云峰揉了揉太阳穴，"有一个小偷有高血压。"

"那确实是麻烦。"白松明白这类有点疾病的，进看守所的手续要烦琐一些。

"我这天天熬夜，我血压都160了，那个小偷才155，真是，唉……"李所叹了口气。

白松昨天一点多睡的，那会儿小偷的刑拘手续已经办完了，只是没想到送进看守所又耽误了很长时间。

"你也不休息一会儿。"白松道，"今天我没啥事，有啥需要帮忙的就直接说。"

"昨天和我加班的三个，我都让他们休息了，我可休息不了。"李所道，"那你跟我一起去那个生产基地一趟吧！不过昨天中午开完会之后，我让几个人去那附近又看了看，感觉没啥大的价值，可能已经跑了。"

"那昨天怎么没进去？"白松有些好奇。

"那地方是一条不怎么好走的小路，从小路进去，看到那个建筑物之后，附近是一些开阔地，如果里面有人，往里面走肯定会被发现。"李所用手比画了一下地形,"与这条小路相连的是一条已经年久失修的马路,倒是有监控,但是摄像头没办法直接拍到小路,我们在附近待了好几次,都没有看到里面有车出入。"

"这录像范围有多大?"白松有些疑惑。

"只是那个路口旁边的录像,那条小路不是一条正式的路,所以连交通指示标志都没有。"李所解释道,"与小路连接的这条公路也已经没多少车跑,也就每天有一些拉货的车经过,那公路旁边就是高速,小车怕车胎磨损,宁可走高速。"

"有监控吗?我看看。"白松问道。

"有,在我电脑里,一会儿车上看吧,如果你不嫌车晃,倒是可以看。"李所道,"去那个地方有点路程。"

拿过电脑,白松就直接看了起来。

这一共有半个月的录像。

看录像真的是一件很头疼的事情,这可是360个小时的监控录像,即便丝毫不暂停,看16倍速度,也得不眨眼地看20多个小时,没人能扛得住。

"不行,太多了,去一趟刑警,我找个人弄吧。"白松看着几百段视频录像有些眼花。

"行。"李所也不急,如果现在去刑警一趟,他正好可以和二队再聊聊抓人的事,现在才七点半。

到刑警队已经是八点钟了,白松拿着李所的电脑,就先找到了王亮。

"你的意思是,找出这里面所有路过的车子吗?"王亮随手打开了一段视频,发现这个路基本上每过几分钟就有大车经过,摄像头拍的角度是侧面,也看不到车牌号。

"是这样,"白松说道,"我需要过滤的是,车速在每小时20公里以下的大车。这个视频是拍不到我想要看的那条小路的,但是,所有要去那条路和从那条路出来的大车,车速一定是低于时速20公里的,因为大车要提前刹车,加速能力也很差,而这个监控的死角,距离那条路也仅仅二十多米。

第五百四十四章 前往基地 | 237

"除了要往那条路走的,还有从那条路出来的大车,其他的,车速都在40公里以上。这条路很少有小车和行人,大车不会轻易地把车速降到20公里以下。"

　　对大车来说,车速,就是钱。

　　有问题肯定要减速,但是如果没啥事闲着就减速、加速的话,几块钱油钱轻松就消耗了。

　　"行,没问题。"王亮明白了白松的意思,"下午就能搞定。"

　　这个在电脑程序上并不难,首先,现在的视频处理软件,都是可以抓取特定的动态图的,而大卡车经过就是特定的动态图,非常显眼。这里可以只将大车那么大的动态图抓取下来,小车可以放过。

　　假设,时速40公里以上的车子从这个监控摄像头进入再到消失需要5秒,时速20公里的车子需要10秒,那么通过软件,删减掉动态图时间少于5秒的那部分,剩下的再人工挑选一下,就没问题了。

　　很简单的。

　　王亮直接动手,开始拆卸李所的笔记本电脑。

　　"干吗啊这是?"白松吓了一跳。

　　"他电脑太慢,500多GB的录像,就算是一秒钟30MB,拷贝出来估计就得大半天,要是按我电脑上多线程计算,就要用我的电脑操作,"王亮道,"把他硬盘拆下来,用接口直接接到我电脑上,充当移动硬盘,这样直接在他硬盘里打开视频文件就行,能省好几个小时。"

　　"好吧,别弄坏了就好。"白松看着王亮熟练的手法,这事怕是没少干,看来他的技术也是越来越娴熟了。

　　这孩子不错,这要是失业了,估计去修电脑也能吃饱饭……白松喃喃了几句,离开了三队的屋子。

　　今天要抓的这些人,就没那么好抓了,好几个都有不错的反侦查意识,刑警这边也是做了不少前期规划,也得到了一些技术支持。

当然了，张彻很好抓，他天天游手好闲的，随时都能抓到……

要不是担心"二哥"可能会和张彻通风报信，直接问问他张彻在哪，然后叫过来就行。

抓那些人白松就不去了，任旭还在所里补觉，没到八点三十分交班，白松跑出来倒是没事，任旭可不行。

他在这边和王亮交接完，李所也和二队的队长聊完了，二人带着五个所里办案队的人，开着两辆车，就先去了基地。

这地方在郊区，开了几十公里的大路之后，车子就进了这条公路。

附近有了一条高速公路，所以这条小路基本上已经荒废了，小车非常少，李所来过几次，汽车最多也就能开到四五十迈，再快就要散架，而且有一些坑，小车视野不好，也不好躲开。

第五百四十五章 白所厉害啊

到了目的地之后，大家先检查了一下装备，枪都带好了，之前附近的情况也都看了，这边是一个大仓库，在十年之前，是路桥公司建的，用于堆放一些修建高速路的金属材料。

那些年，偷修高速的围栏等东西的人可不少。而随着高速公路建好，这个仓库也逐渐被废弃，后来被不法分子租赁了。

这地方有一点偏僻，但也不是一个人都没有，七八百米之外的马路边上也有一些可以供大车停车，供司机加水以及吃饭的地方，不过也越来越落魄了。随着这条路的路况越来越差，很多大车也开始走高速。

两辆车驶入小路后路况越来越好，车开始加速，飞快地驶向这一处孤零零的仓库，两车一前一后，白松负责后边这辆。

仓库正面有一个大门，后面是一个仅供人可以通行的小铁门，门的打开方式是向外开，看样子已经好久没开了。

"都下车，我用车挡着门，一会儿咱们都集体去正门。"白松看到这个门很小，而且在外面锁着，估计是不会被人使用，但是以防万一，先堵住再说。

一行人跑到了大门那里，发现大门已经被李所等人打开了，偌大的仓库里空空如也，但是灯开着，风扇开着。

白松仔细看了看地下的灰，已经很均匀了，被电扇吹得保持着很对称的形状。

"估计人已经走了一周了。"李所脸色不太好看，"我看他里面一直开着灯,之前晚上凑近了一次还听到了风扇声,以为有人呢。"

"没事,不是最开始发现这里时就判断这里大概率没人吗?这也很正常。"白松昨天中午就听李所说这里可能没人,早就做好了心理准备。

"嗯,拍照取样,恢复原状,撤。"李所道。

大家都开始做一些勘查工作,白松就出了仓库。

李所看到白松出去,也跟了出去。

"有什么新发现吗?"李所点了一根烟,自己抽了起来。

"李所您发现了没有,这条小路越往里走,路况越好,这个仓库的旁边,近期还被平整过,"白松用力踩了踩地,"还被压路机压过,这是打算搞基建啊。"

"租的地方搞什么基建?"李所有些不解,"这块地应该不能买卖吧?"

"我现在怀疑,这个仓库早就被遗弃了,而且是临时建筑,根本就没有路桥公司打算管这里,搞不好就是这些人翻修了一下,现在算违章建筑。"

"当地派出所不知……"李所说了一半,就不说了,转言道,"这东西不太好查啊。"

"嗯,估计等去路桥公司那边调取的同志们都回来,就会发现这地方根本就没往外租。"白松倒不纠结那些事,毕竟违章建筑问题可不是他能彻底解决的,接着道,"没事,等刑警那边的监控录像有成果了,就会好很多。"

"那录像有什么可看的?"李所皱了皱眉,"你把整个三队都调集起来看录像了?那李队不得打死你?"

"哈哈哈,等着看吧。"白松卖了个关子。

李所瞅了白松一眼,也没说什么。

回去的路上,另外几个组的工作也开展得比较顺利。

耿南提供的那个人被抓了,张彻也被抓了,还有另外一个人也被抓了,而且在抓张彻的时候,还顺便抓了个小喽啰过来,不过查了查就是个小混混,也没啥犯罪事实,也就放了。再有两个人,就基本上一网打尽了。

李所锚定了一个位置,就准备去帮忙抓人,这一趟路过派出所,先回所里一趟,把刚刚现场采集的东西,派个人先拿去化验,剩下的再出发。

回到所里,任旭看到了白松下车上厕所,立刻跑了过来,一脸幽怨地说道:"白所不是说今天去抓人带我吗?"

"这正准备去啊,走吧。"白松道。

"啊?你们不是回来了吗?"这会儿都快十一点了。

"早起我去得早,组里得留人。"白松指了指车,"一会儿还要去帮忙,不解释了,快上车。"

这一趟因为是配合那边的几个人去抓一个人,也就没必要去太多人,一辆车四个人就够了,李所让其他人先休息了。

路上,白松收到了王亮的微信。

"发现了十几辆颇为可疑的车,你来分析吧。"王亮发完信息,便发来十几段小视频。

白松坐在副驾驶上,仔细地看起了视频。他个子高,所以坐车都是副驾驶。过了十几分钟,白松挑选出了两辆车,认为最为可疑,便发给了李所。

"这俩车有啥问题?"李所在后座看了半天也没看懂。一辆是大型集装箱车,一辆是大型罐车。都是车子的侧面,车牌号都不知道,能看到啥?

"白所,这里有啥特殊的吗?"李所问完还接着吐槽了一句,"这地方摄像头有毛病,不正对着马路,居然侧对着。"

"肯定是那些人爬上去把摄像头方向动了动,不然就能拍到那条路了。"白松道,"要是摄像头被破坏,交警队早就修了,只是歪了歪,就这条破路,估计没人管。"

"那这两段视频究竟怎么回事?"李所还是没看懂。

白松大体讲了讲他对大型汽车加速或者减速的那个理论,然后简单地说了一下王亮那边的情况,接着道:"你看这个罐车,从视频上看明显在减速,侧面的看不清,但是能看到一个标志——'热',危化品汽车运输是有特殊标志的。

"最常见的大罐车上,有毒、爆、腐、热四种标志,对应着不同的东西。

"毒就是有毒，爆就是易燃易爆，腐就是硫酸之类的，热就是必须高温运输的东西。"

"热水？"任旭开着车，随口问道。

"沥青啊！"白松一脸黑线，确实是有些普通的铁罐车会拉热水，那都是就近给澡堂子拉的，远程拉热水，够油钱吗？

"哦哦哦，不懂不懂，白所厉害啊！"任旭激动地说，"又长知识了，呃，问题是，这案子跟沥青有啥关系？"

李所听了以后，暗暗决定，以后跟白松一起办案，一定要带着任旭！

第五百四十六章 熟悉感

"沥青不是用来铺路的吗？我见过的沥青，都是大卡车直接拉的，然后直接就用大型机器铺上去了。白所您的意思是，这个人准备修路？那这手笔可不小，这条路铺沥青可不少钱。"李所旁边的另外一个警察问道。

一般来说，普通的小路，直接铺水泥更简单、便宜一些。

"需要热运输的东西本来就不是很多，沥青是最常见的。沥青分为液体运输和固体运输两种，固体运输更多一些，主要就是铺路，而液体运输的沥青，一般也是采取近途运输，这东西不是用来铺路的。

"液体沥青主要是刷在一些水泥之类的地方，让地面呈憎水性，方便与其他防水材料结合，是防水工程的底层。我估计，这一罐子东西是用来给那个仓库内部重新铺设的，这意味着，这些人本身的意图是将这个仓库继续改造，但是因为别的事而临时取消了。

"从视频录像上看，这个车子来的时间，恰好是吃减肥药的小岳死亡后的几个小时，但是这里并没有铺设沥青的情况。如果已经铺设，即便后来清除，也不可能现在一点点痕迹都没有。

"天底下没有那么巧的事情。"

"那这第二个视频，是沥青车那个视频的第二天，这个厢式货车就肯定是来搬走所有东西的车子了。"李所已经听明白了，"所以，就是说，这个地方肯定是盐酸西布曲明的生产基地了。小岳死亡那天，本来这边还打算搞搞基建，结果发生了命案，他们耳朵灵光，就立刻准备跑，把沥青车给退了。于是，第二天就派了那个大车回来。"

"嗯，是这么回事。所以现在我们就有了新线索，这两辆车既然已经知道了时间，虽然这个地方的摄像头拍不到车牌，但是其他地方可以，我们可以去查查这两辆车。"

"如果找到了车子，沥青那边肯定能查到大的化工厂，这个其实也没啥重要的，这可能就是一个普通的买东西，然后退货的过程；而关键是后面的那辆厢式货车，那辆车子去的地方，很可能就是他们现在的藏身之处。"

"言之有理！"这个李所也有想到，但是白松明显比他想到的还要快很多，立刻拿出电话，让所里休息的人再去查周边的监控。

"白所厉害，亮哥也厉害啊！"任旭开着车也都听明白了，停顿了两秒钟，突然想到了什么，接着道，"李所也厉害……"

李所没理任旭，虽然现在是要去抓人，但是他的心早就飘到了外太空，早点把这拨制造非法药品的人给抓了才是正途啊！

办案有时候是个殊途同归的事情，今天抓了不少人，总有人会供出来上级，一步步查下去，这些人的身份迟早会水落石出。但是，如果刑警这边还在查，所里直接把老窝端了，那多舒服啊！

不过，情况还确实是很让李所满意，任旭开车还没有到呢，那边人就已经抓到了。

四人开车又迅速折返，李所还是心心念念地要去查录像，这很可能出大成绩的！虽然白松功劳最大，但是他如果真的查到了，最终找到了基地，也算是厥功至伟。

回到所里以后，李所火急火燎地重新带上人就出发了，饭都没吃。

任旭还想跟着李所去查，不过看白松没有跟着去，也没说话。不过看样子，对于一个很可能迅速转化为战果的结局，任旭还是很惦记的。

"怎么，你想去？"坐在食堂里吃午饭，白松和任旭说道。

"有点……"任旭摸摸头，"我这不没事吗？"

"没事？你之前的案子都忙完了？"白松问道。

"呃，下周二，下周二肯定能忙完。"

"下周三值班，周二可能还有别的事呢。不过，我倒不是让你今天加班搞案子，你又不在办案队。今天我去帮忙，是因为那个案子最开始就是我弄的，我是帮忙，李所肯定得领我的情，你去的话，帮多了就当免费劳动力了。"白松懂得把握这个度，任旭还差点。

见任旭不说话，白松笑了笑："你啊，精力太旺盛了，得给你找个对象。"

听到这个，任旭有点害羞："白所，晚上我请您吃饭。"

白松叹了口气，这孩子，很多事上还是不够成熟，但是找对象这种事还是能一瞬间听懂的。也就这点出息了。

吃完午饭，白松准备回家，接到了李所的电话。

"你在刑科所是不是有朋友？"李所问道。

"呃，认识几个人。"白松有些惊异，不知道李所为什么这么问。

"可以可以，这可是好事。刚刚我们办案队的人，在刑科所那边做鉴定，聊天聊到你，结果就被人家听到了，然后就给咱们的化验品做了个加急，你这面子真可以。"

"那我回头得去好好感谢一下人家。"白松也不好多说什么，总之那边的朋友居然还给他面子，这让他确实是有点吃惊。

"嗯，鉴定结果出来了一些，你可以看看，我发咱们办案群里了。"李所说完，就挂了电话，听那边的情况，还在交警队那边查询呢。

这个鉴定的结果倒是让白松有些诧异。不仅仅有一些药物和化学品的残留，还有一些铁屑、氧化铁、氧化亚铁等东西存在。

李所发了不少东西在群里，大体看了看，除了今天的鉴定报告，还有前段时间对一些在网吧发现的小广告的笔迹鉴定的情况，当时也是想看看这些是不是同一个人写的，但是因为写在墙上，目前只有照片，而且照片还不清楚，不太好鉴定，最终也没出鉴定结果。

不过，刑科所负责笔迹鉴定的专家说，这些虽然不具备明显的鉴定条件，但是应该是一个人写的，只是没办法出具鉴定报告，只能作为办案参考。

　　看着这些材料,白松终于回忆起了看案卷的那个熟悉感是什么了。

　　这些字,跟当初抓的那个"会跑的三等功"里面的字迹很相似啊!

第五百四十七章　哦哦哦

　　那个通缉犯白松印象还是很深的。当初和王亮去网吧玩游戏偶然抓到的，看到他的时候，他正拿着一支笔，而且袖口刚刚擦掉了一点黑色的油墨，改掉了一个数字。

　　当时案子也不是白松办的，那时候，他刚刚来。

　　这个 B 级通缉犯早就已经被当地的警察带走了，而且刑期不算短，现在肯定没有被放出来。

　　当时网吧被查了一次之后，就把墙上的所有东西都清理了一遍，只是现在又逐渐出现了。

　　当然了，这些电话号码啥的，越来越不可信了。

　　时代在变化，犯罪分子们也开始逐渐变化。

　　以前的时候，写小说、炒股、做网店、做营销号等都比较赚钱，现在，真正赚钱的是以上这些的培训公司。不管公司水平如何，总之，搞培训的能把自己的能力说得天花乱坠，似乎你跟他们学几天，就立刻能入行成为行家似的。

　　很多宣传的东西本身已经不赚钱了，赚钱的，是教大家入行。

　　比如说，就是以前疯传的人造鸡蛋。

　　这东西，其实，理论上就造不出来。

　　蛋清、蛋黄都是可以用化学药品来模仿的，但蛋壳根本做不出来。

　　任何一家公司，如果有能够低价生产薄薄的碳酸钙壳，还能往里面灌上蛋液蛋黄以及一层膜，接着还能封口，保持碳酸钙壳无破损且大体光滑……

亲，造光刻机去吧。

宣传这个的目的是什么？

当然是收取一大堆培训费，把一些想造假鸡蛋赚钱的骗子骗过来，教大家几天如何做蛋黄、蛋清，接着就卷铺盖跑掉，骗一波"智商税"。

现在，网吧的这些小广告也是如此，都是套路。

如这个公司真的在卖减肥药，反而是一股"清流"啊。

白松越想越觉得蹊跷，以前的事情也逐渐串了起来。

这个人被抓到的时候，只能确定他修改了一个数字，但是之前的那一串数字，是不是他写的，这个很难说。

毕竟那串数字可能存在了很久。

现在看来，那一串数字根本就是这个公司这拨人写的，而那个通缉犯，应该就是后期加进去的小弟。这类通缉犯，他们已经没办法找正儿八经的工作，只能游离在社会边缘，做点奸犯科的事情。

当时，白松还不懂那么多，那个案子也没细查，而且因为嫌疑人被抓走了，派出所也仅仅是去他的住处找到了几把仿真枪，这个事就算是结案了。

但是，这里面当时就有一个漏洞，这些东西的源头是哪里？

有些东西确实是不好查，逐渐地也就悬在那里了。

后来白松还曾经对这个案子有疑惑：一个从外地跑过来没多久的通缉犯去哪里搞那么多途径，还卖仿真枪……嗯，这下顺便又破了个案。

白松明白了化验结果里有铁屑和铁的氧化物等是什么原因了，敢情这里还有一套制造仿真枪的车工设备？这可就是正儿八经的大事了！即便是仿真枪，有的动能也是超标的，这东西，在国内是完完全全的零容忍。

想明白了这个事，白松考虑了事情的情况，还是给李所打了一个电话说明了情况。

"此话当真？"李所有点失态。

"您打电话让在刑科所的弟兄先别走，我一会儿打电话给九河桥的同事去案卷库里面找一下照片，让人家那边专家再给看看字迹到底是不是一个

第五百四十七章 哦哦哦 | 249

人。不用出鉴定报告，只要人家也觉得是，那这个基地八成还有别的东西，这案子就得尽快了！"

说完，白松就给今天九河桥值班的冯宝打了电话。

"白大所长，这是哪阵风啊？"

白松和冯宝很久没打电话了，听到这个声音，还是颇为舒坦，冯宝这个人，是白松这么长时间以来，在派出所见过的最乐观的警察了。

"找你帮我查个事情，有空吗？"白松问道，"挺急的。"

"行，那你说。"冯宝道，"不过咱们所里正在排查一个命案的死者的家属情况，我估计得等会儿给你发了。"

"命案？有人死了？"白松很惊讶，命案非常少啊！

"不是咱们分局的事，别的分局的，死的人是咱们辖区的人，叫什么郑小武，就是排查一下线索。你不用着急，你要查什么，跟我说一声，我得空就查。"冯宝说完，接着道，"尽快。"

别的分局，白松瞬间就没兴趣了，把需要查的照片的情况告诉了冯宝，就挂掉了电话。

冯宝对这个事还挺上心，不到十分钟就把照片给白松传了过来，白松接着就发给了群里。

又过了半个小时，李云峰把结果告诉了白松。

"白所你还真是神了！你这什么脑子啊？几年前的事情都能记得那么清楚！"李所有些激动，这案子的战果将更加丰硕啊！

"这也是第一次抓通缉犯，印象比较深罢了，而且没有您群里发的那些鉴定的东西，我也联想不起来。那这样说来，这个事就得跟宋教报一下了，而且刑警那边，一大队也得参与了。"白松还是比较熟悉这个流程的。

"嗯！是这样！白所，那回头等我找到了那辆车子的目的地，你也跟我一起过来吧，这个事，你功劳最大！"

"我不去了，最近还有点别的事想查查，总有点心神不宁的。"白松对这种基本上已经能确定的事情不是很在意，主要是脑子里还在想别的事。

"啊？白所，我可跟你说，这个事，如果最终真的查到了制造仿真枪的窝点，这事我保守估计也有个二等功！"李所情绪略有些激动，他工作这么多年，也只有两个三等功。

"哦哦哦，行，那这个事就拜托李所了。"白松接着道，"今天我们去那里，不见得没外人看到，这个事您那边还是尽快吧，发现问题直接就办，不用等我……"

"你哦哦哦是什么意思？"李所有些不理解，二等功啊！难道不应该激动吗？

第五百四十八章　案发

　　白松揉了揉额头和太阳穴，仔细地想了想刚刚和李所说的这个案子，确定该说的都说了，也就没什么需要他的了。

　　这案子本身不是他负责，其实最早的小岳死亡的案子也不是他负责，只是当时还未正式加入三木大街派出所，作为刑警的人在忙活这个案子，后来，在入所的前一天晚上连夜把案子破了。

　　虽说后来也关注并参与了盐酸西布曲明案件，但实际上所里并无具体的任命，只是能帮则帮罢了。

　　白松的荣誉已经足够多了，并不是说他不喜欢荣誉，而是他不希望任何人觉得他急功近利。这个事是这次回家父亲说的，有时候，年轻人就是要如此，该出手时锋芒毕露，该藏拙时韬光养晦。比如说这个案子，到最后，谁都会记得他的好，有时候这比冲在前面拿个功劳还要有价值。

　　当然，越是不争名夺利，李所等人最后写报告的时候，越不可能把白松的功劳抹去。

　　这时候，白松想起任旭，他就想起了他刚刚来派出所的时候的样子了，那时候他也是什么案子都想去掺和的好奇宝宝，不过与任旭不同的是，白松有个半师半父的师父，任旭却没有。所以，白松一直把任旭视为徒弟。想到这里，白松露出了老父亲般的笑容，他和任旭不一样，已经不是什么案子都会好奇的了。其实二人的岁数是相仿的，只是他见多识广，现在啊，别人的案子，他已经……

　　"滴滴滴滴……"

白松接起了电话，仅仅听了不到二十秒钟，他就立刻道："别啊！告诉秦支队，我工作压力不大，我能去！不给工资都去！我不怕远！"

来电话的，是王亮。

天华市的大体划分也很有趣，市内六区、环城四区、郊区五县，除此之外，还有一个地区，就是天华新区。

天华新区是比较特殊的新区，下面还管辖了三个区，因为管辖比较特殊，所以和其他的区没有太大的联系，开会有时候都不去。天华新区公安局比天华市公安局要低半级，比下面的区公安分局要高半级。

但是，一些干部的人事任免等还是归天华市公安局管，这里面的具体架构，白松也搞不懂。

前段时间，白松去天华港调取过一些关于进口车的证据，这里就属于天华新区的下属的新港区，张伟去买车的地方也是这里。

这里的公安分局，全称叫作天华市天华新区公安局新港区公安分局。

天华新区已经有二十年的历史了，近年来发展迅速，尤其是房地产开发非常迅猛，当地的公安局压力也很大。

有的地方本身是一大片荒地，一个社区民警就可以管十几平方公里，但如果建满了房屋，这样的面积，可能需要两个派出所才能管得过来，以至于这些年这边的工作压力越来越大，福利也不如从前，一些重大案件，有时候就会跟市局要增援。

当然，就算是九河分局，如果有了重大案件，比如说同时造成三人死亡之类的，市局也会主动参加，有必要的话甚至会主办该案。

新港区，昨天就发生了一起命案。

初步判断，死亡时间是在一周之前。死者，郑小武，女，30岁，网络主播。死亡原因，一氧化碳中毒死亡，无外伤，衣着正常，排除被性侵的可能。

这是一处科技开发园，有几座写字楼，还有一些公寓商业建筑，在这里居住的，多是一些租户。

这边有连在一起的三个公寓，是一个公司租下来的，公司名字为信格致知传媒公司，法定代表人窦渐离，一人公司，没有其他股东等，目前公司法定代表人下落不明。

尸体被发现的时间，是昨天晚上十一点左右，这三户本来就在一起，还是走廊最里侧的三间，平时一般没人过来，大冬天的，也没人开窗户。

昨天晚上十点多，住在同一楼层的一个女孩因为要给男朋友打电话，而她住的公寓里又有其他人，就到走廊里煲起了电话粥。

人在走廊打电话的时候，总是习惯性地边散步边打电话，走廊的灯光也不错，于是，这女孩就溜达着经过了这里，闻到了一股非常难闻的臭味。

刚开始她还以为是厕所的味道，但是走出去几步，那种臭味如附骨之蛆一般，死死地黏在她的鼻腔内，非常恶心。

她当时就和男朋友说了，而且形容得比闻到的味道还夸张。

女孩子嘛，被蚊子咬一口，要是自己一个人，可能连花露水都不抹，但是要是和男朋友打电话了，那这个事就严重了，几分钟可哄不好……

男朋友一听，这么严重？立刻就告诉她，报警。男生总是如此，远在外地的女朋友遇到任何一点点异常，都会让女友报警。

本来女孩怕麻烦，但是男友这一催促，加上味道，实在是不知道从何而起，女孩就报警了。

当地的警察听到这个警情，派出所就来了俩人，后来警察闻了闻味道，发现这个臭味是从屋子里传出来的。经验丰富的派出所民警立刻通知了所里，然后所里向分局做了汇报。

因为不能确定这个味道是冰箱停电了导致肉臭了，还是里面出了什么问题，当地警方第一时间调查了这户的租住情况，后来发现了很大的疑点，最终领导下令技术开锁。

如果是有人一氧化碳中毒，意外死亡，不可能这么久没人发现，而且也不至于连租房的法定代表人也找不到。

最关键的是，这个直播平台一共有七位主播，现在都已经不在这边，具体能找到几位，还是个未知数。

人死了超过七天，其他人都不在，这事儿怎么着都不可能。

所以，当地警方在没有发现任何凶杀案现场证据的前提下，从逻辑上推理这个是凶杀案。

逻辑上肯定如此，这个没毛病，所以，谁干的？

新港区公安分局连夜查到现在，都没有任何有意义的收获，市局的专家都去了，并开始抽调精兵强将。

第五百四十九章 第一次支援

新港区公安分局,这些年在不断地招人,但是因为曾经补贴高、待遇好,一般人想进还进不来。虽然有点矛盾,但是任何行业都有一个共同的特点,人数好凑,人才难得。

去年,市局有个新的规定,鼓励一些没有基层工作经验的干部去基层锻炼,秦无双就是其中之一。

当时,本来市局的意思是把秦无双放到市局所在的那个区,但是副处级干部,那个分局适合秦无双的岗位实在是不多。但是,市局又不想把他送到天华新区,虽然那里也归市局管,但确实是相对独立,以后再想要回来,可就难了。所以,当时正好空缺了刑侦支队支队长的九河区就捡了便宜。

当时秦无双在市局搞大案,拖了几个月,其他区都没有任何适合的岗位,只能放到穷乡僻壤的九河区。

而这次的案子,市局派的专家当中就有秦无双。

法医这个行业,在有的案件中可以起到九成以上的作用。在有的命案现场里,法医以及跟他相关的化验、分析部门得出的结论,直接影响案件的走向。

当然,法医不是万能的,毕竟命案没那么多,诈骗案之类的让法医去就属于脑子进水。

市局抽调的专家组里,有三个人白松是认识的,秦无双、郝镇宇,还有一名刑科所的专家,白松不知道名字。

命案,如果分局有了头绪开始抓人,那市里面最后一般也只看成果。但是如果连头绪都理不出来,而且现在还涉及那么多人失联,这事,今天凌晨,别说市局了,就连市长和市一把手都知道了!

王华东、孙杰、王亮,还有两三个办案能手,都被秦无双带走了。

秦无双是凌晨五点多去的现场,这哥几个是上午十点钟才被通知过去的。

到了现场,大家也都百无聊赖,也就孙杰进了现场,其他俩人就纯粹打酱油,秦无双作为支队长,在这个案子里就是个法医,而且他也不是真正意义上的指挥分析型人才,忙起来不能说把自己的弟兄忘了,但也顾不到三分。

下午,柳书元也来了。

曾经的六人组,就白松不知情。

什么?任旭?哦,他不算。

接到电话的白松,立刻就开着车,直奔新港区。

这一幕,要是米飞飞看到,肯定要骂街,你这车不是没油了吗?

今天是周日,因为四组是周六值班,所以周日和周一都是休息的,前段时间加班太多,白松这周也没安排加班,大家可以照常休息。今明两天他也休息,去新港区不用请假。

当然,这可不是说去了就能参与办案的,没资格进去也不行。

他想的是,先去看看,这个案子到底是什么情况,毕竟,他早就从张伟那里听说了这个案子,从冯宝那里也听说死者的户籍是在九河桥派出所,总归是有一些先决条件的。去那边如果能帮上忙,就可以跟秦支队说说,让他问问马局长,马局长再向殷局长那边报备一下……而如果发现没啥大不了的案子,他就不掺和。

抱着这个态度,小破车呼呼漏风,开得飞快!

小组再次集结!

新港区公安分局刑侦支队,一楼。

这边刑事案件本来就不算很多,大案就更少了,今天却是热闹非凡,会议室里已经坐满了,等闲之辈根本就没有进去开会的资格。

对,等闲之辈就是王亮、王华东、孙杰、柳书元这样的……

同样地,楼道里人也多,而且不断地有人从会议室里进进出出,新的线索一般都通过网络直接交流,这些进出的,大多是被安排了不同的工作。

"我刚刚听说,好像不止死了一个人。"柳书元道,"这事肯定是不小,失踪的七个人,有没有可能全死了?"

"想啥呢?刚刚我看到秦支队在群里分享了一个线索,说已经有两个主播找到了,一个在外地老家,一个在上京那边找工作,今天就能带回来。"王亮比较关注手机信息。

"什么群?"柳书元有些惊异。

"我们分局这次的小组群,秦支队刚刚发的消息。"

"哦哦哦,那也应该不会是小事。我听说,还有一个主播已经失联八九天了,昨天她父母去上京市报案了,已经被列为失踪人口了。"柳书元也有他的消息渠道。

"失联八九天父母才报案?假的吧?"王华东问道。

"什么样的家庭都有,有的父母觉得孩子做这个就是不务正业,跟孩子决裂的也不是没有。"王亮倒是听说得比较多,"毕竟现在女主播这个职业并不是很被父母那辈人认可。"

"嗯,确实是。"孙杰道,"这个案子没那么简单,这么明显的他杀现场,分析到现在,还是没找到他杀的线索,这可不是一个普通人做得到的。"

顿了顿,孙杰道:"就是我来制造这个现场,都很难做到这个程度。"

"行了,别说那些没用的。"王亮摆了摆手,"白松呢?按说他也该来了,别看他一天到晚啥也不在乎的样子,但是这种事,他比谁都急!"

"你也太了解白松了吧?"王华东哈哈笑道,"要我说,他肯定是开太快,把那辆破车开废了。"

"怎么可能?"柳书元不信,"我觉得白松还是比较沉稳的。"

"打赌?"

"打赌!"柳书元不带怕的。

"那行,我打个电话。"王华东拿出手机就拨了过去。

"我马上到!"电话里传来了白松的声音,"那辆破车开锅了!扔给保险公司了!我打到车了,马上到!"

第五百五十章　案件初步情况（1）

白松背着简单的包，出示了警官证，门卫仔细地问了半天才放他进去。

倒不是因为有啥大领导才查得严，实际上，这会儿这个刑侦支队门口人不少，都是便衣，基本上警官证晃一眼，门卫就放行了。但是，这么多人，门卫就没见过打车来的……

被放行后，白松一个箭步就冲了进去，门卫要不是看他不像坏人，都以为是敌袭。

等白松到这里的时候，事情基本上已经有了一个初步的调查情况，该忙活的人都跑出去忙活了。

秦支队打算带着孙杰再去一次现场。

这次去完之后，就该把尸体拉走了。

"白松?!"秦无双出来，正好看到白松，有些惊喜，"局里把你派过来了?"

这个案子，秦无双去过现场，知道问题棘手。他虽是法医，但是同时也是刑侦支队支队长，还是希望能从多个角度来看，把案子早点破了。

单纯在组织破案这方面，有经验的人多了去了，但这个案子，涉及的是主播行业，情况比较特殊，还是年轻人的思想更为活泛。

简单地聊了几句，白松提到之前从张伟那里知道的一些情况，立刻引起了秦支队的高度重视。秦支队和白松说会立刻把这个事情告诉马局长，接着就带着孙杰急急火火地走了。

这案子，目前包括市局在内，还有四个分局的人参与了。当然，九河分局的人最多，主要是因为死者的户籍地在九河分局，虽然不具备管辖权，但是帮忙更加名正言顺。其他三个分局也就是像天北分局一样，来一两个人。主力还是市局和当地的分局，以及天华市天华新区公安局。

"秦支队布置你们干什么了吗？"白松看着王亮和王华东，问道。

"没有啊。"二人摇了摇头，"我俩一直打酱油。"

"那不早点告诉我？"白松气不打一处来，刚刚车坏了，可把他急坏了。

"我们刚来的时候，所有人的手机都被收走了。"王华东道，"但是案件开展起来，发现不需要定为机密，才把手机发下来。"

"啊？那我错怪你们了。"白松有些小羞愧，"谢谢！"

"没事没事，好好表现就行。"王亮立刻跟上了一句，抬手就要摸白松的脑袋。

白松没理他："快给我讲讲案子。"

先说一下现场的情况。

死者具体的死亡时间是八天前，尸体已经严重鼓胀，随时可能爆炸，法医在其血液里提取到了一定浓度的一氧化碳，但是因为死亡时间过长，这个一氧化碳的浓度已经难以测算。

根据第一个进入房屋的警察口述，屋里不仅恶臭，而且刚刚出来的时候，几个警察都有一定程度的头晕，这也符合一氧化碳超标的情况。

死者已经死了这么久，屋子虽然门窗都关着，但是不至于一点也不透气，现在还有一氧化碳的话，意味着八天之前浓度非常高。但是，屋子里只有一个液化石油气罐，还没气了。

这个倒是一点也不稀奇，因为这是商业公寓，很多人可能并不懂商业建筑和住宅建筑的区别，虽然都能住人，但是性质上完全不同。简单来说，商业建筑产权50年，贷款最多10年，贷款首付五成以上，电是商业电，比一般的电贵一倍，而且，大部分的商业建筑是没有天然气管道的。

所以，住在这里的，要不就是自己带煤气罐，要不就是用电磁炉做饭。

这里要注意的是，煤气罐跟煤气，也就是一氧化碳，是没有关系的。这

第五百五十章 案件初步情况（1） | 261

东西是误称，就好像柏油马路没有柏油、铅笔没有铅、大熊猫是食肉目、熊科，应该叫大猫熊一样……都是叫错名字了。

所以屋里缘何有过量的一氧化碳，还未可知。

我们现在的煤气罐，里面既不是煤气也不是天然气，应该叫液化石油气，成分是乙烯、乙烷、丙烯、丙烷和丁烷……

在这个煤气罐的灶上，有一个锅，锅已经被烧漏了，锅里面呈全黑状态，散落着大量的黑色炭粉。

看情况，死者死之前有一定的挣扎，但是并不算重。屋子里之前应该是有三人居住，死者被发现的时候，就是在三人共同居住的卧室。

客厅被改造成了三个隔音的单间，应该是用于直播的。

因为是三人卧室，从卧室里也提取到了另外两人的一些毛发等物，但未发现任何搏斗痕迹。

死之前，郑小武应该正在吃饭，是疙瘩汤，现在早就干了，已经长毛了。

而真正能确定死亡有问题的，是在厕所里发现的一条毛巾，上面检测出了乙醚成分。

厕所关着门，是整个房子里唯一一间窗户留了缝的屋子。

乙醚的沸点是35℃，冬天，厕所留了缝之后，温度不高于15℃，但乙醚擅长挥发，厕所里的空气中已经没有了乙醚。只是因为现场勘查足够细致，毛巾里还是发现了残留的乙醚。

当然，死者并没有检测出乙醚中毒的情况。

从现场的情况来看，除了三个居住的人的痕迹，还发现了一名男子的毛发，初步估计是公司的老板窦渐离的，但是目前还没有证据证实。

对于死者来说，非常幸运的就是，现在是冬天，屋子里虽然温暖，但是家里面没有一只虫蝇，不然现场可能没有现在这么……

现场的情况已经能掌握的就是这些。

其他情况，目前，窦渐离下落不明，失联了好几天。从已经联系上的两名主播那里可以获知，本来一周前，过完年之后，是发加班费的时候。这些主播为了流量，过年都没回家，工资是照常发的，打赏的分成也是照常发的，除此之外，应该每个人还有一点奖金，但是还没发，窦渐离就消失了，而且有几个主播也找不到了。这两位住在一个屋子，合计了一下，钱不钱的不重要，就先走了。

通过这二人，又有两位主播也已经找到了，不过具体的情况还未掌握。

第五百五十一章　案件初步情况（2）

以前的时候，白松还参与不到法医的讨论中，他更多的是作为侦查员，直接看结论，这次，他有幸坐到了会议桌上。

马局长没有参与这个案子，但是出于对白松的信任，还是同意了这个事，最终白松加入了九河分局赴该专案的支援队伍里。

他已经今非昔比，颇受领导重视了，而且，把白松的名字报到市局的名单里的时候，好几位领导似乎都知道这个小伙子。

下个班，四组肯定就能进入正轨，白松对任旭、米飞飞都做了一些嘱咐，倒也没什么不放心的。新去的转业干部，白松就让米飞飞先带带他。

白松这一走，压力最大的是任旭，不过人没有压力，成长会很慢，想到这里，白松满意地点了点头。

当天傍晚，现场已经进行了清理和封存，尸体被拉走做更细致的解剖、理化测试，一班领导和法医都坐在这里交流案件的情况。

"我希望申请做一次侦查实验。"很多法医说完自己的想法之后，秦无双做出了自己的表示。

一氧化碳中毒，这个是没问题的。

但是死因到底是不是一氧化碳中毒，这个目前就有了争议。

首先，除非有人使用一氧化碳罐和其他方式向屋内输入大量的一氧化碳，否则，一氧化碳的来源肯定是液化石油气的不完全燃烧。

从被烧穿的锅里发现的炭粉，目前被认为是煮的疙瘩汤经过长时间的烘烤，进而烧成了黑色的粉。

死者的死亡地点在卧室，可能是吃了一半东西就中毒死了，也可能是饭量不大，只吃了一半。这些食品里未发现相关毒素。

卧室总归与厨房有点距离，虽然冬天屋子门窗紧闭，但是一个普通的液化气灶，燃烧不充分产生的一氧化碳，是否能使卧室里的一氧化碳达到致死量？

这一点，如果提前几天来，就容易多了。

一氧化碳之所以能让人中毒死亡，主要是一氧化碳与血红蛋白的结合能力太强，能生成一氧化碳血红蛋白，降低血液输送氧气的能力，一般结合到四成以上，人就危险了。

当然，并不是说需要屋子里有四成的一氧化碳，哪怕浓度不高，多次吸入，依然会在体内富集。判断吸入浓度的标准很简单，直接看血液中一氧化碳血红蛋白的浓度即可。而且，因为这个原因死亡的人，身上会出现樱红色尸斑。

但是，这些的前提，是死亡时间不长。郑小武已经呈现出了巨人观的状态，尸斑早就没了，体内的蛋白质，包括一氧化碳、血红蛋白，早就开始大量地分解了，现在再测算浓度肯定是不准的。

"侦查实验？"为首的一位市局的领导沉吟了一下，"这个先不急。"

侦查实验，只有遇到重特大的案子时才可以申请，是参见发案时的种种条件，将该事实或现象重新加以再现的一种侦查措施。

简单地说，模拟之前的情况，看看这个屋子里，这样密闭的前提下，保持一模一样的状态，具体可以产生怎样的一氧化碳浓度。

但是，侦查实验，应禁止一切足以造成危险的行为。这样点液化气罐，还要有一氧化碳产生，万一爆炸了，谁也担不起这个责任，所以领导直接给拒绝了。毕竟，一氧化碳的爆炸极限谁也没办法控制，之前没炸，不见得做实验时就炸不了。

秦支队点了点头，明白这里面的顾忌，没有向这位局长再次申请。

"大家还有没有什么别的想法？"为首的局长问道，"关于死因的问题，如果暂时没有定论，就等具体的解剖，在此之前，大家也不要怕错，畅所欲言。"

这话一说，很多不是法医的刑警也提出了一些可能性，也都被记录在会议记录上，当然，大部分明显是不可能的，就被法医排除掉了。

"我想问一下，"白松发现一个细节被很多法医忽略了，"为什么死者的嘴里和食道里还有一些腐烂的疙瘩汤？"

"这个大家都知道，"孙杰直接说道，"这也跟死者的死亡时间有关，呈现这个状态的尸体，体内气体发酵，把胃里面的东西顶出来很正常，同样地，还会有一些东西从肛门被顶出来。"

"好，学到了。"白松不想去想象那一幕，着实有点恶心。

目前，这个公司的八个人的情况都已经掌握了。最开始以为是七个女主播，后来才发现其实是两男五女。

死者：郑小武，天华市九河区人。目前确认失踪的人：林茗菲，上京市人，家庭条件不错，与父母有矛盾；王烦烦，女。

以上三人，住在一间屋子里。

除此之外，老板窦渐离下落不明。

现在已经查实，这个公司实际上是有两位男主播的，一位叫关山月，东北地区的人，目前正在赶过来的路上。另外一位不是固定主播，而是只有寒暑假时才会过来直播的在校博士生，杜子乾。杜子乾有时候在学校或者家里也直播，偶尔讲一些知识性的东西，几乎没什么打赏，虽然公司会给1000元的底薪，实际上他却是最赔钱的一个。

还有两位女主播也正在赶来的路上，分别叫华幽幽和刘束束，都是才艺主播，她俩住一个房间，因为有时候有舞蹈，所以需要的空间更大一些。

经调取这个公司的一些财务流水，发现公司的财务状态并不好，每个主播的底薪只有1000元到3000元不等，而打赏的钱，除了平台的抽成和税之外，主播和公司是五五分成，没有五险一金这种东西。

　　该来的人都来了，大家分配了一下任务，白松等人负责去询问这个叫杜子乾的博士生。

　　根据这几个人所述，公司还有两个男的，偶尔会过来帮帮忙，主要是负责电脑方面的，而且这俩人也负责和平台对接，有时候也会买一些推广等，目前的情况还没有具体掌握。

第五百五十二章 案件情况（1）

现在，有三个人彻底失联，分别是林茗菲和王烦烦以及老板窦渐离，直播圈之外的人，具体啥情况还未掌握。

这个公寓楼，视频监控非常多，多到每一层的电梯口、楼梯口都有监控，单单这栋楼，摄像头就有六七十个，但是也有利有弊，这对存储空间有很大的挑战，整栋楼最多，只能存储七天的视频资料。

虽然直接拷贝了大量的视频资料，但是目前也没什么收获。

这个事情，按照目前的情况，案件发生时间肯定是一周之前了。

讯问室。

白松和王华东一起对杜子乾进行讯问。

孙杰去忙他的事情了，柳书元和天北分局的人一起询问一个证人，王亮也被调走了。

实际上，这一次，王亮才是真正的"人才"，在这个案子里被好几个领导争抢。

这个案子涉及了网络新线索，正是王亮大展身手之时。

大家都是警察，论起办案、侦查、抓人，谁也不会服谁，都是两条胳膊一个脑袋，谁怕谁啊？

但是，电脑，这个不服气不行。

这也是为什么技术人员有时候可以更纯粹，一句话：我行，你不行。

讯问室里，杜子乾显得有些不太适应，他已经开学了，在上京市读书，遇到这个事情被临时揪过来，显得很是不舒服。

说到底，他也是正儿八经的博士在读，学校也有经费，而且跟着老师做项目也还不错，直播本身是一个科普的过程，能和公司签约纯属于朋友关系。

他来这里接受讯问，他的导师都托人把电话打到了这里。

每个主播，就算是偶尔直播，直播久了之后也有一些朋友，杜子乾和窦渐离就是偶尔见面，然后被叫过来的。

白松向张伟请教过，目前，平台上有三种主播。

第一种是野生主播，也就是一个人直播，很自由，曾经的杜子乾就算是这种，张伟也是。

第二种是公司主播或者公会主播，也就是这种的，一般都有一些推广的资源和能力，这类公司主要的盈利点有两个：一是让自己手下的主播有越来越多的土豪喜欢，从而打赏分成越来越多；二是把培养的主播卖给平台。

第三种就是平台主播，直接和平台签约，这种主播往往都是大主播，周璇目前就是。

杜子乾知道，窦渐离就是希望把他卖给平台，所以才愿意每个月1000元的价格养着，而杜子乾也同样是想和平台直接签约，成为科普大V。两个人都不傻，互利共赢，只是这种主播太难成功，所以目前还是窦渐离投资阶段。

这份笔录比较容易取，白松和他交流了一番，这个人挺有理想抱负，而且这个想法也挺先进，每个行业都是有最先吃螃蟹的那批人，2014年开始直播科普物理知识，也许真的可能乘着时代的风起飞，坐拥几百万粉丝。

所以，作为一个前途无量的博士生，他也不存在什么杀人动机，一五一十地把知道的全说了。

窦渐离今年23岁，非常年轻，但是已经有了两三年的这方面经验。早在2004年的时候，13岁的窦渐离就在天涯等论坛担任版主，也算是个挺有趣的人。

杜子乾倒是对窦渐离观感不错，认为这个人是有本事的。

这个地方，杜子乾来的次数不算多，这个寒假，为了配合一个活动，过年后在这里待了四五天，而且也没怎么去过另外两个房间。

但是，大家晚上倒是吃过几次饭。

据杜子乾表述，屋子里的那个关山月是个电竞主播，每天就是直播打游戏，今年19岁，高中毕业一年，游戏水平是《英雄联盟》艾欧尼亚的钻石水平，但是因为说话幽默，外加有点胖，粉丝还是不少。目前粉丝数也在稳步上涨，但也只能勉强让公司收支平衡。

两个才艺主播，一个是华幽幽，家里本身就不错，有时来，有时不来，但是颜值高、气质好，粉丝黏性强，开播就能赚钱，属于窦渐离希望留下却有点不敢管理太苛刻的那种。另一个是刘束束，算是近期逆袭的一个人。本来一直不温不火，但是最近有个有钱的粉丝看上了她，每天都进来刷几百块钱，偶尔打赏一张4999元的藏宝图。这个藏宝图自带宝箱，可以吸引大量的新观众。这两个月，刘束束反而成为公司最赚钱的一个，一个月给窦渐离带来1万元的纯收入都没问题。

三个颜值主播，都是底薪3000元的，也就是唱唱歌、聊聊天，但依然能吸引到不少的打赏，只不过目前都还不怎么火，收入也就那么回事。

郑小武在三人里收入最高，有几万粉丝。她擅长讲段子，偶尔还是内涵段子，一个月打赏流水有两三万元，不过扣掉税和平台的抽成就没多少了。

剩下两个人。林茗菲，有点高傲，家是上京的，但是不得不承认，从颜值方面来说，她在三个人里排名肯定是倒数第一，要不是有滤镜和美颜，估计没人会打赏……

王烦烦，属小可爱类型，是窦渐离新挖来的，粉丝数很少，但是很有潜力，目前也是公司赔钱养着的状态。

收入情况就是这样，至于名气收入、广告、自媒体收入，这个公司还碰不到那么高端的东西。

"大约是十天前……"杜子乾仔细看了看自己手机里的一些记录,说,"九天以前,这个直播的群突然就解散了。"

当天晚上,杜子乾还在直播,就在这个地方,和关山月一起直播,窦渐离不在。然后,晚上下了播,就发现直播群解散了,再给窦渐离打电话就没人接。

接着,两个男生就去敲门,郑小武三人的那个房间没人理,敲不开,而刘束束和华幽幽的房间倒是敲开了。

华幽幽当晚也不在,就刘束束自己在,二人敲开门的时候,刘束束还在直播,但是当晚有点心神不宁,两人向她说明了这个情况之后,刘束束就下了播,并且说不打算在这里干了。然后三人合计了一下,事情好像有点蹊跷,虽然没拿到奖金,但是全都走了。

第五百五十三章　案件情况（2）

杜子乾那边知道的也就这么多。他学业繁忙，直播是爱好，不是主业。除此之外，杜子乾还提到一个事情，就是这七位主播并不是只有一个微信群。

他们之间有一个十几人的群，里面包括七人外加窦渐离团队的三个人，除此之外，还有几个群也不怎么说话。

不过，他只加入了这一个群，目前也被解散了。

这七个主播，确切地说是另外六个，最起码有两个微信群，甚至，他怀疑有十几个微信群。

这说法还真的秀到白松了，六个人十几个群，关系很复杂啊。

笔录取完之后，就让他先走了。

这七个人里最不合群的就是他，知道的不多也算是正常。

"你真的觉得这个人不可疑吗？"王华东看着笔录有些皱眉，"他似乎有点淡定，虽然是个博士，但是一人死亡，几人失踪，他不该如此淡定吧？"

"华东，你在四队多长时间了？"白松问道。

"一年了。"王华东有些疑惑，"咋了？"

"你天天和物证、现场勘查打交道，思维有点僵啊！"白松吐槽了一句，"这个人怎么会知道一死三失踪的事情？咱们谁告诉他了？"

"啊？"王华东被问愣了，还真是！

杜子乾，目前也就是能感觉到这边有些蹊跷，可能还在怀疑是不是公司的运营带着钱跑了或者是出了别的什么问题，但是，谁也没有跟他提到郑小武死了的事情。

"这个人应该没什么问题,他是搞理论物理的,而且我刚刚也看了他很多的直播简介什么的,确实是用心做科普,掺和这些事干吗?"白松道,"如果他是个化学博士,我就得多注意一点了,说不定要把你女朋友叫过来帮忙判断一下了。"

"你别乱讲啊,建国还没答应我呢。"王华东脸色居然红了一下,"我们还是好朋友。"

白松笑不露齿,没有理他。

杜子乾是研究高能物理、理论物理和粒子物理学的,白松看了他的一些视频,还包括凝聚态物理,基本上白松能看懂,这并不能说明白松水平如何,而是说明这个人的科普能力不错,也侧面反映了他知识掌握到位。

"这破专业,学到博士也没一个技能适合杀人的。"白松吐槽道。

"你这啥理论?"王华东骂道,"你行啊?"

"我本科生嘛!"白松低下了头。

"那让你媳妇上,她不是读博了吗?"王华东找回了自信,"别说我啊。"

"对了,现场的辐射值查了吗?"白松岔开了话题。毕竟有一位做粒子物理的,多上点心总是没错的。

"盖格计数器是正常的,三个屋子都看了,没有放射性物质。"王华东摇了摇头,"现场挺正常的。"

忙完这里,白松就带着王华东去看其他几个人的笔录。他俩算是动作比较快的,因为杜子乾掌握的东西比较少,而且因为杜子乾是在上京市赶过来,来得比较早。

这些证人的笔录,其实是可以在证人所在地取的,但是涉及了命案,所有证人都收到了询问通知书,在这里交代清楚才能走。

这三个人的笔录里,最没有价值的是华幽幽的,这位案发的那几天就不在,也没有直播。不过她提到一件事,就是她对窦渐离的观感很差,觉得这个人有些轻浮,要不是这个地方可以作为免费的宿舍用,可以躲家长,她才不会来。

华幽幽家庭条件不错，今年31岁了依然未婚，擅长滑雪、滑板。

白松本来还想问问华幽幽关于微信群的事情，不过白松去的时候，另一组已经让她先走了，也就没问到。

另外两个人，关山月稍微简单一些，小伙子就是每天通宵玩游戏，白天睡觉。那天，子乾下播，过来找他，说微信群解散了，他也很好奇，给窦渐离打电话，就打不通了。

白松过来的时候，关山月还没走，笔录里也没问微信群的事情，白松就顺便问了问。关山月不止一个群，单单和直播相关的，就有六个群。

这是其中一个，还有两个粉丝群，俩粉丝群里有一个人数少，是他为数不多的女粉丝。

另外三个群，一个是窦渐离建的，里面有他俩，还有刘束束、郑小武以及刘茗菲。这个群也被解散了。另外两个，一个是他和上面这三个女生的四人群，另一个是他和王烦烦以及华幽幽的三人群。

关山月眼神不断地切换着目标，不知道在看哪个警察，看着好像有什么心事。

"这个人笔录里提到，说他和郑小武都没单独联系过，是这样吗？"白松直接问道。

负责询问的是两个当地警察，也不知道白松、王华东二人是哪个单位的，不过看这俩人的气势还以为是市局的，就很客气："从他微信上看，确实是没有和死者单独聊过天。"

"他知道郑小武死了？"白松有些诧异。

"他们都知道吧？"警察反问道。

闻言，白松直接向桌对面的关山月问道："谁告诉你郑小武死了？"

"把我带来的两个警察告诉我的。"关山月说话的时候，脖子稍微有些后缩。

两个取笔录的警察，其中一个就是之前把关山月带过来的人，听到这个便说道："我们带他来的时候，他问我，是不是他们直播公司的事情，我还没说话，他就问是不是有人出事了，然后我就告诉他，郑小武死了。"

"嗯。"白松点了点头，这个民警经验还是不太丰富，有些话虽然不保密，但是这个事其实没必要说，说了反而影响后面的笔录。

不过，说了也就说了，也没啥。

白松翻了翻关山月的手机，晃了晃，向关山月问道："你最近换了个新手机？"

"嗯，之前的那个丢了。"

"聊天记录也都删了？"白松问道。

"换了新手机，所以……"

"等会儿，你说'换'新手机？"他一下子打断了关山月的话。

"呃……丢了，所以就买了新的……"关山月一下子有点冒汗。

"这不是好事吗？"白松面露微笑，"紧张啥？这不是和你聊天吗？"

第五百五十四章　第二个死者

"没事没事，暖气开着有点热。"关山月轻轻一笑，要擦一下后脑勺的汗，结果手先摸到了耳朵，接着才挪到了后脑勺。

"听说，你游戏玩得不错？"白松问道。

"还行……"

"你擅长玩什么英雄啊？"

"亚索。"关山月脱口而出。

"新英雄啊，据说挺难的。"白松说得有些不经意。

"不难不难，就是要不断地……"关山月一下子打开了话匣子，开始讲这个英雄该怎么玩。

"还热吗？"白松静静地听关山月说了大半，面无表情地问道。

关山月一下子卡了壳，本来还有几句话要说，一下子明白过来，这儿不是直播间啊……

身正才不怕影子斜，关山月明显是慌乱，他之前已经简单地说了一下，就是什么也不知道，但是看到白松的眼神……

"从那边离开这几天，你还开播吗？"白松见他不说话，便问道。

"在家……呃……也开播……"关山月不知道白松要问什么，他又紧张了起来，不知道刚刚自己叽里咕噜说了些什么，是不是把不该说的也给说了？

"小伙子，"白松搬来一把椅子，直接坐到了关山月对面，距离不到半米，盯着关山月的眼睛，"你知道这个地方是做什么的吧？"

"公安局啊。"

"你知道公安局是做什么的吗？"白松还是笑眯眯的，盯着关山月的眼睛，见他低头，伸出手来，把他的头抬了起来，让关山月注视着他。

白松的强势和脸上人畜无害的笑容给了关山月极大的压力，关山月不由得颤抖起来："警官，我也是刚知道她死了，其他的我什么也不知道啊。"

"我又没说人是你杀的，你紧张什么？没事没事，咱们都依法办案，法治社会，又不会刑讯逼供，跟你没关系的事情，我并不想知道。"

关山月颤抖得更厉害了，他用了不少力气，头居然低不下去……

"警官，我……"关山月平时也是个话痨，直播的时候天不怕地不怕，但是这一刻，他怕了。他怕的不是白松按住他的手，而是他有一种预感，就是事情说不清楚，他就走不了了。

没有几个回合，关山月就放弃了心理抵抗，开始讲述他知道的事情。旁边的两个警察顿时有点羞愧，心道市局的专家就是厉害。

关山月说，他和郑小武确实不熟，但是也偶尔会私聊，因为郑小武是他觉得最漂亮的一个，但是郑小武不咋搭理他。

大约在过年之后的一天，具体是正月初几记不清了，当时，林茗菲和刘束束打过一次架，闹得挺凶，当时关山月、杜子乾还有王烦烦都去拉架了。

两个人不在一个屋子里，经过这件事，两个人就算是结了梁子。关山月因为八卦，就问了郑小武和王烦烦对这事了解与否。王烦烦说不知道，郑小武说两个人好像是因为直播连麦的时候闹了矛盾，但是具体也不知道原因。

而后的第二天，郑小武的屋子里又闹了一次矛盾，具体什么原因不知道，当时关山月要去拉架，但是没有敲开房门，也就不了了之。

接着，关山月就去了刘束束那个房间，当时刘束束和华幽幽都在，所以那个房间里到底是谁和谁闹矛盾，关山月也不知道。

后来，在关山月要回屋子的时候，郑小武那个屋子，门开了，林茗菲就跑了出去，然后关山月要拦，也没拦住。

剩下的事情，他就不知道了。

听完关山月的这个陈述，白松若有所思。

刚刚杜子乾和华幽幽的笔录，可都没提过打架的事情。

"你刚刚说的话，是心里话吧？"白松没有用疑问的语气，手早已经松开，背靠着椅子，"有一个小问题你给我解释一下，你来这里之前，不知道郑小武死了，为什么把她好友删了呢？"

"我没……"关山月又擦了擦汗，不过这次擦对了位置，"其实……我……呃……我上次和她私信，想约她出来吃饭，她把我骂了一顿之后……"

"你应该知道，你说的这些东西，我们都可以查证的吧？"白松把玩了一下关山月的苹果5手机。

"嗯嗯，我没有说谎。"

白松点了点头，示意没什么需要问的了，他现在对刘束束充满了好奇，让几个警察把这个笔录再完善一下。

"领导，这个取完笔录就放了吗？"两名当地的警察问道。

白松也没反驳，说道："不急，先待着。"

……

刑事诉讼法有一个要求，对犯罪嫌疑人传唤、拘传的时间最长不得超过十二小时，不得以连续传唤、拘传的形式变相拘禁犯罪嫌疑人，但是可以延长一次，至二十四小时。

但是，对于证人的询问，没有规定……

对，法律没有规定。

只是实际办案中，一般也是以十二小时为限。

这才多久，白松可不信关山月真的只知道这么多。关山月刚刚的话里就有漏洞，白松懒得揭穿他，先了解一下刘束束那里的情况再说。

走之前，白松对关山月嘱咐了一句："时间比较长了，不着急，渴了饿了都能提供，慢慢回忆一下。"

说完这些，他表情一下子严肃了起来："你越怕麻烦，麻烦越不会远离你。而如果你想保护一个人，除非你能改变历史。"

说完，白松就去了刘束束那里。

这个是由市局的两位专家在负责询问，想来在此之前，局长也知道刘束束才是最关键的人物，而且，目前会议室里，领导们也都更多地在关注刘束束。

她一个女孩子家的，可能也是没见过这个阵势，几乎她每一次要隐瞒、说谎，都能被及时地指出来，这情况，白松也不好意思上前去问，也没办法看正在打字的人笔录是什么情况，就先去了会议室。

在会议室里，白松一个认识的人也没看到，但是之前开会也都见过，就找了一个看着好说话的警官，问了问刘束束的笔录情况。

刚聊了几句，就有人接起了电话。

白松也收到了群里的消息。

半个小时前，新港区的一片沙滩处，发现了一具女尸，经查，是失踪女子，林茗菲。

第五百五十五章 询问刘束束

死了两个人，还有至少两人失联，所有人的面色都不太好看。

一旦有三人死亡，这案子就要向部里报备了。虽然这个案子的发生与在座的所有人都没有关系，但是牵扯到了公安部之后，所有人的压力都会剧增，而且辖区发生这么恶性的案件，多日没有发现本就让人诟病，万一到时候再多日破不了案……

就连刑侦总队在这里负责的副局长都频频皱眉，他立即下令，要求立刻查明这个女性的死因，并且全力寻找王烦烦和窦渐离的下落。

这案子有着相当多的外围工作需要做，现在在外面忙的人也很多，情报也源源不断地向着这个会议室汇集，每一条新线索都会在群里共享。

因为现在是询问刘束束的关键时间，所以基本上所有的领导都在会议室，顺便商量案情，还有相当一部分人被派了出去。

领导都没走，还有一个原因，就是确定死了两个人，一会儿市局的负责刑侦的副局长都会过来，魏局等人必须第一时间和领导汇报。

魏局其实应该叫魏副总队长，是刑侦总队的副总队长，现职正处级。刑侦总队在之前一直叫刑侦局，后来改叫刑侦总队，不过有些称呼倒是叫习惯了，叫总队长也行，叫局长也未尝不可。

新港区每天都会安排多次海岸巡查，半小时前在海岸发现一具女尸后就立刻打捞，进行了核查。通常这样的没有任何身份标识的尸体想核实身份，都需要一定的时间，但是这次上报之后，很快就和上京那边进行了对比核查,确定了身份。

就是失踪的林茗菲。

因为是半个小时前发现的,法医已经做了简单的检测,确定死亡时间是差不多十天之前,抛尸海里,然后被海浪冲了上来。

死者并非溺死,是受外力撞击后脑勺致死,初步判断是杀人抛尸,扔进了大海。

"开啥玩笑?"白松嘟囔了一句。

"你说什么?"刚刚和白松聊天的民警问道。

"我说这个有问题。这不开玩笑吗?我虽然不是法医,但是哪有尸体在海里泡十天再这样漂上来的?"白松疑惑道,"这里头有问题。"

这会儿就有几个人围了过来,有人问道:"小白队长有何高见?"

白松看了一眼说话的人,正是市局刑总的魏局长。

之前开会的时候大家也只是简单地介绍,没想到魏局长居然记住了他。

"没事,但说无妨,以前的几个案子,我就听说过你,上次给你颁发一等功的那次,我也在。"魏局神色不变地说道。

魏局一说话,所有人的目光都集中了过来,不少人瞪大了眼睛。这么年轻,一等功,还没缺胳膊少腿?

有消息灵通的,就已经对上号了,知道白松是谁、破过哪些案子了。天华市有三万警察,负责刑侦的,也有几千,能让外分局的人听说,这本身就值得骄傲。

"魏局,您客气了。我虽然不是法医,但是我从小在海边长大,而且我父亲也曾经是刑警,他告诉过我,海里和河里是完全不一样的环境。最关键的就是,海里有大量的食腐食肉的鱼类。

如果是在海里泡了十天,尸体再漂上来,不可能这么完整。海里吃肉的鱼可是很多的,不仅仅是鲨鱼。而且,海水浮力大,又有浪,也不可能死了这么久才漂上来。"白松说出了自己的看法。

烟威市那边,每天早上天亮之前,都会有专门的警察队伍围着海岸线看一圈，一年总能捡到几次尸体，大部分是意外死亡的渔民或者游泳的人，总归他们经验比较丰富。

天华港区这边，因为人并不多，水质也不好，没有渔业，也没人游泳，所以这方面确实是经验少一些。

"言之有理，这个必须要考虑到。"魏局向旁边的一个警察递了个眼神，那个警察立刻就出去打电话了。

侦查方向千万不能乱，如果派出几十上百的警力去沿海查找，或者潜水找证据，很可能一无所获。

"当然，还有一种可能，就是她被放在了铁桶或者塑料桶之类的东西里，然后经过洋流持续地冲刷，桶被冲开了。"白松又补充道，"这个就需要看法医做理化测验后的结果了。"

和领导们聊了会儿天，白松就去了刘束束的询问室里。

因为刚刚魏局长夸了几句，所以外人看他的神色明显尊重了一些，白松也就在这屋子里坐定，好好看起了审讯。

刘束束今年23岁左右，刚刚大学毕业一年，在学校人际关系一般，但确实是多才多艺。会唱歌，会多种乐器，而且各种各样的冷知识也知道不少。

虽然不算很漂亮，但是人缘还算是不错，每天都直播，大部分时间是唱歌。

关于公司的运营等情况，她的表述和其他人都没有太大的区别，群解散的那天晚上，她也不太清楚怎么回事。

同时，她也主动说了她和林茗菲打架的原因。

刘束束的直播间最近有一个土豪频频出现，每天都有打赏，这个大家是知道的。这个土豪，叫李亚楠，是上京市的一个全国性的大型律师事务所的财务总监，年薪超过400万。

而事实上，李亚楠最开始的时候，是在林茗菲的直播间玩的，因为林茗菲也是上京人，他俩本来就认识。

认识的人，很少有去直播间疯狂打赏的，所以李亚楠虽然也是林茗菲直播间的橙色马甲，但是很少刷钱。直播间里，每个人的头像都有不同颜色的马甲，从最高到最低，分别是紫、橙、黄、红、粉、蓝、绿，除此之外，就是浅绿色和白色的游客。

越靠前，在这个直播间里越珍贵，权限也就越大。

因为这个公司的主播经常互相访问直播间，一个偶然的机会，土豪在林茗菲的直播间里看到了刘束束，然后一发不可收拾，一天几百块钱当玩，遇上搞活动，一刷礼物就是一两万。

这个事惹得林茗菲非常不爽，本来土豪还偶尔去她那里，现在压根就不去了。

第五百五十六章　又一个失踪

不知道什么原因，林茗菲就和刘束束闹了起来，说她恶性竞争。

因为是一个公司的，本来还相安无事。而且，窦渐离不希望两个人闹矛盾，倒不是说手心手背都是肉，而是因为他觉得这样挺好，那个土豪在林茗菲直播间也不打赏，是因为认识，结果到了刘束束这里就疯狂打赏，这总归是好事。

在窦渐离这里，刘束束不是最漂亮的主播，所以他就和刘束束说，可以把这个土豪偶尔往郑小武的直播间带一带，但是刘束束不太愿意。

毕竟，谁不想多赚点钱呢？土豪的钱也不可能是无限的。

这个事传出去之后，话过三耳，就彻底变了意思。变成了刘束束不想让这个土豪再去林茗菲直播间。

因此就闹了一次，然后打了一架，因为当时杜子乾和关山月过来拉架，最终也没啥事，但是从那个事之后，这俩屋子基本上就不怎么走动了。

除此之外的事情，刘束束说她都不知道。

笔录正取着，群里又传来了新的消息。

刚刚因为从刘束束这里得知了那个打赏的土豪的信息，魏局已经派人去查这个李亚楠了，结果，上京那个律所的相关领导表示，这个李亚楠在一周多前就请假了，当时说请三天假，但是已经失联了一周。

这类大的律师事务所，注册律师就有四五百人，财务总监这位置，不仅仅是高级合伙人，更是股东之一，平日里离开一天都很麻烦。

当然，财务总监也不是不可替代，律所的能人还是很多的，财务主管之类的也能暂时代替他，不过这次失踪，倒是真的让律所的几位主任都颇为担心，李亚楠所居住地的派出所，也已经把他列为失踪人口。

网络社会有时候就是这样，你永远不知道在你身边那个老老实实的小伙子，在他的网络世界里是个什么样的人物。也许，他在工作中唯唯诺诺，但网络世界里，可能是某个板块的主宰。

李亚楠平时看直播，和他熟悉的人也知道，但是谁也不知道他是干吗去了，只是单纯地报了失踪。

作为成年男性，而且是提前请假，当地警方虽然把他的情况也报到了失踪人口库里，但是并不怎么在意。

不过话说回来，在意又能如何呢？

李亚楠 35 岁，单身，钻石王老五类型，本就是人际关系比较复杂，家庭关系很简单的那种人，父母又都在国外，警察听说这个条件，都以为他是去进行"说走就走的旅行"了。

此时此刻，接到这个线索的天华市警方可不能不重视这个信息。

又多了一个失踪的人，而且还是个社会成功人士。如果说，王烦烦和窦渐离现在找不到，可能是人跑了，可能是出于各自的目的躲了起来，那么李亚楠现在找不到可不是好事。这可能就意味着她会有和林茗菲一样的下场。

信息的对接很容易，找这个李亚楠就难了。

魏局立刻要派几个人，奔赴上京市，去查李亚楠的情况，因为这个线索，会议室里又忙乱了起来。

不一会儿，魏局长到了询问室里，指着正在打笔录的那个刑总的人说道："孙队，笔录打字你让这个小白队长来，你现在立刻带着人，开车去上京，把李亚楠的所有情况给我调查清楚。即便他死了，也要迅速找到他的尸体在哪里。"

"明白。"孙队指了指电脑，对白松说道，"麻烦了，白队。"

白松点了点头，先看了看群里，又汇总了不少新的情报。

第五百五十六章 又一个失踪

王亮那边已经联系到了 YY 公司的值班人员。

不过相关的打赏记录、提现记录等，必须要等到明天上了班才能调取。

目前，窦渐离的两个负责公司运营的手下，这几天还曾经在网上出现过，虽然目前找不到，但是只是时间问题。

林茗菲的死因已经确定是钝器打击，从后颅骨的破损情况来看，应该是一个棒子，具体是木棒还是铁棒已经没办法判断了，毕竟在海水里泡的时间过长。

除此之外，林茗菲的双腿有勒痕，是死后长时间勒住的。这让很多人怀疑是被绑了铁块沉海了，但是与白松的判断不符，现在唯一的解释就是，这是一个伪造的痕迹，用于迷惑警察。

白松这才仔细地看了看刘束束前面的笔录，发现了两个问题：第一就是刘束束不知道也没说过有多个微信群的事情，而且她的手机，现在一个微信群都没了。第二就是刘束束没有说过林茗菲屋子里曾经闹过一次矛盾的事情。

这个事不一定谁对谁错，因为白松也怀疑关山月没说实话。

按理说，这些房子的隔音效果都不错，大家也都经常直播，小直播间隔断里也隔音，关山月凭什么能隔着两个房间听到旁边的旁边屋子里吵架呢？

主询问人还在有条不紊地询问着，白松跟着他的进度做着笔录，大约过了二十分钟，市局的徐局长来了。

这个人白松就认识了，他之前并不认识魏副总队长，但是市局的副局长还是都认识的，而且去市局接受一等功、二等功的时候，这位都在。

徐局长又带了一些精兵强将过来，白松取笔录这个事，就被人接管了。

和领导们打了个招呼，白松还是觉得这边人太多，也没人给他安排具体的工作，想去海边发现林茗菲尸体的现场看看，就给秦支队打了电话。

秦无双还在现场勘查，两只手都忙着工作，也就没接电话，过了一会儿，孙杰打了过来，才联系上。

秦无双倒是信任白松，告诉他自己决定就行，他没时间管白松。

领导是个技术人员,这使得白松一下子自由了。

看到群里大家都热火朝天地忙着,各有分工,他便想到了张伟。

张伟那边,既然一周之前就听说了一点事,那么多多少少会有一点内幕的,这条线索还没人查。

跟这边的领导请示了一下,白松带着王华东就朝着张伟的住处开去。

第五百五十七章　前往港口

白松先给张伟打了个电话，大体讲了讲是什么事情，然后就挂掉了电话，找当地刑警队借了一辆车子，带上了一些必要的装备，就出发了。

"你看，这个像不像绑架？"在车上坐着，王华东问道。

"那你觉得，如果是绑架，谁绑架李亚楠的概率最大？"白松反问道。

"肯定是林茗菲和郑……"王华东说一半卡壳了。

如果现有的证人口述都是真的，那么，最可能绑架李亚楠的，应该就是这两个死者。林茗菲和李亚楠认识，而且最近也因为刘束束的事情很不愉快，倒是有一点点绑架动机。

但是……人死了。人死了还分析个屁啊？

而这俩人死了，那么最大的嫌疑就是刘束束。

只是，无论从哪个人那里都能得知李亚楠一直给刘束束大量刷钱，既然已经有了这么好的事，为什么要杀人越货？这动机也确实是有点牵强。

"从李亚楠的单位领导那里可以得知，他是请了三天假的，也就是说，是与人相约过来的。"白松分析道，"这情况，怎么听都怎么像是要来约会。"

"要这么说，刘束束嫌疑最大了。"王华东皱了皱眉。

"也不见得，这个姓李的，从小家庭条件就很好，父母都在国外，三十岁露头就是大律所高级合伙人、股东，这一看就是父母辈的余荫，这种人啥美女没见过？"白松说道。

"那如何解释他天天给这个不算很漂亮的女主播打赏？"王华东反驳道，

"有时候人从小便仓廪实、衣食足之后,对那些整容美女早就免疫了,遇到一个有趣的灵魂,说不定就爱这个呗。"

"也对。"白松点了点头,"贫穷限制了我的想象力。"

"不过,目前还不能确定,李亚楠请假就一定是来这里了,"王华东说话更为严谨,"虽然我们都觉得李亚楠失踪是来新港区了,但是目前没有乘车记录之类的东西,它们之间不一定百分之百有关联。"

"嗯,那肯定,不过,魏局既然派人去上京了,肯定也会考虑这一点的。"

二人聊着天,不到二十分钟就到了张伟这里。

张伟知道白松要来,提前准备了不少吃的,在宾馆等着二人。

"忙到现在,没吃东西吧?"张伟指了指桌子上的汉堡,"你们通知我有点晚,买别的都来不及了,就叫了些汉堡过来。"

"够意思。"王华东拿起桌子上的矿泉水喝了半瓶,接着就吃起了汉堡。

"你咋知道我们没吃饭?"白松也吃了起来。

"在别人单位忙活,就你俩这样的我还不知道?光知道干活。"张伟刚刚和白松打电话,就听出了这俩人的情况,"来找我就是跟主播圈那个事有关吗?我就今晚有空,明天早上就要把车子托运回去,我得跟着。"

"我之前就听你说要跟着,这事找托运不就行了?"白松边吃边说道。

"不行,防着点好。我朋友找我买的这个皮卡,是个改装的高性能款,光一套刹车卡钳就好几万,我怕托运的路上给我换了。"张伟道,"答应给人家办的事,办砸了的话还不如不办。"

"行,我来找你啥事,你应该知道吧?"白松看了看时间,"这么晚了,耽误你休息不?"

"我知道啥事,我这几天还问了问,正好和你们一起去看看。"张伟道,"明天我坐在副驾驶,在卡车上睡一天都行,又不用我的车,不用担心我。"

"好,我现在想知道,你第一天来的时候,当时和你一起聊有主播突然不播了这件事,是谁说的?具体怎么说的?"

"你们拿着吃的，跟我来。"张伟看了看王华东的手，"把车钥匙给我，我开车，你俩路上慢慢吃。"

白松二话不说，拿着汉堡的袋子，就跟了上去。

张伟在这附近住了好几天了，比白松更熟悉路况，给车子打着火，就直奔一个方向而去。

"这是去哪里？"路上，白松终于吃完了两个汉堡，喝了口水，问道。

"去那天晚上我们吃饭的地方。"张伟看了看时间，"这个时间应该人都散了。本来今天他们还要叫我去吃饭，我没去。"

"都是主播？"王华东问道。

"这边有一个专门卖车的公司，这个公司，只有一男一女两个主播，工作人员有十几个。这个男主播算是个大主播了，他主要也不是靠直播盈利。

"来这边玩的和吃饭的，除了这俩主播，还有一些买车的和玩车的。

"毕竟你们也都知道，美女主播比较能吸引打赏，男主播的打赏很少。他们主要靠直播来打广告卖车，这些平行进口车，利润不菲，如果再改装一下，那收益立刻能翻番。

"这地方就在港口旁边，有一个大仓库，一小部分的地方用来放车，其他多是空地，每天晚上，港口这边过了下班点，都会有人过来玩，大部分是玩车。港口这里，有一条路，差不多一公里长，晚上打开灯，有人在这里玩四分之一英里①。"

"少部分是什么？"王华东问道。

"摩托艇啊。"张伟道，"不过摩托艇很少晚上玩的。我也是听他们说的，一般都是一些大皮卡、坦途、福特 F150 之类的，拖着摩托艇，在海里玩几圈。不过这个季节太冷，我这几天就见过一次。"

"你还天天往那边走啊？"白松指了指车，"你每天打车去？"

"我有车啊，"张伟道，"来这边搞了个代步车，明天正好开着给人家送

---

① 英制度量衡国家直线加速赛车比赛的标准里程。

回去就行了。"

"你有车咋还找我拿钥匙?"王华东疑惑道。

"这不是出警吗?"张伟一转方向盘,"前面就是。"

这里很临近港口了,已经能看到远处船吊的灯光,这附近仓库很多,也有不少的产业园区。

新港区近年来填海造陆非常迅速,填海面积上百平方公里,比整个九河区还大。这些地方,土地非常平坦,很适合搞建设。

第五百五十八章　夜探港口

"这边的福特 F150 挺便宜的，30 多万元一点就能搞一台，你这个身高，适合开这个！"张伟和门卫已经认识了，递了根烟，就进了这个物流园区。

"天华市限制皮卡车进外环线啊。"白松摇了摇头，绝口不提买不起。

"不是交警看到才会管吗？你是警察怕啥？这事摆不平？"张伟反问道。

"多新鲜呢，你第一天认识我？"

"你这还副所长呢，大城市就是麻烦，在咱们那边……"张伟说了几句，也知道说这个没意义，指了指远处的一个仓库，"就在那边。"

这个园区很大，这个时间点也有不少车，而且很多都是拉集装箱的卡车，都在走固定的路线，园区里也亮着灯，打眼一看，占地两三千亩。

超大型船只每天的费用在几万到几十万美元不等，所以很多都是加班加点，24 小时卸货。人工和塔吊的费用比起船只，要低很多。

"我这些天，每天都跑过来看车，做这方面生意，来这个地方算是取经来的，不过说白了，套路这种事，也就那么多，无非就是利用人的心理，"张伟拐了几个弯，把车停在了一个停车位附近，"下车吧。"

"到了？"王华东问道。

"还有几百米，别开车了，有点显眼。"张伟下了车，指了指旁边停着的一大堆还未上牌的平行进口车，"这几辆车，就有那个公司的车，摆在外面的，基本上都是最近要拉走的。"

"这么多？"白松吓了一跳。

"就这几辆，其他的不是他的。"张伟侧着耳朵听了听，"人还没走完呢，听到引擎的声音了吗？估计那边还有玩车的没走，这声音应该是高尔夫GTI改了二阶。"

"扯吧，这都能听出来？"白松知道张伟几斤几两。

"呃……这哥们这几天总来……"张伟哈哈一笑，"一会儿，过去了就说是想看车的，这边晚上有时候有烧烤什么的，晚上也很热闹，没有白天黑夜的概念，就说跟我来的就行。"

"我也不懂啊！"白松急了一下，"你也不提前说一声。"

"我还以为这边这个点都休息了，谁知道今天这么晚。今天周日啊，他们明天都不上班的吗？"张伟看了看白松，指了指王华东，"没事，你看着不像有钱人，华东像。"

白松想反驳，最终还是叹了口气。

"上次提到主播失踪的，就是这个开高尔夫的哥们。上次坐在一起吃饭，他就和卖车的男主播聊天华市的主播有哪些，就聊到了信格什么什么公司，然后聊到了主播突然不播了，据说这个人还打赏了好几千。"张伟道，"本来这样的闲聊我也没啥兴趣，但是，当时这个男主播，虽然也好奇，但是明显是装的，他估计知道点什么内幕。我一眼就看出来了，所以当天晚上和你打电话才问你。"

"你这么一说，是我的警觉意识差了。"白松有些不好意思，"那天我值班，脑子都是糊涂的。"

"我也就是闲聊。"张伟摆摆手，"这个主播叫大黑，具体叫啥名我不知道。这个人挺有本事的，开了辆二手的保时捷718，但是这只是表面的，我和他接触了几次，感觉不像表面这么简单。"

"他有船吗？"白松问道。

"他有没有船我不知道，但是我知道他组织过几次摩托艇比赛，我看过之前他的视频。"张伟道，"如果他有船，那就肯定在仓库里，那个大仓库里有多个隔断。对了，你们问船干吗？"

"第二具尸体两个小时之前被冲到了岸边，我怀疑是有人开船去抛尸的。"白松道。

"那就不好说了,这边的船不算多,港口那边的舢板和渔船很多,这附近还有停小船的半私人码头。"张伟说完,顺便吐槽了一句,"你们天华市真够穷的,还直辖市呢,游艇都没几个,上次我去深州市,那边的游艇码头才叫壮观。"

说着话,三人就到了仓库那边,白松看到一辆蓝色、底盘很低的高尔夫汽车停到了门口,一个文身的男子在车旁耀武扬威地炫耀着手里的一沓钱,看样子是跑赢了另外一辆,不过钱也不多,白松目测是两千块钱。

"这么晚过来啊?"高尔夫司机看到张伟,"看我行吗兄弟?我新换的排气,嘎嘎给力,一雪前耻。"

"赢了?多少秒?"张伟上前打了招呼。

"12秒2。"文身男哈哈笑道,"这么晚了才过来,不然你就能看到我的表演了。"

"牛。"张伟竖了竖大拇指,"我明天要走,晚上开播,有粉丝说想让我带着来看看车,我估计周末这边一直有人,就带着来了。大黑在吗?"

"在,他估计也准备休息了,买车的事你问他就行,明天你走也无妨,让你这俩粉丝明天过来找我都行,肯定不会骗人。"

"哈哈,没问题。"张伟给他递了根烟。

打完招呼进了仓库,映入眼帘的是十几辆皮卡车和SUV汽车,每一辆都很新,擦得很亮,在灯光下显得格外漂亮。

"大黑。"张伟看着楼梯上的一个人,喊道。

这仓库里有几个隔断,现在能看到的,就是其中最大的一间,这边有一些铁架子楼梯,可以上二层,二层有一些屋子。

"你明天不是早上就要出发吗?这么晚过来干吗?"大黑对张伟还很客气,张伟之前也说过,来买那辆改装皮卡,这个大黑也帮了忙。

帮了忙的意思就是从中赚到了钱。

"我粉丝大晚上地找我,我带他们来这里认认地方,回头如果他们要买车,直接找你就行。"张伟道。

接着,他偷偷地把手放在白松和王华东看不到的地方,给大黑看了一眼搓手指的动作,大黑了然:"没问题,你的粉丝就是我的粉丝,更是我的兄弟,咱肯定一分钱也不会多赚。"

接着,大黑说道:"这里面的车随便看,要是需要别的型号的,再跟我说。一会儿我这里就得锁门,我得回家,明天还有事,我再等你们十分钟,大体看看,明天下午让他们过来,你带来的人,来我这里,放心就行。"

第五百五十九章　幽幽蓝光

王华东看着还真的像那么回事，男人对车子的喜爱，几乎是印在骨子里的。

聊了几辆车，就连张伟都以为王华东真的打算买一辆猛禽了。

最主要的原因是，王华东还真买得起！

大黑看这个情况，都下来给王华东单独介绍了五六分钟。

白松有些眼热，这些大型SUV或者皮卡车对于高个子的人来说太香了……

买卖能不能成先不说，至少双方聊得还不错。

不过，双方……不包括白松，从头到尾，都没人理他。

"你们带车来了吗？带了的话，那边那条路你们可以玩会儿，我就不关灯了。"大黑很客气。

这里的这排灯，是他花了不少钱安装的，开一夜最起码也一百多度电，说这个就已经很给面子了。

"不用，我住的地方近，我这俩粉丝哥们，一会儿去我那里玩牌去，"张伟嘿嘿一笑，"去吗？一起玩。"

"不了，下次我去烟威市旅游啥的，有机会再玩。而且，以后天华港这边你肯定也少不了过来，"大黑摆了摆手，跟张伟斜了斜眼睛，"少玩点，早点休息。"

白松反应了好几秒才反应过来这个眼神的意思。刚刚大黑的意思就是："旁边那个大高个一看就没钱，你别赢他太多，我怕你挨打。"

大黑关了灯，走了之后，白松摸了摸自己的脸："我看着真的那么穷吗？"

"知足吧，这也就是冬天，要是夏天，你那肌肉再一露出来，人家八成以为你是华东的保镖。"张伟捏了捏白松的胳膊，"你看你这个肌肉，啧啧，也不能光顾着锻炼，该赚钱也是要赚钱的。"

"呸！"白松啐了一口。

王华东看着两个人掐架，脸上的笑一直没有停过，这哥俩的默契……

"刚刚发现了什么问题？"张伟和白松闹了一小阵，围着附近转了转，这边的外人都走了，而且确定没有什么摄像头，便问道。

"那个文身男和大黑到底什么关系？他也卖车吗？"白松问道。

"卖车这种事，不需要任何技术，就跟房屋中介似的，只要你能找到客户，怎么着都能挤一点钱出来，"张伟道，"不过他俩关系我看也就那么回事，这个人是个色坯，对大黑的对象有想法，大黑防他还来不及呢。"

"这你都看出来了？"白松惊了。

"男女那点事，就那么回事。"张伟耸了耸肩，"你也别什么都问我，你这个大侦探，发现了什么没有？"

"发现了三个问题。第一，你之前听出了那辆高尔夫的排气声，但是，刚刚那个文身男，他说他的车子换了一套排气，才使得成绩更快了。虽然我不懂一套排气对车子的性能的影响有多大，但是声音肯定不一样。这说明，他并没有改排气。

"第二，他问了你两遍为什么来。第一遍，你没直接回答他，他又问了一遍。按理说这个地方也不是他的，他问清楚这个事情干什么？

"第三，这人既然在吃饭的时候随便问起主播失踪的事情，就意味着他肯定没有作案嫌疑，不然闲着没事问这个干吗？而他既然这么问，那肯定他不把这件事当回事，从而说明他和大黑并没有到无话不谈的地步。"白松想了想，说道。

这俩人有合作，这个人比较傻，大黑很聪明，大黑肯定知道一些不为人知的事,甚至可能还是案件的参与者之一。

假设上述推论为真,那么大黑为什么要蹚这个浑水?

为了女人?

为了女人的话,为什么要杀女人?

为了钱?

事业做到这个地步,总不可能为了一百万就去绑架谋杀吧?而且,李亚楠也不可能随身带着一百万现金。

人与人的机会成本与犯罪成本确实是不同。

"所以,这个大黑为什么会掺和这些事呢?"张伟有些疑惑地问道。

"还不能确定他掺和,但是如你所说,他应该知道一些我们不知道的事情,得仔细查查这个人了,"白松看了看周围,"要是能带警犬进来就好了。"

"你是想判断一下他仓库里有没有船,如果有的话会不会是拉尸体的,是吗?"王华东问道。

"嗯,有这个想法。"白松说着,就向着停车的地方走去,"去车上,拿点鲁米诺,先试一下。"

张伟很好奇,跟着二人去了车上,见白松从后备厢的箱子里拿出了一个箱子,接着锁好车,又回到了这里。

这个仓库有五六个门,只有两个是可以进出车辆的,其他都只允许人通过。三人到了另外一个大门那里,白松把箱子给了王华东:"你来,这个你比我专业。"

王华东师从郝镇宇,现场勘查的本事还是有一手的,很快地便把鲁米诺试剂和过氧化氢进行混合,然后在铁门的几个关键的地方开始喷涂。

鲁米诺试剂的混合液,喷到血迹上会显现出蓝光。

王华东喷了好几个地方,很快地,蓝光大盛!

他又接着喷了喷地面等,喷哪里,哪里都是蓝的!

这是一种荧光,在深夜里显得尤为刺眼,让人心悸。

这个蓝幽幽的光,能持续数十秒,这大半夜的,也太瘆人了,这些幽幽的蓝光,代表着的是斑斑血迹,不对,这个情况都算是血流成河了!

"这咋回事?"白松都没见过这个场面,跟王华东问道。

"这不是血液。"王华东摇了摇头,"血液的显现速度,没有这么快!"

"啊?"白松有些疑惑,不知道是该高兴还是不高兴。

"发光氨(鲁米诺的别称)对血液的显现,是逐渐的,那种感觉就是由内而外的,而不是像这个,一下子就蓝了,"王华东看了看附近,"话说回来,如果这么大面积都是,除非是把带血液的水往门口全倒了一圈,这不作死吗?"

"如果不是血液,那么什么能让发光氨这么快显色?"白松虚心请教。

"漂白剂。"王华东思索了几秒,说道。

第五百六十章　蹲守

"你们别看我，"王华东摇摇头，"我只是听师父给我讲过，这种快速显现的可能是漂白剂等物质，其实我也是第一次遇到。但是，我在不少有血液的现场用过发光氨，从来没有这种情况出现。我可以肯定，这不是血液。"

"从化学上来说，鲁米诺能发光，是因为血红蛋白含有铁，而铁能催化过氧化氢的分解，让过氧化氢变成水和单氧，单氧和氧气不同，可以再次氧化鲁米诺让其发光。既然你提到漂白剂能使发光氨快速发光，那应该就是次氯酸类型的漂白剂了，比如说次氯酸钙，这东西能迅速还原过氧化物……"白松顺着王华东的思路想了想，"次氯酸钠，我记得用途是消毒剂、纸浆漂白……除此之外，好像还能用来制备氯胺……哦，不对，现在制备氯胺已经不用这个工艺了……"

"也就是说，排除纸浆漂白这种情况，就肯定是用作消毒了？"张伟听了半天，总算是明白了。

"也有可能是为了掩饰，毕竟这个东西可以让发光氨近乎无用。"王华东耸了耸肩，"其实能让发光氨误判的东西挺多，铁本身就可以。好像……芥末也有这个功能。"

"那这个情况麻烦了，这也不能随便给人家大门撬开看看啊。"白松问道，"这个能采集点什么回去化验吗？"

"要是就几个地方闪蓝光，我还能采集一点回去化验看看是不是血液，但是这遍地都是……"王华东摇了摇头，"这情况调个警犬也没用，这个漂白剂，警犬闻起来也难受。"

"别灰心。其实，说起来这门口人家做做消毒，也是很合理的。再说，鲁米诺本身也只是个辅助作用，又不是没了他办不了案子。"白松想了想，"回去找王亮，让他过来一趟。这个仓库的中控连着外面的灯，大黑是个主播，啥事都在电脑上完成，而且我看还有一个对着马路的摄像头，估计偶尔直播还能转现场。问问王亮，能不能逆向进去看看。"

"这是网络入侵，违规吧？"王华东摸了摸下巴，"在南黔省那次，知道对方是犯罪分子，领导也同意，这次肯定不行啊。"

"还真是……"白松也是有点急，平静了一下心情，"我先找人查查这个大黑。"

说着，白松给王亮打了电话，问他能不能从平台那边把大黑的注册信息调出来。

"能是能，问题是得明天天亮了之后，人家现在不给帮忙。"王亮也很无奈，"你可别让我去人家公司系统内看看哈，我可没那个技术。"

"那就明天。"白松挂掉了电话，他有些心神不宁。

"明天就明天呗，急什么啊？"王华东问道。

"能早不晚。"白松咬咬牙，"我有个朋友，直播平台的人，坑了我好几次，我找她一趟。"

说着，白松给周璇打了电话。

已经是凌晨一点多，这个时间打电话非常不合适，不过周璇总坑他，倒是也不会心里不安。

"喂？白松？这么晚，这是要干吗？"周璇倒是很快接起了电话。

"找你帮忙，方便不？"白松直接问道。

"什么忙？你倒是会找时候，我刚刚下播……"电话那边传来了周璇慵懒的声音。

"帮我查个YY主播的信息，有调取证据的文书。"

"你是警察，这事你找我？"周璇很吃惊。

"帮我一下。天华这边，新港区死了两个你们平台的主播。"白松直言，

第五百六十章 蹲守 | 301

"比较急。"

"这个案子你负责的？我去！今天我们群里还有人聊这件事！我看你不在新港区，就没问你。"周璇十分惊讶，"真的死了？"

"等会儿，你们群？什么群？"白松问道。

"你等会儿再问我，把那个主播的昵称告诉我，我先帮你查。"

白松转头问了问张伟，接着跟周璇说道："大黑哥。"

"好，你等会儿……文书就不用发了，有需要再补吧……"

过了十几秒，周璇说道："是公司的内部群，上周有一家公司的主播，全部一两天内下线了，尤其是里面有一两个人，平台还比较看重。

"后来平台联系他们公司的老板，结果没联系上，听说，有一个主播，在上京那边都报了失踪了，当时就有人不怕事大，说是不是出意外了，今天就有人找我们客服要调取信息，调取证据通知书上写的是命案。"

"哦，这么回事。"白松点点头，这个很合理。

"等一会儿我把信息给你发过去。"周璇说完，就挂了电话。

"你还有平台内部的朋友呢？"张伟捶了白松一拳，"那你不跟我说？"

"呃……我同学，警官大学毕业了去当主播了，本来我还以为她就是好这个，天天瞎播一堆乱七八糟的，莫名其妙地越来越火。前一段时间，我才知道人家家里就是直播公司的股东。"白松摊了摊手，"跟你说有啥用？"

"你不懂啊，直播平台，我们这种野生主播，能换个好点的房间号或者能有个好点的推荐，那都是非常费钱的！"张伟说完，"不过，我也就是那么说，现在办正事要紧，以后闲下来，记得帮我问一句，我的直播间叫'伟哥说车'。"

"嗯，没问题。"白松记在了心里。

不一会儿，周璇把大黑的信息发了过来，还有他们公司的女主播的信息也发了过来，白松直接转发给了王亮，很快地，这俩人的履历都搞定了。

张伟以前是卖烟酒的，大黑以前竟然是个医药公司的销售。

哦，应该叫业务员。

从他的履历上看，就是个普通出身，当了几年业务员之后，就成立了这家公司，从事汽车销售和直播，而且短短一两年里就有了这个规模。

"有这些，还是不太够，"白松也技穷了，"明天再说吧。华东，你开车先带着张伟回去休息，他明天就要走，我在这里等着，你一会儿再回来一趟，跟门口的大爷客气客气。"

"没事，咱们一起就行，"张伟摇了摇头，说，"这黑灯瞎火的，你一个人在，我不放心，你再厉害，也有打盹和犯困的时候。这个事，没商量。"

第五百六十一章　一只苍蝇

一夜无话。

一整个晚上，什么乱七八糟的事也没发生，除了远处的轮船声和卡车行驶声，什么也听不到。

三个人轮换着值夜，每个人也都休息了三四个小时，早上七点，白松把张伟送到了物流园。

"这件事要是回头不保密的话，可以和我聊聊啊，我感觉这个事一旦公开，肯定能成为主播圈子最大的瓜。"张伟精神头还不错。

"嗯，最起码死了两个人，而且还有人失踪，就算是市局这边也扛不住，估计今天就能见报了。"白松还是很了解这套流程的，因为，今天两个死者的家属就都到了。

"今天就能上新闻？那你们压力够大的啊，我暂时还是不在直播间说这个了，不过他们都知道我来新港区提车，有问的我就卖关子，等你们案子忙完再聊。"

"嗯，你一会儿路上注意安全，我们俩回单位了。"

死者家属可不管那么多，谁家里都是一个孩子，怎么可能忍气吞声，任由公安"慢吞吞"地查案。

就这个事情，所有的进展，今天早上晨会前，市一二把手都会听报告的。

当然这些不用白松操心，他和王华东开车重新回到了刑警队。

昨天，在这里盯了一晚上，什么事都没发生，这其实是最好的，因为三人的位置非常隐蔽，这边停的车子又太多，白松可以肯定车子位置很安全。一晚上都没任何人过来，就意味着三人半夜的拜访并没有引起任何人的怀疑。

在这边的警队简单地洗漱了一番，二人跑到食堂吃起了早点。

"这边早点比咱们那边好多了。"王华东说道。王华东一直在刑警支队，吃了很久的大饼加果子（油条），不得不自己在外面买。

"嗯，不错。"白松明显有点心事，"昨天一晚上，群里的消息也不多，我一直想看看刘束束最后的笔录情况。"

"都忙了一夜啊，估计这会儿都睡觉呢，也不知道秦支队现在在哪里。"

"估计还在实验室吧，秦支队这个人你也知道的，特别细心，昨天看他群里说的那些话，估计后来一直在做实验。"白松打开手机，又看了看群里的消息，"有新的情报了。"

连夜对死者林茗菲的检查，已经有了新的进展。

死亡原因不变，从体内检测出了一定的酒精成分，说明生前喝酒了，但是含量非常低。

腿部的绳子勒痕被确定为塑料绳，也就是吹塑成型的聚丙烯材料。这种东西很常见，前些年买捆装啤酒，就是用塑料绳绑着的。现在做快递的、包装业也经常用这个东西，成本很低廉。

最关键的一个点，是在她身上发现了一些虫卵！

海水里和河水里是不会有虫子进去排卵的，而且这是大冬天！

一般死亡超过三天的情况，除了郑小武那种在屋内死亡，晚上隔离了蚊虫的情况之外，室外的昆虫可不会在意是人还是动物，该繁殖是一定会繁殖的。

从这个情况可以看出，林茗菲是在陆地上放了几天，甚至更久的时间之后，才被投放到海里的。

这个说法和之前白松的分析完全吻合。

因此，昨天晚上已经又调取了附近可以查到的所有监控录像，只是海边的摄像头还不多，目前情况不是很乐观。

在很多海滨城市，已经建立了完全覆盖性的超高清摄像头，一个摄像头可以覆盖数百米的距离，与各种小摄像头形成互补。新港区这方面的建设正在如火如荼地进行。也就是说，目前还不行。

这个虫卵的发现，对分析案件来说帮助很大。

现在是冬天。北方和南方不一样，这个季节，蚊子几乎不存在，即便有些有暖气的屋子里偶尔有一两只蚊子成虫发育出来，也是不咬人不产卵的。苍蝇也一样，北方有句古话叫作"下雪盖苍蝇"，意思是，到了下雪的季节，苍蝇就全部消失了。一般到了过年前两个月，苍蝇就销声匿迹了，所以，这个尸体里有虫卵是绝对不正常的。

这意味着尸体在抛到海里之前，始终放在较为温暖而且还有苍蝇的环境下。

这种地方可不多，如果在附近仔细排查一下，那几乎可以做到穷尽。

法医这门学科博大精深，其中有专门的一本书，叫作《法医昆虫学》，可以根据不同温度下虫卵发育的长度和成蛹状态来判断死亡时间。

如果是夏天的野外死亡，那尸体上的昆虫数量和种类都非常多，甚至可以根据不同的分类来判断一些信息。因而在林茗菲的案子中，这一只苍蝇，将成为办案关键。

群里包括市里的大领导，都为这个发现点赞，并狠狠地夸了一顿秦支队。

苍蝇的卵，不是我们平时见到的蛆，蛆是幼虫，而不是卵。

卵哪有那么容易被发现？而且，还在海水里被冲刷了那么久！

"秦支队这也太牛了，火眼金睛啊！"王华东赞叹道，过了一会儿又问道，"你怎么不说话啊？"

"咱们好歹都睡了几个小时，他这是一个通宵。"白松有些伤感，"我又想起来于师父了。"

306 | 警探长 5

"确实。"华东沉寂了两秒钟,"秦支队这会儿肯定去休息了,咱俩就别闲着了,抓紧去把这个线索扩大化,今天不能就这么算了。"

"好。"

关山月一直也没放走,管吃管住,在这边待着。

刘束束已经被传唤了。

作为和林茗菲生前有过矛盾的唯一命案嫌疑人,刘束束不可能简简单单地就离开了。

关山月和刘束束也都在休息,公安机关必须保证证人和犯罪嫌疑人的休息与饮食,所以白松现在也不能去找她,二人跑到了会议室看起了材料。

会议室现在就两个人趴在桌子上睡觉,都最起码忙到昨天后半夜,昨天安排休息的那些人,今天也得早上八九点再出去查案。

看到白松二人来,有一个人起身看了一眼,接着睡了过去。

第五百六十二章　分析笔录

这一只苍蝇，在短短的二十分钟内，已经让不下一百人记住了它，包括市里的领导。

"咱们抓紧看看这些，如果一直没啥进展，估计一会儿也该安排咱俩出去查小区和房子了。"白松知道，这个排查是必需的。

虽然之前林茗菲尸体的存放的地方，不一定就在新港区，但是新港区的嫌疑最大。因为运送一个尸体不是那么容易的事情，尤其是有味的尸体。

"咱们也算是忙了一夜了，不安排休息一下？"王华东倒不是嫌累，主要是秦支队休息了，他不太喜欢被别人指挥。

"你能休息，我不行。"白松想了想，"咱们那边也忙，除了秦支队，一个现职领导都没过来，我得负责。"

"嗯，也是。"王华东和白松一起参加工作的，总是忘记白松是领导这个事情，"那我就跟你了，反正你顶着上面领导的安排，你是'高个子'。"

"我安排的话，你就别想休息了。"白松瞅了王华东一眼。

"你随便。"王华东理都没理白松，看起了案卷。

关山月是有犯罪的可能的。

他昨天晚上被白松问的时候，还说最近几天曾经播过几次。

但是，从今天凌晨的时候，周璇的话里可以得知，这个公司的所有人这些天都没有播过一次。也就是说，关山月回答问题的时候，其实是有刻意地保护自己的情况存在的。

而且，如果说犯罪动机，之前关山月没有犯罪动机，现在既然有了李亚楠失踪这个情况，关山月就有了嫌疑。

"刘束束说谎了吧？"王华东拿起一份笔录复印件，问道。

"嗯，好几个地方，审讯的人询问思路都断了，肯定是中间有额外的问话。"白松昨天就看过笔录的前半部分，今天又整体看了一遍。

笔录就算再长，从头到尾也是连贯的，如果不连贯，那就是停了一下。

"那你说说，我听听。"王华东说道。

"你看，这第一个地方，刘束束说，她和这里的人关系都很不错，而且着重强调了她和杜子乾的关系，这说明什么问题？其实这个是没有必要的，但是，她知道，这些人里面，就杜子乾是个正经人，而且几乎没有作案嫌疑，所以她刻意地和杜子乾拉关系。

"而实际上，杜子乾既不和她一个屋子，又不怎么去串门，怎么会和她关系最好？

"这意味着，刘束束下意识地想让我们觉得她和其他人不是一样的，和杜子乾有点像。

"按理说，趋利避害是人的本能，但是她如果清清白白，是没必要撒谎的。

"第二个地方，她提到的和林茗菲打架的地方，杜子乾过来拉架，她也刻意地说了杜子乾拉架，对于关山月拉架几乎不提。而且，她说她的胳膊被挠伤，就简简单单地说了一句挠伤。我昨天看到了她的胳膊，确实是被挠得挺厉害的。按理说，她应该强调一下自己的伤情，强调一下对方先动手，但是没有。

"这意味着，她非常不想提这次矛盾，基本上问什么都只说一句，没有展开说。这次的矛盾，也因此不见得是林茗菲挑起来的。

"第三……"白松说着，突然眼神凝重了一些，"有问题！"

白松这句话，不仅仅是王华东在听，就连旁边正趴着睡觉的警察都支起了耳朵。

刚刚他分析得头头是道，这两个警察也听着呢，这会儿更好奇了。

"你说，刘束束胳膊上的伤会不会并不是那次和林茗菲的矛盾造成的？"白松问道。

"你的意思是……"王华东和白松很熟，一下子抓住了白松话里的意思，"刘束束可能是杀人凶手，这个伤，是后来搏斗的时候留下的？"

"不排除这个可能。"白松点了点头，"今天再去问问关山月，看他能不能想起来，当天晚上刘束束的胳膊有没有受这个伤。"

"还得问问杜子乾。"王华东补充道，"反正咱们有人在上京查李亚楠的事情，再找一趟杜子乾也不难。"

"咳，我插一句，这个细节确实是不容忽略。"趴在桌子上的一名警察坐了起来，接过了白松的话，"您是九河分局的白队长吧？久仰大名啊。"

白松并不认识这两位仁兄，但是既然在这里趴着休息，那昨天肯定是没少忙，连忙客气道："是我，我们昨天晚上在外面办案，对这边的情况不太熟悉，也不知道分析得有没有道理，要是有问题您及时说就是。"

这俩应该都是本分局的老刑警，都四十多岁。这俩人肯定是有自己的住处的，在会议室里趴着，估计是看着这里，毕竟这个会议室不能没有人待着。

"白队长太客气，昨天我们支队长还夸你们，说你们这些年轻人思路广，果然如此，"一名警察道，"我这就把您说的事情跟领导汇报一下。"

第五百六十三章　大功一件

人，是需要展现自己的价值的。

并不是白松不想成为去查房子、查建筑的工具人，而是他确实喜欢看着一条条汇总的情报，然后分析办案，他擅长的就是这个。

这个案子，他不可能成为指挥员，就连秦无双在这个案子里都是工具人之一，不负责案件安排，而是成为法医专家组的成员。

"白队，你刚刚说话，还有第三，没说完呢。"一名刑警提醒了一下。

"其实也没啥。第三，我就是觉得，刘束束即便不构成故意杀人罪，最起码也是个包庇罪，给她个刑事拘留问题不大吧？关山月也是。"

"这个就得看领导怎么决定了。"其中一名刑警说道。

白松说完，这边屋里面的证据也已经看得差不多了，和两名刑警打了个招呼，就先离开了。

"下一步干吗？等安排吗？"王华东问道。

"这事儿真的蹊跷，你说，刘束束和关山月为什么都要包庇呢？"白松始终想不明白，这可是正儿八经的命案，如果没参与，包庇有什么好处吗？

"所以，你真正想提到的第三，是什么？"王华东听出了白松话里有话。

"昨天和刘束束聊天，接着又看了看她的笔录，我感觉，她是个挺有思想的姑娘，不简单。"白松说道，"你看她的消费记录了吗？虽然她每个月收入不菲，尤其是这段时间，进账颇丰，却不是一个大手大脚花钱的人，这在年轻女孩里算是非常少见的。至少，我是这么认为的。这也就是我想说的第三，但是估计说了别人也不会信，我就没提。"

"我信你,消费主义很害人,有太多的女孩陷入了这个陷阱,不惜借贷或者卖淫。"王华东也是眼神很精的人,"但是那个刘束束,还真的不是贪财之辈,她多才多艺,虽然肯定喜欢钱,但是比起林茗菲那种人,程度应该轻很多。"

"你看她的穿着打扮,是什么档次?"白松请教道。

"和你差不多。"王华东都懒得看白松。

"那就是很朴素啊……"白松摸了摸下巴,"那,如果她知道点什么,却包庇了,这意味着,不是因为钱?"

"不是为了钱就是为了情呗。"王华东随口说道,提到这个词,脑海中自然而然地出现了一抹丽影。

"言之有理。那你觉得刘束束喜欢谁?"白松问道。

"我哪知道!喜欢李亚楠啊?倒不是说李亚楠多有钱,至少李亚楠那么欣赏她,这个事就不好说了。"王华东分析道。

"有可能,被人欣赏是一件非常非常幸福的事情。"白松点了点头。

谁都希望能被人认可,在马斯洛需求理论里,这算是最高水准的被尊重和自我实现的代表了。

"如果这么分析,李亚楠为什么会失踪?而且,这个关山月为什么会包庇?海水里的尸体是谁送去的?"王华东问了三个问题,接着问道,"还有一个问题,就是郑小武死去的房间里,乙醚是怎么回事?"

"你问这么多,我要是都知道,这个案子就破了!"白松白了王华东一眼,"不过,你刚刚提到的乙醚,还真的是个大问题,案发这么久,居然没有追查到这个东西的源头在哪里。"

"是啊!这可不是一般的化学药品啊!"王华东道,"我还是第一次勘查到这个东西。"

乙醚本身虽然也是麻醉品,但是与之前遇到的很多化学药品都不同。

它不仅仅是制作树脂、香料、硝化纤维等的原料,最关键的是,它本身是易制毒化学品,而且,工业上可以制作无烟火药,管制程度非常高。所以，无论这个是郑小武搞到的，还是别人，都不是简简单单的事情。

"不慌，我觉得突破点就在大黑那里。

"如果刘束束真的喜欢李亚楠，而且帮助李亚楠脱罪，这不太容易理解，要说李亚楠跑过来是为了杀人，这个事情不太可能。

"但是，如果李亚楠真的没犯错，反而是被害者，那么刘束束就没必要包庇了吧？"

"好乱啊……"

"先假设，真的是李亚楠杀了人，在这一带，想跑掉，还真的可能和大黑沾边。我总觉得这个大黑有问题，但是具体有什么问题，现在不好说。"

"肯定的啊，原本是个药厂销售业务员，转型两年就有千万级家产，哪有那么容易？"王华东道，"我们家是做生意的，现在生意越来越难做，就算是当主播，不是顶流的那几个，也赚不到那么多。"

白松点了点头，他感觉现在就缺一个契机！

电话突然不合时宜地响起。

这个时候突然来一个电话，白松吓了一跳。

"李所？"白松接起了电话，颇感疑惑，这大清早的，李所打什么电话过来？

"白所，哈哈哈，"李所先大笑了几声，从电话那头，明显能听到忍不住的喜悦，"猜猜，我们昨天晚上找到了什么。"

和李云峰认识挺久，共事也有好多天了，还是第一次看到他这么放肆地笑。

"找到那个新的基地了？"白松似乎想到了什么。

"对！这下把老巢都端了！"李云峰难掩喜意，"所有的人、设备，昨天连夜一窝端，查获各类化工原料十几吨！而且还查获了两种特殊的高分子化合物，你猜猜是做什么的？"

"李所，您就别卖关子了，我脑子里全是这边的杀人案啊！"白松单手大拇指和无名指同时按了按两侧的太阳穴，心道李所怎么这么孩子气？

第五百六十三章　大功一件 | 313

"变色油墨!"李所说出了答案。

"变色油墨?"白松愣了一下,没反应过来,随即望向王华东,"变色油墨是做什么的?"

"好像……是造假币的?"王华东也不懂,但是好像在电视剧里见过。

假币……白松情不自禁地战栗起来,这事可就真的不简单了!

第五百六十四章　准备完毕

"有乙醚吗？"白松强忍着激动，问出了这个问题。

"乙醚？"李云峰有些不解，接着说道，"你问这个干吗？这个真没有。"

"哦哦哦……那没事了，这个油墨，是不是还能继续往下查？"白松心跳得厉害，"这回可真的露脸了。"

白松隔着几十公里，都仿佛能看到李所现在那咧到后脑勺的嘴角。

"嗯嗯，查，肯定得查，哈哈，今天分局大局长都来所里了！不过白所你放心哈，咱老李不是那种人，你的功劳最大，我已经跟殷局长详细汇报了！"看得出来李云峰是高兴坏了，说话都已经不顾及什么身份了。

李云峰工作这么多年，就连杀人犯都抓过，但是，这是他功劳最大的一次！而且，完全是意外之喜！

"行，谢谢李所了，等我回去请你吃大餐！"白松也非常兴奋。

"那都不重要，我请十顿都行！"李云峰说完，舒缓了一下情绪，接着道，"今天中午估计就能在一起吃饭了，怎么样，你中午有吃饭的时间吗？"

"啊？您中午过来？"白松惊讶道，"不会是特意过来吃饭吧？那可不用啊，等我回去咱再吃。"

"这案子还有的忙呢，我给你打电话，其实还有一件事，就是这个变色油墨的事，我们大体审讯了一番，好像涉及走私，而且就是在港区进行的走私。"李所说道，"估计从今天起，咱们得和海关好好查查到底是怎么回事。"

"新港区这边查这么严，不会吧？"白松有些不解。

"没有不可能的事情，灯下黑，新港区每天的吞吐量那么大，万一再有个疏漏，怎么能保证呢？"李所说道，"最危险的地方，有时候确实可能是最安全的地方，至少很多犯罪分子会这么认为。"

"那你的意思是，港口这边还可能直接印刷假币吗？"白松问道。

"不排除这个可能。"李所虽然激动，但是思维还是不乱的。

"嗯？"白松看了眼王华东，接着跟李所说道，"我好像有线索。李所，要是信我，带齐手续，点兵点将，过来一趟！"

"真的？"李所问完，白松还没说话，只听到叭的一声，好像是手机掉到了地上，然后白松就什么都听不到了。

过了大约一分钟，派出所值班室的电话就打了过来。

"在哪里？需要带多少人？"李所的声音更激动了，这个白所长，简直是个神仙啊。

"地点我一会儿发给你，在一个物流园区，带十个人过来吧。"白松想了想，接着道，"带上警犬！"

"好！"这个时候，就是局长不让李所去，李所都得去！前几次办案，每次听白松的，都收获颇丰，这次还有一个大功劳，他能不急吗？李所感觉这几天年轻了十几岁，他已经很久没有这种激情了。

"你怀疑大黑那里有问题？"王华东问道。

"对！之前你不是说过吗？那里有不少漂白剂，说这个东西有两个作用，一个是消毒，另一个是纸浆漂白。如果是造假币的，就可以说清楚了！"白松脸色潮红。

"我可没说那么多，我只说过可能是漂白剂。"王华东倒是没那么激动。

"赌一把，查！"白松不是优柔寡断的人，大黑明显有问题，都这个时候了，再不查一查，还等什么？

而且，公安机关查个仓库什么的，有最基本的手续就行。

"这个事，需要跟这边说一声吗？"王华东问道。

"别管了,我在群里说一声,说咱们分局那边有事,上午得先去忙一会儿,肯定没人管咱俩。"白松想了想,"开车先去一趟这边的刑警四队,要一点死者林茗菲身上的衣服纤维,一会儿给警犬辨认。"

再次回到昨天晚上这个地方,白松心情没什么不同。

昨天晚上和两个兄弟在这里一夜,现在还是兄弟们在侧,基本上也都是白松认识的人——刑警队的人和三木大街派出所的人。

王华东也是倍感亲切,他就是当初从三木大街派出所走出去的人,所里的这些弟兄,王华东也颇为想念,一见面,大家就叙起旧来。

已经约好了,大黑一会儿过来。

本来大黑说今天有事,但是王华东一约他,还是很容易地约了过来,半个小时后就过来。看得出来,大黑对王华东这个客户非常重视。一台高价的平行进口车,卖掉至少赚两万,而且王华东还有贴膜和改装需求,这一单赚了三四万,跟玩儿一样。三四万,一次性赚到手,任谁也不愿意丢掉这样的客户。

之所以直接暴露身份,也是白松的决定。如果大黑这边真的没问题,暴露了也就暴露了,他也不敢说什么;如果有问题,那就直接带走,也不怕暴露。

所以,这次既然来了,就是要查个彻彻底底,已经有三四个人进了园区,在附近若无其事地溜达着。

李所带了足足18人来,加上李所一共19人,开了一辆大金龙汽车。车子没有进入园区,而是在附近停着,在车上聊天,坐等大黑打电话过来。

这车是分局的,白松见过几次,看得出来,最起码马局长对李所的这次行动是支持的。

车上,各种装备带得很齐,两条狗白松都倍感眼熟。

这是白松刚参加工作的时候,去诸葛勇(王千意的金店的店长)家里搜查的时候带的狗,当时就给白松留下很深刻的印象,没想到在这里又碰到

第五百六十四章 准备完毕

了。这两只狗,可是对李某被杀案的侦破立下了汗马功劳,现在还是壮年。

白松知道这些犬不能随便摸,但还是忍不住摸了摸它们。两条狗都记得白松的味道,和白松非常亲昵。

这让他想起了花花和花花,想起了冀悦,也不知道远在外省的兄弟现在如何了……

正聊着天,王华东的电话响了,所有人和狗,都瞬间安静了下来。

第五百六十五章　阴差阳错

大黑，原名杨庆富。

这个名字很不错，一听就是父母希望他能吃饱穿暖。

这是一个很精明的人，从底层摸爬滚打到现在这个程度，曾经的小伙伴现在都得拍着他马屁，不过这个人也比较聪明，曾经的朋友一个也没带出来。

他已经准备洗白了。

但是，天地良心！

咱大黑，不是造假币的！

有时候，办案就是这样，本来李云峰等人是想去查盐酸西布曲明的原料的，阴差阳错有了意外收获，查到了变色油墨。

而顺着变色油墨这条线和白松的怀疑查到了这边的仓库，查到的东西却与假币完全没有关联。

漂白剂不是用来漂白纸浆的，还真的是用来消毒的。

"这几位是……?"大黑和王华东约好了之后，两个人就在仓库门口见面了。

因为刚刚安排了人在院里做了初步的侦查，大黑带了两个跟班过来，也都在警方的监视中。

王华东接到电话，和大黑在仓库门口见面的时候，这几个便衣直接跟了上来。

"一起的。"王华东说道，"我不懂，找人帮忙看看。"

"哈，行，放心，进来进来。"大黑打了招呼。

大黑见王华东这边人多，进了仓库之后，就把那两个跟班叫了出来，可能是怕自己一个人盯不住这么多人。

王华东见到所有人都出来了，趁着玩手机的时候，给外面的警察发了信息。

过了不一会儿，一辆大巴车直接停在了附近，十几名警察全副武装就下了车，把这个地方围了起来。

白松没有下车。

虽然大黑用屁股想都知道警察是王华东带来的，但是暂时还不能挑明。

如果大黑确实是个违法犯罪嫌疑人，那无所谓，暴露就暴露了。而万一查不到任何问题，张伟可就尴尬了，以后在这个圈子里就不好混了，大黑出去传一句"都是同行，你找警察查我？"，对张伟总归不是好事。

但只要王华东和白松装作不知道，不直接参与，不捅破，即便大黑明明知道和张伟有关，也不能说啥，而且可能还得忌惮一点张伟。

不过，没有那些如果了。

李所带着人，要求大黑打开了另一扇大门。

用李所的话说，他穿着警服和大黑对视了一下，就能确定他有问题。

十几名全副武装的警察跑过来，大黑知道自己的那些东西肯定藏不住了。按理说，他上下打点得也不错，但是警察真的来了，找谁也不好使。

白松下了车，王华东也走了过来，大黑等人已经被戴上了手铐。

大黑看到白松，发蔫的表情里有了一丝理所当然，果然，昨天来的这一位是警察。

他昨天也没往这方面想，现在什么都明白了，然而当他再次看到王华东的时候，脸上最后一丝期冀也破灭了。

"死"得不冤。

他自认为识人无数，张伟他还算了解，昨天晚上和王华东聊了那么久，一点警察味也没闻到。所以他昨天晚上一点也没怀疑，踏踏实实地回去睡觉，今天也直接跑了过来。

想到这里，知道自己会是什么下场的大黑，突然就释然了，这一刻没有感觉后悔。

如果当初没有走上这条路，大黑可能一辈子也接触不到什么高层次的东西，但是做了两年走私，他想了很多以前从来不曾想过的问题。

这些经历也许能让多年后刑满释放的他东山再起。

但是，多年的牢狱，到底会如何，到底值不值得，估计得到判刑那一天，大黑才能真正明白吧。

任谁也没有想到，大家是奔着变色油墨来的，却意外查获了走私各类珍稀野生动植物的仓库。

仓库很不显眼，但是打开后有几间隔断，里面是琳琅满目的水箱、置物架、灯具、空调等等。

仓库打开后是一间大屋子，里面有几个隐藏的隔断。这些隔断从门口看不出来，但是走近了还是很容易发现的。

外屋比较大，停着两辆板车，上面分别是一艘摩托艇和一艘川崎的摩托车，除此之外，还有大量的手办和各类模型，包括各种大型航模和船模。

里面小屋子里则是各种各样的走私违禁品，包括象牙、翡翠，以及各种动物。

苏卡达陆龟有三十多只，美洲绿鬣蜥有二十多只，还有诸多不知名的昆虫、鸟类、蚂蚁等。

查了一大圈，收获颇丰。

李所的眉头却始终没有打开，他和白松对视了一眼，就出去打电话了。

忙活了这么久，没有管辖权啊！

这案子，与九河分局完全不沾边！

李所出去打电话，白松带着狗在这附近转了转。

刚刚在车上的时候，白松之所以摸狗，除了想摸之外，他还特地给狗闻了闻林茗菲的一丝衣服纤维的味道。

第五百六十五章　阴差阳错

训犬员带着两条警犬,围着摩托艇闻了好几圈,一无所获。

"这是没有关联性的意思吗?"白松问道。

"嗯。"训犬的周警官答道。

"那把狗放开,让它们闻闻周围。"白松说这话时都没啥信心了。

他本来看到摩托艇还很激动,以为这是投尸的关键,但此刻显然不是那么回事。

这里面几个屋子里,味道都不是很大,这些走私的小动物都是爬行类动物和昆虫,这些冷血动物并不像哺乳动物一样味道那么大,这有利于狗的发挥,因为这些味道会让狗很兴奋。狗很喜欢没有闻到过的其他生物的味道,当然,老虎、狮子之类的味道狗不喜欢。但这里面大量使用的消毒水还是让狗非常难受的。

白松看了看门口的车辙,如果这个仓库里这几天有其他的板车或者船被拉了出去,不会一点痕迹也看不到,尤其是王华东也摇头的情况下。

这时,白松看到两只狗围住了一个沙发。

第五百六十六章　重大嫌疑人

"汪汪汪。"两只狗围着一个沙发叫了起来。

白松一惊,连忙跑了过去。

这就是一个普通的单人沙发,看着已经有几年了,但是皮质非常不错,最起码值几千块钱。

两只狗围着嗅来嗅去,都叫了几声。几个人上前把沙发抬了起来,仔细地检查了一番,却什么也没有发现,沙发里面都打开查了,也没有什么异常。

"它们为什么会叫?什么意思?"白松问道。

"不知道,"周警官也非常疑惑,"我只能听懂,它们是闻到了曾经闻到过的味道,具体是什么,我不清楚。"

"会不会是它们以前见过这种沙发?"有人问道。

"先把这几个人带出去。"白松指了指大黑三人,有些事还是不能让他们知道的。

三人被带了出去之后,周警官说道:"恕我直言,我也不知道到底怎么回事,但是我可以保证,跟沙发没啥关系,应该是跟沙发上的味道有关系。"

警犬就这点不好,不会说话。不是每个训练者都能达到冀悦那个水平,周警官这样的已经算是不错的了。

而这个时候,即便冀悦在也没有用,因为这两只狗是闻到了它们曾经闻过的味道,别的狗再厉害,来了也没用。

狗与狗之间只能感知基本的情绪,是没有内部的语言的。

而冀悦也没办法读懂这两条狗的意图。

"这个沙发一会儿带走,一起扣押了。"白松想了想,"让狗继续四处闻。"

这会儿,李所带着大黑又进来了。

"已经被抓了就老实点,你走私的事我们回头跟海关一起合作,但是你倒卖野生动物这个事归我们管,明白吗?"李所敲打了一句。

"明白。"大黑答得也算干脆。

"行,给你一个立功的机会,你所有的这些东西,有卖到九河区那边的吗?"李所说道,"抓紧时间吐一个人出来,我没空和你磨叽。"

大黑看了李所一会儿,点了点头:"有。"

白松明白了,这是反向制造管辖权啊!

大黑吐出来一个买陆龟的人,李所立刻安排人去买家家里搜查,查出来之后,光速立案,然后反向把这里的案子算进去。

这样,这里就成了九河区的案子经过勘查而发现的线索了。

虽然手段有点……但是可行!

"厉害!"白松打心底夸了一句,"这个案子必须得咱们查,刚刚狗已经闻出了问题。"

"什么问题?"李所凑近问。

白松凑在李所耳朵旁说了几句,接着跟大黑说道:"你知道我为什么找你吗?"

大黑这才反应过来白松居然也是一个领导,有点不敢相信,但还是老老实实地说道:"不知道。"

"窦渐离你认识吧?"

白松说完,大黑的表情有明显的波动,停顿了几秒,说:"认识,一个小的主播公司的老板,前段时间,他那里有主播出事了,他跑了。"

"哦?仔细讲讲。"白松心中一喜,果然找到了突破口。

"唉，大约十天前吧，具体我也记不清了，窦渐离找了我，找我借2万块钱，我问他干得好好的为什么要借钱，他不说。

"见我一直不借，他告诉我，他平台里面有钱，但是暂时还没法拿出来，找我应急。

"我又不傻，直播平台给签约的主播是按月结账的，但是这类打赏的钱，公司是可以实时提取的，我就问他具体咋回事。

"他说他公司出了点事，他急着出去避一避，过一段时间看看风头如何再回来。

"这情况我更不可能借，他就走了。"

"就这么简单？"白松问道。

"嗯，就这么简单。"

"那我提一个人，你听听，李亚楠，哦，提名字你可能不知道，他的YY网名叫壹叁柒玖叁。"

大黑点了点头："知道这个人，是个有钱人，经常打赏藏宝图，是圈内挺有名的一个老板。他这个名字是改的，这名字是窦渐离手下一个女主播的直播间号前五位。"

"这个人和你熟悉吗？"白松瞅了瞅四周，"有话别藏着。"

白松也知道这是刘束束的直播间号前五位。

"不熟。"大黑突然看到两条狗正在围着一个东西打转，立刻改口道，"熟悉！他的一个朋友在我这里买过五十只红火蚁，前天，他找我借过那个，然后昨天中午给我送回来了！"

顺着大黑的手指，白松看到了一个大型的船模，两条狗正在围着这个船模打转，看着白松。

这个动作白松懂了，这是说明，狗闻到了白松之前给过它们闻过的布条上一样的味道！

这个大船模，就是把林茗菲的尸体拖进海里的工具！

"除此之外，我什么也不知道！"大黑几乎是喊了出来。

第五百六十六章 重大嫌疑人 | 325

大黑之前就觉得有问题，但是现在他已经可以确定了，自己之所以倒霉，不是跟走私有关，而是跟李亚楠借走这个船模有关！

这个船模是有动力的，价值上万，通过遥控器可以轻松在海里航行数百米，而且还带实时的图像回传。

不要小看这个大模型，在海里拖着人跑不可能，但是拖着一个尸体慢悠悠地进海里还是一点问题也没有的。

"你这么着急说出来，是怕被狗抢先了吧？"白松直接指了出来，大黑宁可自己招供他曾经卖过蚂蚁的事情，也不愿意真的稀里糊涂为一个大案子做了包庇。

大黑也不尴尬，没说话，算是默认了。

白松也没继续说那些，问道："他开了一辆什么车？还有什么人？"

"一辆长安的面包车，银色，车牌号码我记不清，天华本地的车。"大黑道，"他和窦渐离不一样，算是老板了，所以一个模型我就借了，也没问他理由。"

"没问理由？收钱了吗？"白松问道。

"没收钱！"大黑立刻道，"领导，我说实话，我感觉蹊跷，但是有钱人我不会得罪，我不可能问的，问了对我没好处，我也没收钱，我知道的就这么多。"

白松看了大黑一眼，这个人有点意思啊，聪明人，怪不得能爬到这个位置。

第五百六十七章　第三个死者

白松跟李所说了一声，立刻就派人到门口查车子去了。

有了准确的时间和车型，想知道这辆面包车的车牌号并不是难事。

"这个船模怎么用？"白松指了指这个船模。

"这东西我们叫它海模，最近咱们这边玩的人不少。警官你们可能不知道，2011年的时候，咱们天华就获得了2017年全运会的举办权，而且到时候还有海模比赛。

"上一次有海模比赛的全运会，是二十多年前。您别小看这个，虽然达不到海模全运会比赛的水平，但是我们自己玩，我也用这个赢过好几次。

"我以前也在直播间讲过这个，放过视频。海模比赛有30多个级别，我就是瞎玩，但是这东西跑得还是挺快的。"大黑解释道。

"能有多快？"白松走过去，戴好手套，双手抬起来，试了试这个海模，分量还不轻。

"这一艘航速能到六七十节吧。我这个不行，人家最快的海模用的都是内燃机，有汽缸的，150节都没问题。"

白松还真的吃了一惊，150节什么概念？相当于时速278公里，堪比高铁了，真正的快艇也没有能达到这个速度的。而即便大黑的这个，也能达到高速公路上汽车的速度，要这么说，这东西的动力真的够强的，在水里拖着一个人走实在是很轻松。

"这东西极限的操作距离有多远？"白松问道。

"不好说，几百上千米是有的，但是一般不敢那么玩，正式比赛都不是在海里，2017年的全运会就在湖里举行，我最远让它跑过五六百米。"

白松听明白了，简单地想了想，便大体明白了是怎么操作的。

用塑料绳绑着死者的脚踝，不需要绑得太紧。用海模慢慢拖着尸体入海，到了一定的距离后，稍稍后退，然后全速一开，绳子绑住脚踝那一部分直接就能拽开。即便那个绑着的地方没有松开，以这个动力，拽断绳子很容易。

这也很符合秦支队的推测。

如果是快艇之类的，直接运送尸体即可，没必要绑绳子拖着。而且，以塑料绳的结实程度，如果用快艇拖着，稍微一用力就断了。

海里并不是所有的地方都会把漂浮物送到岸边，离海岸一定距离后，就有了横向的洋流，所以有可能就不知道漂到哪里去了。

"你这个沙发是怎么回事？"白松问道。

"沙发？"大黑还真的有些不解，"就是我平时坐的沙发啊。"

"除了你，还有谁坐过？"

"我这几个员工，要是在这边累了，都可以坐。"大黑指了指自己的两个手下。

白松看了看大黑的两个手下，简单地问了问。这俩人也是跟着大黑一起走私的人，问了问他俩其他几个人的情况，也没什么发现。

"白所，剩下的人，咱们需要去抓吗？"有人过来问道。

"先不急，等分局把那边的人抓完立完案。咱们先清点一下这些东西，一会儿还得通知森林公安和海关过来，这些动物咱们可清理不了。"白松从一名警察那里拿过刚刚从大黑手里要来的手机，找大黑要了密码，接着用大黑的微信号，在群里艾特了所有人，让大家今天中午都过来一趟。

理由很简单，就说今天晚上这边临时有一场比赛，来的人"咖位"很高，提前布置一下户外烧烤什么的，让大家早点过来。

大黑这边一般都是下午两点才上班，一直到晚上十点多或者后半夜才下班，所以让大家提前几个小时来，倒也没人怀疑，而且户外烧烤这种事情没人不喜欢。

这样一来，人就不用抓了，等其自投罗网就行。万一谁没来，到时候再去抓就是了。

现场的清点不需要白松动手，分局那边去抓人也不用他操心，反正就是在这里转悠转悠，玩一玩陆龟，看看大皮卡车，也就这些事了。

这里的很多东西都要扣押，车子却不是。

这些车非常压资金，并不全是大黑的，一大部分车也是放在他这里代卖，这也是一些人看中大黑有一定的影响力，还是个主播的原因。

大黑自己是没有那么雄厚的资金的。

剩下的事情就非常顺利了。

中午十二时许，分局那边的行动非常顺利，已经立案并且联系了海关和森林公安，新港区公安分局的人也来了，现场非常热闹。

面包车的情况也已经查清楚了，车主是这边的二手贩子的，前几天有人过来找他租的。本来二手车贩子的车是不外租的，但是这辆车现在也就价值万儿八千，李亚楠直接给了1万元的押金，还有什么不能租的？

目前，王亮已经查到了这辆车的视频轨迹，初步可以判断出来，案发地点在一个别墅区！这是其一。

白松一直在这里等着，其实就是想看看其他几个人，包括那个叫江晨的女主播，都等到了之后，也没发现什么问题。这些人都眼生得很，查查底子，也没什么特殊的，所以沙发究竟是咋回事，白松也搞不懂了。

仔细地和狗"确认"了一下，狗再次围着沙发转，也不叫了。再三确认了一番，两只狗对沙发都没了兴趣，想了想，白松还是决定先把沙发扣押，回头再说。

案件突如其来的进展，让整个专案组都有些震动。

上午开会的时候，市局已经准备成立专案组了，还没有什么比较大的进展，就从九河分局的队伍里得到了这么重大的情报。而且，这时候九河分局的秦支队长还在睡觉呢。

第五百六十七章 第三个死者

这个别墅区，算是一个很失败的别墅区，海景房是个噱头，但是附近什么配套设施都没有，又很潮湿，开盘后几次优惠才卖了大半。

后面的几套实在是卖不掉了，开发商自己留了下来，装修成了别墅酒店。其实开发商也不想留着，但是持续地优惠，之前买的人就不乐意了，来闹了几次，开发商就不敢降价了。

等大家找到这一别墅酒店的时候，又发现了一个死者——

王烦烦。

第五百六十八章　现场实验

这边的别墅酒店与一般的酒店不同，主要在于押金很高。因为，第一，酒店管理与一般的酒店完全不同，住户来去自由；第二，为了维持档次，别墅的装修也很不错，里面各类设备一应俱全。

理论上说，如果你想偷东西，在这住一晚上，把电器全拆了，也能卖几万。所以，押金很高。

在十天之前，李亚楠在这里租了三天的房间，交了足额的押金，本来已经超期了好几天，但是前天李亚楠又过来一次，续了一个月的租金。

别墅是那种典型的独栋别墅，高墙大院，非常漂亮，后院还有一个养鱼池，但是冬天并没有水。除此之外，还有一个地下的小游泳池，不过看着更像是个大浴缸，长5米，宽3米。

王烦烦被发现的地方，就在这个地下室，她死在了游泳池里。

游泳池的进水管阀门前面的一截塑料管发生了破裂，目前已经不流水了。

查了一下别墅的总用水阀门，被人关上了，在阀门上采集到了林茗菲的指纹。

地下室的周围全部被水泡了，现在游泳池里还是满的，这个地下室的周围明显也是做了防水处理的，但是时间久了，除了游泳池内之外，岸上的水还是都渗了下去。

这个尸体的情况，和林茗菲非常相似。明显能看出来林茗菲也在这个水池子里泡过，也能看出来，林茗菲前几天从这里被拖出去带走了——孙杰和王华东等人在这里发现了拖拽的痕迹和李亚楠的脚印。

这个地下游泳池的暖气已经关掉了,如果不是在地下,可能已经结冰了。目前的温度只有 10℃ 左右的样子,这也是为什么尸体没有腐烂的原因。

经过简单的现场勘查,王烦烦应该就是在这里死的,死亡原因是溺水。

而林茗菲的死亡地点是在厨房,被人从后面敲了闷棍。

林茗菲应该是死后又过了一段时间才被拖到这里,然后前天晚上又被带了出去。

除此之外,现场还发现了两个人的痕迹。一个是郑小武的,郑小武在其中一个房间待过,具体待了多久不知道。另外一个人的脚印,从大小和纹路上来看,和关山月十分吻合。关山月的脚印出现在了李亚楠的房间里,而且还在柜子上发现了他的指纹。

"王烦烦是怎么死的?"一行多人,包括魏局长,都在别墅的大厅里站着,大家对这个案子感觉到了极大的困惑。

发生了这些事,凶手到底图什么?

王烦烦怎么看都是意外死亡,并没有被他人强行按着淹死的痕迹。

从现场看,无论是李亚楠、林茗菲,还是郑小武、关山月,都没有什么专业的反侦查意识,能够制造出一个完美的意外死亡现场吗?

而且,凶手到底图什么啊?

白松穿上了鞋套和头套,申请去了一趟地下室,仔细地看了看,回来以后,一直感到纳闷。

这游泳池也不算深,只有 1 米 4 的深度,大活人能被淹死?

这么简单的现场,所有人都一筹莫展。

"再解决不了,部里面可能就得派专家过来了。"魏局长脑袋有点疼,死亡三人,这事情真的闹大了。

唯一的好消息就是,从白松那里基本上可以确认,窦渐离和李亚楠这两个人现在是没出事的。也就是说,不存在失踪人员,李亚楠还具有重大的作案嫌疑。

"白队，你们那边有什么进展吗？"魏局也是没办法，居然过来问起了白松。

这案子现在取得这个进展，发现了重大犯罪嫌疑人李亚楠，九河分局算是厥功至伟。无论是支队长秦无双，还是白松、孙杰、王华东、王亮，哪个都挺能干的。

"魏局，我有个事想验证一下。"白松咬了咬嘴唇。

"你说。"魏局一下子有了点精神。

"那个总水阀，我想打开看看会发生什么情况，但是可能会破坏现场。"白松说出了自己的想法。

"想打开水阀试试？"魏局也比较谨慎，"你想判断什么？"

"我想知道为什么林茗菲要关掉水阀，想知道这个房子里还有没有地方漏水。"白松解释道。

"行，一会儿他们把现场的痕迹采集完，你打开一点点水阀试一下。"魏局表示了同意。

"要开，就得整个打开。"白松摇了摇头。

魏局看了看白松，眼神深邃，道："行。"

现场勘查的都是诸位专家，王华东的师父郝镇宇都来了，先着重排查了有水管的屋子，目测只有地下室那里漏水。

都差不多了之后，白松跑到了地下室，其他每个屋子也都有警察盯着，通过电台，他一个警察说道："开闸。"

闸口那里有明显的震动，整个打开后，其他地方都没什么变化，地下室的水管很快地就传出了声音，不到三秒钟，大量的水从水管破损的地方喷涌而出。

"关闸。"白松说道。

随着水闸关闭，这里的水一下子缓了下来，水管里残留的水慢慢地流了出来。

这个实验让所有人都感到疑惑。还真的只有这一个地方漏水，其他地方都没什么问题。"

白松有些悻悻，回到客厅后，魏局怀着希冀的目光看向了白松，他压力还是很大的。

这个事如果办不了，部里很可能派专家过来，到时候发现现场有过变动，总归是要不高兴的。

其实，如果单论现场勘查，郝镇宇的水准已经是专家水准，但是上级部门难免心高气傲，魏局压力也不小。

"有任何猜想，大胆说，不用怕。"魏局鼓励道，"你们不用担心，这个事无论到哪，也轮不到你们来承担责任。"

"好，那我就把整个案子分析一下，如果有问题，各位多多包涵。"白松深吸一口气。

众人闻言全部凑了过来，白衬衣围过来两三个，还有几个和魏局一样穿着便衣的大领导也靠了过来。

第五百六十九章　白松时间（1）

柳书元看着白松，心里有些莫名的低沉。

曾几何时，大家还是坐在一起上学的同学，虽然在学校互不相识，但是起点都一样，应该说，他的起点更高一些。上次一起去湘南省办案，他虽然觉得有差距，但是他感觉自己近日进步也不小。这次过来，他也参与了不少工作，但是，还不到二十四小时的时间，九河分局那边就破案了？

说好的一起成长呢？

"首先，我认为王烦烦是意外死亡的，她的死亡与任何人无关，与林茗菲没关系，与李亚楠也没关系，但是，就是她的死亡，才导致了后续的事情……"白松话还没说完，立刻有人打断了他的话。

"怎么会是意外？王烦烦虽然个子不高，但是也比池子的水深要高不少。"说话的是新港区公安刑侦支队的支队长，"而且，那个水管并不算旧，肯定是人为破坏的。"

"破坏那个水管没有任何意义，而且，所有的勘查，也并没有发现人为破坏水管的情况。"白松现在的气场还是很足的，站在这里，这么多领导，当地的支队长并不能给他带来太大的压力，"在物理学上，有一个比较著名的现象，叫'水锤效应'。"

白松见所有人都皱了眉头，解释道："听起来复杂，其实就是基础的牛顿第一定律，惯性定律。惯性定律还有一个名字，叫作惰性定律，也就是物体很不愿意改变自己的运动状态，除非受到其他力。水锤效应，就是水的惯性。如果一个水管内部非常光滑，水流动自如，当一个打开的阀门突然关闭，里面正在快速流动的水，就会对阀门这里产生一个巨大的压力。因为管子内壁光滑，水流动顺畅，这些携带大量动能的水，所有的能量就集中在了阀门附近，这情况，也就是正水锤。除此之外，关掉的阀门突然打开会形成负水锤，这个破坏力相对较小。

"王烦烦自己一个人下来给游泳池放水，水要满上来的时候，她直接关掉阀门，然后由于'水锤效应'，水管突然破裂，大量的水流直接喷到她头上，一下子把她喷得有些迷糊，接着掉入泳池，因为暂时的迷糊，从而导致了溺水死亡。"

"我支持这个观点。"大家都没人出声，郝镇宇发话了。

郝镇宇，在座的很多人都认识。作为现场勘查的专家，他这么一说，说明白松的这个推论是符合现场勘查结果的，本来一堆想质疑的人，现在一下子就不说话了。

王亮在后面偷着乐，看着这些人的表情心中暗爽。

"论起别的东西，可能在场的都经验丰富，但是论起物理、化学这些东西，恕我直言，在场的各位，都是……"王亮代入感太强了，有些自我陶醉。

"白队长，你接着讲。"魏局没有评价，接着说道。

"从现场的这些痕迹和每个房间的入住情况来看，这三个女主播都在这里有房间，李亚楠也有自己的房间，而关山月是没有自己的房间的。也就是说，关山月是不请自来的。

"但是，李亚楠最喜欢的刘束束却没有来，这说明一个问题，这三个女主播，不见得是李亚楠邀请过来的。他就算是傻，也不可能一下子邀请三个人过来，一个一个的不好吗？

"所以，唯一的解释就是，这三个人是得到了线索自己想过来的，而且，还都是竞争关系。

"从现在这个情况来看，这个事没那么简单，这三个女的都不是傻子，每个都是为了钱，林茗菲不必多说，搞不好她就是坏了李亚楠好事的人。也就是说，李亚楠这次来本来是为找刘束束，却被林茗菲截了胡。

"李亚楠肯定会对林茗菲不爽的，这个情况，郑小武和王烦烦也是知道的。

"郑小武岁数比较大，并不傻，她想要的无非是钱，而且可能更加直接。王烦烦则是个傻姑娘，这次过来，就真的是想勾搭李亚楠，做个女朋友什么的。

"他们自己吵了一架，这个事别人不知道，关山月知道。关山月天天到处打听这个那个，又很机灵，所以知道的事情也很多。

"关山月过来，也是为了钱。他想偷钱。

"平时不敢偷，这个时候敢。原因很简单，李亚楠是个有头有脸的律所财务总监，出来约会女主播，真的丢了几万，会报警吗？当然不会。

"这个事，郑小武也是知道的。郑小武跟着王烦烦和林茗菲到了这里之后，就先回到了住处。郑小武想得更直接，不知道通过什么途径，搞到了一点乙醚，想给李亚楠迷倒，钱拿走就是，反正李亚楠也只能打碎牙往肚子里咽。

"但是，事情根本不是像他们想的那样进行。

"王烦烦一个人去游泳池放水，希望一起游泳之类的，但是意外死在了下面，而且没人知道。

"林茗菲发现地下室有问题之后，吓了一跳，可能会下去看看，也可能没下去，总之，她选择去关水闸。

"总水闸是金属的，需要很大的力气才能关掉，水闸正好也在户外的工具室，她就找了一个手柄细长的锤子，想作为杠杆，把水闸关上，结果这个时候被李亚楠看到了。

"李亚楠看到林茗菲拿着一把锤子在关水闸，又发现了王烦烦被淹死在了地下室，就以为是林茗菲做的。他本身就有些反感林茗菲，看到这一幕，以为林茗菲想杀人越货，因为李亚楠的包里带了不少现金。他并不相信王烦烦是死于意外。

"林茗菲回屋后,第一件事是去别墅的厨房洗手,当时已经吓坏了的李亚楠就捡起了锤子,一锤子下去,林茗菲就死了。

"其实他胆子也很小,这一锤子应该完全是冲动,结果人死了,他就吓坏了。后来,李亚楠肯定是直接跑了,而且不敢报警。过了一两天,李亚楠偷偷回来,把林茗菲扔到了地下室。然后,前天,他又觉得不保险,便想办法把林茗菲扔到了海里。"

第五百七十章　白松时间（2）

见所有人都在思索，白松接着开始说自己的看法："李亚楠跑掉之后，郑小武回了住处，想晚上再过来，想办法把钱拿走。

"我现在推测，她也死于意外。

"这个事听起来非常扯，但是如果考虑到郑小武当时的心情，就不难理解。

"她想做的事，是用带着乙醚的毛巾把李亚楠迷晕，然后把钱拿走，这个事属于抢劫，所以她的情绪异常激动，吃了碗疙瘩汤，被噎死了。

"除此之外，我还怀疑她提前给自己做了手脚。

"之前法医认为，郑小武的喉咙部有疙瘩汤，是因为尸体巨人观之后，被腹内气体推了出来，但是我的观点是，她就是在心不在焉、情绪激动、身体自控能力差的情况下被噎死的。

"当时，孙杰法医提到这个事情的时候，我还特地查了查，发现宋子文，他就是因吃饭时过度兴奋，不慎将一块食物呛进气管里，从而呼吸不畅，最后因心力衰竭猝然而死。而且当时就发生在美国的旧金山，医疗条件还是不错的。

"郑小武的死亡并没有人知道，关山月则在晚上偷偷摸摸地跑了过来。他并不知道这个别墅里有两具尸体，如果知道估计早就吓死了，他不可能去厨房和地下室找钱，直接就去了李亚楠的屋子。他去了发现一个人都没有，从后来他的反应判断他，应该也是知道失踪这一事件的。

"从现在关山月的反应来看，关山月应该是拿到了钱的，但是肯定没有都拿走,他知道拿走一部分钱,李亚楠不可能报警,所以关山月一直讳莫如深。

"过了一两天,李亚楠发现没有警察找过来,便回来把林茗菲扔到了地下室,也就是在这段时间,常年温暖的别墅里的苍蝇产了卵。别墅里太暖和了,一两天的时间足以令尸体开始腐烂。

"扔到了地下之后,李亚楠也不知道该怎么办,就先把地下的暖气也关掉了,然后跑掉,去想办法,最终还是觉得应该抛尸。

"实际上,李亚楠当时应该是慌不择路,我十分怀疑,他正在准备偷渡出境,这个人胆子真的不大。"

白松说完,魏局也一直认真地听着,说道:"你说得有一定道理,但是有几个问题。

"第一,先说郑小武,我们按照经验来说,确实是那个液化石油气罐不完全燃烧产生的一氧化碳很难达到致死量,但是如果她是噎死的,那么,死后一氧化碳还会继续和血红蛋白结合吗?"说到这里,魏局顿了一下,把目光移向身边的一位市局的老法医。

"人死后,红细胞会发生破裂,血红蛋白可以与空气中的一氧化碳结合,但是能力非常差,而且因为缺乏自主呼吸,除了口腔等地方的表层,体内的血液中是检测不到一氧化碳的。"老法医明白魏局要问的事情,直接回答道。

魏局点了点头,望向白松。

"魏局,这个我有一个推理不知道对不对,等最后一起说可以吗?"白松还在斟酌这个事。

"好。"魏局接着说道,"第二,郑小武尸体被发现的时候,新港分局的人第一时间到了屋子里之后,呼吸了一阵子都感觉到头晕,说明一氧化碳中毒的浓度还是比较高的,这也是目前法医认为死亡原因是一氧化碳的主要原因。

"第三,关于李亚楠,从常理来说,他看到王烦烦死了,然后又看到了林茗菲拿着锤子在关阀门，他完全可以逃走，作为男性，面对一个年轻女性他有逃脱能力。而且，杀人不是小事，从动机上是难以解释的。

"第四，这同一起案子里，两个人都意外死亡，而且如此巧合，过于蹊跷。

"第五，照目前的推断，如果是关山月拿走了钱，刘束束没有任何必要隐瞒此事。

"第六，就是乙醚的来源，郑小武的履历都摆在这里，大家也都是知道的。"

魏局长到底是老刑警出身，一下子把问题的关键全部抓了出来，他环视了一周，大家也没人补充，随着他的视线逐渐移动到白松这里，其他视线也集中到了这里。

"我做些推理，还需查实，如果有问题，希望领导多多包涵。"白松觉得自己的想法也不见得都对，但既然已经到了这个时候，他便深吸一口气说道，"先说第一和第二以及第六。

"我个人认为，液化石油气不完全燃烧，产生不了那么多的一氧化碳。

"这个事我想在座的诸位也是这么认为的，毕竟咱们家里的煤气灶从来也没有说因为燃烧不充分就能有那么多的一氧化碳产生。

"只是死者体内发现了一氧化碳，同时现场又存在能产生一氧化碳的条件，这就使得我们不得不考虑一氧化碳中毒。

"而我认为，一氧化碳根本就不是现场的燃气灶产生的，可能是郑小武在获取乙醚的时候，故意找地方吸入了一氧化碳，从而导致了体内存在这种物质。

"关于乙醚的获取途径，这很可能涉及别的事情，目前还不得知。

"为什么郑小武要刻意吸入一氧化碳？这个很简单，一氧化碳中毒是一种非常个性的中毒，少量吸入的属轻型中毒，对人体危害非常小，吸入新鲜空气，脱离中毒环境后，症状会迅速消失，一般不留后遗症，只是体内依然有一氧化碳血红蛋白存在。

"她这么做，是为了给自己增加保险，如果李亚楠那边报警说被盗窃或抢劫，警察查过来，她就能以自己一氧化碳中毒、神志不清为由，非常安全地避免被侦查。同时，燃气灶那边也是她故意这么弄的。

"如果说为什么她要先吸入一氧化碳，这说明她获取乙醚的地方也不是很容易过去，所以去一次就全准备齐了。而她最终噎死，除了激动，也与轻微的一氧化碳中毒导致的恍惚有关。

"低浓度的一氧化碳，如果她不出事，等她一会儿拿着毛巾出门，再呼吸一下新鲜空气，几乎没啥影响，而屋内的环境则容易让她恍惚。"

第五百七十一章　白松时间（3）

"至于我们第一拨进去的警察，为什么会进去以后感觉到晕眩，这个我想跟一氧化碳是没有关系的，而是因为硫化氢气体。

"硫化氢气体是人死亡一定时间之后，蛋白质腐败变质的产物，硫化氢气体的轻微中毒，也会使得民警头晕目眩。并且，硫化氢气体的轻微中毒，依然可以在脱离环境后迅速缓解，虽然很臭，但结果是差不多的。"白松见大家都若有所思，接着道，"我再回答一下魏局长提出的第三个问题。

"为什么李亚楠会这么做？这个其实也能顺便解答第四个问题。

"咱们这么多年办案，很多事就是非常巧合。不是巧合都被我们遇到了，而是正因为是巧合，所以才能让咱们来。普通人一辈子可能也遇不到车祸，但是交警天天遇到，很多车祸有多么巧合自然不必多提，交警却都能见到。我们也一样，不必考虑巧合，只要是这么回事，多么巧合都正常。

"这个事要考虑李亚楠当时的心情，他心情很不好，而且对林茗菲很反感，但是，我仔细地看了看这三位女主播的情况，以及李亚楠去直播间的打赏情况。

"如果这三个女主播一定要让李亚楠选择一个的话，他肯定会选择王烦烦。

"林茗菲暂且不提，郑小武虽然也漂亮，但是心机太重，李亚楠也不傻，他也不是没见过美女的主儿。

"所以，在这种情况下，他既然已经来了这里，事情已经被搅黄了，他肯定会对简单、可爱的王烦烦有更多的善意。接着，他就发现王烦烦死在了地下室。

"我们现在分析半天,尚且觉得这种事是意外的可能性很小,李亚楠更不会信,当时郑小武先回住处了,除了林茗菲还能有谁?

"所以,他第一时间就以为林茗菲是凶手。

"林茗菲是凶手的话,杀掉王烦烦的目的是什么?总不可能是为了霸占李亚楠这个人吧?终究还是为了钱。为了钱的话,林茗菲杀掉王烦烦以后还会留活口吗?

"这里就存在一个问题,就是这个地点非常特殊。这不是李亚楠熟悉的上京的城市,在他看来,把这里称为鸟不拉屎的偏远地区都很有可能。报警,警察多长时间能过来?

"基于恐惧,他看到林茗菲把锤子放下而去洗手,他在那种恐惧的心理中,就会想着先制伏林茗菲,但是人的后脑很脆弱,一锤下去人就死了。

"然后,他发现自己杀了人,哪还敢报警?

"这种事,在法律上,有一个专门的名词,叫假想防卫。假想防卫,是指行为人由于主观认识上的错误,自己误以为有不法侵害存在,为了保护自己,实施了防卫行为,结果造成了损害的行为。历史上就出现过,有人恶作剧扮鬼吓人,结果被吓到的人抄起旁边的刀,一刀把恶作剧的人捅死的案子。

"在这个封闭的别墅里,在那个环境下,李亚楠如果做出这种事,虽然匪夷所思,但并不是不能解释。

"第五,也就是最后一个问题,关于刘束束为什么要包庇关山月。

"这个事,我觉得,跟杜子乾有关。

"刘束束是个喜欢各种各样有趣知识的人,作为才艺主播她甚至不是很喜欢李亚楠这种有钱人,那么,如果说她这样的人会喜欢谁,一定是杜子乾。

"作为一名科普类的物理学博士生,杜子乾也有他的个人魅力。

"刘束束之前笔录里一直提到和杜子乾关系不错,之前我以为她是凶手要脱罪,但是现在看来,这个别墅她压根就没来过,而且她更没有杀人动机,她一个小姑娘,我并不相信她有这么强的反侦查意识。

"至于她为什么要隐瞒,我想,这里面的关键在于关山月去了解。

"杜子乾其实是很少和刘束束说话的,刘束束如果想了解杜子乾的事情,只能通过和杜子乾一个屋子的关山月去了解。

"郑小武想偷钱,她想了装作中毒的办法,而关山月想偷钱,那只有一个办法,就是把刘束束和他拉到一个阵营里。

"刘束束聪明,但是对社会上的这些歪门邪道的了解还不如关山月,关山月肯定会跟他说,这个事跟杜子乾有关,让她啥也别提就是了。实际上,现在,刘束束也不见得知道有三个人死了,她可能还蒙在鼓里,以为是杜子乾有什么规划。

"现在我认为,第一就是去审问刘束束,并且,把杜子乾叫过来和刘束束以及关山月当面对质,这个事就能解开。

"第二就是,李亚楠的父母都在国外,他打死了人,按照他的胆子,肯定是想办法直接从天华市通过港口偷渡出去,现在得严查。尤其是,他父母所在国家的船。"

白松有一句话没说,就是关于乙醚和一氧化碳的来源,他非常重视这个事情,但是,现在其他的猜想还没有得到证实,那个事情也不急。

王亮看到白松说完了,不知道从哪儿拿出一瓶矿泉水,给白松递了过去,然后站到了白松的身后。孙杰和王华东也在白松的身后,四人小组显得格外精神,都是年轻人,在这个屋子里本来就少见。

柳书元也想站过去,但是还没有动,只是看着白松有点出神。

这些领导,有的是刑侦出身,有的不是,但是无论哪个都是人精。白松这些话,也许不是真相,但是能在逻辑上自洽,就已经是在场众人都做不到的了。

如果说,谁现在可以提出白松的思路上一个明显的漏洞,那么白松之前的分析就分崩离析。

但是，没有。

魏局长也在思考白松所提到的"假想防卫"和刘束束的情况，沉默不语，看了三四次白松，最终点了点头："让在上京的人，先把杜子乾再带过来一趟，让他先和关山月对质一下。现在再立刻回去把一些真相告诉刘束束，重新审讯她一顿。还有，通知海关、海警等部门，近日里严防偷渡，把李亚楠的照片给各部门发过去，无论如何，他都是重特大嫌疑人，抓紧时间，网上追逃。"

魏局一说话，所有人都凛然。

这是把白松的话全盘接收了啊！

第五百七十二章　寻找李亚楠

"假想防卫"这个词，在座的居然没几个人听过。

白松的猜想，其实也不是完全正确，这个事也可能构成"事先防卫"。

如果他人尚未实施不法侵害，行为人预先打击，属于"事先防卫"，与假想防卫有些类似。这两种情况，都不能构成正当防卫，都要承担法律责任。比起故意杀人罪，如果能认定假想防卫或者事先防卫，量刑能轻很多，只是在实际操作中很难认定。不可能每个杀人犯都说对方想杀自己，自己是假想防卫或者事先防卫，然后法官就认可了。

所以，这情况也符合李亚楠的所作所为。

他之所以来了两趟，很可能跟心态的变化有关。

本来可能还想过，能不能按照假想防卫来处理这个案子，然后自首，说不定判不了多少年。但是后来他又想，不行，第一时间自己已经跑了，再自首说假想防卫，警察和法官都不会信啊！还是要跑。

一般人不会懂这个，但是作为大律所的财务总监，李亚楠怎么会不懂里面的道道？他自己都觉得这个事情有嘴说不清。

"白松，我啊，怀疑你是写小说的。"

很多人都已经出去忙活相关事宜了，别墅的大厅也没了人，白松打算去一趟当地的分局看看刘束束的情况，柳书元跟了上来，跟白松打了个招呼。

"啊？"白松有些不解，"此话怎讲？"

"哈哈，和你开玩笑的，你这个逻辑性确实是可以。不过，我的意思是，这种事，现实中想发生实在是太难了，只有小说和电视剧里才会有吧。"柳书元赞叹道，"这都能被你说清楚，太不简单了。"

"还没查实呢，我这最多算是自圆其说。不过，说起来，其实，现实永远比小说还扯呢。"白松拍拍柳书元的肩膀，"你最近加练了吧？感觉壮了很多。"

"上回在湘南那边，我啥忙也没帮上，有一个好身体还真的是重要，最近没少跟乔师父学。"柳书元在天北分局，近水楼台，只是他看了看白松，"不过估计你能打我两个。"

"我一直也没放下嘛，"白松接着道，"乔师父怎么样了？有一段时间没见了。"

"又借调出去了。"柳书元四望了一下，凑近了问道，"你们哥几个最近有没有想去市刑侦总队的想法？"

"不去。"白松摇了摇头，"现在市局基本上很少负责具体案子了，都是以指导性工作为主。再说，也不是想去就能去啊。"

"话是这么说，但是毕竟全市20多个区，你们九河区可能一年也没几个命案，但是放眼全市，案子就多了，而且，市局也不是你们想的那样，你们之前不也在经侦总队待过吗？不也是搞案子？"柳书元说道，"你们要是想去市局，肯定是能去的。"

白松品味了一下柳书元的话，微微一笑："早晚的事情，会在那里见面的。"

王华东等人听到白松的话，若有所思，情绪也略有激动。

天华市公安局是省厅配置，去了那里，除了指导性工作之外，就全是大案和疑难杂案了。

即便是部里，如果说要参与一个案件，也只有类似于上次那起笛卡金融案那般，涉案人员涉及全国或者跨境了，才会派人来。或者是重大疑难案件，难以侦破，派专家过来。所以市局，其实就是日常办案的最高机构了。

事实上，在地方，省厅可能都已经不怎么办案了，主要也是受地域限制。

天华市没多大,一个省可就大了。

案件的进展,超出了魏局长的预计。

如果不是他在此之前就见过白松,也大体有一点点了解,甚至都要怀疑这个案子是白松一手设计的。

无论是查到大黑这边的事情,还是后续的一系列进展,九河分局对这个案子的破获起到了至关重要的作用。

事实上,根本就没有市局什么事。这分局从支队长到下面的兵,没有一个不让人竖拇指的。

刘束束知道了一些真相之后,立刻就说了实话。

如果说刚开始就这样主动配合,也就没有那么多的事情了。刘束束发现自己被关山月骗了之后,立刻就有什么说什么了。

关山月偷了钱,也在刘束束的招供之后,不得不承认了此事。

李亚楠这次来,带了差不多10万元现金,这对李亚楠来说,并不算多,也就是十天的收入罢了,关山月偷走了6万。而李亚楠近日也没有任何取款记录和乘车记录,除掉租车的钱和租房的钱,估计所剩无几。因此,除了严查偷渡,他的账户也要冻结,在上京的房子那里也得安插人员。

"基本上能和你说的东西对得上。"会议室里,魏局说道,"但是最关键的还是要抓住这个李亚楠,其他的都得往后排。"

魏局这句话大家自然也都明白,但是人跑丢了这么久,除了查那辆车子之外,办法也是很少的。魏局说这句话的时候,总是有意无意地看向白松,不过白松一直面无表情,他看了好几眼,最终还是没有单独问白松什么。

简单地开完会议,四人找了一辆车,就出发了。

魏局给很多单位都安排了接下来的工作,唯独没有给白松等人安排,似乎故意遗漏了他们几个,但这让白松压力更大了一些。

这还不如直接安排点活出去做呢。

"咋不把我留在他们刑警这边看监控呢?"王亮问道。

"你有信心找到吗?"白松反问道。

"之前也查了,没啥信心。"王亮实话实说。

"这不就得了?这边的刑警自然有人去查监控,这种时候咱们就别太显眼了。"白松有些讪讪,"你们刚刚开会的时候不在,所有人都盯着我看,这个时候,低调点吧。"

"你还怕这个?"王亮嘲笑道。

"该低调的时候一定要低调啊。"白松之前在别墅里侃侃而谈的时候没啥感觉,坐在会议室里,感觉就完全不一样了。

该浪浪,该夹夹。

第五百七十三章　回家抓人

"你这是打算去哪里?"孙杰感觉白松开车的路有点陌生。

"应该是去仓库那边找大黑。"王华东替白松解释了一下。

"嗯,看看大黑那里有没有什么突破。"白松道。

"那边不是之前问了吗?"王华东有所不解。

"之前问和现在问是两回事。"孙杰小声说了一句,接着就倚靠在车座上,闭上了眼睛。

孙杰昨天晚上也没怎么休息,一会儿就睡着了。

这样一来,大家也都安静了起来,很快车就到了目的地。

这边一大堆人还在统计这些走私物品,李云峰等人也都在,看到白松来了,连忙过来问他有什么需要帮忙的,白松说需要找大黑单独谈谈,李所立刻就答应了。

"李亚楠现在的情况,你了解吗?"白松把大黑叫到一边,和王亮一起,打开了执法记录仪。

"领导,您这是什么意思?"大黑四望了一番,看了看白松的执法记录仪上的灯,"我不知道啊。"

"杨庆富,你知道为啥我来找你,而不是去找那个二手车贩子吗?"白松说道,"你做这行很清楚一件事吧? 往外出租的二手车里,哪个没有 GPS 定位器?"

接着,白松没有给大黑说话的机会:"给你一个机会罢了,找你肯定是为了能够更快地知道他去了哪里，不然我现在先去找车贩子，回头找你的时候，你再坦白，也不一定有太多的好处。"

关于车子 GPS 定位器的事情，其实是没有的。

一般都有，但是这辆车太便宜，李亚楠给的这笔钱，基本上都能买这辆车了，安装一个 GPS 定位器有啥意义？

不过，大黑听到这个，还是神色一凛，他没办法赌白松说得对不对。

"你这做走私的，现成的行家，李亚楠如果想跑路，怎么会不找你？"白松道，"昨天晚上，你说你有事，是不是就是忙这个事情？

"杨庆富，和聪明人说话最简单了，你别让我费劲。我告诉你，李亚楠是故意杀人罪的重大犯罪嫌疑人，即便逃出了国，他也不是通过正常途径出去的，没有绿卡，这种人，有的是办法引渡回来。

"而你，要是包庇一个杀人犯，甚至还为他的出逃提供了帮助，我想，对你的判刑可能比你走私这些东西还要重。"

白松说这些都是阳谋，大黑之所以现在装作什么也不知道，那么只有两种可能，第一就是大黑真的不知情，第二就是他参与了帮助李亚楠偷渡的事宜。

第一种的可能性很小。

帮助过你的人，比起你帮助过的人，更容易帮你第二次。大黑既然可以把上万元的海模借给李亚楠，就能帮李亚楠第二次，尤其在李亚楠很有钱的前提下。李亚楠在国内的财产，并不是非法所得，即便杀了人，跑到国外，如果李亚楠的父母回国，依然可以使用李亚楠卡里的钱，可以过来答谢大黑。而且李亚楠的家庭条件非常好，大黑也是知道的。

李亚楠在这里，人生地不熟，可能也就认识大黑，而大黑是干走私的他也知道，怎么可能与大黑没关系呢？

现在，假如说李亚楠的那辆车上真的有 GPS 定位器，很多去的地方一旦查出来，都和大黑有关；即便没 GPS 定位器，也可能在国外被引渡回来，肯定会把大黑招供出来。

大黑沉思了大概十几秒,最终坦白道:"他现在已经去了烟威市,从那里乘坐今晚的货船,先去南朝国,后面的事情,我就不清楚了。"

"今晚几点?船是哪个船旗国?"白松立刻追问。

环渤海这个圈,港口不算少,但是可以称得上大港的,除了天华港之外,也就是连大港、口营港、唐皇岛港和烟威港了。

当然,烟威港其实还是地处黄海范围内,但是属于渤海圈。

"发船时间不知道,那边的人我也就是给介绍了一下,现在官价十几万,不过他说他有办法给。他现在没钱,我也没要,就是给打个电话,现在都告诉你们了。"大黑也是叹了口气,尽量让自己的刑罚减轻一点,"是巴拿马籍的船,现在很多货船基本上都那边的。"

"船舷号给我。"白松说道。

"我不知道,但是烟威港也不算是太大的港口,今晚去南朝国的货船应该很少。"大黑看了白松一眼,"就是张伟的老家。"

"你还有什么能补充的吗?"白松问道。

"他坐的车不是我安排的,好像是直接打车去的,"大黑想了想,"哦哦哦,这艘船的目的地是釜山港。"

得到这个线索,白松关闭了执法记录仪,把李所叫了过来,交流了一下这件事。

大黑虽然参与了协助李亚楠偷渡的事宜,但是尚未完成,而且积极检举,戴罪立功,总的来说,这次招供对他没什么坏处。

从这里得到情报,白松第一时间给魏局长打了电话,并且把自己的情报和猜想告诉了领导。

"你那里几个人?"魏局长听了白松的话,直接问道。

"四个人。"白松如实回答。

"这次的事情非常重要,我再给你配两个人,你们六个人立刻乘坐飞机,前往烟威市,我在烟威市的机场那边找人给你们安排一辆七人座的汽车,你们下了飞机之后,直接去港口。当地警方……嗯……你爸就是当地的警察,这件事你迅速联系。人在上船之前被抓到,我算你首功!"魏局长也没提什么注意安全的话,六个人抓一个手无寸铁的人,最大的难度就在于能不能堵得到。

"好,我在这边等您安排的人过来。"

白松明白魏局长的意思,这是要让他带队过去,因为白松更熟悉烟威市的环境。人抓到了,功劳全是他的;人抓不到,前面的一切功劳,不能说没有,但是就大打折扣了。如果真的跑掉了,引渡一个人,哪有那么容易啊?更何况得先找到才行,李亚楠到底要跑到哪个国家,谁知道呢?

第五百七十四章　强攻

因经济利益而形成的组合，卖队友太正常不过。

大黑也算是绞尽脑汁了，把能想到的都想到了，来支援白松的两个人还没开车过来的时间，大黑顺便把烟威市那边的"蛇头"也供了出来。

这些圈里的兄弟不都是拿来卖的吗？

白松拿起手机，和父亲打了个电话，这种感觉真的有些奇妙。

距离上次在湘南省和父亲并肩作战，已经过去了不短的时间，这段时间里，白玉龙还在户籍岗位上，但是分局给他安排了好几个徒弟带着。

现在的白玉龙，每天依然勤勤恳恳地完成户籍工作，之前的徒弟王鑫已经被调到了刑警队。看样子，分局是打算把他的经验和能力全都榨干，当成流动培训站了。

不过，这丝毫不影响白玉龙过得很好这件事。

几个徒弟都很尊重他，最主要的是，酒量还都行……

"这个事简单，港口派出所那边我还有老同学，把那艘船扣了不就行了？"白玉龙听了儿子的话，便直接说道。

白松一脸"黑线"，这什么跟什么啊？喝了多少假酒啊？外籍船只，是别的国家移动的领土，说扣就扣？而且，一旦打草惊蛇，再想抓，哪有那么容易？

"这是一艘大型的集装箱船，大罘区港区可以停靠二十万吨级船，这一艘我听说也有十万吨左右,能载好几千个标准箱,万一人已经藏进了箱子,想找就难了,一旦被钓上了船,就麻烦了。"白松道,"爸,必须先得把这个'蛇头'找到,只要找到了他,就简单了。不然的话,就算是一个个箱子检查,我也得查。"

"好,你把那个'蛇头'电话和体貌特征发给我。"白玉龙摇了摇脑袋,唉,老了,现在遇到事都得听儿子安排了。

魏局长派过来的,是柳书元和市局的一个副大队长,姓刘,和白松平级,今年40岁左右,不过这次去烟威市,是以白松为主的。

两个人来,也带了市局的一些文书,以及相关的装备。

魏局长已经帮他们买了一个多小时后的一班航班,而且帮忙联系了特快通道,值机时间可以减少大半。

飞机上,带个手铐很简单,只需要有警官证就可以。带一些警用装备,比如说警棍之类的,就需要审批。如果是带枪支,就需要市局出具相关文书,而且非常麻烦。一旦这一趟飞机上有重要人物,就必须推迟到下一班飞机。大多数情况,如果是要乘飞机去目的地,宁可找当地协调几名持枪的警察,也不会选择自己带。

下午四点钟,一行六人准时降落在烟威市的机场。

这个机场明年就要搬家了,附近显得更萧瑟,不过车子倒是准备得很到位,而且当地的公安还派了车过来陪着。

都是地方牌照的车,以免打草惊蛇。

路上,白松跟刘队长已经协商好了。

刘队长带着柳书元、王华东前往船那里仔细检查,李亚楠可能通过集装箱上去,也可能直接登船。

之所以派王华东去,主要是他的伪装能力非常强了,倒不是说李亚楠能认出来这几人,而是说让王华东给刘队和柳书元收拾一下,更容易伪装成港口工作人员。

白松带着孙杰和王亮，去抓那个"蛇头"。

去港口那边肯定更容易立功抓到人，这种事既然是白松安排的，肯定也不可能把好事揽到自己身上。而且抓"蛇头"这个事难度也很大，白松还是比较自负，觉得自己去更靠谱一些。

在这几个小时的时间里，通过相关技术手段，"蛇头"的位置已经基本上确定了，烟威市局这边也派了五六个警察，在附近蹲守着，等着白松等人到了之后，再做打算。

这会儿，秦支队的电话打了过来。

"下飞机了也不知道在群里说一声。"秦支队的声音听着居然有些抱怨。

可不是抱怨吗？平时，秦无双就算是忙了一夜，睡几个小时，也得抓紧工作，谁让他是支队长呢？

而现在，支队那边有政委在负责工作，他是以法医的身份出来的，终于可以全心全意地投入法医的研究和实验里面，这对他来说，其实是更喜欢的事情。

不过，年龄不饶人，20多岁的时候做一夜实验和40岁做一夜实验完全是两回事。取得了一定成果的秦无双，直接睡了六个小时，睡到了下午两点。

起来一问，又找到了一具尸体，死因确定；林茗菲死因基本上确定，犯罪嫌疑人锁定并且已经出差去抓了；郑小武死因基本上确定；关山月涉嫌入室盗窃，已经被刑事拘留；刘束束涉嫌包庇，也被刑事拘留。

案件脉络很清晰，而且佐证也越来越多，就差抓到李亚楠了。

睡这一觉，错过了什么？

白松嘿嘿一笑："这不是怕打扰您休息吗？"

"这么多重要的事情，为什么不及时跟我汇报？"秦无双板着脸说道。

"我的错我的错！秦支队，您说怎么处罚我，我都听着。"

秦无双呼吸一滞，好小子，居然将我的军？怎么处罚？处罚你办案太快，让我睡醒了有点蒙？想到这些，秦无双轻轻摇了摇头。

第五百七十四章 强攻 | 357

"别的不说,一定注意安全,你带队可一定要保护好咱们的人。"秦支队笑骂了一句,"等你回来我再收拾你。"

白松咧着嘴,听着电话被挂掉的忙音,跟车上的孙杰、王亮说道:"咱们抓这个'蛇头'是可能有危险的,都穿好防弹衣,别嫌沉。"

孙杰稍微皱了皱眉,他战斗力是最差的,体格也一般,十几斤的防弹衣对他来说还是有影响的,不过他也知道这个是必需的,便仔细地穿戴好。

虽然他是法医,但是他也是警察!

一行三人很快地到了目的地,当地的几个警察也都准备好了,基本上可以确定,"蛇头"就在这个院子里。

白松看了看院子的情况,这是一处比较老旧的院子,里面估计也没多少住户。

他看了看时间,怕来不及,直接道:"强攻。"

第五百七十五章　冲我来

呼吸着家乡的空气，白松状态很好。

白松、孙杰以及当地一个持枪的警察一组，王亮和另外两个当地警察一组，其他的四个警察持枪守在了院子的附近。

这个院子挺大的，外面面积有两亩地左右，长二宽都是三十多米，有二十多间房子围着，里面还有一个套院，有一亩左右。

来之前，警察也大体看了看这里，不像是很多人生活的样子，而且打电话问了问电业局耗电量，这里的耗电量也就是两户人的耗电量，里面人应该不多，这个配置绝对够了。

六个人分两组进了院子之后，立刻就被人发现了。

一个中年妇女看到警察正在往里跑，有些紧张，说道："kuo（三声）糟了，介个比压劲滴警察来了。"（烟威方言：完了，这些浑蛋警察来了）

白松虽然隔得远，但是老家话他一下子就听明白了，大喊一声："站住，不然我开枪了！"

中年妇女哪见过这个阵势，准备跑，白松一个箭步就冲了上去，一下子把中年妇女的手抓住，往后背一扭，一条高强度的塑料束缚带就像手铐一样把她的手锁在了后面，白松顺势把她放倒，脚腕那里一条束缚带，然后就置之不理了。

白松此时看到已经有两个男子跑了出来。

这让他皱了皱眉，情报有问题。

刚刚在门口侦查了一阵的当地警察说这个院里看着很荒凉没什么人，但是目前这么一看就已经有三个人，后面感觉还有不少人。

这些人看到白松，眼神都有些惊恐，看着这些人的打扮，白松瞬间就想到了这些人的身份了。

偷渡客。

这些人不像是华国人，看着更像北鲜国那边的人，看到几个警察，这些人都开始跑。

白松上去直接堵住了要出来的两个人，一把推回了屋子，然后放倒其中一个，直接用手铐铐在了门口的暖气管子上。

剩下的人要往外跑，他们组里持枪的警察进来举起武器，里面的人立刻就老实了。

能听到这些人叽里咕噜地不断地讲话，白松一句也听不懂。

这是一间宿舍，也就十五平方米，住着十几个人，就一台电灯，屋子里暖气不算热，但是人多，味道比较重，倒贴钱让正常人在这里住估计也没几个人愿意。

"这些都不是国人。"白松刚刚说完，就听到外面有闹腾的。

这样的屋子一共有三间，这些从北鲜国非法入境的人在这里住了有三十多个。

这些人都是给附近的加工厂打工的，一个月1000块钱，五险一金什么都没有，这些人抢着干。两辆五菱宏光就能带着这些人往返于院里住处和工厂。

这一间和旁边的一间应该是这些人的领导的屋子，被控制住后，从第三间屋子跑出来五六个人。

这些人也不知道要往哪里跑，跟无头苍蝇一样，看样子就是要出去，这一下，就有点乱了，好在门口的两个警察过来了，混乱的势头稍微控制住了一些。

这情况，可别让真正要抓的人跑了！

白松立刻就跑了出去，孙杰也紧随其后，剩下的警察只能在这里看着，然后拿出手机打了电话。

王亮三人里，王亮用一根警棍看住了只有三个管理员的屋子，剩下的两个人一个人盯着另外一间跑了一部分人的屋子，另一个配合门口的警察正在抓人。

进了内院，有一道铁门，不过没关，孙杰推开门，白松看到屋里两个人正准备翻墙跑，其中一个正是"蛇头"；另外一个显得更加高大强壮一点，已经在墙角了。

白松知道外围有四个警察，但是已经有俩人凑到了门口，另外两个人的位置到底在不在这附近他没办法判断，于是白松立刻跑了过去，距离高壮男子三米的时候，腾空而起，一脚飞踹，把这个人从墙上踹了下来。

男子本身已经爬了接近一米高了，手已经摸到了墙头，被白松这一脚踹得直接跌落了下来。

因为男子爬了一定的高度，白松这一脚，又踹在了男子的膝盖附近，所以男子落地后就捂着膝盖哀号了一声，从腰里直接拔出了刀。

他本身就是跌倒的状态，纵然个子高，此时也没有任何优势，本想吓退警察，只见白松手持一根警棍，向他斜劈而来。

这时候就看谁胆大了，白松穿着防弹衣，如果男子硬要捅他一刀，可能他没办法彻底躲开，但是用防弹衣接住这一刀他还是有信心的。

只是，男子如果挥刀，以白松这一棍子的力道，最起码也得断几根骨头。

刚刚那一脚其实已经让男子有些恐惧了，力道比他想象的大多了！此时，他没有思考，下意识地用刀去挡警棍。

警棍长约六十厘米，三节伸缩式，最前面一节是直径接近一厘米的实心钢柱，白松这一棍子下去，二十多厘米长的刀怎么挡得住？

男子只觉得虎口一疼，刀直接被巨力打飞，正当他有些蒙的时候，突然感觉浑身一轻，天旋地转，他被白松顺势拽住整个胳膊，完成了一次过肩摔，刚刚落地，他脑门子正在冒星星，一个重若石锤的肘击直接砸在他的

第五百七十五章　冲我来

后背。

男子脑袋一蒙，整个人昏了过去。

白松一脚把断了刃的刀踹到远处，这才注意到，孙杰已经在和"蛇头"的对垒中岌岌可危。

孙杰也有警棍，甚至白松还为他准备了喷雾剂，他只需要拿出喷雾剂对着"蛇头"喷过去，并且喷准了即可，可是孙杰毕竟没经历过这些，看到刀，只顾得招架了。

刚参加工作的时候，有一次哥四个喝酒遇到"二哥"一行人，四个人打十二个人，最终只有孙杰受的伤比较重。

孙杰在这方面能力确实是一般，一次失守，空门大开，被"蛇头"一刀捅在了肚子上。

白松此时已经开始往这边跑，最多再有一秒就能跟上来，看到这一幕目眦欲裂，想都不想，手里的警棍就变成了投掷武器，全力扔了出去，大喝一声："冲我来！"

第五百七十六章　手刃

孙杰有防弹衣，这一刀砍过去，那种手感就像是用菜刀剁在了菜板上，确实是有一点点深入，但是丝毫没办法继续用力。但"蛇头"这一刀力道确实是不小，加上孙杰下意识地闪躲，一下子就让孙杰站立不稳，有些踉跄。

"蛇头"听到身后白松的怒喊，心道"不好"！

这一刀下去，他自然知道警察穿了防弹衣，而后面的这位，不到十五秒钟就把他的保镖打得找不着北，战斗力可想而知，此时只有一个办法，就是利用面前的这个人，让后面的人投鼠忌器。

"蛇头"伸手就拽住了孙杰的胳膊，因为孙杰站立不稳，下意识地居然主动握住了"蛇头"的手，孙杰一瞬间反应过来想要挣脱，但是力气没有"蛇头"大，对方拿刀的手便直接向孙杰的胳膊砍来！

这一瞬间，孙杰明白了"蛇头"的想法，跟这个人交手数次，孙杰虽然不是什么搏击高手，但是也知道对面这个人估计是手里有人命的狠角！对面这个"蛇头"，想的根本就不是劫持什么的！

劫持了还想跑？这都电影里才会这么演，蛇头是想砍下来他的胳膊！

防刺服有的是长袖的，比如说之前王华东送白松的那一件，但是防弹衣太笨重，都是只能护前后胸。哪怕砍不下来，一刀只要伤及动脉，"蛇头"再跑，白松百分之百地不能追！

如果这种情况发生，无论能不能把孙杰救过来，白松都不能追！

太狠了，孙杰还有两个月结婚啊！

说时迟，那时快，"蛇头"的脸上浮现出残忍的面色，只觉得后背一疼，不知道被什么打到了一下，一下子把他的动作打断了。

不过，他还是闷哼了一声，胸口一甜，强行把痛苦压了下去，手里的刀就要再次落下。"蛇头"右手持刀，左手直接抓住的是孙杰持棍的右手。孙杰此时伸出左手要挡，"蛇头"的表情更加残忍，心里暗笑你伸哪只胳膊我就砍哪只。

就在刀要落下的那一瞬，"蛇头"突然眼前一黑，接着整个眼前都是一瞬间的血红，身体重重地摔在了地上，然后整个人抽动几下，便彻底不动了。

白松此刻脑海中想起了乔启师父的话，马伽术，是杀人技，尤其是面对嫌疑人的要害部位，如果不是该死之人，不要对着要害。

是啊，马伽术是杀人技啊。

有人说，顶尖特种兵和顶尖搏击高手在八角笼里比赛，谁厉害？

那必然是搏击高手。

但是，玩命呢？

估计后者可能都不会应战。

白松跳起来的鞭腿，如一条呼啸的匹练，不偏不倚地抽在了"蛇头"的头上，"蛇头"整个人都被这一腿踹得微微离地，斜着摔在了地上，眼见就是不行了。

此时没有必要顾那么多，他立刻跑到孙杰那里，看到孙杰胳膊上有一点点划伤，衣服破了，里面仅仅是蹭到了一点皮，这才彻底放松。

刚刚那一瞬，白松的心率接近200！

孙杰的体内激素如潮水般来，如潮水般去，这一刻感觉整个人虚得很，双手按在了胸口上："他妈的！"

这一幕，连从来都文静的孙法医也不由得爆了粗口。

"你没事就万幸。"白松一把抱住了孙杰。

如果孙杰有事，白松没办法面对九河分局的任何一个人！

"幸亏你牛×,"孙杰拍拍胸脯,这才转身看了眼"蛇头",心中还是有点畏惧,"他怎么样了?"

"死了。"白松也感觉到一种浑身无力。

杀人啊!这还真的是第一次这样做。他一点也不后悔,即便情报拿不到,即便李亚楠跑了,也好过孙杰受重伤。

"蛇头"确实是穷凶极恶,那一刻,白松如果踹腿,这个人依然能把刀砍下去!

"这就死了?!"孙杰嗓门巨大,把白松都吓了一跳。

昏躺在那里的男子此时也缓了缓神,他身体素质还是非常好的,此时听到这个,轻轻睁开了眼睛,看到"蛇头"七窍流血躺在地上,吓得他赶紧把头埋了起来。

"这一脚,他没有防备,"白松道,"即便是我自己,扛这一脚也死定了,唉……"

"死了死了!"孙杰一下子来了精神。

人的体质真的是非常奇妙,也不知道为何,此时孙杰从激素迅速衰退的状态中一下子有了精神:"这不是我看家本事吗?"

白松一脸"黑线",他第一次杀人,倒是跟很多电视里、小说里的那种反应不太一样,还是很淡定的,因为他面对了很多次险境和死人,但还是心里很不舒服,感觉胃胀、嗓子眼堵。

孙杰蹲下检查了一下,看到"蛇头"的样子,暗暗咋舌。

这一脚就是在 ICU 病房,踹完立刻急救,也救不活了。

孙杰掏警用喷雾剂不熟练,此时却无比熟练地从自己的便装裤子口袋里摸出了两只手套,现场就开始给"蛇头"做检查。

"还真别说,这个状态还真的有点像他的外号,'蛇头',呵,挺像的。"孙杰此时心情已经平复了下来。

白松虽然不怕尸体,但是也没有靠近的兴趣,下意识地离孙杰远了一步。

"他的手机，"孙杰拿了出来，递给白松，白松靠近后拿走手机，接着不顾孙杰，拿着手机，走到另一个男子那里，说道，"今天要出境的那个从天华市来的人在哪里？再装睡我就踹你了！"

男子一个激灵便起了半身，他膝盖最起码也是骨裂，根本站不起来："警官！我知道我知道我知道我知道！晚上八点钟，他混在登船队伍里走。"

"混在登船的队伍里？不怕被查吗？"白松疑惑道，"你要是敢骗我，注意后果。"

男子吓得整个人都缩了缩："那个人给的钱多，家里给汇过来的是美金，'蛇头'有办法搞定关系。"

"行。"白松走到孙杰旁边，拿出孙杰的那副手铐，扔到了男子的身边，说道，"自己给自己铐上。"

第五百七十七章 评价

"白玉龙现在真是厉害啊。"分局食堂,一个老民警聊道。

一般食堂里这个时候没多少人吃晚饭,大家晚上都下班,但是这边的食堂饭菜还不错,有的人也习惯了吃完饭再回去,所以也有几十人吃饭。

"怎么了?老白又咋了?"闻者是治安科的孙科长,听到老民警的话,有些谨慎地问道。分局人数也不多,都相处了这么多年,孙科长记得这个人和白玉龙可不是很对付。

除非你是局长,否则混得再好,也不可能所有人都喜欢你。

"我也是刚听说,天华市公安局那边过来办案,你猜怎么着,带队的是老白他儿子!要说天华市那边也真行,据说是个大案子,带队的才20出头。"老民警语气平淡,没有讥讽,也没有嘲笑,但谁都能听出来不舒服。

"他儿子带队?"好几个人凑了过来,"他儿子不才25吗?"

"周岁24。"老民警说道,"而且,白玉龙直接就找刑警那边借了人,借了七个人,而且据说借了七把枪。"

"七把枪!"更多的人围了过来,好家伙,多大的案子要这么大阵势?

"谁知道呢?看看什么结果吧。"老民警接着闭口不言。

孙科长咳嗽了一声,大家这才结束了讨论,三三两两地离开,继续聊了起来,这孙科长也管不了。

哪个地方的食堂都差不多,是二手至N手消息的集散地。这个事本来没啥,互相协助办案是再正常不过的事情,谁敢说每次都一定出战果?

但是这么一聊,就越聊越邪乎了。

就在这时，刑警队的小李走进了食堂。

这边分局没有九河分局那么大，除了派出所之外其他的支队都在分局院里，吃饭也在一起，大家也都认识。

"哎哎哎！小李你别急着吃饭了，过来过来，问你个事。"一个副主任把小李叫了过来。

"李主任，什么事啊？"小李边回答边打了饭。

"啥事这么着急？"李主任面色有些不喜。

"李主任，对不起啊！今天大队和我们中队晚上要加班了，我得抓紧时间吃口饭，一会儿跟着刘局长去市里面打架。"小李说道。

"打架去？"整个食堂里静悄悄，所有人都看向了小李。

小李知道不说清楚跑不掉了，于是长话短说："今天天华市局那边来人，在咱们这边抓人，咱们刑警队派人过去，结果要抓的那个人，你们猜是谁？"

小李也没空卖关子，压了压激动的心情直接说道："很可能是十二年前发生在大莱区海边的那起强奸杀人案的主犯！DNA还没有比对出来，但是从他家里翻出来的东西，基本上证明了这一点，他那里还有这个女孩被凌辱的照片！"

"这照片咱们警察都没有，除了嫌疑人不会有人能拍得出来。

"除此之外，这个人在咱们区也有案子，家里搜到的东西和前些年的一起保密案件有关联，孙局想着，在DNA比对结果出来之前，把这个人算到咱们分局。

"到时候，一旦DNA对得上，这事儿可就牛×了！破大案了！"

见小李那么兴奋，孙科长摆摆手："你别急，我问你，嫌疑人不是抓到了吗？直接带到咱们分局的办案区不就行了？到时候谁抢也不给啊。"

一堆人纷纷附和，这种基本操作孙局不会不知道啊。

"不行啊。"小李摇了摇头，"那个嫌疑人，和白师傅的儿子动手了，拿刀差点把天华市另外一个警察砍了，然后白师傅的儿子直接把这个嫌疑人击毙了。"

"等会儿？"之前说话的老民警皱眉道，"你的意思是击毙？白玉龙让咱们的刑警把枪给他儿子用？这可违规了啊！据我所知，天华市的队伍，是坐飞机来的，没有带枪，而且我听说……"

小李可能比较着急，也不顾尊卑了，直接打断了老民警的话："我口误口误，不是击毙，是那个人拿刀要砍人，情急之下，白师傅的儿子一脚飞踹，把嫌疑人踹死了。咱们的法医和他们的法医都确认了，确实是一脚踹死，只用了一脚，而且嫌疑人准备行凶，这没有任何程序上的问题。"

小李说完，给大家道了声歉，拿着打好饭的饭盒就跑了。

剩下一大堆人面面相觑。

十二年前的那起案子……

嗯？据目击者称，嫌犯非常凶狠、强壮，当时有两个目击者想救人，还被嫌疑人打伤了。

一脚踹死？！

"刚刚我听小李说'咱们的法医和他们的法医'，是什么意思？"一个人问道。

"现在大城市出来执行抓捕任务，都带着法医来？"

"以备不时之需？"

"你刚刚说什么？"

关于"蛇头"有问题，这一点是白松和孙杰的共识。

有几个人能如此地歹毒，出手就是杀招，一击不成立刻就要砍人胳膊？而且，这个人对警察的防弹衣非常熟悉，一次没捅进去，立刻就换了方式，都没有犹豫，这绝对是"江洋大盗"级别的人物。

后续的调查也确实是证明了这一点。

死了人这件事，让当地警察非常震惊，但并不是什么太大的问题，为民除害，尤其是后来找到了被害者的照片的时候，还是让所有人都非常震惊。当时那起案子发生在 2002 年，那个时候的相机还大多是胶片相机，但是这个恶魔居然还拍了照，可想而知有多变态。

听说了这件事的当地警察无一不对白松竖大拇指，而当大家都知道了白松是白玉龙的儿子的时候，这种感触就更深刻了。

自己人啊。和白玉龙交好的人占绝大多数，纷纷来找白松握手。

第五百七十八章　休息

这边的事情基本上也没什么需要白松他们具体做的了，剩下的交给当地的警方就可以了。

从"蛇头"的跟班兼保镖那里获取的情报非常准确，王华东、柳书元等三人通过白松的情报，先发制人，去了港口一个给人休息的地方，顺利地抓到了李亚楠。

与之前认为的落魄不同，李亚楠穿着不错的衣服，气质也算得上一流。

抓捕李亚楠的过程，比起白松这边顺利得多，几个警察进去之后，招了招手，李亚楠就束手就擒了。而且，被抓后的李亚楠也把事情经过全说了出来。

"我这么说你们肯定不信，你们警察肯定觉得是我杀了王烦烦和林茗菲，林茗菲确实是我杀的，但是，当时那个情况……"李亚楠有些恐惧，又有些无奈地把这件事从头到尾地说了一遍，"警官，其实，我想过自首，但是这个事说给谁听，估计都觉得我在扯淡，我纠结了好多次，最终才有今天的结果。"

"嗯。"柳书元很随意地点了点头。

李亚楠急了："警官，虽然我说得匪夷所思，也许你们不会相信，但是我绝对没有骗你们。我愿意赔偿死者家庭的损失，甚至意外死亡的王烦烦家，我也愿意赔一大笔钱。但是，我真的不是故意想把林茗菲杀死……我……我……我需要找律师。"

"行了，你少说几句。你不就假想防卫吗？我们早就知道了，老实点，在这里,你不是律师也不是有钱人,就是个逃犯,问你什么说什么,不问你就闭嘴。"柳书元有些烦躁。

"啊?"李亚楠惊了,"你们知道具体怎么回事?!"

"闭嘴。"柳书元挠了挠头。

李亚楠几欲张口,看着柳书元皱着的眉头,最终还是没敢继续说话。

不过他根本就不知道怎么回事,柳书元脑子里根本就没想他的事,而是一直在想,自己比起白松,到底差在了哪里?

晚上六点多,白松接到了秦支队的电话。

"你和孙杰先不急着回来了,刚刚市局开了会,让我通知你,让他们四个人直接开着那辆车把人送回来,你们俩想啥时候回来都行。"秦支队直接道。

"啊?不用等他们一起吗?"白松有些惊讶。

"不用,局里有点急,这个时间没有航班了,让他们直接开那辆车回来,车子明天我找人给送回去。"秦支队道,"至于你们俩,配合好当地的工作,其余的你自己掌握。"

"好。"白松挂掉电话,便让王亮开车去找王华东他们,四个人带着李亚楠先回去。

从烟威市开车去天华市,650 公里,差不多凌晨一点钟就开到了。

白松造成了"蛇头"的死亡,得配合当地警方制作笔录,还有一些手续要办,这些都需要时间,但是天华市局那边应该是不想等,想第一时间得到笔录,得到李亚楠的口供,然后再根据这些口供去查下面的事情。

而李亚楠回去之后,如果一切都顺利,这个案子也就算是破了,一切将告一段落,然后白松他们就该回单位继续忙别的事情。

这件事,现在看来,似乎一切都源于王烦烦的一次意外。如果没有这次意外,就不会有后续,而郑小武即便出事死了,也不至于臭了才被人发现。

但真正的源头,还是财帛动人心。

不对，是财色动人心。

秦支队直接说白松想几号回去都行，言外之意，就是可以给白松放一两天的假了，反正现在白松的事情也忙得差不多了，办案回了老家，休息一下也没什么。

晚上九点多，白松还在这边的刑警大队的办公室里。

他也得配合当地警察做一个笔录，其实这个笔录非常简单，理论上说，这个笔录有三页纸就能写完，笔录早就取完了，但是给白松取笔录的是他老爸的铁哥们周叔，给白松还泡了一壶茶，闲聊了半天。

老周和白松的父亲算是过命的交情，一起参加工作也有将近三十年了，白松从小就认识这位父亲的同事，所以也就多聊了几句。

"这办公室还算不错，隔音，现在外面都快打起来了，在这里多坐会儿，也省心。"老周把茶倒在了旁边的桶里，又拿出了一个罐子，"这个茶叶你爸来了我都不咋给他喝，来，尝尝。"

"啊？周叔，这都九点多了，您还不休息吗？"白松连忙上前，接过了周警官的茶具，自己冲泡了起来。

"你……"老周看到白松熟练的动作，"行啊，长大了……我不急着休息，外面还在打架呢！你说，就这么个破尸体，人都死了，大莱分局那边怎么都想抢？"

"不是说十多年前的那个命案是大莱分局的吗？给他们不就完了？"白松倒是无所谓。

"那怎么行？这个人前几年在咱们区还有一起走私呢。"老周嘿嘿一笑，接过白松泡的茶，"你比你爸强多了，你爸除了喝酒，其他的没啥本事。"

"呃……"白松笑着道，"这不也是个本事吗？"

"倒也是……"老周笑道，"也不早了，再喝两泡茶，你也该走了，晚上有地方去没？没地方我给你安排个地方，你们抓的人也都押回去了，不

第五百七十八章　休息

急了。"

"啊？我回家啊。"白松道。

"回家？你妈这个时间肯定睡着了，你爸今天跑外面喝酒去了，看今天这个劲，不到十二点是喝不完的。"老周笑骂道，"就你爸你还不知道？今天又'小人得志'了，据说又从家里摸出来两瓶五粮液……"

白松无语了，敢情儿子回家没人管呗！

"谢谢周叔，我有地方去。"白松道了谢，又聊了几句，喝了一杯茶，就告辞了。

老周也不拦，他也知道外面还有一个白松的朋友正等着呢。

孙杰也交接完了，这边的同行也是很热情，说大城市的法医来了，多学习多探讨，一不小心就忙到了九点。

一群人围着"蛇头"，探讨了半天，真不知道有啥好看的……

第五百七十九章　烟火气

"什么？你在烟威市？逗我呢？"张伟接到白松的电话，有些惊讶。

"嗯，案子破了，人抓了，这人想从咱们这边的港口跑掉，已经被我们抓了，我同事已经把人押回去了。今晚没地方去，这不找你收留我吗？"白松笑道，"我和孙杰没走，今天抓人的时候，不小心打死了一个人渣。"

"你杀人了？"张伟无比震惊。这才大半天没见，发生了这么多事？

张伟刚回来不久，拖车带着皮卡，车速并不快，而且中午和傍晚司机还下高速休息了两次，所以这才刚刚开到这里。

谁承想，白松居然赶在他前面，跑到了烟威市。

哥俩上午离别，晚上有缘千里来相会。

烟威市大牟区有一个小岛，距离县城也就几公里。岛就在县城的北部，直接就和跨海大桥在一起。

张伟给人家送完了车，本来要在岛上和这些人一起吃饭的，接到白松的电话，就从那边跑了出来，在旁边找了一家小馆子，把二人约了过去。

岛上沿着海岸，有不少大酒店，一般也都是游客和本地的有钱人才在这些地方，但除此之外，岛上还有几个村子，物价就比较正常了。

俩人也没开车，打了个车，就过去了。

从这里打车去岛上也没多远，冬天的寒风凛冽，岛上的海风就更大了，司机开得还是很稳的，十多分钟就到了目的地。

"你直接回县城不好吗？你有车，非得让我们俩跑这么远。"白松下了车就吐槽道。

"你们这些在外的人,哪懂家乡的好?这一家小馆子的手擀面,面条特别筋道,海鲜、土豆和豆角的卤子,别提有多香,6块钱一碗,给我放开了吃啊。"张伟咽了口水,"这家店没有早点和午饭,只有晚饭和夜宵,但是周围来吃的人不少。"

"嗯,"白松看了看周围,已经十点钟了,基本上还坐满了,满满的人气。

"来,你们要的烤五花肉、烤腿髓子和马步鱼。"饭店老板拿上来一把烤串,后面的服务员端了一盆蒸海蛎子和三只大螃蟹,面条也直接端了上来。

这在这家小店,算是顶级的配置了。

这也就是在岛上,在别的地方,这样的小店肯定是没有大螃蟹卖的。这季节螃蟹倒也不算肥,但胜在新鲜。

"本来都没胃口的。"白松端起碗,先喝了一口面汤,顿觉口腔的味蕾被缓缓打开,熟悉的味道让整个人都感到幸福了,然后轻轻吐出一口气,接着又喝了一大口汤。

遥想两年之前,白松第一次和王亮去现场看到了死人,二人一个当时就吐了,另一个跑到网吧门口也吐了。后来慢慢地适应了这些,现在白松看到一具尸体,就没什么特殊的感觉了。

但,今天第一次杀人,感觉还是完全不同,到现在他其实还是有点恍惚。

周叔知道白松的事,硬生生陪他聊了三个小时,还让他喝了两壶茶,就怕白松恶心、难受、堵得慌。

不过白玉龙倒是不在乎这个,可能是觉得,只要自己儿子没受伤就行,坏人?坏人爱死死去!

白松说自己吃了晚饭,其实晚上根本就没吃,一直堵得慌,但是现在一口汤下去,立刻就感觉整个人的精神都好了。

喝下一口面汤,白松食指大动,拿起三根烤得非常到位的五花肉,一口气直接撸了三串。

在天华市,白松每次吃烧烤都是羊肉,上京市也一样,偶尔有卖烤五花肉的串儿,也都不是鲜肉现串,口味差很多。而烟威市这里,当然也有烤牛羊肉,但是五花算是地区特色了,也是白松非常怀念的味道。

而要说起家乡的牡蛎,那就更不必多说,4块钱一斤就能买到不错的了。

人呢,总是喜欢去看一些从未看过的东西,但到头来,还是对自己最初喜欢的东西念念不忘。这可能是家的味道、故乡的气息、年幼时的美食。

岛不大,但也不小,南北宽1.5公里,东西长7公里,但对于白松来说,依然无比宽广。

每个正在吃饭的人,都吸溜着自己的面条或者撸着串,外面逐渐地有了点雪花。

烟火气息,最简单,却至美。

孙杰胃口非常好,今天大难不死,非要请客,三个人抢了半天,还是张伟请客了,毕竟他是老主顾。

本来不打算喝酒,但是撸了几根串,张伟还是从后备厢里拿出来两瓶酒,大冬天的,喝点酒还是舒服。孙杰和白松今天过得都不简单,第一杯,干了!

喝点小酒,一直吃到十二点多,张伟也没办法开车,就在附近开了一间宾馆,三人住一间屋子就是。

接着嗑瓜子、喝啤酒、斗地主,不知不觉都两三点了。

"对了,他们几个回去了吗?"孙杰突然问道。

"对对对,我得问问他们有没有回去。"白松这才想到了什么,拿出手机,给王亮打了电话。

"我们到了,一会儿就休息。"王亮接到白松的电话还有些感动,"领导安排我们几个休息,这事有别人忙活,你们俩怎么回来?"

"不用担……嗝……心我们，嗯，嗝……挂了。"

"什么事？"张伟问道。

"没事，一个不重要的……嗝……"

这世界上，每天都可能有非常恶劣的犯罪发生，有个别罪犯会直接自首，大部分的还是想着和警察斗智斗勇，隐瞒犯罪事实。

但是，其实无论哪个时代，技术都是对等的，或者说，警方的技术都是更高一等的，隐瞒和消除信息的能力与发现和追踪信息的能力是一致的。如果有一天，从技术上已经可以消除掉所有痕迹，那么到时候，可能不需要任何痕迹也能发现犯罪。

第五百八十章　办案时间

虽然秦支队没有跟白松说具体啥时候回去，但是第二天白松还是买好了下午两点的高铁票，前往天华市。

"你这样也不方便，早点把车买了，也方便一些。"第二天中午吃午饭的时候，张伟道，"要是买二手车，就跟我说。"

昨天晚上，孙杰和张伟聊得很嗨。

前半段，是聊了半天的越野车的事情，张伟毕竟也是专业的，吃过见过，给孙杰提出了不少有用的建议。

而后半段，白松都快听不下去了，聊的都是法医知识，讲的是各种人体结构，越聊越深入。

要不是白松太了解张伟，都要担心张伟是不是还没结婚，就对未来的妻子徐纺有啥想法了。

聊到后来，白松大体也知道了，张伟是想学点这方面的东西，给徐纺写小说用。

看着张伟那个认真劲，又一个未来的宠妻狂魔诞生了，只是这个宠妻模式，一般人估计控制不住。

白玉龙起床给白松打了电话，才想起来儿子昨天没人管，听说白松就要走，他就说还得上班，没空来。

白松这次回来，他母亲根本就不知道，想来这些事让母亲知道只会更担心，于是白松压根没回家。

因此，第二天中午，还是到了张伟的店里，从这边直接走，张伟店里最近招了一个伙计，叫王金国，是本地人，挺本分的，平日里给张伟看看店，卖点烟酒啥的。

"我那辆车还在保险公司那边呢……"白松想了想，"再过俩月，那边的案子判了我就有钱了，到时候再说，虽然我爸现在手头有钱，但还是留给他喝酒吧。"

"喝酒能花几个钱……"张伟也不多说，知道白松是什么人，"先找个代步车就行，我这边有一辆2011年的车，2.2T四驱的SUV，你要是暂时没车，可以开走。"

"你留着卖不就行了？"白松一听，"这也是好车了吧？"

"朋友抵债，抵给我的，也就值几万块钱，"张伟道，"不好卖，就一直放在这里了。"

"几万块钱？事故车？"白松啃了一口玉米棒子。

"原版原漆，纳智捷大7。"张伟道。

"那车我听说挺费油？"孙杰皱了皱眉，他听过这个车。

"还行，没有你们想象的那么费油……这车和我兄弟的车差不多。"王金国说道。

"你朋友开啥车？"白松好奇地问道。

"铲车啊。"

白松最终还是坐高铁回了天华，拒绝了张伟的好意，别的倒不怕，他怕回去拿着一沓油票不太好报销。

不过，张伟聊到这个，倒是确实是提醒了白松，保险公司给他打了电话让他去一趟，他一直没空去。

等回去有空了再说吧。

晚上，王亮开车来火车站接到了白松。

"去新港分局？"王亮有些疑惑，"你不回你们单位吗？"

"专案结束了？"白松反问道。

"没有啊，不过看样子也快了吧？"王亮想了想，"这几天没人管咱们，今天是周二，估计在那边混两天，案子差不多，咱们就回撤，然后再休息两天，再上班，应该是这个套路吧？"

"你做梦呢？"孙杰反问道。

"呃……"王亮挠挠头，"做人要有梦想啊。"

"估计明天上午就开会回撤了。"白松道，"我看今天群里的消息，基本上李亚楠主动供述的一些东西也都找到了佐证，而且其他地方也都查得八九不离十了，经济账也都捋顺了，明天开个会，除了当地的分局之外，咱们肯定得走。"

"是啊，那还去干吗？秦支队去开会，咱们今天直接在九河区待着不就好了？这里距离海边还有100公里呢。"王亮有些疑问。

"但是，案子还没办完，乙醚和一氧化碳的源头还没找到，而且，大黑那边的事，我总觉得没有完结。"白松直接道。

"嗯？"孙杰听到白松的话，"你这两天可没和我提这个。"

"本来我觉得应该好查，这案子市局盯着，就差这么点口，应该好封上，但是今天一天群里也没动静，这说明这件事不一般。我也不知道能不能继续留在这里办案，如果不能，也想看到最好的结果。"白松道。

"嗯，咱们能不能留下不好说，如果能留下，肯定得全力以赴把这个事查了，毕竟今天一天都没查到，意味着后面的人非常不一般。"孙杰沉声道。

"就看领导重视不重视了。"

白松对这件事也是很没有信心，之前有命案、发现多人失踪的时候，市里面高度重视，找了好几个部门的人来帮忙，所以才有了白松等人的支援。

天华市有二十多个分局，白松能跟着过来，唯一的理由就是秦无双作为市里面非常有名的法医被挑选过来，白松才有机会过来。

而现在命案已经破了，剩个不大不小的事情，外分局的想继续留在这里就很难，毕竟谁也不愿意承认自己分局没有能力。

果不其然，第二天一大早，会议就如期召开，现场表扬了大家这几天的辛勤付出，表扬了各部门协作的积极成果后，又单独表扬了白松等人，这次市局带领的多分局集合战役，成果斐然，案子已经侦破，并且警情通报已经发了出去。

总的来说，非常成功，各部门下午自己带回，案件留给新港区公安分局办理。

开会总结的是魏局长，白松哪有说话的份？领导夸他的时候，表达了一点感激，也就没说什么。

之前的临时专案组，这个会议之后，就算是正式解散了。

桌子上，依然摆放着如山的案卷，会议室也一直没收拾。

今天的会议比较长，开完会之后，中午有一个聚餐，就在这里的食堂。

因为是工作时间，倒是没有酒，新港分局准备了不少好菜和饮料，为各个兄弟部门送行，算是表达一下感激之情，尽一下地主之谊。

看了看表，已经十点半了。

如果想办这个案子，时间也只剩下两个小时了。

第五百八十一章　我看你有点眼熟

白松昨天看了一晚上的案卷。

昨天晚上他回来，就把自己留在了会议室。

这两三天，集结到这里的案卷倒也不是很多，包括银行的流水信息。白松只用了两三个小时就把所有的案卷都看完了，但是对于接下来的办案，还是没什么有用的信息。

"白队，还忙着呢？"一个当地的刑警进了会议室，看到白松还在这边坐着，"我看他们都去食堂聊天了。"

"都是前辈，不太熟。"白松抬起头，"张师傅您手里是什么？"

"哦，这几个人的社会关系图"，张警官指了指桌上的案卷，"复印稿，桌子上有。"

本来白松还有点激动，听到这里，便说道："嗯，张师傅您就先放在这里吧，我收拾一下案卷。"

"白队长您这个工作态度，确实是让人汗颜啊，别看我比你年长不少，但是这方面得跟您多学习。"张师傅故意搭话道。

"张师傅您别这么说，我这就是笨鸟先飞，没什么大本事，只能靠时间堆积了。"

"哈哈哈，您谦虚啊。"张警官想了想，道，"对了，我有个大姐，就在你们九河区，以后，咱们说不定还有机会再见。"

"肯定有机会啊。"白松笑道。

"行行行，有机会坐一坐。"张师傅接着道，"说起来，我姐的儿子以前就是你们那边九河桥派出所的辅警,后来从单位辞职去考专升本了,明年估计就毕业考警察了。我估计啊,他回头要是正式分配,还是回九河区,到时候您要是有空,可以一起吃个饭。"

白松这才明白张师傅的目的,就是来拉拉关系,这也倒是人之常情。不过,张师傅这一说,白松倒是一下子想到了什么:"您外甥叫楚三米?"

"对对对,"张警官很高兴,"您居然知道他?"

"嗯,我刚参加工作的时候,三米和我一个派出所,他常跟着我出警,我俩关系很好。"白松也有些开心,听到这个名字还是莫名感觉有些温暖。

"啊?这么巧啊!唉,那就是我多余了,行,那您到时候多照顾。"张师傅道,"明年他要是争气能考上,我就把他带到新港区这边,好好操练他几个月,然后再让他回九河区上班,不能给您丢脸不是?"

张师傅这是直接把外甥扔到了白松这一派系。

"那都不叫事。"白松面露笑容。

为人长辈都是如此,白松还说怎么张师傅来找他聊天,搞了半天,这位居然是三米的舅舅。

白松虽然级别不高,但是这么年轻的副科,对张师傅的外甥来说也绝对是"大腿"了,所以他就想进来给自己的外甥拉拉关系,只是没想到本来就认识,这当然就更好了。

不过,提到三米,倒是让白松回想了当初和三米一起办案的时光。

这个小伙子,嗯……可爱、好玩……呃,不对,勤奋、好学!

白松又看了看老张拿过来的这份关系图的复印件,有些出神。

等等,这个有点眼熟。

每次白松发现某个东西眼熟的时候,都会有或多或少的收获,但是很多东西在记忆的长河里埋藏过深,根本就想不起来。

但是,这个时候,因为回想起了三米,想到了那个时候的案子,加上再看了一遍关系图,白松一下子认出了一个人。

这个人是当初白松接触的第一起命案——李某被碎尸案的李某关系人物

之一。

当初,为了查明李某的情况,传唤到刑警支队一共有 11 人。除了王千意和房东等人外,还有一个人,是当时的整容医院的主刀大夫,当时 30 岁,这个人是海归研究生,长得很帅,给白松留下了比较深刻的印象。

但是,他当时简单一查,没什么作案动机,后来的事,跟他也没关系,就没有继续注意这个人。

而现在,白松又看到了这个人。

郑小武,找他做过整容手术。

倒不是说这个人会有嫌疑,但是天华市毕竟有 1000 多万人口,整容医院那么多,两个人碰到了同一个大夫,这种事还是没那么容易的。而且,这个大夫的收费并不算低,郑小武只是打个玻尿酸而已,并没有动刀,为什么跑到九河区去做呢?新港区没有吗?

这个记忆一旦被挖出来,白松就开始迅速地发散思维。

第一种可能,就是偶然。这个人作为整容大夫,给无数的人做过整容或者打过针等,李某和郑小武都是有整容需求的人,找他也无可厚非。

第二种可能,就是有共性。也就是说,郑小武和李某可能有共同的朋友,然后这个朋友给他俩介绍的是同一个整容医生。

第一种可能,暂时先排除。如果他俩都有共同的朋友,会是谁呢?郑小武是近日才打的玻尿酸,肯定和王千意、王若依这些人没有任何关系,那会是谁呢?

聚拢了脑海里一切的可能性,白松突然想到了一个人。

张左。那个喜欢王若依的富二代。当时,王若依因为故意杀人罪被捕,张左也犯了包庇罪,被判了缓刑一年。

这个案子当时白松也没有太在意,案子结束就回家玩去了,再回来就跑到派出所天天办案出警,后续的工作也是刑警队在做。等到再关注案子,基本上也只是把目光放到了王若依和王千意那里,哪还注意得到那么多配角?

但是现在,白松好像想明白了什么。

如果说，李某和郑小武都和一个人有关系，这个人就有可能是张左，这个富二代可是典型的好色之徒，而郑小武又确实漂亮。

张左认识天华市本地的漂亮主播，确实太正常不过。

而把张左从脑海深处挖出来，白松又开始回想这个人的一幕幕。

不对劲！白松突然想到！

他之前在经侦总队的时候，和柳书元一起去健康医院等地方的时候，路过一次张左的那个仓库。

当时，白松还记得，这个仓库一点变化也没有。

怎么可能会没变化?！

按理说，张左知道这里是碎尸现场，肯定不会继续租！

那样的话，新租的人肯定会换锁吧？

为什么会一点变化都没有？锁都没换？

这不对！

张左，有问题！

第五百八十二章 分析张左

这个思维一旦打开,事情就不一样了。

乙醚、一氧化碳的来源都能解释了。

张左能搞到。

前面的案子,证实了张左是一个有点乱七八糟能力的富二代,但是现在白松脑海中开始回想一些事,越发觉得不对劲。

白松思考了半天张左的事情,接着开始发散思维,想起了一大堆的事情。

"白松,都去食堂了,你不去吗?"秦无双站到了会议室的门口。

"白松?白松!"

要是马东来局长在这里,看到白松这样,应该会静静地等着白松想完,但秦支队对白松的了解还没有那么深。

"啊?"白松这才缓过来,"秦支队,什么事?"

"你在想什么呢?"秦无双好奇地问道。

"哦哦哦,案子的事。"白松用单手的食指和中指轻轻拍了两下额头,"有点猜想。"

"嗯?那我打断你思考了?"秦无双有点不好意思。

白松倒是颇为感动,接触了这么多领导,秦支队真的是最没有领导架子的了,这也是技术人员的特点。

"没有没有,刚刚我钻死胡同了。有些事光靠想没有意义,得实际查一查。"白松伸了个懒腰。

"那简单,有什么需要查的,咱们支队这边,包括分局肯定也会支持你的。"秦无双听到这个,松了一口气。

"秦支队,"白松这才站起来,"我有个想法,但不是很容易验证。"

白松也是没缓过来,不然也不会坐了半天。

"你说。"秦无双点了点头。

"我想去一趟监狱。"

"可以。"

"我想再提审一次王若依。"

"没问题。"

"我想开一辆驾校车进去,看看王若依到底会不会开车。"

"可……开什么玩笑?"秦无双愣生生地卡了一下,"你知不知道,那是监狱,给犯人试车,这怎么可能?"

"驾校车,有副刹车那种,自动挡的就行。不会有危险的,我坐副驾驶。"白松道。

"嗯……"秦支队想了想,"问题是,你怎么能肯定你说的这个人会配合你?"

"如果她不配合我,那么就很可能心里有鬼,这样,我就会下决心去查一下张左。"白松道,"毕竟,监狱里的人查起来更简单一些。"

"你是怕打草惊蛇吧?"秦无双思考了一阵,"说一说你提到的张左的事情。"

"好。"白松开始讲述这些案子里他发现的来龙去脉,讲了十几分钟。

"也就是说,张左手里有可能掌握着乙醚和一氧化碳这类物质? 这个事我觉得有必要直接查,不用查你说的那个了……"秦支队突然道,"等等,你还没告诉我,你为啥想要试试王若依的车技?"

"之前我认识了一个朋友,叫郑灿,他当初驾照就是买的。前些年,驾照管理混乱,有不少地方可以轻松地获取驾照。"白松道,"我现在想起来,当初案发的时候,王若依也是刚刚学出来驾照不久,以她的那种情况,好好去学也不是很现实。而且她自己没有车,我去过她家,她家里是别墅,院里也没有车,只有她爸爸有车。

"这次的李亚楠事件,李亚楠遇到人死亡的时候,精神高度紧张。

"而王若依当时杀人碎尸之后,开着张左的一辆大型的 MPV 汽车,从天北区开到九河区,然后还要一个人将那么重的铁桶滚下来,倒不是说不行,但是这需要比较靠谱的车技和巧劲。

"我现在有理由怀疑,张左也参与了这起杀人案。"

"可是你刚刚不是说张左迷恋王若依吗?"秦支队问道。

"当时的情况,普遍都认为是王若依控制着张左去做了一些事。"白松道,"有没有一种可能,其实从头到尾都是张左在控制王若依?"

"你说的这个王千意我倒是知道,这个人确实不是个简单的人,而且你提到的王若依,根据你讲过的她的一些情况,也是个非常精明的人吧?"秦支队对此表示了怀疑。

"确实是很精明。"白松点了点头,"但是这个年龄的小姑娘真的也有可能钻牛角尖,反过来被人利用也未尝不可能。以前我倒是真的没有往那方面想,毕竟我觉得这个小姑娘可以一直躲避侦查,也算是个聪明人。但后来,一审二审,我发现她根本就不想辩护什么,甚至给我的感觉就是不想活了,一心求死。今天这么一想,这里面就可能有问题了。"

"嗯,按理说,确实是如此,这么多年遇到的那么多杀人犯,没有一个真的想死的。我处理过几个现场,就是和妻子真的是闹矛盾太厉害了,一心求死,这种现场一方把另一方杀死之后,就直接自杀了。除了这种人之外,杀人犯也没有几个真正想死的。"秦无双说道。

"嗯,如您所说,确实是如此,我之前也觉得蹊跷,但是一直没往张左这方面想,还是以貌取人了。"白松用手比画了一下,"这个人有问题。"

"如果真的是你说的这样,张左确实不是个一般人物,这件事还真的不能打草惊蛇,万一好不容易有点线索,再找不到了就不好了,毕竟王若依已经认罪伏法……嗯，先去吃饭，一会儿吃饭的时候和魏局长谈谈，对了，你顺便给我讲讲张左的其他情况。"

一顿本来是要庆功的午餐，因为白松和秦支队的到来，变成了两个群体。

主题是不能变的，各个部门也都必须离开，命案已经破了，就算是要办案，也不可能留下这么多人。

所以，魏局长还是代表市局感谢了一番参战队伍，表达了市领导对所有民警的关怀，希望大家再接再厉，做大做强，再创辉煌。

但是，与此同时，魏局长的心早就飘到了九霄云外。

刚刚，秦支队跟他提到了乙醚的可能来源，也仅仅是耳语了几句，他也没听真切。

秦无双是个非常严谨的人，魏局长是知道的。所以秦无双说有可能，那就有七八成了。

第五百八十三章　新线索

饭后，沉不住气的魏局长没有直接走，而是让市局的其他人先离开，只留下了一支队的几个人，接着就跟白松、秦无双等人在一起开了会。

魏局长非常认真地听白松把两年前的案子和对现在的案子的推测全说了一遍。

九河分局的几位也没走，就连天北分局的柳书元也没走，这也算是消息灵通人士。

当白松提到上次和柳书元一起去的那个仓库，说那个仓库一点变化都没有的时候，柳书元都惊了。

柳书元当时也在，白松确实跟他提过"这地方一点也没变"，但是对于锁头没换这样的细节，谁也没有想到。

白松也没往别的方面想，但是现在白松从这个细节分析出了一些问题，这确实让柳书元匪夷所思。白松平时出去遇到啥事都记笔记的不成？

"你提到的给这个叫王若依的人做一次测试，我问你，她是不是死缓考验期还没有过？"魏局长沉思道。

"嗯，算算时间，死缓考验期要两年，现在也就是一年左右。"白松道。

"那应该不行，要是普通在押犯，这个倒是可以试试。但是汽车总归是一个危险的东西，万一副刹车坏了，这些在押犯冲撞了什么，这件事就非常麻烦。而且，想试试她的车技，倒也不用那么麻烦，问问她曾经的好朋友就行。"魏局长说道。

白松一拍脑门："对啊！"

一个人想问题，确实是容易钻牛角尖。

接着，白松就转头看向孙杰："快、快给你媳妇打电话问问。"

一大堆人不明就里，孙杰也有些无奈，出来解释了一番，他的未婚妻严晓宇和王若依当初一起做过兼职。

当着大家的面，孙杰打电话问了严晓宇，严晓宇说没见过王若依开车，然后，严晓宇说再帮忙问问。

过了十几分钟之后，严晓宇回了电话，确定王若依学车之后，从来没有朋友见她开过车。这个并不能证明王若依就一定不会开车，但是让所有人对张左产生了巨大怀疑。

咚咚……

"请进。"魏局长喊道。

"魏局，什么秘密事件啊？"推门而进的是新港分局的赵支队长，"我听说您叫了九河分局和天北分局的人开会。"

魏局长虽然是正处级，比赵支队高半级，但是依然不会随意得罪这边的领导，就没提这个会和乙醚的源头可能有关，便道："九河分局在讨论两年前的一个案子，我们聊一聊。"

"哦哦哦，我看你们没走，给你们带了点餐后水果过来，边吃边聊。"赵支队微微一笑，向门外看了一眼，立刻就有两个人端了两盘香蕉和橘子走了进来，放到了桌上。

接着，赵支队道："您忙着，有事叫我就行。"说完，赵支队带着两人转身就走，把门关上了。

这么一来，魏局长也有些无奈，在人家新港支队的地盘聊案子，总归是绕不开人家。

赵支队这是来将军的。简单来说，赵支队这一进来，要是魏局长让他坐，一起聊案子，他就坐下聊。但是这样会让人觉得魏局长不够意思，之前不叫人家。如果魏局长说别的事，他就送果盘，反正也算是礼貌和客气。但是，他这一来，如果这些人回去之后，再把乙醚的案子破了，这事说出去就不好听了，有了情报不跟当地公开，自己抢果子吃？

总之，工作上的事没那么简单。

不得已，过了半个小时，魏局长通知赵支队等人，一会儿去这边的大会议室开会，就说刚刚从九河分局讨论的案子中发现了一点线索。本来这个线索的可能性、关联性很低，魏局长并不打算和赵支队直接说，但是这么一来，必须得说。

半小时后，白松又当着赵支队的面，把这些事再次说了一遍。

最终，会议决定，市局在这里一个人也不留，白松和王亮以及柳书元留在这里侦办这个线索，其他人还是照常回去。

赵支队本来的意思是，有了这个线索，就自己查了，不想留外人在这里，但是那样也不合适，就留了三个人。

王亮也是最早接触案子的，对王若依的案子比较熟悉，而柳书元更是天北分局的人，张左的仓库等就在那边，也有利于案子的开展。

这案子从头到尾，被九河分局抢了太多的风头，赵支队暗暗想着，后面的事情就各凭本事了。

白松看了看这个情况，还是有点头疼，因为这意味着，他们三人要孤军奋战了，想随时信息共享，有了一点难度。

会后，秦支队带着王华东和孙杰离开，临行前还是鼓励了一番白松。

"根据现在的这些线索，还是要查这个张左，这么查也查不到什么线索啊。"王亮有点莫名烦躁，这件事本来可以大家好好地侦查下去，现在不知道为啥成了这个状态。

"张左的线索之前的案子已经都查了一遍，该查的东西其实都查到了。"白松摇了摇头，"这件事还需要别的突破点。"

"九河分局的那些人也不知道怎么想的，仓库里那么多东西，偏偏要扣押一个破沙发。"门外，传来了一个人的声音。

"人家扣押就扣押了呗，最近咱们这边的那个命案，就是人家破的，还真的有两把刷子。"另一个人说道。

第五百八十三章　新线索　｜　393

"你说的是那个白队长吧？嗯……还行吧，但也就是运气好一点吧。我要是有朋友之前见过那个大黑，估计这案子我也能破了，最起码是个二等功啊！"

"行了，别吹了，你先把你取笔录的本事好好长长吧。"

"看来你在这边不怎么招人待见啊。"王亮在屋里听到外面的人聊天，调笑道。

"都是嫉妒，哼，他们哪里知道前面的案子也是我'瞎猫碰上死耗子'破的。还说咱们扣押个沙发有问题，要我说，这个沙发很可……"白松的表情突然变得神秘莫测起来，"这个沙发，该不会上面有张左的气味吧？"

第五百八十四章　三人小组

说到这里，白松又疑惑起来。

如果沙发上的味道确实是张左的味道，两只狗叫是可以理解的。

这两只狗，曾经闻到过的味道很多，但是如果仔细想想，能和这边沾点边的，白松能想到的，也只有张左了，而且若不是因为别的事根本就想不到这个人。

但是，会不会是狗误闻？为什么回头再找狗来闻，狗第二次没反应？

想到这里，白松拿出手机，想了想，给冀悦打了个电话。

冀悦虽然不了解这两只狗，但是对警犬的语言和行为方式的解读还是很到位的。

二人聊了一会儿天，冀悦告诉白松，这种情况，就说明确实是有问题。

很多人看到网上有警察去缉毒的时候，并不携带缉毒犬，就在网上评论："为什么不带狗？"

实际上，这些狗实在是太金贵了，它们的嗅觉过于灵敏，以至于很多狗只能保持十五分钟的最佳状态，时间久了以后，狗难以保持兴奋。

也就是说，两只狗确实是闻到了曾经闻到过的味道。后来没反应只是时间的问题。

冀悦上次险些丧命，因为对案件的卓越贡献而荣立二等功，也有了一些名气，现在也经常到处办案，二人聊了几句，挂掉了电话。

"走，去找大黑吧。"王亮说道，"既然这个地方很可能是跟张左有关，那么说明大黑和张左肯定是有联系的，把他审出来，剩下的就简单了。"

"怎么审呢？"白松问道，"你不要以为大黑是个简单的人啊。"

"能给我讲讲大黑别的你之前没说的事吗？"柳书元问道。

现在，只有三人算是一条船上的人了，倒不是说新港分局的不是友军，但是双方存在竞争关系这是肯定的了。且不说资源共享，能互相不耽误事，都算是谢天谢地了。

白松事无巨细地把大黑的案子也给柳书元讲了一遍，顺便把大黑的性格等，都跟柳书元说了。

"这个大黑，有这么聪明？"柳书元想了想，"你上次问他李亚楠的事情，他能招供，是因为怕他自己因为包庇受牵连，毕竟和李亚楠算不上关系特别好，而且李亚楠那是命案，他也包不住。但是现在，即便他和张左有联系，他也不可能说实话的。"

"是这样。"白松道，"之前我还和他聊过，问他关于他走私的这些事情是谁把他领进门的，他就含糊带过，就说是一个不怎么熟悉的朋友，认识了以后自己就开始做这些。"

"那这么说来，咱们能不能诈他一下？比如说，就说我们抓到了张左，张左已经招供？"柳书元道，"虽然这有点不合规矩，没事，有事算我的。"

白松摇了摇头："我们根本就不知道咋回事，容易弄巧成拙，万一张左就是一个类似于李亚楠的角色，就是喜欢玩，来买点乱七八糟的东西，咱们这么一诈大黑，岂不是就彻底把咱们的底子露了？以后，再想从大黑这里获得什么线索，就难了。"

"喜欢玩？"柳书元琢磨了一阵，说道，"也有道理。作为一个富二代，玩这些也正常。"

"等会儿，"白松分析道，"这么说的话，我突然发现了一个问题。最开始的时候，张左好像和王千意的关系也是很不错的，而王千意也是走私起家的，而且到了最后，王千意也有走私渠道，其中也包括了野生动植物。

"如果说，这个张左很喜欢自己玩和养野生动物，那他的那个仓库里，不会一只都不养吧？"

"所以，你的意思是张左可能有销售渠道，是吗？"柳书元想到了什么，"能提讯一下王千意吗？"

"枪毙了。"王亮说道。

"他走私了啥？"柳书元瞪大了眼睛。

"他多年前在边境地区有一起命案，后来查到了。"

"你们战斗力这么强的吗？"柳书元道，"这种案子都能破？"

"倒也不是，"白松道，"这是个悲情人物，他这个事，应该是让律师找了他女儿，把他的杀人案给揭发出来，使得王若依多了一个重大立功表现，所以王若依才没有判死刑。总之，这么一来，他自己就够死刑了。"

"还能这么来……"柳书元听到这个确实很震惊，"这个人虽然不是什么好人，但是作为父亲也算是合格的。"

"合格不合格不敢说，但是最后这个事挺爷们的。"白松评价道，"不过，他死了对现在这个案子可不见得是好事。如果他没死，只要咱们告诉他把张左的事情说清楚，对他女儿有好处，估计啥都会告诉我们。可惜了，当初真的没想到那么多。"

"那这个线索也就断了，"柳书元道，"要不，就再看看？反正人家这边一个支队呢，早晚会有新线索。"

"那咱们现在呢？出去玩啊？"王亮来了精神。

"别的先不说，走吧，"白松道，"在这里待着都看着咱们呢，出去转转，假装咱们已经有了线索的样子。"

"我看行。"王亮也有点腹黑。

虽然三个人并没有啥靠谱的线索，但是，早点出去可以让这边的人有点压迫感。

对白松来说，谁能破这个案子都无所谓，功劳什么的一点都不想抢。

无论发生什么，白松最想要的，就是让正义快点到来。

虽然迟来的正义非正义。

但是，如果是客观原因，正义就是没办法立刻到来，难道就不追寻了？

当然不是,还是尽其所能吧。

"你这是要去哪里?"上了车,柳书元发现白松并不是漫无目的地开车,而是有个具体的方向。

"总得做点事情。"白松指了指一个方向,"我先去做一个呈请提讯的通知书,然后找领导把字签了,今天还是打算去监狱提讯一下在押犯。"

"打算审讯一下王若依?"王亮问道。

"不,提审诸葛勇。"

第五百八十五章 分歧

诸葛勇被判了刑，这个事白松一直也没关注，说实话，诸葛勇现在在哪个监狱他都不知道，还得先去一趟监狱管理局查一下，因为确实是没人关注他。

案子一般到了审查起诉阶段，警察就不管了，诸葛勇这类人，并不会有太多的人关注他，所以后续的结局也没人有多大的兴趣。

但是，作为当初王千意的金店店长，作为走私的同案犯之一，他一定是知道些什么的。

这个过程倒是非常顺利，去监狱提讯犯人，流程也不是很复杂，如果是作为证人来询问，分局领导签个字，然后找监狱管理局再说一声就搞定了。因为大家动作比较快，下午三点多的时候，白松如愿以偿地见到了诸葛勇。

"白警官。"诸葛勇看到白松，颇为客气。

监狱这种地方，任何人待久了，都会如此。

"叫白所长。"王亮在旁边板着脸说道。

"白所长！"诸葛勇道，"您这么快就当了领导了啊！恭喜恭喜。"

"行了行了，来找你，就一件事，想好了再说。"白松先把话挑明了。

诸葛勇岁数可不小，虽然是王千意的手下，但是最开始的时候，是王千意的前辈，后来帮着王千意做了几票大的，成功上岸，但是也一直没放下一些"业务"。

他胆子没有王千意大，所以后来甘心给王千意做手下。

到现在，王千意身死，他却没判多久。

一饮一啄，到底是谁更老道，也是难说。

"张左？"诸葛勇陷入了沉思。

诸葛勇想了足足有半分钟，最终说道："我和这个人不熟悉，不太了解他。"

白松听罢，扑哧一声就笑了。

"行啊你，诸葛勇，是我小看你了。"白松笑道。

"什么？"诸葛勇眨巴了一下眼睛。

"你但凡说点啥，哪怕就聊点乱七八糟的，也能把我糊弄过去。"白松笑道，"你想了半天，居然告诉我你啥也不知道，你这不是明摆着告诉我'我和他有问题'吗？你这不就等于直接跟我说，你曾经和他有过非法的野生动植物的交易，或者他就是你的一个重要的买家？行，你倒是实诚。"

诸葛勇听白松这么一说，一下子后悔了。他知道，白松说的都是实话。

"你呀，在这里和我纠结什么？你都判完了，就算是再有一两个能查实的野生动植物买卖，如果是你自己交代的，难不成还真的能给你加罪不成？"白松真诚地说道，"老哥，你可要明白一件事：这个张左，说到哪里，也是早晚要进这里面的，而你早晚会出去。"

诸葛勇看了看白松，有点明白白松什么意思了。

刚刚王亮叫白松"白所长"的那一幕还历历在目，他确实是用不了多久就能出去，到底是得罪白松，还是得罪张左，他还是明白的。

想了半天，诸葛勇重新组织了语言："这个人，他大量收购野生动物，体型越大的越好，蜥蜴、陆龟、穿山甲、孔雀、鹿包括老虎他都要。

"警官您别误会，我没有卖过老虎，我也没见过，我就是听他说过，反正能弄来的东西他都要。

"他有一辆MPV，每次都是开那个车来，一般也都是从王千意那里搞，王千意把什么卖给他我并不知道，但是，他从我这里买过两只穿山甲。

"您回去可以看看，当初我有一张银行卡，里面的钱被冻结，后来这些钱都被认定为我的违法所得，其中有两笔钱，是隔了一天汇进来的，金额是一模一样的,这就是他找我买的。"

"你要这么说,这笔钱的来源当初肯定也是查了的,汇款的卡所有人肯定不是张左,不然不会不查到他。"白松道。

"对,他的卡都不是他本人的,追不到他。"诸葛勇说道。

"你也是真抠门!"白松鄙视道,"这两笔钱被法院给没收了,你就提这两笔,还不能直接指认他。说了半天等于没说!你是怕说了别的,再把你钱没收了?"

"其他的也有,就是……现金交易比较多……"诸葛勇被白松说得不太好意思,但是又不想提直接的多次交易,声音细若游丝。

"这样吧,你别跟我说这些了,给我说点有用的。"白松道,"你知道什么有用。"

"我和张左交易的时候,还有其他证人,就是之前金店的伙计,这个需要你们去审问了,他们能不能招供出来,我就不敢保证了。"诸葛勇闭上了嘴。

能从诸葛勇这里撬到的情报基本上也就这些。

至少,目前诸葛勇承认了他替张左卖过两只穿山甲,虽然这不能直接定罪,但是同案犯的供述算是可信度比较高的言辞证据了。

但是白松知道一件事,就是即便有好几个人指认张左的事情,如果没有足够的物证,仅仅靠指认,是没办法形成一个合格的证据链的。

"所以,我们去找那些人录笔录吗?"从监狱的院里往外走的时候,柳书元问道。

"暂时不急,诸葛勇还在押,把刚刚那个事说给我们听,自首加立功,估计也不会加什么刑,但是其他人招了基本上就得被处理,估计就得被刑事拘留,他们反而不会那么容易说出来。"白松道,"现在有几件事更需要去做。第一件事,我们这几天可以提讯一下王若依。我怀疑她可能对张左有感情,所以去当着她的面好好聊聊,说不定有一些别的收获。

"第二就是我们可以去查查,张左收购的野生动物送到哪里去了。

"第三就是他从哪里搞到的乙醚和一氧化碳。

"最关键的,这个第二和第三可能是一个问题。"

"嗯,慢慢来,急不得。"柳书元也认可白松的话。

三人离开监狱,从门口的手机存放处拿出了手机,白松发现有几个未接电话。

看到其中有秦支队的电话,白松立刻回了过去,聊了几句之后,白松惊诧地喊道:"什么?新港分局那边已经把张左传唤了?他们掌握了什么线索就直接传唤了?"

第五百八十六章　僵局

　　三人火急火燎地先跑回了新港支队这边。

　　来的路上，三人也不知道是什么心情。

　　这个事并没有在群里说，如果不是秦支队在那边有朋友，白松现在还不知道这个事。

　　张左其实很好抓，想抓一个没什么防备的人，对公安局来说不是什么难事，但是抓到了之后呢？

　　白松此时此刻，反倒是希望新港分局这边已经掌握了他没有掌握的重要线索，即便不和他公开也是没问题的。

　　只要案子能破，其他的什么都无所谓。

　　回到新港支队，白松回到会议室，会议室里坐了好几个当地的刑警，看到白松简单地打了招呼，也没有再聊什么。

　　不提一下抓到这个人的事情了吗？

　　随便聊了几句，也没人提，白松也不熟悉这里的人，只能离开会议室，找到了张警官。

　　"白队，您坐。"张警官在办公室里，这间办公室里有好几张桌子，但是就他自己在。

　　"张警官，打扰您一下，我听说张左被你们传唤了，现在什么情况？"白松看了看四周，"我来找您会不会对您影响不好？"

　　"不会，他们都去楼上小屋开会了，没叫我。"张警官道，"原因，您应该也明白。"

白松点了点头，之前张警官单独和他聊了一阵子，可能是被人看到了，以为白松和老张是旧识，所以这回老张也被边缘化了。

不过倒也没什么大问题，老张在这边待了有二十年，什么事都见过，这种所谓的边缘化也只是暂时的而已，等这个案子结束了，这事就等于没发生过。

"为啥搞得这么麻烦？"柳书元对这个事也表达了愤懑。

"倒没有你们想的那么麻烦，其实我们支队长能力非常强，是个审讯的专家。"张警官道，"这次你们九河分局出尽了风头，可能是支队长觉得脸上不好看。"

"侦讯专家吗？"白松若有所思，"如果能直接审出来，这个案子就漂亮了。"

"我倒是觉得这个人小心眼，这案子市局不也没破吗？人家市局的都没觉得丢人啊。"王亮吐槽道，"真是的。"

"如果侦讯能解决一切问题，刑警这么多的大队，至少可以裁撤一半……"柳书元淡淡道。

"行了，咱们别说风凉话，人家能这么快把人找到，也是厉害。看样子案子还不是随便就能破，咱们抓紧时间，接着去查别的吧。"白松打断了两个人的吐槽。

现在，如果说张左直接吐口了，那么这个案子就简单了。不吐口的话，事情就麻烦多了。本来白松打算这就休息一下了，还是先打电话，预约了明天对王若侬的提讯。

这件事，也逼迫着所有人必须在 24 小时内取得成绩，不能简简单单地等着案件的信息汇总了。

接着，三人就直奔张左的仓库。

"你说，大黑就不问了吗？"柳书元有点不甘心。

"问还是得问，不过我看他们这边的情况，今天说不定已经找人审讯去了。"白松道，"谁去都差不多。"

"这些人真的有点烦，不就破个案吗？抢什么啊？"柳书元道。

"书元，且不说他们，我感觉你最近心态有些急了啊。"白松开着车，说道。

"啊？"柳书元沉默了一下，"你说得对，我有点急了。"

三人都沉默了一阵子，柳书元道："可能是被你影响的。"

"我和白松都是平民百姓，你这一天天的，有啥压力啊？"王亮反问道。

"怎么说呢？人一辈子总是要自我实现一点东西才会真的快乐。"柳书元看了看车窗外，"作为男人，谁不希望比自己老爹混得好呢？倒不是说一定要官更大，但是有这样的一个父亲，我想有点所谓的成就，反而是更难的。你看白松，他已经是他爸爸的骄傲了。"

"别想那么多，做你喜欢的事情，你永远是爸爸的骄傲。"王亮安慰道。

"是……不对！你占我便宜！"

柳书元简单地说了心里话，又被王亮轻松地调笑了一番，倒是感觉心里的石头少了一大半。

"书元，我其实非常感谢你们每一个人。"白松说道，"咱们一起办案的这些兄弟，还有我的好友张伟等人，你们都给了我很大的帮助。

"谁都想破案，能破掉一个案子，不仅仅是职责，更是一件非常有成就感的事。但是，天底下没有人能自己破案，除了柯南，没有人擅长所有的事情。

"咱们是一个团队啊，我不想说，离开你们我什么也不是，只有我们都拧在一起，最终才会成就我们。"

"不愧是你。"柳书元露出了浅浅的笑容，隐藏在了傍晚的暮色中。

到仓库这里已经天黑了，白松在门口发现了警车。

看得出来，新港分局还是有能力的，这么短的时间里已经把案卷都看了一遍，也知道这个地方就是张左的仓库，现在已经打开了仓库，正在仔细地勘验仓库。

第五百八十六章　僵局　｜　405

这倒是省了不少事，白松把车停在了这里，和负责的警察打了个招呼。

虽然不算很熟，但是也算得上认识，不过，白松可以看得出来，这个大队长的脸色不是很好看，看样子从这个仓库里并没有发现什么别的线索。

白松进去看了看，好久没进来，倒是也没什么特别的发现，就是感觉冷清了很多，之前放了很多照片的那个小屋，现在也没了照片，而且看样子近日也没人在这里住。

以前这里像是张左的一个用来玩耍的秘密基地，现在更是接近仓库的样子。

作为富二代，张左的钱并不是特别多，因此，有两种可能：第一是张左依然用这个仓库做一些不可告人的事情；第二就是张左资金状态非常良好，以至于懒得停租这个仓库。

和这边的队长聊了聊，也没发现什么问题。

虽然这里曾有过碎尸行为，但是外人不知道，不影响租赁，所以租金也没有变化；而且，新港支队也带了警犬过来，目前依然没什么收获。

第五百八十七章　顺利完成

警犬都发现不了什么问题，这里最近至少不会有类似碎尸之类的事情存在。

不过，白松倒是想把九河区的两条警犬带过来，让狗确认这边的味道和那个沙发的味道是否一致。只是就算狗判断一致，也不能证明什么。

从这边离开，基本上意味着这个线索的价值已经很低了。

"现在只能将计就计了，张左不可能是一个人，他一定也有他的圈子。大黑被抓了，然后紧接着张左就被抓了，打草惊蛇，'蛇'到底会不会惊不敢说，但是与蛇相关的，肯定有不少已经惊了。"白松道。

"所以，你想说什么？"王亮道。

"我们需要海量的信息做大数据分析。"白松道，"需要车管所、交警、市场监督管理局、食品药品监督管理局的信息支持。"

"靠咱们三个？"柳书元道，"天北区这边，我倒是能帮上点忙。"

"别闭门造车了，你看我们跑这边的仓库，就和新港分局撞一起了，人家已经查了，咱们算是白来了，我给赵支队打电话，资源共享一下吧。"白松道。

"哼，我倒是觉得他也没什么证据吧。要我说，还不如等着，明天早上，他一准得主动找你。他传唤了人，我倒要看看到了24小时，他会怎么办！"王亮还是有些气愤。

"现在不是置气的时候。"白松摇了摇头。

"你倒是脾气好，要是我肯定不会这么算了，怎么说你也算是领导了吧？"王亮道。

"并不是说我胸襟开阔，而是没必要如此。"说完，白松拿出手机，拨通了电话。

"白队长，什么事？"赵支队过了十几秒，才接起电话。

"您那边审讯还忙吗？"白松问道。

"不忙。"赵支队明白白松已经知道他传唤了张左，"白队长有话直说。"

"我们今天给诸葛勇，也就是王千意曾经的那个手下取了笔录，获得了一些线索，诸葛勇交代，张左曾经通过他至少购买过两次野生动物，虽然转账记录没有具体的个人信息，但是有同案犯的指认，如果您那边实在是没办法，靠这个也能暂时批一个七天的刑事拘留。"白松先把今天获得的线索跟赵支队说了。

仅靠一个同案犯指认，并不能断案，但是如果赵支队态度坚决一些，仅仅是刑事拘留还是可以做的。赵支队已经自己把自己逼上绝路了。按照白松提供的这个线索，强行批个刑事拘留，总归是能让办案时间宽裕不少。

"好，谢谢。"赵支队过了一会儿才说道，"我传唤他也是无奈之举，大黑被抓了，这个张左很可能已经惊了。"

白松没评价这个，但是他知道，赵支队这样的领导愿意这么说，就算是跟他解释了，也是给双方一个台阶下。他本来和赵支队也没过节，便说道："赵支队您真是一个有担当的领导。"

说完这个，白松倒没有很开心，他知道这个情况意味着赵支队的审讯并没有获得什么很有价值的线索。

接着，白松和赵支队第一次对案件做了真正的信息交换，白松对张左的了解毕竟还是更深一些，这很有助于赵支队的审讯。

而这边支队能给白松的帮助就更大了。

张左今天被抓，其实他也没有太多的防备意识。跟他相关的人也没什么具体的防范。现在，已经可以确定的是，张左的活动范围主要就在天北区，而且通过对郑小武的一些线索分析，那天晚上郑小武打车就是去了天北区。

赵支队等人通过视频监控，找到了一辆之前郑小武坐过的出租车。这司机只能记得那天去过天北区送郑小武，但是具体地方也记不清了。要不是郑小武相貌出众，加上又是长途，司机可能连这个也记不住。并不是所有地方监控都那么完善，确实也找不到司机停车的地方。

天北区能够有乙醚需求的工厂并不多，而又同时需要一氧化碳的地方，基本上可以一一进行排查。

一氧化碳作为重要的化工催化剂，用途也是比较广泛的。

这里王亮和柳书元的能力就得到了显现。柳书元的人际关系，也不仅仅是靠他父亲，他自己的人脉就非常恐怖，这点白松是无比佩服的。

晚上十一点多，在大数据的分析下，最终找到了这家药厂。这恰恰就是大黑之前当过业务员的药厂之一。很多业务员都有过多次跳槽记录，大黑也不例外。这里他也曾工作过，但是因为不是最后工作的那一家，所以之前并没有引起过多的关注。

张左的父母，与这一家药厂没什么关系，这让大家振奋的同时也感觉到了一丝疑惑，张左是怎么搭上线的？

当天晚上，多部门联合协作，对药厂进行了突击检查。

晚上的检查比白天效果还要好，这个地方已经不仅仅是违规使用一些化学品的问题了，这里甚至利用自己的资质对一些没有资质的企业非法转销一些化工原材料。敢这么做的企业按理说早就死得差不多了，但是这家依然有一些渠道，晚上去的时候，被抓了个正着。

有时候人不逼迫自己一下，真的不知道会有什么样的结果。

赵支队突然传唤了张左，但是经过现在的通力合作，还是找到了线索。

张左虽然精明，但总归是一个声色犬马的富二代，不可能永远都能做到小心翼翼、天衣无缝，现在露出了这个马脚，剩下的就简单了。

白松并不认为张左是杀害李某的真凶，因为他确实是没有作案动机，王若依是真凶这个也是经过很多严密的证据核实的。但是张左与王若依的关系不会那么简单，在处理李某尸体等事情上肯定也是帮了忙的，这里面可能就存在其他问题。

现在,药厂这边已经收获颇丰,即便没有诸葛勇的供述,张左也能刑事拘留,剩下的就变得简单了起来。

第五百八十八章　分道扬镳

"这不是最近遇到的第一起从化工厂、药厂销售一些管制类化学品的案子了。"找了个空闲，白松和柳书元、王亮说道。

"这种案子应该不多吧？"王亮问道，"你说的另外一起是什么？"

"之前有一起非法销售减肥药品的案子，最后也查到了一家化工厂，也是有内部人士在作祟，很多化工原料，如果用来制造一些违禁品，那么收益会直线上涨。"白松跟俩哥们讲了讲另外一起案子，说道，"不过这俩案子应该没啥联系。"

"也不是没啥联系吧？你看你说的那个'三哥'张彻和这个张左都姓张啊，说不定是亲戚。"王亮调笑道。

"姓张的不多了去了？那个张彻就是个街溜子。"白松仔细地想了想张左的人际关系，确定两个人没有亲戚关系，"张左的家庭状况挺简单的，他爸那边是独生子，肯定不是亲戚。"

"你说的那个张彻，怎么处理的？"柳书元问道。

"他没啥大的作用，就算当个捎客赚点零花，好像最后查实跟他有关的事特别少，治安拘留了吧。"白松想了想，说道。

"哦哦哦，那这个张左，最终也没多大的罪过啊。"柳书元道，"他也是当了个中间商，而且最终能证实是他所为的也不会很多。郑小武的死，跟他没有因果关系，郑小武从这边搞到了一点化学物质，也是这边的人给张左面子，这么少的量，在这种地方一文不值。而如果提到你之前所说的王若依杀人案，张左最多也只是个包庇罪。"

"嗯,而且因为之前判了一次,重新发现漏掉的犯罪事实,也会折抵一些。"王亮琢磨了一会儿,"要这么说,确实没有多大的罪。"

"案子的关键还没搞定呢,我们现在也没整明白张左买一大堆野生动物是干吗的,如果是转卖的话,数量这么多,那么多次交易应该很容易被发现才是啊。"白松叹息道,"居然一条线索也没有,难不成都是他自己吃了?"

"你还真别说,还真的有可能是吃了。"柳书元对这些东西了解得更多一些,"一些高档会所,喜欢把野生动物作为隐藏菜单。比如说穿山甲,北方人吃得比较少,但是也因此可以卖到更高的价格。"

"那把天北区高档的会所都查一遍吧。"王亮有点激动。

"且不说这个事情没办法局限在天北区,即便在,你能全部细查一遍?"柳书元瞪大了眼睛看向了王亮,"我还真的没看出来你有这个能耐……"

王亮被吐槽得有些不好意思:"这不是顺便也能去看看吗?"

白松转手就给王亮一个脑瓜崩:"你要是能查到监控或者足够的线索,有针对性地去查,就没问题。"

本来对这个脑瓜崩不满的王亮一下子来了精神:"好!"

新港区刑侦支队。

"白队长,感谢贵部门的鼎力相助,能这么快查清楚乙醚和一氧化碳的来源,您那边功不可没。当然,天北分局这边的同志也是帮了大忙。"赵支队简单地跟白松道了个谢。

"接下来查野生动物的案子,两边还需要多多配合。"白松如是说道。

大黑在九河分局那边关押着,跟张左有关的野生动物的案子,双方都有管辖权,具体什么结果,就看双方怎么协商了。

白松三人在这边的目的,是为了查明乙醚的来源,现在来源已经查明了,而且确实是和张左有关系,他们三人在这里就没有特别大的存在的必要了。

关于张左和王若侬的案子,白松可以以后再过来提讯,而既然新港分局能审问出来，可以把相关的证据材料移交到九河分局。

赵支队直接提这个事，也就是该分开了。

离别之前，白松和赵支队说了一声，来了张左的讯问室。

张左看到白松，有点紧张，他怎么也没想到能在这个地方看到白松。白松没理他，仔细地把所有的笔录都看了一遍。

别的不说，笔录的水准是很高的，看得出来这个笔录肯定是有领导盯着的，但是张左一直也不松口，直到药厂被查了，张左才松了一点口。

张左承认了和郑小武认识，而且想追求郑小武，但是对方一直不给他机会，这次也算是帮郑小武忙了，而且他也承认和药厂有些关系，从中可以搞点钱。

"你知道郑小武怎么死的吗？"白松突然问道。

"啊？不知道。"张左不知道为什么，也许两年前的命案就遇到过这个警察，反正有种没由来的紧张。

"为了钱啊。"白松饶有兴趣地把笔录放下，"这不是你的强项吗？这个姑娘你说你搞不定？"

"呃，其实，嗯……"张左没想到白松先问了男女关系。

白松刚刚看了半天的笔录，新港分局的警察也在，张左放轻松，做好了足够的心理准备，但是没想到白松先问了他男女关系的事情。

"我现在也没什么钱了，包养不起女主播。"张左把头微微抬起。

"没什么钱会一直租那个仓库吗？而且还让它闲置？"白松反问道。

"那仓库死过人，一般人不敢租。"张左之前就想过这个问题，直接道，"而且我们的租房合同比较长，现在合同还没到期呢。"

"你这话里全是漏洞知道吗？"白松感觉，如果他提出这句话的几处漏洞，张左肯定都有一些糊弄的话等着，因为笔录里就是这个情况，于是直接问道。

"我……警官我有点不舒服，你们问了我太长的时间了，我头疼。"张左摸了摸自己的脑袋，"我想通知我父母，给我请个律师。"

第五百八十八章　分道扬镳　| 413

"行,我先走了。对了,你知道王若依没判死刑对吧?也是,你的缓刑也是二审的时候一并判决生效的。明天,我去和王若依聊聊。"白松微笑道。

白松提到这个名字,张左的表情立刻变幻了一番。

第五百八十九章　唐教授的电话

张左这会儿说要休息，白松也没啥办法，毕竟之前的新港支队实在是讯问太久了。而明天，估计这边还得问，这几天想讯问张左也不是很简单的事。不过，话说回来，也不是什么很着急的事情了。

第二天，白松三人如愿看到了王若依。

市局的领导还是很看重白松的，对昨天晚上两拨人一起破获的这个案子表达了高度的赞誉。

这一方面是找到了违禁品的来源；另一方面对郑小武的死因也确实是有了一个更完善的说法，与之前白松的推测完全贴合。

这意味着，新港区的女主播死亡案已经告一段落。

而似乎，所有人都忘了窦渐离现在依然下落不明。

目前的推测是因为死了人，他担心担责任而跑掉了，现在还是新港支队在查，这件事白松昨天晚上还和赵支队聊了几句。

不过成年男子失踪这种事，尤其是大概率自己跑掉了，也没什么人会过多关注。

男女不平等啊！

拐卖成年男性……没有这个罪名！当然，如果构成绑架和非法拘禁则是另一回事。

王若依比起上次见面的时候，状态好了很多。

死缓犯是一种比较特殊的存在，在两年的考验期里，如果继续出现伤害狱友的情况，就可能重新判决死刑。

和王若依关押在一起的人非常少，天华市只有一个女子监狱，而女犯人又多以诈骗、职务侵占等经济案件为主，和王若依一起的，是两个杀夫的死缓犯。

在一起时间长了，王若依本来不愿意说话的性格，也因为两个狱友天天聊天，不得不改变了一些自己的性格。

"我妈怎么样了？改嫁了吗？"王若依问道。

"她不是前几天刚来看过你吗？"白松来之前做足了功课。

"我没见她。"王若依摇了摇头，"从头到尾，最倒霉的，只有我妈。"

"你现在比之前正常多了。"白松微笑道，"张左又被我们抓了。"

王若依听到这个名字，没有任何反应："他犯什么事了？"

"还能是什么事呢？"白松反问道，"我其实就是想问问你，你绝口不提他在这个案子里的'贡献'，是因为不想害朋友吗？"

"他就是个被我利用的人，给我提供了帮助，我说了有什么用呢？"王若依摇摇头，"本来我想，如果被警察抓了，我就死了算了，一了百了，我妈也不用为我操心，谁知道我爸居然出了这么个馊主意。"

"可以了，你这不都叫他爸了吗？"白松知道刚开始的时候，王若依一直不叫王千意"爸"，她一直觉得李某是个小三，把家害成这个样子，恨李某也恨王千意。

"他人都没了，我还生什么气呢？其实，我也是闲的。"王若依已经想开了很多，"我听了我两个狱友的话，我感觉我爸都算是好男人了。年轻不懂事啊。"

"你确实是年轻不懂事。王若依，你还小，你再仔细想想，你这件事，从头到尾，都是你自己的想法吗？"白松问道。

"嗯？"王若依被白松问糊涂了，"是啊。"

"有些事，你要是想不明白，回去和你的狱友聊聊，过段时间，我再来见你。"白松准备收拾笔录，"你还有什么想和我聊的吗？"

"啊？你来找我就是问这个？"王若依有些糊涂。

"对。"

王若依这才仔细地想了想白松的话，然后摇了摇头。

监狱外，王亮嘟囔道："这女子监狱也没啥美女啊。"

"过几天我给你女朋友提一提你的这个抱怨。"白松轻声道。

"哥，一会儿吃啥？我请客。"

到了车上，柳书元问道："白松，你问王若依这些，是因为什么？"

这个，柳书元是一点也没想明白。

"总觉得张左没有想象的那么简单，你看，和他接触过的女孩，咱们知道两个，王若依差一点点被枪毙了，郑小武死了，有点太巧合了。"白松道，"如果说张左是个PUA高手，你信吗？"

"不信。"柳书元摇了摇头。

"我也不信，所以这才是问题的所在，遇到的巧合多了就有问题了。"白松看了看监狱的方向，"这个王若依终究是个女孩，如果她杀李某是被张左影响了，那她到最后也不会知道，只会觉得是李某该死。但是，她这两个狱友安排得妙啊，这都不是一般的妇女，我刚刚那句话不知道对她会不会有影响。"

"你的意思是，那两个妇女会让她明白一些事情的真相？"柳书元问道。

"让她多一种思考方式吧，这事谁说得清楚呢？"白松耸耸肩，"也就只是个猜想，而且赵支队那边不也忙着审讯吗？哪里轮得到我？"

柳书元在后座上露出了一丝丝笑容。这才对嘛，年轻人还有不记仇的？

王亮听到这里，也展颜："分开也好，回头咱们破个大案，看他们最后是什么表情。"

第五百八十九章　唐教授的电话　|　417

"别闹啊，我可没说啥。"白松踩了一脚油门。

"嗯嗯嗯，对。"柳书元和王亮异口同声。

"书元，你啥时候回单位？"白松随口问道，毕竟柳书元是天北分局的。

"我不急，咋了？赶我走啊？"

"你不急就好，就我和王亮俩人，局里面也不着急让我回去，我和秦支队说还有点线索想查，他说我随便查。"白松含着笑，"你要是不急，咱们仨步步为营？"

"那行，我就跟领导说一声，说这边还需要我。"柳书元听到这个来了精神。

"嗯嗯，一起一起。"王亮想得倒是很简单，有柳书元在，如果查天北区的会所，肯定更容易一些。

车刚刚开了不久，白松的手机响了。

"唐教授？"白松接到这个电话倒是很惊讶，他已经有些日子没有去天华大学听课了，没想到接到了唐教授的电话。

"白……白松，我……你……有空吗？"唐教授有点支支吾吾。

这个车是刑侦支队的车子，挺破的，监狱又在郊区，路边可以随便停，白松缓缓把车停下："教授您说，我有空的。"

"唉……你在哪里？方便的话面谈吧。"

第五百九十章　资料失窃案

唐教授对白松是有恩的，这位是宝藏教授，不仅仅是化学专家，即便是在物理这种与化学不太相关的领域，也是比白松的水平高了不少的。

不过，唐教授很忙，所以他没有公开课之后，白松也不会单独去问他什么问题。

因此，遇到唐教授感觉到很有问题的事情，白松肯定是全力以赴。唐教授感觉不方便，白松怎么会让对方来找自己，便找唐教授要了地址，立刻赶了过去。

唐教授就在自己的办公室里，白松带着两个人进去的时候，唐教授站起身来，给柳书元和王亮倒了茶，然后把白松单独叫到了另一间小实验室里。

"什么事？您直说，我赴汤蹈火，在所不辞。"白松看唐教授多次欲言又止，便说道。

"我的实验室，好像是遭了小偷。"唐教授看了看周围，"但是我又不确定。"

"啊？您的实验成果被盗了？"白松一惊。

他可是知道唐教授是个什么级别的人物，也知道最近唐教授在搞的这个实验大体有什么作用。

量子化学领域虽然看着很高端，但是其实也是非常接地气的，他的研究领域与锂电池息息相关。锂电池的能量密度是个老大难问题，谁解决了谁就是未来的老大。

而锂电池的能量密度提升、充放电效率、安全等方面，都有很长的路要走。类似于电化学工业的电镀问题，受限于电解液里的锂离子扩散速度，当电流达到一定程度时，阳离子在靠近沉积电极侧的电解液里消耗殆尽，打破中性平衡，形成局部空间电荷，从而产生枝晶。这就是常见的枝晶的来源，也很容易理解。

不过多赘述，总之，唐教授的研究就是研究更稳定的电解液添加剂。

近日，实验室的实验中，可能有比较重大的突破。

但是问题也随之而来。

第一，不确定到底有没有失窃。

唐教授的实验室，只有他和他的几个最心爱的学生有权限进来，但是，从他离开到回来，他的几个学生一直都在他身边。

他怀疑失窃的唯一原因，是他电脑的卡屏时间变了。

卡屏时间，这个是唐老自己的说法，他当着白松的面演示了一下。

现在的手机和电脑很少出现这个情况，因为性能都非常好，但是在有一点点卡的电脑或者手机上，可能会存在这样的现象，比如说你九点零五分的时候电脑/手机关屏了，之后你突然打开屏幕，屏幕会在九点零五分的界面停留一瞬间，然后变成现在的时间。

这个现象叫啥，白松和唐教授都不知道，但是白松点了点头，示意自己也知道这种情况。

唐教授是早上九点零五分从实验室锁门出去的。之所以时间记得这么清楚，是因为他要参加九点十五分的一个活动，提前了十分钟，而且带着自己的得意门生去的。十一点钟左右回到了实验室，打开屏幕的一瞬间，看到前面的时间是十，后面是几分没看到，时间就变成了十一点零九分。也就是说，十点多钟，电脑曾经被人操作过。

这个猜想有道理，但是没有一点证据。

这个实验室，是一个比较重点的实验室，但并不是真正意义上的涉密实验室，没有那么强的防盗设备和那么高的防盗级别。

这个实验室无风,而且近乎无尘,更不可能有昆虫存在,如果是被什么动了一下鼠标,那是近乎不可能的。所以,这样的细节才让唐教授怀疑。

唐教授至今没办法确定,到底东西有没有被人拷贝走。

第二,到底丢了什么,他不知道。

数据什么都没少,到底是被人拷贝走了啥?唐教授不清楚。

电脑里的数据很多,而且因为珍贵,唐教授每次都做一次备份,时间久了,也有点冗杂,而且电脑的文件夹开关是没有痕迹的。

所以,唐教授也没有贸然报警。

报警的话,不见得是好事。

到了唐教授这个级别,研究这种东西,肯定和企业有关,如果这个事公开,假如是一次乌龙,那肯定不会有什么好的传言出现。

第三,丢失的东西到底有没有价值,他也不知道。

其实这几天,唐教授就打算多做几次实验来认证一些结果,但是他现在心情波动得厉害,想认证也很困难,他难以自抑地怀疑自己的学生们。

白松知道唐教授为什么找他了。

专业的事找专业的人来做,很显然,白松就是唐教授能够信任的人里最专业的一位了。

"教授,我这件事能保证百分之百保密,但是,我有一个要求。"白松直接说道,"我那两个兄弟也都是警察,我需要他们的帮助。"

"上次和你一起来的那个警察行吗?"唐教授不希望过多的人了解这件事。

"王华东?他不行,他和你的学生丁建国还谈着恋爱呢,容易影响办案。"

唐教授看了白松一眼,发现白松竟难得地客观,想了想:"外面你的那两个朋友都靠谱吗?"

"出生入死。"白松道。

唐教授不再犹豫："好，小白，我相信你。"

也许白松不知道，唐教授说的这些东西可能价值几十亿甚至更多。

很多科学研究，如果失败，那也只是参考价值，但是一旦成功，尤其是和锂电池相关的专利，每一个都可能价值无数。

白松不知道那么多，也就没有那么大的压力。

王亮也明白白松的话，拍拍胸脯保证了保密问题。

柳书元见多识广，知道这个东西到底有多么重要，此刻白松在他脑海里的形象再次变得神秘了起来。为什么这样的大教授能找到白松？

要说，这个事情必须得依靠王亮，如果没有王亮，白松虽然也能操作电脑，但也仅仅是操作。

还原电脑之前的操作，这件事，白松哪里会？

经过王亮的一系列操作，最终得出了一个结论，确实是有资料在半个多小时前被复制了一份，幸好电脑没重启，不然王亮也查不到。

这个结论让所有人的面色都变得铁青。

第五百九十一章　异常

真的丢了！

唐教授见多识广，但是此时也是有些发晕。

"唐教授，您看看这个文件夹是什么？"王亮指出了一个路径。

唐教授只是看了一眼，便说道："这段时间的实验数据，加密了，丢的就是这个文件吗？"

"是，就是这个，这个文件有被整体拷贝过的痕迹。"王亮说道。

"果然。"唐教授扶着桌子，轻轻点了点头。

"采用的什么加密方式？"王亮看了看这个文件夹，没有贸然动。

"是一个专业的软件，是这个，你看看。"唐教授已经发现了王亮是个专业人士，很配合王亮。

"这个？没见过。"王亮眉头锁了一下，"您的文件夹我打不开，而且按照您的这个说法，这个文件夹我打开了，估计里面的文件也毁了。但是，我打不开不意味着别人打不开，比我厉害一万倍的大神比比皆是，这个文件夹整体被拷贝走了之后，锁得再紧也是没用的。"

"你说的这个我清楚。"唐教授表示明白，"所以我才着急。"

"您的电脑为什么不用 Linux 系统？"

"实验室的电脑全部都不联网，是物理隔离的，所以系统就用得比较顺手的。"

"也对，这种盗窃方式，用啥系统也没用。"王亮问道，"所以，有多少人知道这个电脑的锁屏密码？我没发现被侵入的痕迹，应该是知道密码直接进入的。"

"我的五个学生。"唐教授一一介绍了一番，五个学生都是博士或者博士后学历，每一个都是跟了唐教授至少三年的了。

五个学生：两个男博士、一个女博士，剩下还有一个男博士后和丁建国。

这个实验室的电脑大家每次做完实验都用来初步地存储数据，学生们也能用，真正有价值的数据唐教授会放在一个加密软件里，这个密码只有他知道。

白松认真地听唐教授说完五个人的资料，道："这五个人如果都一直跟着您，那就肯定是有一个人把这里的密码告诉了他的朋友，哦不对，应该叫同伙，然后进来盗窃的。"

"道理是这个道理，问题是，如果跟我的学生有关，这里面的数据，其实也没必要偷。"唐教授百思不得其解，"这些实验数据，学生们大多也是知道的，虽然每人都只知道一部分，但是其实没有你们想象的保密程度那么高，我们之间天天讨论。"

"但这些数据靠大脑记忆，也是记不住的，对吗？"白松反问道。

"对。"唐教授看了一眼电脑，"连我都没办法全记下来。"

实验数据不仅仅是一个结果，包括整个从头到尾的反应变化的细节，想全部背下来，是完全不可能的。

"那就是了，这说明还是有盗窃的价值的。"白松问道，"我不是针对谁，您的五个学生里，有没有那种自视甚高、家庭条件非常一般的？"

"没有特别穷的，我还给他们发工资。"唐教授摇了摇头，"也没有自视甚高的，这几个人我都考察过，你说的那种人，我不会要的。"

"邪了门了。"白松挠挠头，"要这么说，数据是自己丢的？"

"我先查查实验室出口的录像吧。"王亮道，"虽然实验室里没有监控，但是这个楼的监控挺多的。"

"这楼里的监控有死角，"唐教授道，"摄像头比较多，也比较老，动不动就有坏的,然后经常有人修,我虽然不怎么在意监控,但是如果真的是有人有目的性地来偷,这个不会不防。"

"等等,我再问问,您的学生里,有没有最近需要很多钱的?或者说刚刚谈对象了?"白松不死心地问道,他总觉得这个事情,从任何角度上来说,为了钱都是最基础的作案动机。

"唯一的一个谈对象的就是丁建国了,也不知道她和你那个朋友怎么样,我也没过问。"

"呃,那她不可能需要钱。"白松摇了摇头。

科研人员实在是太惨了,五个人都最起码二十六七岁了,居然都是单身,丁建国现在到底是不是单身白松都不知道,王华东的动作还是慢啊。

"即便可能有影响,也把您的五个学生都叫过来吧。"几个人尝试了几个办法,王亮去查监控了,柳书元开始勘查起现场来。

勘查现场也是基本技能,这个实验室没啥需要勘验的,因为进出都是有鞋套之类的,但还是要仔细地看一看。

"你让我的学生来这里,是为了什么?"唐教授和白松单独问道。

"聊天。"白松道,"让他们把手机都交给我,然后您几位继续聊天,聊这个课题。"

"我现在没有心思聊这个。"唐教授摇了摇头。

"您没心思聊,如果有人偷了,也一定没心思聊。"白松微笑道。

唐教授看了白松一眼,深呼一口气,虽然他不愿意怀疑自己的学生,但是他知道这是最好的办法了。

找了一个有监控的教室,唐教授把学生们都叫了过来,开始讨论昨天的实验结果,并且继续安排第二天的实验。

与平日里不同的是,唐教授对近日的实验结果非常满意,眉飞色舞地讲述这几个实验成果可能造成的巨大影响,看这个状态,过几年老唐就该提名诺贝尔物理学奖了。

白松在监控里看得非常清楚,有一个男生的表情明显不对劲,他的那种惊喜根本不是由内而外的。

　　看了十几分钟,白松给唐教授发了微信,示意他可以说点风凉话。

　　唐教授正聊得夸张,话锋一转,又开始严谨起来。

　　必须经过继续的实验验证,否则不能说明有效云云。

　　这时候,那个男博士的状态才恢复了一点。

　　几个学生听得云里雾里,他们对这里的一些东西还没达到融会贯通的程度,前面听导师吹牛,纷纷有鸡犬升天的感觉,就这个看似简单的项目,在座的每一位写出三五篇论文都没啥问题,怎么就画风突变了呢?

　　也就是丁建国有点若有所思,不过也没说什么。

第五百九十二章　病

这事就有点明显了,这个叫杨瑞日的学生的状态和其他四人完全不同。

这很符合白松之前的推论。

如果说有人要偷东西,肯定是为了钱,唐教授最近虽然有一些进展,也不至于能迅速出结果,这个时候拷贝一份实验材料,到底有多大的价值是个未知数。

外面的人不知道,这几个学生是知道的,在唐教授刚才十五分钟的吹牛之前,大家对实验结果的认定就是普通。

卖这样一份加密的实验结果,能卖多少钱呢?

这个就看谁买了。

作为商业机密,甚至可能上升到某种层次的机密,这份实验结果如果通过正确的方式,找到了最需要的人,卖九位数都不成问题。当然,前提是有突破性的进展。

但是,即便是一个"盲盒",依然可能标有很高的价格。

所以,白松的想法很朴素,这个嫌疑人就是为了钱。

杨瑞日听到唐教授提到的突破性的进展之后,表现得就不太一样,他那种焦虑是掩盖不住的。

这说明他是真的缺钱,但是并不想真的把重要的实验成果卖掉。

这个人该是有一点底线,但是为什么要做这个事,就不好说了。

过了一会儿,王亮找到了白松,进了屋子,指了指视频里的杨瑞日:"这个人有问题,前些天到处观察监控,应该是想找死角。"

白松彻底确定了，直接给唐教授打了电话，然后几个人上车换上了警服。

　　三人之前去监狱提讯的时候是穿了警服的，来找唐教授换了便装，此时又换回了制服。

　　唐教授简单地讲完课，让大家好好消化一下他说的课题，接着把杨瑞日单独叫了出来。

　　杨瑞日有点发慌，不知道是什么事，然后，就在另一间教室里看到了三个警察，他立刻就慌了。

　　三人也没说话，唐教授把门关上，接着就问杨瑞日："为什么？"

　　杨瑞日低下了头。

　　他一句话没说，唐教授的表情却迅速地垮塌了。

　　白松不忍看唐教授的样子，那是怎样的一种失望与悲凉？

　　唐教授是白松见过的教授里最有趣的一个，随随便便卖卖书，教教人，也不求回报，是个非常值得尊重的知识分子。

　　这种人多有一些傲骨，虽然这世间没有人不被功名利禄所羁绊，但是唐教授确实是一个大写的"人"。

　　可是，越是这般，他此刻就越发地难受。

　　杨瑞日的不语，其实已经说明了一切。

　　杨瑞日也不是个擅长辩解的人，他的情绪越来越差，最终一下子跪在了唐教授的面前："教授，我对不起您。"

　　说着，杨瑞日猛地起身，就要朝着旁边的砖墙撞去。

　　白松都惊了，抓过这么多的嫌疑人，没见过这么刚烈的，立刻一把把他拉住，只见杨瑞日就要咬舌，舌头破了皮，却失败了。

　　电影里咬舌自尽是假的，人舌头上的神经末梢非常丰富，咬的时候会有本能的反射保护不让自己咬，即便真的咬下去，也咬不断。而且，能伸出口腔腔体之外的舌头里大多是毛细血管，想流血身亡并不是容易事。

　　白松直接伸手，一下子把他的下巴拿掉了。

曾经在飞机上，有个人下巴掉了，当时碰到了钟明和他的老师，钟明出手把那个人的下巴装上了，现如今这些白松也会，卸关节再安装还是很轻松的。

杨瑞日疼得要死，就是没办法发出一句话，然后白松把他的下巴又装了回去："别自讨苦吃。"

杨瑞日默默地闭上了双眼，两行泪立刻流了出来。

"到底怎么回事，有什么苦衷，告诉老师。"唐教授看到这一幕，也受不了，有些心软。

"有人找我，想……"杨瑞日舌头流血，下巴也疼，但还是断断续续地说了这个情况。

杨瑞日家庭条件算是很不错的，他有一个姐姐，去年生了一个孩子。

天不遂人愿，他的小外甥女在出生了六个月之后，突发 I 型 SMA 症，又叫脊髓性肌萎缩症。

这个病，几乎是绝症，是基因类疾病。在婴儿体检和出生时，看不出太大的异常，六个月后，会迅速发病，四肢无力，肌肉张力低下，下肢呈现"蛙腿"状。由于肋间肌比膈肌受累更重，胸部呈现"钟形"畸形，然后，绝大部分患儿在 2 岁内死于呼吸衰竭。

他姐姐是高龄产妇，前面两次怀上的宝宝都意外流产，第三个又出了这个问题。

为这个事伤透了心的杨瑞日到处求医问药，才知道国外已经有了一种新药物，叫作诺西那生钠注射液，这个药能改变 SMN2 前 mRNA 的剪接，从而增加完整长度 SMN 蛋白的产生。

目前国内还没有。

2012 年的时候，欧美就有了这种药物，治疗费用，一年折合人民币接近 1000 万。

想找杨瑞日交换情报的人给出了一个他难以拒绝的条件：把杨瑞日的外甥女送到国外，把她列入长期诺西那生钠注射液观察序列里，也就是说，以

第五百九十二章 病 | 429

后所有的药都不用掏钱。

这个条件，其实就是外甥女的命。

杨瑞日想试试。

他知道这是个万劫不复的坑，也知道对方会一直用这个事拿捏他，但是他没有办法。

这个病第二年开始治疗费用会减少到两三百万，虽然费用也高，但是家里勉强可以凑，而且以后的价格只会越来越便宜，所以他想先糊弄过第一年。

听到这里，唐教授的表情里，失望与低沉已经逐渐消散，取而代之的是一种悲凉。

"国有国法。"过了足足两分钟，唐教授叹了一口气，最终说道。

杨瑞日这位博士生肯定是完了，这件事性质很严重，这也代表着杨瑞日的外甥女等同于被判了死刑。

这个可怜的小娃娃，来世间区区数月，就感受到了这个世界上最残酷的东西和最无私的爱，也不知道是缘是劫。

至于治疗，在座的没有一位不觉得沉重。

这个价格，没有任何一个人敢说帮忙，即便王华东在也没办法。

有些事，到底是对还是错呢？